Ewig & Immer

1. Auflage 2023
© Ueberreuter Verlag GmbH, Berlin 2023
ISBN 978-3-7641-7127-8
Alle Rechte vorbehalten. Das Werk darf – auch teilweise –
nur mit Genehmigung des Verlages wiedergegeben werden.
Übereinstimmungen und Ähnlichkeiten mit lebenden Personen
oder Familien sind rein zufällig und nicht beabsichtigt.
Lektorat: Emily Huggins
Umschlaggestaltung: Carolin Liepins
unter der Verwendung von Fotos von d1sk,
Viktor Gladkov, Tashsat, Faraz Hyder Jafri, Haqqani Slabs und
IrinaKorsakova/alle © shutterstock.com
Satz: Greiner & Reichel, Köln
Druck und Bindung: GGP Media GmbH, Pößneck
Gedruckt auf Papier aus geprüfter nachhaltiger Forstwirtschaft.
www.ueberreuter.de

ALEXANDRA FISCHER-HUNOLD

EWIG & IMMER

Die
Geheimnisse
der
Lady
Halewood

ueberreuter

PERSONENREGISTER

Juno Sondorf
18 Jahre alte deutsche Abiturientin, die für ein Jahr eine Stelle als Gesellschafterin bei den Calvertons angenommen hat

Lord Sebastian Calverton, achter Earl of Witham
22 Jahre alt, Hausherr über Staunton House, Junos Arbeitgeber

Lady Fiona Calverton
Sebastians 18-jährige Schwester

Lady Marjorie Calverton, Dowager Countess of Witham
Weit über 80 Jahre alt, Sebastians und Fionas Großmutter

Lord Robert Farnfield, zukünftiger 7. Viscount Melton
22 Jahre alt, bester Freund von Sebastian

Mr Charles Wharton
ein amerikanischer Freund von Sebastian, Besitzer einer Waggonfabrik

Mrs Laura Wharton
seine Frau

Wer wird wie angesprochen

Sicherlich kommt es Juno zugute, dass sie schon viele Bücher gelesen hat, die in englischen Adelskreisen spielen, und trotzdem dürfte auch sie glücklich darüber sein, dass sie sich einfach daranhalten kann, wie sich die jeweiligen Personen gegenseitig ansprechen. Das ist in England in der Welt des Adels nämlich gar nicht so einfach, weshalb ich hier kurz erklären möchte, wie die unterschiedlichen Arten der Anrede zustande kommen:

Sebastian Calverton ist der achte Earl of Witham. Um die Anrede abzukürzen, wird das *of* (wenn darauf der Name eines Ortes folgt) einfach weggelassen und anstelle des *Earls* wird vor den Ortsnamen der *Lord* gesetzt, was Sebastian zu Lord Witham macht. Als sein bester Freund erlaubt sich Robert manchmal die kumpelhafte Anrede »Witham« oder er sagt einfach Sebastian.

Als Sebastians Schwester, die keinen Adelstitel trägt, wird Fiona zu Lady Fiona Calverton, muss sich also mit dem bürgerlichen Familiennachnamen begnügen, was zu Lady Fiona abgekürzt wird. Für gute Freunde ist sie Fiona.

Lady Marjorie ist die Witwe eines Earls und darf somit den Ehrentitel Dowager Countess (was so viel heißt wie Gräfinwitwe) of Witham tragen, wird aber als Lady Marjorie angesprochen.

Was Robert Farnfield anbelangt, so ist er der Titelerbe des noch amtierenden 6. Viscount Melton, eben seines Vaters. Wahrscheinlich würde er im wahren Leben bereits einen niedrigeren Adelstitel seines Vaters übertragen bekommen haben, aber um nicht für mehr Verwirrung zu sorgen als nötig, habe ich mich hier dafür entschieden, dass er einfach als Lord Farnfield angesprochen wird. Seine Freunde nennen ihn Robert.

»Sie können mich hier rauslassen. Den Rest gehe ich zu Fuß.«
Ich hatte mir so fest vorgenommen, den Taxameter nicht aus den Augen zu lassen. Und nun habe ich mich doch von der Schönheit der hügeligen Landschaft Cornwalls einfangen lassen mit dem Ergebnis, dass mein Portemonnaie gleich so leer sein wird wie mein knurrender Magen.

»Das ist aber noch ein ganzes Stück bis rauf zum Herrenhaus«, warnt mich der Taxifahrer. Obwohl er auf die Bremse geht, verlangsamt er nur unwesentlich die Fahrt.

Verstohlen werfe ich einen schnellen Blick auf die Uhr am Armaturenbrett. Eine Stunde vor dem Nachmittagstee sollte ich da sein und jetzt bin ich schon – oh Gott, echt jetzt? – fünfzehn Minuten zu spät! Mit der Unpünktlichkeit der Bahn hatte ich gerechnet. Wieso soll die in England auch zuverlässiger sein als in Deutschland? Aber dass der Busfahrer sich nicht an die Haltestellen hält, sondern auf dem Weg für jeden stoppt, der vom Straßenrand aus winkt, konnte ich nun wirklich nicht ahnen.

Mir wird heiß und kalt. Ich hasse es, zu spät zu kommen, und dann auch noch gleich am ersten Tag. Für einen kurzen Moment überlege ich, ob der Taxifahrer mich nicht doch bis vor die Haustür fahren soll. Was ist wohl peinlicher? Seinen

Job mit überdeutlicher Verspätung anzutreten oder seinen Arbeitgeber als Erstes darum bitten zu müssen, den Taxifahrer zu bezahlen? Letzteres, entscheide ich und behaupte: »Kein Problem! Bei dem tollen Sonnenschein!«

Schulterzuckend und mit einem geraunten »Der Kunde ist König!« hält der Taxifahrer vor dem eisernen Tor, hinter dem eine staubige Straße so gerade, als wäre sie mit dem Lineal in die Landschaft gezogen worden, den bewaldeten Hügel hinaufführt. Links und rechts von dem geschlossenen Eingangstor verliert sich die von Regen, Sturm, Sonne und Schnee ausgewaschene, beachtlich hohe Mauer in der Unendlichkeit des satten Grüns der Wiesen und Wälder. Ich kann nur vermuten, wie gigantisch groß das dahinterliegende Anwesen sein muss, von dem ich im Moment nur einen kleinen Ausschnitt erhasche.

»Das macht dann zweiunddreißig Pfund und fünfundachtzig Pence«, informiert mich der Taxifahrer.

Ich kneife ein Auge zu und ziehe zischend die Luft durch die Zähne. Laut ausgesprochen klingt der Betrag noch Furcht einflößender als beim Ablesen. Das Leder seines Sitzes knarzt, als sich der Fahrer mit väterlich besorgter Miene zu mir umdreht. »Und Sie sind sich auch ganz sicher, dass Sie sich nicht in der Adresse geirrt haben?«

»Zwanzig Pfund, dreißig Pfund …« Ich puste mir eine vorwitzige Haarlocke aus den Augen und halte erschrocken im Zählen inne. »Wie viele Herrenhäuser mit dem Namen Staunton House gibt es denn hier in der Gegend?«

»Nur das eine«, brummelt der Mann und öffnet sein riesiges Portemonnaie. »Es ist nur so, dass sich so gut wie nie jemand hierher verirrt. Die Calvertons gelten als ziemlich spleenig. Gefühlt haben die seit Ewigkeiten keinen Fuß mehr ins Dorf gesetzt.« Sein Zeigefinger wandert an seine Schläfe.

»Wenn es nur das eine gibt, dann bin ich hier trotzdem richtig!«

»Ganz wie Sie meinen«, erwidert der Taxifahrer schulterzuckend und steckt das Geld ein. Die Art, wie er angesichts des mickrigen Trinkgeldes die zusätzlichen Münzen einzeln und in Zeitlupe in ein Extrafach plumpsen lässt, entgeht mir nicht. Ja, sorry, aber bis vor ein paar Wochen war ich noch Abiturientin ohne festes Einkommen. »Soll ich kurz warten, um zu sehen, ob Sie da überhaupt reinkommen?« Sein Kinn ruckt in Richtung geschlossenes Eisentor.

»Das wird nicht nötig sein. Die wissen, dass ich komme. Vielen Dank und haben Sie noch einen schönen Tag!« Die Handtasche über der Schulter wuchte ich mich, meinen vollgestopften Rucksack und den megaschweren Riesenkoffer auf die Landstraße. Auch wenn diese altjüngferliche Mrs Plimpton von der Arbeitsvermittlungsagentur *Plimpton & Sons established 1879* in London mich ausdrücklich darauf hingewiesen hat, dass auf Staunton House und allem, was dazugehört, eine strikte Kleiderordnung herrscht und ich für die Dauer meines Aufenthalts alles, was ich brauche, gestellt bekomme, will ich doch wenigstens in meiner Freizeit in meinen eigenen Klamotten rumlaufen. Ich schultere meinen Rucksack, während das Taxi hinter mir wendet und mit ziemlicher Geschwindigkeit in Richtung Busbahnhof zurückjagt. Das Dorf Staunton ist so klein, dass die britische Bahn es eines Bahnhofs nicht für würdig befunden hat.

Eine richtige Klingel kann ich nicht finden. Dafür baumelt aber eine altmodische Glocke mit romantisch verrostetem Klingelzug von einer Art Steg, der am linken Mauerpfeiler befestigt ist.

Ohne auch nur eine Sekunde zu verschenken, ziehe ich an der Eisenkette und es passiert … nichts. Wenn man mal von dem heiseren Krächzen der Glocke absieht, das so leise ist, dass es noch nicht mal den kleinen Vogel aufschreckt, der mich neugierig von der Mauer aus beobachtet.

Ich versuche es noch mal. Das Ergebnis bleibt das gleiche, aber bevor ich richtig nervös werden kann, schießt mir eine Idee durch den Kopf, die mich sofort ruhiger atmen lässt. Wenn die Calvertons wirklich so spleenig sind, wie der Taxifahrer meinte, dann könnte es doch gut sein, dass die Glocke nur eine stilechte Attrappe ist und der Klingelzug direkt im Haus auslöst. Dann müsste jetzt gleich das Tor mit einem leisen Klicken aufspringen. Was es aber konsequenterweise nicht tut. Denn solche Leute benutzen natürlich keine Fernbedienung, wenn sie stilecht den Butler losschicken können, um den Besuch in Empfang zu nehmen. Genau so wird es sein und je nachdem, wie weit Staunton House entfernt ist, kann das natürlich ein paar Minuten dauern. Zufrieden beschließe ich jetzt noch, dass das Betätigen der Klingel gleichbedeutend ist mit dem Zeitpunkt meiner Ankunft, und entspanne mich. Aber nicht lange. Denn sosehr ich auch die Zufahrt hinaufstarre, es kommt niemand, um mich abzuholen. Probehalber rüttele ich kräftig am Tor. Doch wie erwartet, lässt sich das Mistding nicht mal einen Zentimeterbreit öffnen.

Gerade als ich überlege, dass die Mauer viel zu hoch ist, um sie zu erklettern, entdecke ich jenseits des Tors zwischen den Bäumen ein gut verstecktes kleines Häuschen. Zu Jane Austens Zeiten hätte dort der Pförtner gewohnt und mit etwas Glück leisten sich Menschen, die sich heute noch den Luxus einer Gesellschafterin gönnen, auch einen Pförtner.

»Hallo? Hallo, könnte mich wohl jemand reinlassen? Ich bin Juno Sondorf. Die Calvertons erwarten mich! Hallo?«

Keine Reaktion.

Was für ein riesengroßer Scheißmist! Jetzt sitze ich irgendwo im Nirgendwo, habe bis auf die von Mrs Plimpton im fernen London keine Telefonnummer, unter der ich mich melden könnte, und so langsam, aber sicher läuft mir die Zeit davon. Wieso überhaupt hat Mrs Plimpton mir nicht von Anfang an die Telefonnummer der Calvertons gegeben und warum habe ich Idiot sie nicht danach gefragt?, ärgere ich mich, als ich mein Handy hervorzerre, um in der Agentur anzurufen.

»Bitte mach, dass die auch samstags zu erreichen sind. Bitte mach ...«, bete ich leise, während ich auf das Freizeichen im Hörer lausche.

Beinahe hätte ich es überhört. Das ganz leise Klack, mit dem das Tor hinter meinem Rücken dann doch noch aufspringt.

»Na, endlich!«, hauche ich und schiebe energisch den weniger widerspenstigen Torflügel zumindest so weit auf, dass ich mich mitsamt Tasche, Rucksack und Koffer hindurchquetschen kann. Jetzt aber los! Doch bevor ich mich in Bewegung setze, straffe ich die Schultern, hole tief Luft und lasse für einen kurzen Moment den rechten Fuß über der unsichtbaren Grenzlinie zwischen der Landstraße und dem Park von Staunton House schweben, gerade so lange, wie es braucht, um diesen Moment für die Ewigkeit in mein Gedächtnis einzubrennen. Denn das hier wird der erste Schritt in mein neues Leben.

Kaum bin ich durch das Tor geschlüpft, fällt es hinter meinem Rücken mit dem gleichen fast geräuschlosen Klacken wie vorhin wieder ins Schloss.

Oh, mein Gott, ist das schön hier!« Staunend lege ich den Kopf in den Nacken und blinzele gegen das gleißende Sonnenlicht zu den sattgrünen Baumkronen hinauf, die sich wie riesenhafte Beschützer von beiden Seiten dicht an die sandige Zufahrt drängen. Dann bemerke ich die Luft: würzig, klar, ein Hauch von Salz. Mein geliebtes Meer, dessen Nähe mit ein Grund war, warum ich mich für die Anstellung bei den Calvertons entschieden habe, ist nicht weit weg. Ich folge der staubigen Allee die kleine Anhöhe hinauf. Wie still es hier ist. Nur die Schreie der Möwen und das leise Rauschen der Meeresbrise in den Blättern der Bäume sind zu hören. Als ob es die Welt da draußen gar nicht gäbe. Bei diesem Gedanken drehe ich mich noch einmal um und blicke zum Eingangstor zurück. Als wären die Bäume hinter mir noch näher zusammengerückt, fällt mein Blick auf eine Mauer aus undurchdringlichem Grün. Das Tor dahinter ist verschwunden.

Mit nachdenklich gekräuselter Stirn wende ich mich wieder in Gehrichtung. Im nächsten Moment trete ich aus dem Wald heraus und was ich jetzt zu sehen bekomme, lässt mich nach Luft schnappen. Mir schräg gegenüber thront auf der Kuppe eines Hügels inmitten einer gigantisch großen, top gepflegten Rasenfläche stolz und erhaben das Ziel meiner Reise: Staunton House. House? Echt jetzt? House? Ne, das ist ein Palast! Und was für einer!

Meine Augen gleiten über die symmetrische graue Steinfassade mit den vielen Sprossenfenstern, in denen sich das Sonnenlicht spiegelt. Über die unzähligen Schornsteine und Skulpturen, die die Brüstung des flachen Daches schmücken, in dessen Mitte sich eine gewaltige Kuppel erhebt. Und das ist mein neues Zuhause? Für die nächsten verdammten dreihundertfünfundsechzig Tage? Voll crazy!

Logo haben meine Großmutter und ich die Familie Calverton und Staunton House gegoogelt, kaum dass mein Zoom-Meeting mit der Arbeitsvermittlungsagentur in London beendet war. Gefunden haben wir nur das Foto von einem eingestaubten Gemälde, auf dem irgendwo in der Ferne ein graues Gebäude abgebildet war, das angeblich Staunton House darstellen sollte, nebst dem knappen Verweis darauf, dass die Calvertons hier schon seit Jahrhunderten sehr zurückgezogen leben. Weder das undeutliche Foto bei Wikipedia noch die Tatsache, dass Mrs Plimpton von einem Herrenhaus gesprochen hat, haben mich auf diesen unglaublichen Anblick vorbereiten können.

»Jackpot!«, kreische ich und reiße die Arme in die Luft, um mit wackelndem Po Emmas und meinen Shake-it-Baby-Freudentanz aufzuführen.

Apropos, Emma! Die glaubt mir doch kein Wort, wenn sie heute Abend beim verabredeten Video-Call zu hören bekommt, dass ihre beste Freundin, Juno Sondorf, also ich, in einem Mega-Jane-Austen-Downton-Abbey-Stately Home, bei waschechten Adeligen und *hopefully* in Gesellschaft eines kettenrasselnden Gespenstes untergekommen ist.

Gut, Letzteres weiß ich erst nach der Geisterstunde, die ja bekanntlich um Mitternacht beginnt. Oh, mein Gott!

Wie spät ist es eigentlich?

Shit! Shit! Shit! Gleich Viertel vor fünf, verrät mir mein Handy. Wenn ich jetzt nicht lossprinte, werde ich wahrscheinlich die erste Gesellschafterin in der Geschichte der Calvertons sein, die ihren Job verliert, bevor sie ihn überhaupt angetreten hat.

Mein Top klebt an meiner Haut und zwischen meinen Zehen reiben sich schmerzhaft die Sandkörner, die sich unbemerkt auf der Zufahrtsstraße in meine Flip-Flops gemogelt haben, als ich die gekieste Auffahrt überquere und die Stufen zur Haustür – oder treffender ausgedrückt: zum Eingangsportal – hinaufkeuche. Ich muss ja einen großartigen Anblick bieten! Eilig streiche ich die verschwitzten roten Locken von meinen feuchten Wangen und gebe mir ein paar Sekunden, um wieder zu Atem zu kommen, bevor ich die Hand nach dem eisernen Klingelzug ausstrecke, der hier neben der Haustür baumelt. Vorsorglich ziehe ich gleich drei Mal beherzt daran. Und siehe da, irgendwo unter meinen Füßen schrillt in der Tat und nur leicht zeitversetzt ein Glöckchen auf. Drei Mal. Sofort taucht vor meinem inneren Auge diese eine spezielle Wand im Personaltrakt von Downton Abbey auf. Die mit den Glöckchen und den dazugehörigen Schildchen, auf denen mit geschwungener Schrift geschrieben steht, zu welchem der vielen Räume im Haus sie gehören. Und gerade jetzt in diesem Moment hat das Glöckchen über der Tafel mit der Aufschrift *Main Entrance, Haupteingang*, verkündet, dass ein Besucher da ist.

Ich trete zwei, drei Schritte zurück, weil ich es selber nicht ausstehen kann, wenn Besucher buchstäblich mit der Tür ins Haus fallen. Den Kopf in den Nacken gelegt, inspiziere ich diese coole Fassade. Die Front ist ganz schön lang und ziemlich hoch. Die Räume im Erdgeschoss und ersten Stock müssen gigantische Ausmaße haben, denn ansonsten gibt es nur noch schmale Souterrainfenster und eine Reihe winzig kleiner Fenster über dem ersten Stock. Und die Kuppel natürlich. Deren Heizkostenrechnung möchte ich nicht bezahlen müssen.

Ganz außer Atem, aber glücklich, endlich da zu sein, winke ich der Person zu, die mich von einem Fenster im ersten Stock aus beobachtet. Meine ich zumindest. Vielleicht hat sich aber auch nur ein vorbeifliegender Vogel in der Fensterscheibe gespiegelt. Denn jetzt ist der Schatten verschwunden.

Ohne Hast trete ich vom Fenster zurück. Gut möglich, dass sie meine Silhouette gesehen hat, mehr aber auch nicht.

Zufrieden lasse ich meinen Blick ein letztes Mal durch das Zimmer gleiten, das sie ab heute bewohnen wird. Alles ist perfekt arrangiert und wartet auf den neuen Gast.

Sie ist perfekt und völlig ahnungslos! Und wenn sie bemerkt, in was … nein, falls sie bemerkt, in was sie da geraten ist, wird es zu spät sein. Genau genommen war es das schon in dem Moment, in dem sie durch das Tor getreten ist.

Endlich erklingt hinter der Tür das bedächtige Klappern von Schuhsohlen auf steinernem Boden, beide Türflügel schwenken gleichzeitig auf und mir gegenüber steht ein älterer Herr in Butleruniform. Mit aller Macht versuche ich meine Gesichtszüge unter Kontrolle zu halten. Ihn zu bestaunen wie ein Ausstellungsstück im Museum, käme bestimmt nicht gut an. Aber dieser Mann da vor mir ähnelt auf geradezu lächerliche Weise exakt meiner Vorstellung von dem klassischen englischen Butler. Sein weißes schütteres Haar, das an den Schläfen schon weit zurückgewichen ist, trägt er streng nach hinten gekämmt. Der ganze Mann strahlt eine einschüchternde Vornehmheit aus. Mit vorgerecktem Kinn lässt er seine ausdruckslosen Augen im Zeitlupentempo über mich wandern. »Ja, bitte?«

»Ich bin Juno«, platze ich heraus. »Sondorf. Die neue Gesellschafterin. Lord Witham wartet schon auf mich. Ich bin zu spät dran. Ich weiß, aber ...«

Ein kurzes Zucken seiner rechten Augenbraue bringt mich sofort zum Schweigen.

»Der Dienstboteneingang befindet sich dort hinten, Miss Sondorf.« Kurz deutet er rechts um das Haus herum. Beide Türknäufe schon in den Händen fügt er noch hinzu: »Melden Sie sich bei Mrs Goring. Sie ist unsere Erste Hausdame und wird sich um Sie kümmern.«

Damit schnappen die Türen ins Schloss.

Verdattert starre ich eine Weile die geschlossene Tür an. Okay, das ist jetzt nicht gerade ein Paradebeispiel für die hochgelobte britische Höflichkeit gewesen. Und ... echt jetzt? Dienstboteneingang? Erste Hausdame? Mit dem Downton-Abbey-Vergleich scheine ich ja mitten ins Schwarze getroffen zu haben. Grinsend hüpfe ich die Stufen wieder hinunter und mache mich auf die Suche nach dieser Mrs Goring. Erste Hausdame. Dienstboteneingang. Voll mega!

»Sie sind also Miss Sondorf, die neue Gesellschafterin ihrer Ladyschaft?«, begrüßt mich die erste Hausdame im Souterrain des Herrenhauses. Haben die noch nie eine junge Frau in Shorts gesehen? So wie mich nach dem Butler jetzt auch diese Mrs Goring anstarrt, ist zumindest klar, dass sie meine Aufmachung erstaunlich, verwunderlich, verwerflich … was? … obszön finden?

Aber hinter der gefurchten Stirn und in dem forschenden Blick der Ersten Hausdame, der über mein sommersprossiges Gesicht und meine grünen Augen wandert und an meinen roten ellenbogenlangen Haaren kleben bleibt, schimmert noch etwas anderes auf, das ich zwar nicht genau benennen kann, mir aber ein ungutes Gefühl vermittelt. Okay, Antipathie auf den ersten Blick. Das ist es. Sie mag mich nicht.

»Genau die bin ich!«, gebe ich umso strahlender zurück, während ich sie nun meinerseits ganz genau unter die Lupe nehme. Ist das gothic oder was für eine Stilrichtung soll das sein? Bodenlanges schwarzes hochgeschlossenes Kleid. Im Nacken zu einer Art Rolle zusammengestecktes braunes Haar. Sofort muss ich wieder an Downton Abbey denken, aber das trifft es nicht. Dieses Outfit ist eher im späten neunzehnten Jahrhundert zu verorten. Im ersten Moment denke ich, dass für den Abend ein Kostümball anstehen muss. Das würde zumindest erklären, warum alle Angestellten so altmodisch herumlaufen. Okay, im Buckingham Palace sind ja auch noch antiquierte Dienerkluften en vogue, aber dass die weiblichen Mitarbeiterinnen lange schwarze oder graue Kleider tragen, die zum Teil von fast ebenso langen weißen Schürzen bedeckt werden, und auf ihren zum Dutt zusammengefassten Haaren weiße Häubchen wie Krönchen blitzen, ist ja wohl ziemlich seltsam. Die Erinnerung an den Taxifahrer und an seine Bemerkung über die Calvertons kommt mir in den Sinn. Dass Engländer ganz schön spleenig sein können, ist ja genauso ein offenes Geheimnis, wie die Tatsache, dass sich so mancher die goldene Zeit des britischen Empires zurückwünscht, siehe Brexit, aber gleich so konsequent?

Oder aber ... Ich lasse beide Theorien sausen und taste mit meinen Augen unauffällig die Decke ab, von der eine gusseiserne Laterne baumelt. Möglicherweise war die ausgeschriebene Stelle der Gesellschafterin nur die halbe Wahrheit und ich bin mitten in ein neues Reality-Show-Format vor historischem Hintergrund gestolpert. Dem englischen Adel geht es finanziell ja schon lange nicht mehr gut. Möglicherweise haben die Calvertons sich zur Geldbeschaffung an Netflix verkauft. Also, wo sind die Kameras versteckt?

»Ich hoffe, es gibt einen guten Grund für Ihre Verspätung?« Mrs Goring zieht scharf die Luft ein und gibt mir nicht wirklich die Chance zu antworten. Dabei hätte ich gerne klargestellt, dass ich normalerweise ein sehr zuverlässiger Mensch bin.

»Pünktlichkeit ist eine Tugend, die wir hier sehr pflegen,

Miss Sondorf. Ich darf Sie bitten, in Zukunft mehr auf die Uhr zu achten.« Aufseufzend stößt sie die Luft aus. »Sei es drum, dann folgen Sie mir bitte!«

Sie spielt die distinguierte Hausdame wirklich mit Bravour und auch die leicht angestaubte Wortwahl passt perfekt zu ihrer Rolle. So viel steht schon mal fest.

Die Schlüssel, die an einem Eisenring von einem Lederband baumeln, das Mrs Goring um ihre Taille gebunden trägt, klimpern leise, als sie vor mir an der offen stehenden Küchentür vorbei auf die in die oberen Etagen führende Treppe zugeht.

»Ich werde Sie jetzt auf Ihr Zimmer bringen, damit Sie sich zivilisiert herrichten können. Ihre Frisur muss dringend in Ordnung gebracht werden. Und oben liegt ein Kleid für Sie bereit. Weil Mary gerade anderweitig beschäftigt ist, werde ich Ihnen dabei zur Hand gehen.«

Ich habe ihr kaum zugehört, sondern im Vorbeigehen in die Küche geschielt, wo eine dicke Köchin und zwei junge Mädchen mit großen Hauben auf dem Kopf damit beschäftigt sind, Scones und Sandwiches auf einer Etagere anzurichten. War ja klar, dass mein ausgehungerter Magen sich sofort zu Wort meldet, was aber bei dem ganzen Geklapper und Geschnatter in der Küche niemand mitbekommt. Ich kneife die Augen zusammen. Mit einem dicken Lappen in der Hand hat die Köchin sich gerade ächzend vorgebeugt und eine Eisenklappe im Herd geöffnet, auf dem ein kupferner Wasserkessel brodelt. Flammen schlagen ihr entgegen, als sie beherzt einen Packen Holzscheite in die Öffnung schiebt und sie dann krachend zudonnert.

»Äh, bitte was?« Der Anblick dieses aus der Zeit gefallenen Möbelstücks hat mich so absorbiert, dass ich beinahe gegen Mrs Goring gestolpert wäre, denn die ist auf der untersten Treppenstufe stehen geblieben und hat eine fordernde Hand nach meinem Koffer ausgestreckt.

»Nun geben Sie mir schon Ihren Koffer! Seine Lordschaft möchte Sie bestimmt noch vor dem diamantenen Thronjubiläum Ihrer Majestät begrüßen!«

In der englischen Geschichte gab es nur zwei Königinnen, die es bis zum diamantenen Thronjubiläum geschafft haben. Die eine war Königin Elizabeth II., die erst vor Kurzem gestorben ist, und die andere Königin Victoria. Passt zur Mode und dem antiken Holzofen in der Küche. Ausgehendes neunzehntes Jahrhundert. Offensichtlich habe ich es hier mit einem Fall von sehr treuer Königinnenliebe zu tun.

Die Treppe windet sich weiter nach oben, aber anstatt ihr zu folgen, schreitet Mrs Goring entschlossen auf die Tür am Ende des ersten Absatzes zu, öffnet sie und tritt zur Seite, um mich vorzulassen.

In dem Meer aus funkelndem Sonnenlicht, das sich durch die Kuppel, die wie eine herrschaftliche Krone über allem schwebt, in den vor mir liegenden Raum ergießt, erkenne ich blinzelnd eine gigantisch große Halle. In der Mitte thront ein riesiger ovaler Tisch aus edlem glatt poliertem Mahagoni, geschmückt mit einem bunten Blumenarrangement in einer silbernen Schale, das einen Duft nach Sommer und lauen Nächten verströmt.

Leise klatschen meine Flip-Flops über die zum schwarz-weißen Schachbrettmuster angeordneten Fliesen und verstummen erst, als ich zögernd den farbenfrohen Orientteppich betrete, dessen Mitte der Tisch für sich beansprucht.

»Wahnsinn!« Staunend wie ein kleines Kind in Disney World lege ich den Kopf in den Nacken und drehe mich langsam um mich selbst. Weit über mir ragt die kathedralenartige Kuppel in den blauen Himmel hinauf. In der Wölbung hat ein Deckenmaler eine strahlende Sonne umgeben von ein paar weißen Wölkchen verewigt, sodass über der großen

Halle von Staunton House auch beim stürmischsten Wetter jederzeit die Sonne scheint. Eingefasst wird dieses Bild von langen, bogenförmigen Sprossenfenstern, die sich dicht unterhalb der Kuppel hinter einem durch ein verschnörkeltes Eisengitter gesicherten Rundgang befinden.

Ein gutes Stück tiefer zieht sich über drei Seiten der Halle eine durch Säulen unterteilte Empore entlang. Ihr mit kunstvollen Ornamenten gestaltetes Geländer folgt dem Verlauf der Treppe, die bestimmt genauso breit ist wie die zu unserem Rathaus in Aachen, in die Halle hinunter. Nur flüchtig nehme ich vor der ersten Stufe die auf mich wartende Mrs Goring wahr.

Plötzlich ertönt hinter einer der Türen schallendes Gelächter.

»Die Herrschaften haben sich dazu entschlossen, nicht länger auf Sie zu warten und den Tee nun einzunehmen!«, beantwortet Mrs Goring in mahnendem Ton meine nicht gestellte Frage. Gleichzeitig schwingt die Tür zum Souterrain auf. Zwei Diener, angeführt vom Butler, dessen Namen ich immer noch nicht kenne, eilen bepackt mit Etageren grußlos an mir vorüber. Mit ihnen verschwinden die Scones und Sandwiches, die ich eben noch in der Küche bestaunt habe, hinter besagter Tür. Und wieder meldet sich mein knurrender Magen zu Wort und erinnert mich daran, dass das letzte pappige Automatensandwich schon viel zu lange her ist.

»Miss Sondorf?«

»Oh, Entschuldigung, Mrs Goring. Ich komme!«

Diesmal wartet sie nicht, um mir den Vortritt zu lassen, sondern marschiert mit gerafftem Kleid die mit einem dunkelgrünen Teppich ausgelegte Steintreppe hinauf. Keine Frage, die Herrschaften auf den Ölgemälden, Herren und Damen, die mich an der Wand wie stumme Zeugen auf meinem Weg hinauf zur Empore begleiten, müssen die Vorfahren der Calvertons sein. Wie gerne ich sie genauer betrachten würde, aber das muss warten. Wir eilen über Flure, an weiteren Gemälden, Standbildern, schön geschmückten Tischchen und unzähligen Zimmertüren vorbei, bis Mrs Goring endlich vor einer von ihnen stehen bleibt und den Türknauf dreht.

»Es wird gewünscht, dass Sie in unmittelbarer Nähe Ihrer Ladyschaft untergebracht werden, damit Sie ihr jederzeit und ohne Verzögerung zur Verfügung stehen«, erklärt mir die Hausdame und stellt meinen Koffer neben dem breiten Himmelbett ab. »Ihr Zimmer liegt hinter der zweiten Tür weiter den Flur hinunter.«

Die genauere Inspektion muss ich leider auf später verschieben, doch so viel steht fest: Es ist ein Zimmer wie für eine Prinzessin gemacht. Ganz bestimmt das Gegenteil von modern, aber alles edel und mit Liebe zusammengestellt: der Frisiertisch mit bauchigen Beinen und dreigeteiltem Spiegel, die zwei antiken Sessel, zwischen denen ein runder Holztisch mit strahlenförmigen Einlegearbeiten glänzt wie frisch lackiert, der hohe Sekretär mit den vielen Schubladen und Fächern und der Kamin mit dem aufwendig gearbeiteten Sims, der mit zwei Kerzenleuchtern und einer dunkelblauen Vase geschmückt ist und über dem ein großer Spiegel im vergoldeten Rahmen die Wand ziert. Und nicht zu vergessen, das niedliche Beistelltischchen direkt neben der Tür.

»Ich hoffe, das Zimmer sagt Ihnen zu?«

Obwohl im Kamin ein wohliges Feuer lodert, schlinge ich fröstelnd die Arme um mich. Fast gleichzeitig befällt mich ein ganz eigentümliches Gefühl. Als ob … und ich weiß, dass sich das jetzt lächerlich anhört, aber es ist, als ob mich dieses Zimmer nicht haben wollte. Als ob es jemand anderen erwartet habe.

»Oh, Sie frieren! Das tut mir leid. Die Wände dieser Gemäuer sind so dick, dass wir selbst im wärmsten Sommer in manchen Zimmern die Kamine befeuern müssen, deshalb hatte ich Mary auch angewiesen …« Mrs Gorings Augen, die, während sie spricht, zum Kamin wandern, verengen sich. Ich folge ihrem Blick. Nur noch eine dünne Rauchsäule, die sich dem Kaminschacht entgegenschlängelt, erinnert daran, dass da vor Sekunden noch das reinste Lagerfeuer gebrannt hat. Emmas Eltern haben auch einen Kamin, den wir im Winter anwerfen, wenn wir gemütlich Serien bingen. Deshalb kann ich aus Erfahrung sagen, dass kein Feuer der Welt, das eben noch so hell gelodert hat, in nur einem Wimpernschlag verlöschen kann.

»Ach, was hat das dumme Ding denn da wieder angestellt?« Mrs Goring presst verärgert die Lippen aufeinander, hat sich aber schnell wieder im Griff. »Wenn Sie rasch aus Ihren Sachen schlüpfen wollen, dann helfe ich Ihnen beim Ankleiden. Dabei wird Ihnen auch wieder warm. Und selbstverständlich werde ich dafür Sorge tragen, dass Mary das Feuerholz in Zukunft richtig aufschichtet.«

Mrs Goring deutet mit der Hand auf einen Berg aus schwarz-weiß gestreiftem Stoff, den jemand für mich auf dem Bett bereitgelegt hat. Auf dem Boden davor steht ein Paar museumsreifer schwarzer Schnürschuhe. Aus Leder und Stoff mit feinen Stickereien verziert, breiten Seidenbändern zum Zuschnüren und niedrigem Absatz.

»Sie passen«, liest Mrs Goring mal wieder meine Gedanken. »Ihre Garderobe für Staunton House war der Grund, weshalb Mrs Plimpton Ihre Maße abgefragt hat.«

»Auch dafür?« Mit einer Mischung aus wohligem Grusel und echtem Entsetzen trete ich ans Bett und hebe mit beiden Händen das Folterinstrument hoch, das Frauen jahrhundertelang das Atmen unmöglich gemacht hat. »Ein Korsett?«

»Selbstverständlich«, antwortet Mrs Goring entschieden.

»Ich nehme an, es soll möglichst stilecht sein«, nicke ich. »Allerdings wäre es wirklich nett gewesen, wenn Mrs Plimpton mir direkt gesagt hätte, auf was ich mich hier einlasse.«

»Einlasse?« Mrs Gorings Mundwinkel wandern nach unten. »Sie sind die Gesellschafterin der Dowager Countess of Witham. Das ist eine Ehre und nichts, worauf man sich einlässt.«

»Schon klar!«, keuche ich, als ich hinter der Spanischen Wand Shirt, Shorts und Sneakers abstreife. So viel steht fest: Entweder sind die hier alle wirklich sehr spleenig bis (hoffentlich) harmlos irre oder ich liege mit meiner Theorie von der Reality-Show goldrichtig. Aber dann kann man das doch zugeben.

Irgendwie finde ich beide Möglichkeiten ziemlich witzig, denke ich noch, als Mrs Goring mir schwarze Strümpfe, eine komische, pludrige, mit Spitzen besetzte weiße lange

Unterhose und ein, wie ich glaube, Nachthemd anreicht. So oder so werde ich endlich zwar nicht wirklich eine Lady, aber doch immerhin eine Dame auf einem prunkvollen englischen Herrensitz in längst vergangenen Zeiten spielen können. Ach, wie herrlich!

Eine Lage folgt auf die nächste. Sekunden später stütze ich mich nach Luft japsend an einem der Bettpfosten ab. Mit jedem Mal, das Mrs Goring energisch an den Schnüren des Korsetts zerrt, presst sich das von Stoff umspannte Gestell aus (ich schätze mal) Fischbein immer enger um meine Rippen und schnürt meine Taille erbarmungslos zusammen. Erst als ich kaum noch Luft bekomme, dafür aber das vorweisen kann, was man eine Wespentaille nennt, ist Mrs Goring zufrieden. Als Nächstes bindet sie mir ein sehr eigentümliches Drahtgestell um die Taille, das sie über meinem Po in Position bringt. Dann wendet sie sich zum Bett um. Ein Teil des Stoffbergs entpuppt sich als schwarz-weiß gestreifter bodenlanger Rock, in den sie mich schlüpfen lässt. Darüber legt sie eine Art Schürze, die schwarz, weiß und rot, aber diesmal nicht senkrecht, sondern quer gestreift ist. Und zu guter Letzt folgt das schwarz-weiß gestreifte Oberteil, das nichts anderes als eine Art Jacke ist, die von unten bis zum engen Stehkragen mit Ösen geschlossen wird.

Ich weiß nicht, wie viel Zeit die ganze Prozedur in Anspruch genommen hat, genauso wenig, wie ich weiß, in wie vielen Lagen von Unterröcken ich stecke, aber als ich mich am Ende vor dem Spiegel über dem Kamin drehe, sieht mir eine sehr veränderte und sehr zufrieden lächelnde Juno entgegen. Ganz vorsichtig betaste ich die ordentliche Hochsteckfrisur, die Mrs Goring mit flinken Fingern, Schildpattkämmen und Haarnadeln aus meinen wilden Locken gezaubert hat. Hier und da zwackt was, aber es wird schon gehen. Was das hochgeschlossene Kleid und das im wahrsten Sinne des Wortes atemberaubende Korsett angeht, kann ich nur hoffen, dass die Calvertons ihr Kostüm-Spiel so konsequent treiben, dass sie die pralle Sonne genauso meiden, wie es die Viktorianer getan haben.

Trotz des Daisy-Duck-Hinterns, für den ich das Drahtgestell und ein kleines Kissen verantwortlich mache, finde ich mich sehr elegant und damenhaft. Auch wenn die Bewegungsfreiheit sehr zu wünschen übrig lässt, seufze ich glückselig auf.

»So sind Sie präsentabel!« Mrs Goring nickt. »Dann wollen wir Seine Lordschaft nicht länger warten lassen.«

Mylord, Miss Sondorf ist eingetroffen«, meldet Mrs Goring, nachdem sie mich in einen Raum im Erdgeschoss geschoben hat, den ich als Arbeits- oder vielleicht Studierzimmer bezeichnen würde. Der Mann hinter dem Schreibtisch schaut nur flüchtig von seinen Unterlagen auf.

»Danke, Mrs Goring«, sagt er und vertieft sich wieder in seine Arbeit. Er hat uns nicht wirklich eines Blickes gewürdigt. Und das ist auch gut so, denn ansonsten hätte er mir unter Garantie angesehen, wie geflasht ich bin. Seine Stimme klingt rau und unendlich sanft zugleich. Ich fahr unglaublich auf Stimmen ab und die hier ist Himbeereis mit Schlagsahne. Aus Erfahrung weiß ich allerdings auch, dass Stimmen trügen können. Mega Stimme ist nicht immer gleich mega Typ.

Trotzdem spüre ich, wie mir die Röte in die Wangen steigt, weshalb ich Mrs Goring zum Abschied nur kurz zunicke, als sie sich zur Tür umdreht, die sich keine drei Sekunden später hinter ihr schließt.

Nun, was bist du? Volltreffer oder Niete? Kann er nicht noch mal aufgucken? Ne, kann er nicht!

Während das leise Ticken der Kaminuhr anzeigt, wie quälend langsam die Zeit vergeht, trete ich vor dem Schreibtisch ungeduldig von einem Fuß auf den anderen und beobachte, wie Seine Lordschaft in aller Seelenruhe macht, was auch immer er mit den dicken Büchern anstellt, die aufgeschlagen vor ihm liegen. Er liest konzentriert, scheint Zahlenkolonnen zusammenzurechnen und notiert die Summen mit einem Füller. Lange, schmale Hände hat Lord Witham und gepflegte Fingernägel. Weil ihm sein schwarzes Haar in dicken Strähnen über die Stirn fällt, kann ich leider nicht viel von seinem Gesicht erkennen. Von Mrs Plimpton weiß ich, dass er nur vier Jahre älter ist als ich. Schon witzig! Nur vier Jahre! Und trotzdem strahlt er in seinem viktorianischen Outfit bestehend aus beigem Jackett, brauner Weste, weißem Hemd mit Stehkragen und dem mit einer perlenbesetzten Krawattennadel geschmückten Halstuch eine Autorität und Vornehmheit aus, von denen andere Zweiundzwanzigjährige sehr weit entfernt sind.

Verstohlen werfe ich einen Blick zur Kaminuhr. Der Tee dürfte mittlerweile kalt sein.

»Ich weiß, Miss Sondorf, eine ganze Teegesellschaft wartet auf uns. Und sie wird sich auch noch einen Augenblick länger gedulden müssen.«

Diese Stimme! Sie fährt mir durch Mark und Bein. Ertappt drehe ich mich wieder zu ihm um. Doch er studiert immer noch seine Unterlagen.

Nach einer gefühlten Ewigkeit schraubt er langsam und gemächlich die Kappe auf den Füller, bevor er ihn im Zeitlupentempo in ein mit Samt ausgeschlagenes Holzkästchen legt und die Bücher schön eins nach dem anderen zuklappt. Mich beschleicht das Gefühl, dass das alles mit voller Absicht geschieht. So wie ein unausgesprochenes »Sie haben mich warten lassen und deshalb lasse ich jetzt Sie warten«.

»Diese modernen Füllfederhalter sind eine famose Erfindung«, sagt er scheinbar mehr zu sich selbst als an meine Adresse gerichtet. Zwischen beiden Zeigefingern nimmt er den Füller wieder hoch und betrachtet ihn. »Erst vor zwei Jahren hat ein Mr Waterman das Patent darauf erhalten. Mein Freund Wharton hat mir dieses Exemplar aus Amerika mitgebracht. Man muss die Feder nicht mehr in die Tinte tauchen, sondern die Flüssigkeit befindet sich in einer Art Tank, der sie beim Schreiben gleichmäßig und ohne zu klecksen an die Feder abgibt. Aber entschuldigen Sie, ich wollte Sie nicht mit technischen Details langweilen.«

Ich weiß, wie ein Füller aussieht. Ich würde aber gerne wissen, wie du aussiehst. Denke ich mir, spreche es aber natürlich nicht laut aus. Ich will ja keine Spielverderberin sein, aber ich möchte wenigstens gerne wissen, in welchem Jahr die ganze Veranstaltung hier stattfinden soll. Und um das möglichst elegant herauszubekommen, hat er mir gerade eine mega Steilvorlage geliefert.

»Sie langweilen mich nicht!«, spiele ich das Spiel mit. Da treffen sich unsere Blicke. Seine Augen! Sie sind so dunkel, dass ich sie mehr schwarz als braun nennen würde. Der Typ ist ein Volltreffer. Eindeutig. Und ich weiß nicht, ob ich darüber glücklich oder unglücklich sein soll. Immerhin ist er ab heute mein Chef.

»Seit wann gibt es diese … Schreibgeräte denn genau?«, stammele ich und hoffe, dass ihm meine Unsicherheit nicht auffällt.

Oh, mein Gott, was für ein perfektes Gesicht er hat! Ebenmäßige Gesichtszüge und hohe Wangenknochen. Das gepaart mit seinen schwarzen Haaren und den dunklen Augen. So habe ich mir immer Dorian Gray vorgestellt. Mysteriös und verführerisch schön, aber nicht auf diese gelackte Art, sondern mehr so Leonardo-da-Vinci-Skulptur-schön. Und obwohl man seinen muskulösen Oberarmen, die sich unter den Ärmeln seines Jacketts abzeichnen, ansieht, dass er viel Sport treibt, ist er von einer zerbrechlichen, tiefgründigen Eleganz.

»1884. Selbstverständlich.«

Demnach tun wir also so, als würden wir uns im Jahr achtzehnhundertsechsundachtzig befinden? Sehr spannend!

Mit einem gequälten Seufzer legt er den Füller wieder in sein Kästchen zurück. Ja, sorry, aber ich weiß nun mal wirklich nicht, wann der gute Herr Waterman das Patent erhalten hat.

Bedächtig schiebt er seinen Stuhl zurück, steht auf und umrundet den Schreibtisch. Er ist groß. Bestimmt eins neunzig und nicht nur deshalb schaut er ganz eindeutig auf mich herab. »Sebastian Calverton, ich freue mich sehr, Sie *endlich* kennenzulernen, Miss Sondorf. Aber bitte nehmen Sie doch Platz!« Galant rückt er den vor mir stehenden Stuhl vom Tisch ab und deutet mit der Hand darauf.

»Danke!«, krächze ich und lasse mich eher unelegant darauffallen. Mit so einem Rock ist das aber auch eine seltsame Angelegenheit! Egal wie absorbiert ich bin, dass er das Wort »endlich« besonders betont hat, ist mir aufgefallen. »Es tut mir echt total leid, dass ich zu spät gekommen bin, Eure

Lordschaft. Das ist normalerweise nicht meine Art. Ich bin sehr zuverlässig. Aber erst hatte der Zug Verspätung und dann ...«

Er setzt sich wieder hinter den Schreibtisch, nickt, legt die Handflächen aneinander und tippt mit beiden Zeigefingern gegen seine Oberlippe. »Grundsätzlich, Miss Sondorf, sind Zuverlässigkeit und Pünktlichkeit Dinge, auf die wir hier sehr großen Wert legen, weshalb ich in Ihrem eigenen Interesse hoffe, dass sich so etwas wie heute nicht wiederholt.«

»Natürlich nicht!«, verspreche ich und schalte in den unverbindlichen Geschäftsmodus, in dem er dieses Gespräch wohl führen will.

»Damit wir nicht noch mehr Zeit verlieren, möchte ich Ihnen kurz Ihre Aufgaben auf Staunton House erklären.«

»Okay!« Jetzt kommt also die Begründung für das ganze Kostümtheater.

»Wie Sie wissen, habe ich Sie als Gesellschafterin für meine Großmutter, Lady Marjorie Calverton, die Dowager Countess of Witham, eingestellt.«

Ich nicke.

»Ihre Hauptaufgabe wird darin bestehen, meiner Großmutter aus ihren Lieblingsromanen vorzulesen. Wie ich Ihren Unterlagen entnommen habe, teilen Sie beide da die gleichen Vorlieben. Jane Austen, die Brontës, George Eliot ...«

Ich nicke. Schon wieder! Ich kann einfach nicht anders, als ihn anzustarren, womit ich dringend aufhören muss.

»Meistens reicht es der Dowager aber, vor dem Haus zu sitzen, den Blick in den Park und die Gedanken in ihre

Traumwelt zu richten, in der sie sich seit Längerem am liebsten aufhält. Deshalb werden Sie viel Zeit zu Ihrer freien Verfügung haben.«

Um nicht schon wieder einfach nur blöd zu nicken, werfe ich schnell ein: »Mrs Plimpton sagte mir schon, dass die alte Dame ziemlich durch den Wind ist.«

Seine linke Augenbraue schießt tadelnd in die Höhe.

»Ich weiß zwar nicht genau, was Sie mit dieser seltsamen Redewendung ausdrücken wollen, aber wir hier bevorzugen die Umschreibung ›nostalgisch‹«, weist mich Lord Witham zurecht. Höflich, aber doch scharf genug, um mir klarzumachen, dass ich gerade eine unsichtbare Linie überschritten habe.

»Nostalgisch«, wiederhole ich und nicke schon wieder. »Klar!«

»Wie mir Mrs Plimpton in ihrem Schreiben versicherte, sprechen Sie für eine Deutsche ein ganz passables Englisch. Was ich bis auf die eine mir ungeläufige Redewendung bestätigen kann. Sollten Sie dennoch Verständigungsprobleme haben, scheuen Sie sich bitte nicht, dies freiheraus zu sagen.«

»Geht klar!«

»Während Ihrer Freizeit können Sie sich in Staunton House und allem, was dazugehört, frei bewegen: Bibliothek, Orangerie, die Stallung, der Park.« Er zögert kurz. »Können Sie reiten?«

Mein Herz macht einen Hüpfer. »Mein letzter Ausritt ist schon eine Weile her. Aber Reiten ist ja wie Radfahren. Das verlernt man nicht.«

Diesmal wandern gleich beide Augenbrauen skeptisch in die Höhe. Und so langsam, aber sicher beschleicht mich der Verdacht, dass er ziemlich überheblich ist.

»Pferde sind meine Leidenschaft. Ich züchte sie. In den nächsten Tagen müsste meine Lieblingsstute fohlen.«

»Das ist ja großartig. Darf ich dabei sein?«, rufe ich begeistert.

Jetzt habe ich ihn sichtlich geschockt. »Eine Geburt kann eine sehr unschöne Sache sein. Ich glaube nicht, dass es angebracht ist, eine junge Dame dem auszusetzen.« Er räuspert sich. Bevor ich widersprechen kann, redet er schon weiter. »Wie auch immer. Es ist der Wunsch meiner Großmutter, dass ihre Gesellschafterinnen so behandelt werden, als wären sie ein Teil der Familie. Weshalb von Ihnen erwartet wird, dass Sie an allen Mahlzeiten und familiären Aktivitäten teilnehmen. Sollte meine Großmutter allerdings aus Rücksichtnahme auf ihr Alter und ihre angeschlagene Konstitution auf die Teilnahme verzichten müssen, wäre es wohl im Interesse aller, Sie täten es ihr gleich.«

Mit einem Ruck schiebt er seinen Stuhl zurück.

Im ersten Moment versetzt mir sein letzter Satz einen fiesen Stich. Im zweiten sehe ich seine offensichtliche Bitte auf Intimsphäre eher als Erleichterung. Vielleicht habe ich ja auch nicht immer Lust, meine Zeit mit den Calvertons zu verbringen.

»Ich hätte noch eine Frage«, sage ich schnell, bevor er aufsteht und die Gelegenheit vorüber ist.

»Bitte!« Sein Tonfall lässt keinen Zweifel daran, dass ich ihm nicht noch mehr seiner kostbaren Zeit stehlen soll.

»Mrs Plimpton sprach von einer strikten Kleiderordnung … Allerdings hat sie mir nichts von dieser Kostümierung hier erzählt.« Ich lasse meine rechte Hand an mir rauf- und runtergleiten.

»Ich verstehe nicht«, erwidert Lord Witham nüchtern. »Gefällt Ihnen das Kleid nicht? Es steht Ihnen selbstverständlich frei, ein anderes aus Ihrem Kleiderschrank zu wählen.«

»Nein, nein!«, beeile ich mich zu versichern. »Das Kleid ist unbequem, aber schön. Ich frage mich nur, warum ich es anziehen soll und warum sich hier alle so altmodisch kleiden. Ist das ein Spiel, eine Reality-Show oder mögen Sie es einfach gern viktorianisch? Ich meine, ich komme damit klar. Ich würde nur gerne den Grund für diese Scharade wissen.«

»Ich muss gestehen, dass ich Ihnen nicht wirklich folgen kann, Miss Sondorf.« Lord Witham räuspert sich irritiert. »Bisher lebte ich in der Vorstellung, dass sich Europa und England in Mode und Lebensweise nicht allzu sehr unterscheiden.«

»Tun sie auch nicht.«

»Damit wäre Ihre Frage dann wohl beantwortet. Sie tragen dieses Kleid und wir leben, wie wir leben, weil das nun mal unserer Zeit entspricht.«

Um zu verdeutlichen, dass sich das Thema für ihn damit erledigt hat, erhebt er sich von seinem Stuhl. Wenn ich seine verwirrte Miene richtig interpretiere, mit der er jetzt auf die Tür zugeht, dann fragt er sich gerade, was für einen seltsamen Vogel Mrs Plimpton ihm da geschickt hat. Und ganz ehrlich: Die gleiche Frage stelle ich mir auch. Nur umgekehrt.

Noch in der großen Halle höre ich leises Gemurmel, das augenblicklich zu einer angeregten Unterhaltung anschwillt, als ich hinter Lord Witham die Bibliothek betrete.

Ich bin im Himmel! Deckenhohe Regale aus edlem, dunklen Holz voller Bücher. Alle, soweit ich das auf den ersten Blick beurteilen kann, in Leder gebunden. Der hölzerne Boden verschwindet fast komplett unter den vielen Teppichen und durch die bodentiefen Fenster erhasche ich einen Blick auf den gepflegten unendlich weiten Park hinter dem Haus.

»Bitte entschuldigt unsere Verspätung.« Schon bei Lord Withams ersten Wort verstummt das Gespräch und insgesamt drei Augenpaare richten sich auf ihn, um dann neugierig zu mir herüberzuwandern. Nur eine Person merkt gar nicht, dass wir eingetreten sind. Lady Marjorie Calverton, die Dowager Countess of Witham, muss mir niemand vorstellen.

Gegenüber einem ziemlich breiten und hohen Kamin begrenzen zwei Sessel die Sitzgruppe aus zwei Sofas und einem zum Tee gedeckten Tisch. In einem von ihnen thront mit kerzengerader Haltung die alte Dame. Sie trägt ein langes schwarzes Kleid, die grauen Haare sind hochgesteckt. Selbst durch die durchbrochene Spitze ihrer schwarzen Handschuhe kann ich erkennen, dass ihre Finger von Arthritis gezeichnet sind. Majestätisch ruht ihre Hand auf dem silbernen Griff eines Gehstocks, während sich ihre Augen in dem Gemälde eines Sees über dem Kamin zu verlieren scheinen.

Das Sofa uns gegenüber wird von einem Mann und einer sehr dicken Frau belegt. Auch sie sind altmodisch gekleidet. Gerade lang genug, dass wir die mit Clotted Cream und Marmelade bestrichenen Sconeshälften gut sehen können, hebt der Mann seinen Teller an. »Köstlich, Sebastian, wirklich köstlich. Wie immer!«

»Das freut mich«, antwortet Lord Witham kühl. »Darf ich euch Miss Sondorf, die neue Gesellschafterin meiner Großmutter, vorstellen?«

»Sondorf? Ist das deutsch?«, erkundigt sich die dickliche Frau. Genauso wie den Mann neben ihr enttarnt ihr Akzent sie als Amerikanerin.

»Ja, genau!«, bestätige ich, während ich zum ersten Mal dankbar für dieses lange Kleid bin. Wenn es auch unbequem ist, gerade versteckt es hervorragend meinen nervös wippenden rechten Fuß. Ich hasse es, wenn sich alle Blicke auf mich konzentrieren. Und ich hasse es noch viel mehr, wenn ich eine Situation nicht einschätzen kann. Kameras habe ich im Übrigen nicht eine entdecken können. In keinem Raum.

»Das hier sind mein Freund Charles Wharton und seine Gemahlin Laura Wharton. Wie jedes Jahr beehren Sie uns auch in diesem Sommer als unsere Hausgäste.« Nur an mich gewandt setzt Lord Witham hinzu: »Sie erinnern sich vielleicht. Der Füllfederhalter.«

Denkt der, ich bin doof? Den Transfer hatte ich auch schon ganz alleine hergestellt, sobald er den Namen ausgesprochen hatte.

»Herzlich willkommen!«, lacht Mr Wharton herzhaft, hievt sich aus den weichen Kissen und schüttelt mir über den Tisch und das zweite Sofa hinweg die Hand. »Da hatten Sie es ja nicht so weit wie wir. Die lange Schiffspassage ist ein Gräuel. Besonders wenn Sturm aufkommt. Aber Cornwall entschädigt uns doch jedes Mal für alle Unbill!«

»Unbill?« Ich werfe Lord Witham einen unsicheren Blick zu.

»Beschwernis«, übersetzt er, ohne auch nur eine Sekunde nachdenken zu müssen.

»Kommen Sie, Kindchen, setzen Sie sich doch zu mir!« Kichernd klopft Mrs Wharton neben sich. »Wharton kann sich uns gegenüber hinsetzen. Da hat er ein Sofa ganz für sich allein.«

Auf den ersten Blick wirkt sie sehr freundlich, aber schon auf den zweiten warnt mich mein Bauchgefühl, sie lieber mit Vorsicht zu genießen.

»Ich muss dich leider um etwas Geduld bitten, meine liebe Laura. Denn natürlich muss ich Miss Sondorf erst meiner Großmutter und Fiona vorstellen, bevor du sie ins Kreuzverhör nehmen kannst.«

Die Enttäuschung steht ihr zwar ins pausbäckige Gesicht geschrieben, doch scheinbar gehört sie zu den Menschen, denen die gute Laune nie vergeht. Schon im nächsten Moment kichert sie: »Kreuzverhör, Sebastian! Wie köstlich! Ich nehme doch niemanden ins Kreuzverhör.« Ihr ausgestreckter

Zeigefinger wackelt in meine Richtung. »Auf Dauer werden Sie mir aber nicht entkommen, Kindchen! Ich will alles über Sie erfahren.«

Ohne dass er mich aufgefordert hätte, folge ich Lord Witham vorbei an dem ersten Sessel, aus dem mich eine junge Frau freundlich anlächelt, und weiter bis zu dem Sessel, in dem seine Großmutter thront wie eine Sphinx. Mit einer Handbewegung bedeutet er mir zu warten, bevor er neben ihr in die Hocke geht. Liebevoll nimmt er die linke Hand der alten Dame in seine und flüstert mit einer Herzlichkeit, die ich diesem unterkühlt hochmütigen Menschen nie im Leben zugetraut hätte: »Grannie? Ich bin es, Sebastian.«

Als müsse sie erst aus einer sehr weit entfernten Welt zu uns in die Wirklichkeit zurückkehren, flattern Lady Marjories Augen, bevor sie es schaffen, sich auf ihren Enkel zu konzentrieren.

»Sebastian, wie schön, dich zu sehen!« Zärtlich streicht sie ihm eine ungezogene Haarsträhne aus der Stirn.

»Ich habe Besuch für dich mitgebracht.« Auffordernd nickt mir Lord Witham zu, was mich dazu veranlasst, langsam näher zu treten.

Die Augen der alten Dame weiten sich, ihre Brust hebt und senkt sich, während ihre rechte Hand sich um den Griff des Gehstocks krallt. Im nächsten Moment stößt sie einen Schrei aus, der mich zurückweichen lässt. »Isobel!« Tränen schießen ihr in die Augen. »Isobel! Du bist zurückgekommen. Endlich!«

Was, zum Henker, geht hier vor sich!?

Sie löst ihre linke Hand aus der ihres Enkels und streckt sie mir flehentlich entgegen. Weil ich Mitleid mit ihr habe, mache ich einen unwillkürlichen Schritt auf sie zu, was ich im nächsten Moment bereue. Wie eine eiserne Klaue krallt Lady Marjorie ihre knöchernen Finger mit einer Kraft um mein Handgelenk, die ich der alten Dame nicht mehr zugetraut hätte. Um nicht vor Schmerz aufzuschreien, beiße ich mir so fest auf die Unterlippe, dass ich den eisernen Geschmack von Blut auf meiner Zunge schmecke.

Mit einem Schlag scheint die Zeit in der Bibliothek stehen geblieben zu sein. Bis auf das Ticken der Standuhr ist es mucksmäuschenstill. Mr Wharton blickt betreten auf seinen Teller, während seine Frau mich mit offenem Mund und unverhohlener Neugier betrachtet.

Hilfe suchend schaue ich zu Lord Witham, in dessen ruhigem Blick ich die leise Bitte um Nachsicht lese.

»Nein, Gran, das ist nicht Isobel.« Vorsichtig löst er die Finger seiner Großmutter von meinem Handgelenk, während er weiter beruhigend auf sie einredet. »Du weißt doch, wer das ist. Du hast dich doch so auf Miss Sondorf gefreut.«

Bockig schüttelt die alte Dame den Kopf. »Nein! Nein! Das glaube ich dir nicht. Du lügst! Ich erkenne doch Isobel, wenn sie vor mir steht.«

»Beruhige dich, Gran!« Die junge Frau im Nachbarsessel, sie muss wohl Lord Withams Schwester sein, beugt sich vor, um der alten Dame sanft über den Rücken zu streichen.

»Isobel!«

Es liegt so viel Flehen, so viel Sehnsucht in diesem Namen, dass ich kurz davor bin, zu behaupten, ich wäre diese

Isobel, nur um die Hoffnung der alten Dame nicht zu enttäuschen.

»Isobel!«, haucht sie glückselig. »Du bist zurück! Jetzt wird alles wieder gut!« Ihr Körper entspannt sich, während ihr Geist sich ganz weit von uns zu entfernen scheint. »Ich wusste, dass du kommst! Ich wusste es!«

Und wieder richtet sie ihre Augen auf das Gemälde über dem Kamin und taucht ab in eine Welt, in die wir ihr nicht folgen können.

»Es ist nicht Ihre Schuld«, flüstert mir die junge Frau zu und zieht ein Stofftaschentuch hervor, mit dem sie die Tränen der alten Dame wegtupft. »Sie hat nur gerade eine ihrer Episoden.«

»Meine Schwester, Lady Fiona«, stellt mir Lord Witham im Aufrichten seine Schwester vor.

Wahrscheinlich macht die viktorianische Aufmachung sie älter, als sie ist. Zieht man die hochgesteckten pechschwarzen Haare und die bis zum Kinn zugeknöpfte weiße Bluse ab, muss sie ungefähr in meinem Alter sein. Mrs Plimpton hatte nur von einer jüngeren Schwester erzählt. Die tief dunklen Augen und hohen Wangenknochen sehen bei ihr nicht so attraktiv aus wie bei ihrem Bruder. In die Schubladen hübsch oder hässlich passt sie nicht. Interessant, charmant und hellwach. So würde ich meinen ersten Eindruck von ihr beschreiben. Ihre Warmherzigkeit spürt man nicht allein daran, wie liebevoll sie mit ihrer Großmutter umgeht, sondern sie strahlt sie förmlich aus.

»Fiona hat ganz recht. Wir wissen nicht, was diese …« Kurz sucht Lord Witham nach einem passenden Wort und entscheidet sich dann für: »... Anfälle auslöst. Noch wissen wir, wer diese Isobel ist. Wenn sie später wieder bei sich ist, wird unsere Großmutter sich an den Vorfall nicht mehr erinnern. Das ist immer so. Wir neigen dazu anzunehmen, dass diese Isobel in ihrer Kindheit oder Jugend eine wichtige Rolle gespielt hat und sie sich jetzt, wo sie sich so gerne der Nostalgie hingibt, wieder verstärkt an sie erinnert.«

Ganz offensichtlich scheut sich Lord Witham, das zu sehen, was doch so sonnenklar vor ihm liegt: Seine Großmutter ist dement und taucht immer häufiger in die Vergangenheit ab.

»Bitte entschuldigen Sie. Ich hätte Sie vorwarnen sollen«, sagt er und zieht beiläufig ein Stofftaschentuch hervor. »Sie bluten.«

Im Wegdrehen hält er mir das Taschentuch hin und raunt desinteressiert: »Ich brauche es nicht zurück.«

Oder willst du es selbst gewaschen und gebügelt nicht zurückhaben, nachdem es die Lippen einer Angestellten berührt hat? Der Typ gehört eindeutig zu der Kategorie: mega Stimme, scheiß Kerl. Worauf er sich wohl mehr einbildet? Auf sein Aussehen, seine Kohle oder seinen Adelstitel?

»Sie müssen ja total ausgehungert sein«, wendet sich Lady Fiona fürsorglich an mich, als ich wieder vorzeigbar bin. »Bitte nehmen Sie doch Platz und bedienen Sie sich.«

»Und wie!«, seufze ich sehnsüchtig, schiebe das Taschentuch unter den Ärmel meines langen Kleides und übersehe mit voller Absicht Mrs Whartons einladenden Blick, als ich mich auf das Sofa ihr gegenüber setze. Endlich darf ich essen! Der Tee, den mir ein Diener, der bisher gut getarnt hinter einem riesigen Farn gewartet hat, einschenkt, ist zwar nur noch lauwarm, aber trotzdem himmlisch. Vor allem, nachdem ich ihn mit Milch und Zucker verfeinert habe.

Nach drei Lachs- und zwei Gurkensandwiches, gefolgt von zwei herrlich duftenden Scones, auf die ich tüchtig Himbeermarmelade und Clotted Cream gebe, fühle ich mich wieder halbwegs wie ein Mensch, auch wenn das blöde Korsett jetzt noch enger sitzt als vorher.

»Jedermann weiß, dass eine Frau für die Erfindung dieses grauenvollen Korsetts verantwortlich zeichnet, und trotzdem manifestiert sich der Verdacht in meinem Kopf, dass irgendwie doch ein Mann dahinterstecken muss«, flüstert mir Lady Fiona verschwörerisch hinter ihrer Teetasse zu. Offensichtlich habe ich eine Spur zu leidend aufgeseufzt.

Lady Fiona! Es klingt schon lächerlich, wenn ich es nur denke! Wir sind fast gleich alt und reden uns mit Lady beziehungsweise mit dem Nachnamen an. Völlig bescheuert!

»Vorderster Sinn und Zweck dieses Dings ist es dabei nicht etwa, uns eine Figur aufzuzwingen, die die Natur einfach nicht vorgesehen hat. Auch wenn dieser Gedanke naheliegt. Nein!« Mit jedem weiteren Wort wird ihre Stimme eindringlicher. »Die wahre Absicht dahinter ist es, uns den Atem zum Sprechen zu rauben. Ansonsten müssten die Männer nämlich fürchten, dass sich herausstellt, wie viel schlauere Gedanken wir denken als sie und wie viel besser wir nicht nur dieses Land regieren würden!«

»Darf ich dich daran erinnern, Fiona, dass wir von einer Monarchin regiert werden?«, wirft Lord Witham ungefragt ein. Er steht sehr aufrecht zwischen Lady Fiona und Mrs

Wharton. Weder Sandwiches noch Scones hat er angerührt. Ich habe auch nicht mitbekommen, dass er auch nur einmal an seiner Tasse genippt hätte.

»Männer, Sebastian. Unser gesamtes Parlament besteht nur aus Männern!«, stellt Lady Fiona sachlich fest, während ihr Bruder stumm den Kopf schüttelt, seine Tasse auf dem Tisch abstellt und mit hinter dem Rücken verschränkten Händen vor eines der bodentiefen Fenster tritt, die von schweren dunkelroten Vorhängen eingerahmt werden. Deutlicher kann er gar nicht betonen, wie sehr ihn das Gespräch anödet.

»Ah, sieh an. Spät kommt er, doch er kommt!«, verkündet er in der nächsten Sekunde und öffnet für einen unsichtbaren Gast die Fenstertür.

Mit einem Ruck dreht sich Lady Fiona zu ihm um. »Dürften Frauen mitbestimmen, Sebastian, dürften sie wählen, dann sähe die Welt völlig anders aus. Sie wäre ein friedlicherer und deutlich gerechterer Ort.«

Dürften Frauen wählen?

»Frauen Englands, vereinigt euch! Schwingt die Schwerter und blast zum Sturm auf die Barrikaden. Denn ansonsten ist unsere Welt verloren«, klingt eine noch körperlose Männerstimme zu uns herein. Nur einen Wimpernschlag später tritt ein junger Mann mit weizenblonden Haaren von der Terrasse in die Bibliothek.

»Endlich einer, der mich versteht. Nicht wahr, Robert, du bist auch ein Befürworter des Frauenwahlrechts?«, begrüßt Fiona den Neuankömmling dankbar. Selbstverständlich ist auch er im Stil des ausgehenden neunzehnten Jahrhunderts gekleidet. Allerdings wirkt seine Aufmachung im Gegensatz zu der von Lord Witham etwas weniger steif. Das mag daran liegen, dass sein blaues Jackett ein Stück kürzer ist und er sich das Tuch nicht um den Stehkragen seines weißen Hemdes, sondern direkt um den Hals gebunden hat.

»Unbedingt, meine liebe Fiona, meine Stimme hast du!« Mit der Eleganz eines Panthers schlängelt sich der Mann zu Lady Marjorie durch, um sie mit einem Handkuss zu begrüßen. Eine Aktion, die er sich auch hätte schenken können.

»Könntest du bitte aufhören, meiner Schwester Flausen in den Kopf zu setzen, Farnfield?« Die Bitte klingt, als ob Lord Witham sie schon häufiger an diesen Robert gerichtet hätte.

»Aber warum denn nur?«

Von meinem Platz aus kann ich sehen, wie unser Neuzugang sich Lady Fiona zuwendet und ihr verschwörerisch zuzwinkert, als er jetzt ihre Hand küsst, woraufhin sie ihm ein dankbares und sehr vertrautes Lächeln schenkt. Ob die beiden was am Laufen haben?

»Sie würde eine fantastische Premierministerin abgeben. Auf ihre höchst eigene unkonventionelle Art, die ich jeder Konvention vorziehe, mit dem gewissen Etwas, hinreißend intelligent, wunderbar spitzzüngig und mit dem schwärzesten Humor des ganzen Empire.«

»So weit kommt es noch!«, schnaubt Lord Witham. »Wenn Fiona erst mal verheiratet ist, einem großen Haushalt vorsteht und Kinder hat, wird sie keine Zeit mehr für derlei Unsinn haben!«

What? Hat der jetzt nicht wirklich gesagt! Denkt der das echt oder ist der patriarchalische Spießer Teil seiner Rolle?

»Ich glaube, mir wird gleich schlecht!«, zischelt Lady Fiona mir zu, woraufhin ich nur mit weit aufgerissenen Augen nicken kann. Was für ein unerträgliches Machogeschwätz!

»Möchtest du mir die junge Dame nicht vorstellen, Witham?«, reißt mich dieser Robert aus meinem Schauderanfall.

»Juno Sondorf, die neue Gesellschafterin meiner Großmutter«, kommt Lord Witham der Bitte nach. »Lord Robert Farnfield, der siebte Viscount Melton oder zumindest wird er das sein, wenn es ihm vorher nicht gelingt, sich umzubringen, woran er zu Wasser, zu Lande und auf dem Pferderücken fleißig arbeitet.«

»Hören Sie nicht auf ihn!« Lord Farnfield breitet mit gespielter Unschuldsmiene die Arme aus. »Ich bin gar nicht so schlimm. Nur ab und an, da mache ich dem Schicksal ein Angebot. Fifty, fifty. Bisher habe ich immer gewonnen. Worüber ich mich heute ganz besonders freue. Ich habe Ihren Namen nicht richtig verstanden, Lady …?« Er kommt auf mich zu, ergreift meine Hand und beugt sich über sie, während er mich nicht aus den Augen lässt. Es sind andere Augen als die von Lord Witham, stahlblau wie Gletschereis, aber nicht weniger faszinierend. Wenn er so wie jetzt sein Lächeln anknipst, zeigen sich kleine Grübchen in seinen Wangen, die mir perfekt zu seinem fröhlichen Wesen zu passen scheinen. Alles an ihm verströmt eine unglaubliche Leichtigkeit garniert mit einer Prise Lebensverachtung.

»Nein, nein, ich bin keine Lady!«, beeile ich mich, das Missverständnis aufzuklären. »Nur Juno Sondorf.«

»Herzlich willkommen, nur Juno Sondorf! Es freut mich, Ihre Bekanntschaft zu machen!« Seine Stimme ist nicht mehr als ein beschwörendes Flüstern. Für einen wirklich minikurzen Moment bringen seine Lippen die Luft über meiner Haut zum Vibrieren, dabei wirft er Lord Witham einen Blick zu, den ich nicht deuten kann. Herausfordernd, provozierend oder einfach nur forschend. »Was für ein Glück ihr immer mit euren Gesellschafterinnen habt. Nur schade, dass sie nie lange bleiben.«

Lord Witham zieht kurz die Stirn kraus, erwidert aber nichts.

»Nichts für ungut!«, lacht Lord Farnfield und klopft seinem Freund kameradschaftlich auf die Schulter. »Habt ihr mir denn etwas übrig gelassen oder muss ich in der Speisekammer die Vorräte plündern gehen?«

»Sie Schelm!«, kichert Mrs Wharton affektiert. »Wie könnten wir denn einen Mann wie Sie vergessen?«

»Mrs Wharton, Sie sind und bleiben doch einfach unerreicht!« Mit einem Lächeln beugt sich Lord Farnfield kurz zu dem Sofatisch herunter und greift sich ein Sandwich von der Etagere. Sofort ist der Diener wieder zur Stelle, um ihm Teller, Besteck und eine Serviette anzureichen.

»Brauche ich nicht. Danke!« Lord Farnfield pflückt nur die Serviette aus der Hand des Dieners, dann schlendert er mit Lord Witham zum Kamin hinüber, wo sie ein leises Gespräch beginnen. Über Mrs Whartons dröhnende Stimme hinweg – sie textet Fiona mit irgendwas über den Einfluss der Sterne auf den Menschen zu – schnappe ich vom Kamin nur die Worte Sommerball, Gäste und Jagd auf. Vor allem das erste zaubert ein richtig breites Grinsen auf mein Gesicht.

Während ich mir alibimäßig noch einen Scone auf den Teller lege, ihn mit den Fingern vorsichtig in zwei Hälften teile und diese mit Clotted Cream und Marmelade bestreiche, muss ich einfach immer wieder zu den beiden hinüberschielen. Ihre ganze Körpersprache verrät ihren Status als allerbeste Freunde. Es ist ziemlich klar, dass sie viel miteinander verbindet, dass sie einander blind vertrauen, dass sie unzertrennlich sind. Genauso wie die Tatsache, dass sie grundverschiedene Charaktere sind. Da ist Lord Witham: krank konservativ, unnahbar, Emma würde sagen spießig, überheblich, stolz und arrogant. Ein Mr-Darcy-Typ vielleicht.

Lord Farnfield wirkt wie das genaue Gegenteil. Ganz sicher bin ich mir da allerdings nicht. Häufig sind die Menschen, die am lautesten lachen, auch die, die in ihrem Innersten am traurigsten sind. Allerdings bin ich bereit, mein Gesellschafterinnengehalt darauf zu verwetten, dass er supersportlich ist. Der ist bestimmt jeden Tag stundenlang im Fitness-Studio. Bevor sich jemand wundern kann, warum ich meinen Scone stundenlang bestreiche und ihn dann doch nicht esse, schiebe ich mir schnell eine Hälfte in den Mund.

»Genug geschwätzt!« Dreimal lässt Lady Marjorie ihren Gehstock auf den Boden krachen und die Gesellschaft erschrocken zusammenfahren, was ihr einen großen Spaß zu bereiten scheint. »Der Tee war wässrig, die Sandwiches zu labbelig und die Scones zu süß. Sebastian, trage Sorge dafür, dass Mrs Hill davon erfährt.«

»Selbstverständlich, Grandma!« Augenblicklich ist klar, wer hier ab jetzt das Sagen hat. Bis zur nächsten Episode.

»Und wo ist die neue Gesellschafterin, die du mir für heute avisiert hast?« Bevor ihr Enkel antworten kann, hat die Dowager Countess of Witham mein unbekanntes Gesicht neben Fiona aufgespürt. »Das müssen dann ja wohl Sie sein?«

»Ja, richtig!« So schnell ich kann, würge ich die zweite Hälfte meines Scone hinunter und falte meine Serviette zusammen. »Juno Sondorf, ich freue mich sehr, hier sein zu dürfen.«

Lady Marjorie beugt sich leicht vor, um mich besser durch die Gläser ihres Lorgnons betrachten zu können. »Etwas dünn, will mir scheinen. Juno? Was für ein Name soll das sein?« Ungeduldig winkt sie ab. »Vergessen Sie meine Frage. Es ist uninteressant.«

Sehr freundlich!

Ächzend rückt sie auf die Sesselkante vor. »Ich habe genug von dem sinnleeren Gerede und trockenem Gebäck und wünsche auf mein Zimmer gebracht zu werden. Nein, nicht von dir!«

Fast ärgerlich schlägt sie Lady Fionas Hand weg. »Sie soll mich begleiten!«

Die Spitze des Gehstocks deutet auf mich und schon bin ich auf den Füßen, um ihr beim Aufstehen zu helfen. »Und wagen Sie es ja nicht, mir hilfreich unter die Arme greifen zu wollen. Auch wenn ich vielleicht den Eindruck einer morschen Eiche erwecke, werde ich noch viele Herbststürme überstehen! Vergessen Sie das nie!«

Als der alte Drache sich erhebt, stehen die Whartons und Lady Fiona blitzschnell von ihren Plätzen auf und auch Lord Witham und Lord Farnfield am Kamin neigen ehrfürchtig die Köpfe, während sie vor mir mit kleinen vorsichtigen Schritten aus der Bibliothek trippelt.

»Sondorf ist deutsch, nicht wahr?«, fragt sie mich, als sie auf der fünften Treppenstufe stehen bleibt und sich mit Adlermiene zu mir umdreht.

»Ja!«, antworte ich eingeschüchtert von den zwei Gesichtern dieser Frau.

»Gibt es denn keine englischen Gesellschafterinnen mehr, dass Sebastian sie vom Kontinent importieren muss?«, nuschelt sie kopfschüttelnd und wendet sich wieder in Gehrichtung. Danke für die herzliche Begrüßung, ich mag Sie dement auch lieber!

Auf dem obersten Treppenabsatz macht sie eine Pause. Das Treppensteigen und gleichzeitige Sprechen haben sie mehr angestrengt, als sie zeigen will.

»Wenn wir miteinander auskommen wollen, sollten Sie noch eins wissen.« In kurzen Stößen atmet sie ein und aus. »Duckmäuser und Speichellecker kann ich nicht ausstehen.«

Die nimmt ja echt kein Blatt vor den Mund. Auf ihren Stock gestützt, dreht sie sich zu mir um, als ich zwei Stufen unter ihr stehen bleibe.

»Sollten Sie zu dieser Fraktion gehören, ist es besser, Sie packen sofort wieder Ihre Sachen. Menschen ohne feste Meinung und Rückgrat langweilen mich zu Tode. Bisher gab es nur einen Menschen, der den Schneid hatte, mir Paroli zu bieten!« Die Erinnerung an diesen einen Menschen macht aus dem alten Drachen mit den verbiesterten Gesichtszügen wieder die gutmütig lächelnde Großmutter aus der Bibliothek. Doch innerhalb nur eines Wimpernschlages wechselt sie die Masken und gibt erneut die beinharte Dowager Countess.

»Ich hatte nicht vor, Ihnen nach dem Mund zu reden!« Hatte ich wirklich nicht. Meine Oma hat mich Respekt gelehrt. Vor allen Menschen, aber ganz besonders vor den alten. Niemals werde ich ihr respektlos gegenübertreten, aber meine ehrliche Meinung werde ich nicht für mich behalten, wenn ich danach gefragt werde.

Sie nickt anerkennend. »Ihre kurze Lebensgeschichte, so interessant sie hoffentlich ist, können Sie mir dann ein anderes Mal erzählen. Jetzt wäre ich Ihnen dankbar, wenn Sie mich ohne viel Geschwätz auf mein Zimmer brächten. Den Rest übernimmt meine Zofe und wir sehen uns zum Dinner!«

Alle Figuren sind auf ihren Plätzen.
Lasst die Spiele beginnen!

Mit geschlossenen Augen lehne ich mich von innen an meine Zimmertür und atme geräuschvoll aus. Ich bin nicht wirklich darüber informiert, wann in viktorianischen Herrenhäusern zu Abend gegessen wird, ich meine spät und das hoffe ich auch, denn ich werde jede einzelne verdammte Minute brauchen, um zu verstehen, was heute Nachmittag passiert ist. Ich bin hierhergekommen, um nach allem, was in den letzten Monaten geschehen ist, eine Auszeit zu nehmen und mir darüber klar zu werden, wie meine Zukunft aussehen soll, und ganz bestimmt nicht, um mich innerhalb von zehn Sekunden schockzuverlieben und dann auch noch in meinen Chef, der neben der Tatsache, dass er megahot, leider auch noch ein ziemlich versnobter Macho ist und – nicht zu vergessen – tüchtig einen an der Waffel haben muss. Was für eine Verschwendung!

Ich begreife immer noch nicht, was diese seltsam altmodische Welt überhaupt soll.

Alles voll crazy! Plötzlich überkommt mich das ungeheure Verlangen, mit Emma zu sprechen. Jetzt und sofort.

Ecuador hinkt sechs Stunden hinter England her, also stehen meine Chancen gut, dass sie gerade mit ihrer Gastfamilie zu Mittag isst oder sich zumindest noch auf der Hacienda befindet, wo sie, wie wir uns überlegt haben, wenn überhaupt, am besten zu erreichen sein wird. Begierig danach, Emmas Stimme, ihr amüsiertes Lachen und das unvermeidliche: »Wie cool ist das denn?« und »Aus dem Typen wird sich doch wohl was machen lassen!« zu hören, stürze ich auf den Frisiertisch zu.

Verwundert bleibe ich stehen. Vorhin habe ich nämlich Rucksack und Tasche auf dem Frisierhocker abgelegt. Aber da sind sie nicht mehr. Stattdessen liegen sie auf dem Teppich. Ich würde ja sagen, sie sind einfach umgefallen, weil ich in der Eile zu unachtsam war. Passiert. Nur läge der Inhalt dann nicht ordentlich sortiert auf dem Holzboden. Mein Handy. Mein Rechner. Mein Schlüsselbund. Das Buch, das ich aktuell lese, mein Lippenstift, eine Packung Tempos, meine Powerbank. Die halbvolle Cola-Flasche, das Desinfektionsmittel und mein Lippenstift. Kuli, Block, Salbeibonbons, Flug-, Zug- und Busticket. Jemand hat sich das alles ganz genau angesehen. Aber wo ist … Oh Gott, nein! Mein Portemonnaie. Als ich es halb unter meinem Schal versteckt entdecke, sinke ich auf die Knie, schnappe es mir und zerre hektisch den Reißverschluss auf. Alles noch da: das bisschen Münzgeld, das ich noch besitze, Pass, Führerschein, EC- und Kreditkarte. Nichts fehlt. Ich lasse mich auf meine Fersen sinken. Irgendwie sieht das nach einer Bestandsaufnahme aus. *Show me what's in your bag and I tell you who you are.* Geht das hier in diese Richtung?

Einer plötzlichen Eingebung folgend, drehe ich den Kopf zu meinem Koffer um, den Mrs Goring neben dem Bett abgestellt hat. Darin hätte der Eindringling den aufklappbaren silbernen Bilderrahmen mit dem Foto von meinen Eltern und mir auf der linken und dem Foto von mir und meiner Oma auf der rechten Seite gefunden. Nichts von großem Wert. In keiner Währung der Welt, sondern nur in schönen Erinnerungen, Liebe und Dankbarkeit bemessen. Hat er aber nicht. Er hat den Koffer nicht angerührt.

Warum studiert wer auch immer so akribisch den Inhalt meiner Tasche und meines Rucksacks, lässt dann aber meinen Koffer links liegen? Mein Herz setzt aus. Jemand, der mit seiner Arbeit nicht fertig geworden ist. Weil ich ihn gestört habe! Nur mein langes Kleid raschelt, als ich mich langsam auf dem Boden ausstrecke, um abzuchecken, ob sich jemand unter dem Himmelbett versteckt hat. Bevor ich die Tagesdecke anhebe, halte ich gespannt die Luft an.

Ich kann weiteratmen. Unter dem Bett ist niemand. Hinter der Spanischen Wand und zwischen den Kleidern, Hüten, Handtaschen und Schuhen im Schrank versteckt sich auch keine Seele. Bleibt also nur noch die Tür neben dem Bett. Mit klopfendem Herzen greife ich mir den Kerzenleuchter vom Nachttisch, recke ihn hoch über meinen Kopf und reiße mit einem Ruck die Tür auf. Augenblicklich lasse ich ihn sinken. Wie ich mir mit einer Mischung aus Erleichterung und einem Hauch von Enttäuschung eingestehen muss, ist der Raum menschenleer.

Für wen auch immer er mal so hergerichtet worden ist, der- oder diejenige muss gerne gebadet haben. Denn das ist kein Badezimmer, das ist ein Badetempel. Altmodisch, aber umwerfend. Ringsum zeigt die Wandtapete badende Meerjungfrauen in einem Seerosenteich. Ehrfürchtig lasse ich meine

Fingerspitzen über die Marmorplatte des lang gezogenen Waschtisches mit den goldenen Armaturen gleiten. Der Spiegel dahinter macht mir ziemlich deutlich, was meine kranke Suchaktion aus meinen Haaren gemacht hat. Wenn ich im Frisiertischchen ein paar Haarnadeln finde, gelingt es mir vielleicht, sie auch ohne fremde Hilfe irgendwie wieder in Ordnung zu bringen. Doch nicht bevor ich diese irre Hollywood-Badewanne mit den romantisch nach oben gezogenen Kopf- und Fußenden inspiziert habe. Auf ihren goldenen Füßen thront sie einladend mitten im Raum. Ich kann es gar nicht erwarten, bis ich mich der Länge nach in einer Flut aus heißem Wasser und wogendem Schaum darin ausstrecken und wie eine Königin fühlen kann.

»Siehst du? Eine der Haushaltshilfen war neugierig und hat es dann mit der Angst bekommen und ist abgehauen«, höre ich Emmas Stimme sagen. »Und jetzt erzähl mir von dem durchgeknallten Hottie!«

Und genau das werde ich auch tun, denke ich und gehe zurück ins Schlafzimmer, um den Kerzenleuchter wieder auf dem Nachttisch abzustellen und Emma anzurufen. Endlich!

Als der Gong aus der Halle durchs Haus dringt, habe ich drei Mal vergeblich Emmas Nummer gewählt. Über WhatsApp und normal. Hoffnungslos, ohne Netz. Das WLAN-Passwort kenne ich auch nicht. Letzteres werde ich mir besorgen und Ersteres führe ich auf die dicken Mauern zurück.

Während ich mit einem wohligen Seufzer die Schnürsenkel meiner Sneakers zubinde – ich hab von den anderen

Schuhen jetzt schon Blasen an den Füßen – lasse ich meinen Blick forschend durch das Zimmer wandern. Meine Klamotten habe ich im Koffer gelassen und ihn unter das Bett geschoben. Der Bilderrahmen steht auf dem Nachttisch, in dem ich im Übrigen hinter der kleinen Tür eine ziemlich angestaubte Ausgabe von Dickens' *Great Expectations* und Thackerays *Vanity Fair* entdeckt habe. Neben den Bilderrahmen habe ich griffbereit meine aktuelle Lektüre abgelegt. Meine Schminkutensilien dekorieren schön angeordnet den Frisiertisch und im Badezimmer ist jetzt alles zu finden, was ich so an Waschlotionen, Cremes und Haarshampoos brauche. Haarnadeln habe ich auch gefunden, sodass ich wieder einigermaßen gesellschaftsfähig bin. Gesellschaftsfähig. Was für ein Wort, aber es passt zum Setting!

Als es kurz klopft, kann ich gerade noch die viktorianischen Schleifchenschuhe unter das Bett kicken, bevor Lady Fiona den Kopf ins Zimmer steckt.

»Haben Sie den Gong nicht gehört?«

»Doch, klar«, gebe ich schulterzuckend zurück. »Ach, ähm, Lady Fiona, könnten Sie mir vielleicht das WLAN-Passwort ver...«

»Worauf warten Sie dann?«, fällt sie mir grinsend ins Wort und winkt mir, ihr zu folgen. »Es haben sich schon alle zum Aperitif im Salon versammelt. Und im Anschluss wird das Dinner serviert.«

Oh, shit! Schon wieder zu spät!

Erst als sie zur Seite tritt, um mir Platz zu machen, fällt mir auf, dass sie ein anderes Kleid trägt als heute Nachmittag zum Tee.

Aus Samt und Seide in unterschiedlichen Blauschattierungen und Mustern. Es macht viel mehr her, weil es deutlich aufwendiger gearbeitet ist mit seiner längeren Schleppe, den zahlreichen Schleifen und Spitzen und schulterfrei ist es auch. Allerdings bedecken Seidenhandschuhe bis weit über die Ellenbogen ihre Hände und Arme.

ALLE haben sich zum Dinner umgezogen. Die Frauen tragen edle Roben und teuer aussehenden Schmuck, der mit den Flammen der vielen Kerzen im Salon um die Wette funkelt. Lord Witham sieht umwerfend gut aus in seinem Frack. Peinlich berührt schaue ich an meinem vergleichsweise schlichten Kleid herab. Aber woher hätte ich denn wissen sollen, dass es hier üblich ist, sich zum Essen umzuziehen? Das hätte mir auch ruhig mal einer sagen können. Alle geben sich große Mühe, so zu tun, als würde ihnen mein Fauxpas überhaupt nicht auffallen, während sie an ihren Champagnergläsern nippen.

»Soll ich noch mal hochgehen und mich umziehen?«

Meine unsichere Frage war an Lady Fiona gerichtet, die Antwort kommt allerdings von Lord Farnfield. »Aber warum das denn? Sie sehen doch ganz reizend aus.« Mit einem strahlenden Lächeln tritt er neben uns und reicht erst Lady Fiona, dann mir ein Champagnerglas, während Lady Marjorie aus dem großen Ohrensessel neben dem Kamin murrt: »Unterstehen Sie sich!«

»Es tut mir leid ... Keiner hat mir gesagt, dass ...«

»Manchmal ist es besser zu schweigen, als eine ohnehin schon unangenehme Situation durch weitere Ausführungen zu verschlimmern«, belehrt mich Lord Witham mit leiser Stimme, bevor er sein Gespräch mit Mr Wharton fortsetzt.

Ich habe mich noch nie in meinem Leben so gedemütigt gefühlt. Würde sich doch nur der Boden unter mir auftun, mich verschlucken und nie wieder ausspucken! Weil das aber nun mal nicht passieren wird, studiere ich über den Rand meines Champagnerglases hinweg das Zimmer.

Es ist genauso, wie ich mir einen viktorianischen Salon vorgestellt habe. Dezent geblümte beige Sofas, taubenblaue Sessel, unterschiedliche Tische und Tischchen, ein strahlender Kronleuchter an der Decke, vornehme blassblaue Seidentapete, Kerzenleuchter und antike Vasen.

Plötzlich schwingt die Tür zur großen Halle auf und der Butler betritt den Salon.

»Das Dinner ist angerichtet!«

»Danke, Bixby.« Lord Witham nickt dem Butler bestätigend zu. »Wir kommen.«

»Darf ich Sie zu Tisch führen, Lady Marjorie?«, fragt Lord Farnfield.

»Der erste vernünftige Vorschlag des ganzen Tages!« Mit einem Ruck steht die alte Dame auf, hakt sich bei Lord Farnfield unter und marschiert begleitet vom rhythmischen Klacken ihres Gehstocks aus dem Salon.

»Würden Sie mir die Ehre erweisen?«

Vor lauter Schreck verschlucke ich mich und muss husten, weil mir der Champagner in die Nase gestiegen ist. Voll peinlich! Als Lord Witham mir das Glas aus der Hand nimmt, berühren sich unsere Finger kurz und gegen meinen Willen durchströmt ein berauschendes Prickeln meinen ganzen Körper, von dem ich gar nicht genug bekommen kann. Viel zu schnell ist es vorbei. Er stellt das Glas auf einem Tischchen ab und winkelt seinen Arm an. Ich zögere einen Augenblick und bin dankbar dafür, dass die langen Ärmel meines Kleides sich eng um meine Handgelenke schmiegen, denn ansonsten würde er vielleicht den wohligen Schauder bemerken, den mir die Berührung über die Haut jagt, als ich mit einem leisen »Gerne!« meinen Arm in seinen schiebe.

Jetzt bin ich wirklich in Downton Abbey angekommen, ist das Erste, was mir durch den Kopf schießt, als Lord Witham den Stuhl neben seinem höflich vom Tisch abrückt, damit ich mich setzen kann. Ihm gegenüber hat schon seine Großmutter an der riesigen rechteckigen Tafel Platz genommen und streicht irgendwelche Unebenheiten, die ich nicht sehen kann, mit der flachen Hand von der vornehmen Damasttischdecke. Zwei silberne Leuchter mit je fünf Kerzen werfen ihr flackerndes Licht auf den für sieben Personen eingedeckten Tisch.

Ich bemühe mich wirklich sehr, mir mein atemloses Staunen nicht anmerken zu lassen, aber mal ganz ehrlich, wer würde das schaffen, für den dieser Prunk nicht an der Tagesordnung ist? Die Wände des Esszimmers sind mit einer in sich gemusterten altrosa Seidentapete bespannt, die bis zu den weißen und goldverzierten Stuckarbeiten an der Decke reicht. Gemälde über Gemälde dekorieren die Wände. Und natürlich gibt es auch hier einen Kamin, in dem die Flammen tanzen. Passenderweise ist der Sims ganz in weißem Marmor gehalten. Die Porzellantellerchen und Vasen, die auf den schmalen Tischchen links und rechts der Tür stehen, sind bestimmt sauteuer.

»Darf ich?«

»Klar!« Mit aller Macht versuche ich meine Freude darüber im Zaun zu halten, dass diese Frage verbunden mit einem Nicken auf den mit blasstürkisfarbenem Samt bezogenen Stuhl rechts neben mir von Lord Farnfield kommt. Im Notfall werde ich weniger Hemmungen haben, ihn um Nachhilfe mit dem Besteck zu bitten als Lord Witham. Zwei silberne Gabeln links, zwei silberne Messer rechts und zwei Löffel liegen über meinem Teller und alle zusammen sorgen dafür, dass mir der kalte Schweiß auf die Stirn tritt. Ich habe mir mit dem Kleid schon einen üblen Fauxpas erlaubt. Jetzt fehlt nur noch, dass ich mit meinen Tischmanieren unangenehm auffalle, weil ich nicht weiß, für welche Speise ich welches Besteck brauche. Immer von außen nach innen, hat meine Oma mir mal als goldene Regel verraten. Allerdings weiß ich nicht, ob die auch in England gilt. Mit der Ansammlung von Gläsern zu meiner Rechten dürfte es einfacher sein. Da steht immer nur das zur Auswahl, das der Kellner oder Diener gerade eingeschenkt hat.

Nachdem alle Platz genommen, ihre Servietten ausgeschlagen und auf ihrem Schoß ausgebreitet haben, schenken die Diener unter der Federführung von Bixby reihum den Wein ein.

Gerade als sich die Tür öffnet und ein Diener eine große silberne Suppenterrine auf einem Tablett in den Raum trägt, räuspert sich Lady Marjorie.

»Miss Sondorf.«

Bitte nein, ich will mich jetzt nicht unterhalten müssen.

»Sie kommen also aus Deutschland?«

»Ja. Aus Aachen. Das liegt im Dreiländereck zu Belgien und den Niederlanden«, antworte ich mechanisch und beobachte aufmerksam, wie der Diener Lord Witham die Terrine hinhält, damit er sich selbst bedienen kann. Dann tritt er neben Lady Marjorie.

»Was macht Ihre Familie dort?«, bohrt die weiter.

»Mein Vater war Ingenieur. Professor für Maschinenbau an der Uni«, antworte ich knapp. »Und meine Mutter war …«

»Mit dem Terminus Uni meinen Sie Universität?« Sehr überzeugend, wie Lord Witham den altmodischen Knochen spielt.

»Nein?«, fragt er erstaunt nach, weil ich amüsiert den Kopf schüttele.

»Doch, doch, die Universität. Ganz genau!«, nicke ich. Und das weißt du auch ganz genau, denke ich, als sich Mrs Wharton laut ächzend vor ihrem Teller in Position begibt.

»Maschinenbauer beschäftigen wir in Hülle und Fülle. Wharton baut Waggons. Für Züge und demnächst wohl auch für Untergrundbahnen. Ist ja letztendlich irgendwie alles das Gleiche!«

Jetzt verbeugt sich der Diener neben mir und hält mir die Terrine so hin, dass ich problemlos die gefüllte Suppenkelle zu meinem Teller führen kann. Mit einem Lächeln lege ich sie zurück, der Diener verneigt sich und entfernt sich.

»War?« Offensichtlich ist Lady Fiona eine sehr aufmerksame Zuhörerin. Ohne zu zögern, nehme ich den Suppenlöffel zur Hand. Um den zu wählen, hätte ich noch nicht mal zu Lord Farnfield hinüberschielen müssen.

»Meine Eltern sind bei einem Unfall ums Leben gekommen, als ich sechs war. Danach hat mich meine Oma großgezogen.«

»Mein Beileid!«, murmelt Lord Witham. »Fiona und ich wissen, was es bedeutet, seine Eltern in frühen Jahren zu verlieren.«

»Das wusste ich nicht!« Als sich unsere Blicke treffen, schaue ich schnell weg. Ich will nicht, dass er sieht, wie mich die Erinnerung mit den Tränen kämpfen lässt. Wahrscheinlich würde er so viel Emotionalität als Zeichen von Schwäche deuten.

»Das ist aber schrecklich traurig!«, seufzt Lady Fiona. Ihr nachdenklicher Blick auf Lady Marjorie verrät mir, dass ihr gerade schmerzlich bewusst wird, dass auch die Tage ihrer Großmutter gezählt sind. »Das heißt, Sie sind jetzt ganz allein auf der Welt?«

»Was die Erklärung für Ihre mangelnde gesellschaftliche Ausbildung ist«, übernimmt Lady Marjorie die Analysearbeit. »Ich nehme an, dass Ihre Großmutter schon längere Zeit kränklich und deshalb nicht mehr in der Lage war, Sie hinlänglich in die gesellschaftlichen Gepflogenheiten einzuweisen.«

»Das stimmt. Meine Großmutter war schon krank, als sie mich zu sich genommen hat. Trotzdem hat sie mich mit viel Liebe und aufopferungsvoll großgezogen. Sie hat sich so gut um mich gekümmert, wie sie nur konnte. Ihr verdanke ich alles. Ihr größter Wunsch war es, noch zu erleben, wie ich mein Abitur mache. Kurz darauf ist sie glücklich und friedlich eingeschlafen.« Zum Glück hindert mich der aufsteigende Kloß im Hals daran, noch zu ergänzen: *Sie hat mir wichtigere Dinge beigebracht als die Antwort auf die Frage, ob ich mich zum Essen umziehen sollte oder nicht.*

Brennend spüre ich Lord Withams Blick auf mir, traue mich aber nicht, mich zu ihm umzudrehen.

»Wie auch immer.« Lady Marjorie hat ihre Suppe beendet und tupft sich die Lippen mit der Serviette ab. »Es ist noch einiges an Arbeit nötig, um aus Ihnen einen Brillanten zu schleifen.«

»Bitte nicht!«, höre ich Lord Farnfield flüstern. »Rohdiamanten mag ich so viel lieber!«

Lord Witham lehnt sich etwas zurück, damit der Diener sich nicht so verrenken muss, um den Suppenteller abzuräumen.

»Als meine Gesellschafterin muss Miss Sondorf einem gewissen Standard entsprechen«, stellt Lady Marjorie klar. »Die Sitten auf dem Kontinent scheinen … wie soll ich sagen … nun eben nicht so …« Sie zögert und entscheidet sich schließlich für: »… britisch zu sein.«

»Was ja irgendwo logisch ist«, murmele ich und registriere aus den Augenwinkeln, wie Lord Withams Mundwinkel zucken. Tadelnd, aber auch mit einer Spur Belustigung. Ist er also doch nicht vierundzwanzig/sieben so steif und humorlos, wie ich bis jetzt annehmen musste.

»Sie haben noch viel zu lernen, Miss Sondorf! Und es wird wohl an mir sein, Sie zu unterweisen«, seufzt Lady Marjorie schicksalsergeben.

»Dann vergiss aber auch Fiona nicht!« Mit besorgt gekrauster Stirn greift Lord Witham nach seinem Wein. »Wenn sie weiter so viel von Frauenrechten, Ausbeutung des weiblichen Geschlechts durch die Männerwelt und politische Ambitionen redet, werde ich nie einen Bräutigam für sie finden. Es sei denn, ich lege auf die Mitgift noch Staunton House obendrauf, wozu ich, ehrlich gesagt, nicht die leiseste Lust habe.«

»Du nimmst mich einfach nicht ernst, Sebastian!« Lady Fiona schleudert ihre Serviette auf den Tisch. »Niemand verfügt über dich. Weil du ein Mann bist, hast du alle Rechte. Spätestens seit deiner Volljährigkeit. Und was ist mit mir? Für mich wird der einundzwanzigste Geburtstag völlig gegenstandslos sein, denn du wirst weiter über mein Schicksal entscheiden und zwar bis zu dem Tag, an dem du mich an irgendjemanden verheiraten kannst, der dann so freundlich sein wird, diese Aufgabe von dir zu übernehmen. Mit welchem Recht ist das so? Sind wir Frauen zu dumm, um eigenständige Entscheidungen zu treffen?«

»Ja, Fiona, zeig es ihm!«, kippt Lord Farnfield genüsslich Öl ins Feuer.

»Fiona, es reicht!«, flüstert Lord Witham seinem Weinglas zu.

»Nenn mir nur einen Grund. Nur einen einzigen Grund, warum Männer alles dürfen und Frauen nichts.«

»Ach, Kindchen, ich für meinen Teil bin ganz froh darüber, dass ich nicht jeden Tag in unsere Fabrik gehen und sie am Laufen halten muss. Das bringt nur Sorgen und Ärger und beides macht alt und faltig!« Mrs Wharton nickt dem Diener zu, damit er ihr Wein nachschenkt. »Glauben Sie einer alten Frau, die drei Kinder großgezogen hat und ein großes Haus am Washington Square führt. Die schönste Beschäftigung für eine Frau ist sie selbst, dicht gefolgt von Teekränzchen, auf denen sie mit ihren Freundinnen den neuesten Tratsch austauschen kann. Verantwortung für Schutzbefohlene und so langweiligen Kram wie Politik können die Männer gerne geschenkt haben.«

Fassungslos starrt Fiona mich an. »Helfen Sie mir, Miss Sondorf!«

Sehr gerne! Nur komme ich nicht dazu. Denn Lord Withams mahnendes »Kannst du es für heute Abend gut sein lassen, Fiona?« schneidet mir das Wort ab, bevor ich auch nur Luft geholt habe, um ein paar Takte zum Thema Frauen in der Gesellschaft vom Stapel zu lassen.

Fionas Schultern heben und senken sich. Für einen kurzen Moment glaube ich, dass sie sich so leicht nicht geschlagen geben wird, doch Fehlanzeige. Sie schlägt die Augen nieder und ich meine ein gemurmeltes und ziemlich leises »Entschuldige!« zu hören.

Beim Anblick des nächsten Gangs dreht sich mir der Magen um. »Stargazy Pie«, nennt Bixby diesen widerlichen Auflauf. Obwohl der wirklich lecker duftet, kann ich den Anblick kaum ertragen. Aus der krossen goldgelben Kruste blicken einem nämlich die Fischköpfe aus ihren milchig toten Augen entgegen. Oh, Mann, die traditionelle englische Küche ist wirklich meilenweit von den Köstlichkeiten entfernt, die man heutzutage in den Straßen Londons kaufen kann. Aber weil ich nicht unhöflich sein will, pule ich wenigstens ein paar Kartoffelstückchen aus meiner Portion und würge sie angewidert hinunter. Als das Roastbeef im Blätterteig mit

Minzsoße und dazu verkochten grünen Bohnen und matschigen Kartoffeln serviert wird, bekomme ich schon keinen Bissen mehr runter. Die anderen scheinen diese verkochte Pampe aber mit großem Genuss zu essen.

Ich bin todmüde. Die Reise war eben doch lang und so viel Alkohol bin ich auch nicht gewohnt. Als der Nachtisch, ein Schokoladensoufflé, das ich ebenfalls kaum angerührt habe, abgeräumt wird, fallen mir fast die Augen zu.

»Meine Herren, wie steht es? Darf ich Sie zu einem Schluck Whiskey und einer guten Zigarre ins Herrenzimmer bitten?«

Eine Woge der Erleichterung durchströmt mich. Das Essen ist beendet und ich kann ins Bett. Die Männer stehen auf, rücken die Stühle der Damen zurück. Doch bevor ich zu freudig von meinem Stuhl aufspringen kann, wird mir klar, dass ich einem gewaltigen Missverständnis aufsitze. Denn natürlich bedeutet der Rückzug der Herren keineswegs, dass der Abend für die Frauen zu Ende ist. Sie werden sich in den Salon begeben, um dort bei einem Glas Sherry und nichtssagenden Gesprächen auf die Rückkehr der Herren zu warten. So ist es zumindest in den Büchern und Filmen, die im neunzehnten Jahrhundert spielen.

Ich gebe mir wirklich alle Mühe, aber ich schaffe es einfach nicht, das sich anbahnende Gähnen zu unterdrücken.

»Oh, mein Gott!« Lady Fiona, die mit mir den Salon verlassen hat, wirbelt zu mir herum, fasst mich bei der Hand und zieht mich beiseite. »Natürlich, Sie müssen todmüde sein. Wie unaufmerksam von uns. Gehen Sie ruhig zu Bett. Bitte! Ich werde Ihre Abwesenheit entschuldigen.«

»Alles gut!«, lüge ich blitzschnell. »Ehrlich! Ich bin topfit!« Brennend streift mich der mahnende Blick Lady Marjories. Selbstverständlich würde sie sich heldenhaft und ohne sich etwas anmerken zu lassen durch den Abend quälen, selbst wenn sie tagsüber den Himalaya bestiegen hätte.

»Gibt es ein Problem?« Ausgerechnet Lord Witham musste auf uns aufmerksam werden und jetzt kommt er auch noch zu uns herüber. Was bin ich doch für eine oberflächliche Person! Aber ich kann nichts dafür, schon der Klang seiner Stimme sorgt dafür, dass ich ihn einfach küssen will.

»Wir sind grauenhafte Gastgeber, Sebastian«, klärt Lady Fiona ihren Bruder auf.

Ihm reicht ein Blick, um zu bemerken, dass mir vor Müdigkeit gleich die Augen zufallen. »Bitte, Miss Sondorf, fühlen Sie sich völlig frei. Sie können sich jederzeit auf Ihr Zimmer zurückziehen. Ich versichere Ihnen, dass alle für Sie Verständnis haben werden. Ausnahmslos alle«, setzt er hinzu, als er meinem Blick auf die im Salon verschwindende Lady Marjorie folgt.

Mein Zimmer, hat er gesagt und damit meine Gedanken auf die Reise in den ersten Stock geschickt. In das Zimmer, in das sich heute Nachmittag heimlich jemand geschlichen hat, um in meinen Sachen zu wühlen. Mein Zimmer, das mich nicht haben will. Und plötzlich packt mich eine kalte Angst davor, nach oben zu gehen. Allein. Jetzt, wo es draußen dunkel geworden ist und die Schatten in den Ecken auf das Verlöschen der Kerzen lauern, um Zimmer für Zimmer in Besitz zu nehmen. Normalerweise bin ich nicht der ängstliche Typ. Ich schätze mal, dass der Wein meine Fantasie beflügelt.

»Ich bin tatsächlich völlig erledigt!«, gebe ich mich geschlagen. Alles andere macht leider wirklich keinen Sinn.

»Witham, wo bleibst du denn?« Lord Farnfields Kopf taucht in einem Türrahmen auf, hinter dem ich das Herrenzimmer vermute. Die Füße verschränkt, lehnt er sich lässig an den Türrahmen und gibt sich noch nicht mal Mühe, so zu tun, als würde er uns nicht beobachten.

Die offen stehende Tür zum Salon wartet nur noch auf Lady Fiona und mich, denn bis auf uns drei ist die große Halle menschenleer.

»Ich komme sofort!«

Es wäre mir wirklich lieber, Lord Witham und Lady Fiona würden sich jeder zu seiner Gesellschaft verkrümeln. Stattdessen begleiten sie mich bis zur Treppe. Plötzlich will ich doch nicht allein sein. Ob ich Lord Witham bitten kann, mich auf mein Zimmer zu begleiten und alles nach einem Eindringling abzusuchen?

Ich kann es nicht fassen, dass ich das gerade wirklich gedacht habe! Wie alt bin ich? Sechs?

»Ich wünsche eine angenehme Nachtruhe«, verabschiedet er sich von mir. Als wir uns begrüßt haben, hat er sich damit begnügt, den Besucherstuhl vorzurücken und kurz darauf zu deuten, jetzt verbeugt er sich, nimmt meine Hand und küsst sie. Er hat so unendlich weiche Lippen, da ist es mir egal, dass ein Handkuss eigentlich nur in die Luft gehaucht wird. Gentleman, der er ist, fällt ihm sein Fauxpas leider viel zu schnell auf. Mit einem Räuspern wendet er sich ab, strafft die Jacke seines Fracks und geht hoch erhobenen Hauptes auf das Herrenzimmer zu.

»Schlafen Sie wohl!«, schließt sich Lady Fiona seinen Worten an. »Gute Nacht!«, nicke ich. So cool und lässig und vor allem langsam wie möglich gehe ich die Stufen hinauf. Die Tür zum Salon schließt sich als erste und dämpft abrupt Mrs Whartons Geschnatter. Als die zum Herrenzimmer hinter Lord Farnfield und Lord Witham ins Schloss fällt, raffe ich sofort mein Kleid, rase in Windeseile die Treppe hinauf und die Flure entlang.

Die flackernden Kerzen, die überall in silbernen Ständern auf Beistelltischchen oder in Wandleuchten stecken, tauchen den grünen Teppich unter meinen Sneakers in ein heimeliges Licht, das es beinahe schafft, meinen Herzschlag zu beruhigen. Aber eben nur beinahe!

Auf dem Frisiertisch und auf dem Nachttisch brennen Kerzen. In Gedanken schicke ich ein dickes Dankeschön zu der unbekannten Mary ins Souterrain hinab. Denn ich denke mal, dass das ihr Werk ist. Genauso wie das lodernde Kaminfeuer. Die Schatten haben keine Chance! Erleichtert lasse ich mich auf mein Bett plumpsen, springe aber sofort wieder auf, um zu checken, ob ich auch wirklich allein bin. Bin ich und niemand war an meinen Sachen. Gerade als ich mich frage, wie ich eigentlich aus dem Kleid und dem Korsett kommen soll, klopft es zaghaft an meine Zimmertür.

»Ich bin Mary«, stellt sich das Mädchen in dem langen schwarzen schlichten Kleid mit einem Knicks vor, wobei sie vermeidet, mich anzugucken. Sie spricht irgendeinen breiten Dialekt. »Lady Fiona schickt mich, damit ich Ihnen beim Auskleiden zur Hand gehe, Miss Sondorf!«

»Gott sei Dank!«, seufze ich und streife meine Sneakers von den Füßen. Mary macht kreisrunde Augen, verkneift sich aber jeden Kommentar.

»Ich heiße Juno.«

»Es steht mir nicht zu, Sie mit dem Vornamen anzusprechen, Miss Sondorf«, erwidert Mary bestürzt, als sie die

Hände nach dem schürzenartigen Überwurf meines Kleides ausstreckt und erstarrt. »Oh, mein Gott, bitte sagen Sie Mrs Goring nichts.«

»Wovon?«, erwidere ich ehrlich überfragt und mache mich schon mal an den Ösen der Jacke zu schaffen.

»Dass ich vergessen habe, vor dem Dinner hochzukommen, um Ihnen beim Umkleiden zu helfen.« Ihr Gesicht ist aschfahl geworden. »Sie wird mir den Kopf abreißen und mich mindestens zwei Wochen lang alle Kamine im Haus auskehren lassen.«

»Keine Sorge, Mary, von mir wird sie nichts erfahren, allerdings kann ich nicht für die anderen sprechen. Es ist allen aufgefallen, dass ich mich nicht umgezogen hatte. Aber ...« Ich wische den Vorfall mit einer entschiedenen Handbewegung einfach weg. »... Schwamm drüber!«

»Sie wird davon Wind bekommen«, murmelt Mary und löst den Überwurf. »Meinen freien Tag wird sie mir streichen und ...«

»Du spielst deine Rolle wirklich krass gut, aber wenn wir alleine sind, ist das echt nicht nötig«, murmele ich, während ich mit einer besonders widerspenstigen Öse kämpfe.

»Wieso spielen? ... Oh, nein, Miss Sondorf, wollen Sie mich arbeitslos machen?« Finster lodern Marys Augen auf. »Das ist meine Aufgabe.«

»Juno!«, versuche ich es noch mal und hebe zum Zeichen meiner Kapitulation die Hände in die Luft.

»Sie wollen mir wohl noch mehr Ärger einhandeln, als mir sowieso schon blüht. Wenn Sie meine Arbeit erledigen und ich Sie auch noch anrede, als würden wir auf der gleichen

Stufe stehen, kann ich gleich meine sieben Sachen packen und mich nach einer neuen Anstellung umsehen!«

»Oh, Mann, Mary!«, seufze ich und klettere aus dem Rock. »Wir sind doch unter uns. Magst du mir nicht verraten, was das ganze Theater soll?«

Aus Marys Blick spricht schieres Unverständnis, weshalb ich noch nachschiebe: »Ist es der Wunsch von Lord Witham oder besteht Lady Marjorie darauf, dass hier alle so tun, als ob die Zeit im neunzehnten Jahrhundert stehen geblieben wäre?«

Mary zieht die Stirn kraus. »Die Zeit stehen geblieben wäre, Miss?«, murmelt sie verständnislos.

Mann, ist die gut! Besonders der Nachsatz »Mrs Goring wird mich schelten, wenn ich hier oben zu viel Zeit mit Schwätzen vertu!« zeigt, wie gut sie ihre Rolle als viktorianisches Hausmädchen einstudiert hat. Die Nuss ist zu hart zum Knacken.

Heimlich muss ich kichern. Vielleicht sollte ich einfach akzeptieren, dass die hier eben auf eine sehr charmante Art tüchtig einen an der Klatsche haben, und die Illusion eines verzauberten Zeitalters genießen. Stehe ich nicht genau auf so was?

Mit Marys Hilfe werde ich endlich das Korsett los und den ganzen lästigen Rest. Ich fühle mich superunwohl dabei, mich von ihr bedienen zu lassen. Ich schwöre, dass sie keinen Tag älter als sechzehn ist. Mary lässt es sich aber auch nicht nehmen, mir das Nachthemd hinzuhalten und die Schleife vor der Brust zu verknoten. Dann drückt sie mich auf den Hocker vor dem Frisiertischchen. Im Kerzenschein beobachte ich, wie sie meinem Spiegelbild eine Nadel nach der anderen aus dem Haar zieht, sodass sich meine Locken in gewohnter Freiheit über meinen Rücken kringeln.

»Jeden Tag einhundert Bürstenstriche!«, klärt Mary mich nickend auf, während sie die silberne Bürste zur Hand nimmt. »Die lassen das Haar schön glänzen.«

»Ich glaube, heute reichen auch zwanzig, Mary!« Obwohl ich mehrmals gähne, lässt sie sich nicht von ihrem Vorsatz abbringen.

Endlich liege ich im Bett. Mary hat gewartet, bis ich mir das Gesicht gewaschen und die Zähne geputzt habe, dann hat sie die Vorhänge zugezogen, alle Kerzen gelöscht, mir eine gute Nacht gewünscht und auf meine Bitte hin noch Feuerholz nachgelegt. Ich will meine erste Nacht in diesem Zimmer nicht im Dunkeln verbringen.

So müde und erschöpft wie lange nicht mehr kann ich trotzdem nicht einschlafen. Lord Witham spukt mir durch den Kopf. Staunton House. Lady Fiona. Lady Marjorie und ihre Erinnerungen an diese ominöse Isobel. Und dann fällt mir auch noch ein, dass ich Emmas und meinen Videocall komplett verpennt habe. Wie mir ein Blick auf mein Handy verrät, hat aber auch niemand angerufen. Kann auch gar nicht. Ich habe immer noch kein Netz und kein WLAN. Kurz entschlossen klettere ich aus dem Bett und trippele zu den Fenstern hinüber, um die Vorhänge beiseitezuziehen und die frische Nachtluft ins Zimmer zu lassen, als mich in meinem Rücken ein Windhauch streift.

Zu Tode erschreckt, wirbele ich herum.

Da war doch jemand!
Und obwohl ich niemanden sehe, spüre ich, dass ich nicht alleine bin.

Noch lässt es sich nicht mit Gewissheit sagen, aber ich habe den Eindruck, dass sich alles wie gewünscht fügen wird. Ein hübsches Ding ist sie und wie ich es erwartet habe, ist sie zu jung, zu naiv, zu sehr eingenommen von dem allen hier, um zu erfassen, welche Kräfte hinter ihrem Rücken die Fäden ziehen und damit ihr Schicksal besiegeln.

Die Nacht war grauenvoll. Auf jedes Geräusch habe ich gelauscht, bis mir dann irgendwann doch vor Übermüdung die Augen zugefallen sind.

Am nächsten Morgen taste ich schlaftrunken nach meinem Handy. Kein Netz? Echt jetzt? Ich weiß zwar auch nicht, wieso ich angenommen habe, dass sich an der Netzsituation etwas mit der Uhrzeit ändert, aber ich muss ganz dringend mit Emma quatschen. Jetzt verabschiedet sich auch noch so langsam, aber sicher mein Akku. Und nirgendwo ist eine Steckdose zu entdecken. Weder in meinem Zimmer noch im Badezimmer.

Wollen die mir hier allen Ernstes erzählen, dass keiner von ihnen ein Handy oder einen Rechner hat? Noch nicht mal einen Föhn? Einen Epillierer oder so was? Beim Zähneputzen fasse ich den Entschluss, Mary nicht dazu zu befragen. Nach gestern Nacht glaube ich nicht, dass sie auch nur einen Zentimeter von ihrer einstudierten Rolle abweichen wird.

Da klopft es auch schon.

Weil für heute ein Picknick geplant ist, wie Mary mir, kaum dass sie mir einen guten Morgen gewünscht hat, berichtet, wählt sie aus dem Meer von Kleidern in meinem

Schrank ein leichtes Sommerkleid aus. Ich muss sagen, ich bin froh, dass ich sie habe, denn allein wüsste ich nie im Leben, welches Kleid zu welchem Anlass passt. Aber ich werde es lernen. Mein Kleid für heute ist schneeweiß und blau und ich könnte mich glatt in die Mode verlieben, würde ich nicht wieder so fest geschnürt wie gestern. Ohne Mary wäre ich auch mit diesen kunstvollen Hochsteckfrisuren überfordert, die ich in der Theorie immer sehr schick fand. Im wahren Leben führen sie aber dazu, dass ich in der ersten halben Stunde den Kopf so vorsichtig drehe, als hätte ich mir den Hals verrenkt.

»Und vergessen Sie später Hut, Sonnenschirm und Handschuhe nicht«, instruiert mich Mary auf dem Weg in die große Halle. »Ich werde sie für Sie neben der Haustür bereitlegen.«

»Danke, Mary, das ist sehr lieb von dir!« Natürlich hat sie gesehen, wie ich mein Handy vom Nachttisch und das Ladekabel aus der Schublade genommen habe. Kommentiert hat sie es nicht, nur neugierig geguckt. Genauso wie auf die Fotos in dem Bilderrahmen auf dem Nachttisch.

Eine gelbe Seidentapete mit Farnmuster spannt sich über die Wände des Frühstückszimmers, die mit ein paar Stillleben dekoriert sind. Natürlich gibt es auch einen Kamin, doch der ist aus. So wie die Sonne durch die bodentiefen, von weißen Gardinen eingerahmten Fenster knallt, wäre ein loderndes Feuer auch völlig überflüssig.

»Wo sind denn die anderen?« Erstaunt betrachte ich den Tisch mit dem einen verwaisten Gedeck darauf.

»Die Familie besucht mit ihren Gästen den Sonntagsgottesdienst in der Kapelle. Lord Witham war sich nicht sicher, welcher Konfession Sie angehören und ob Sie einen anglikanischen Gottesdienst besuchen würden. Deshalb hat er angeordnet, Sie ausschlafen zu lassen.«

Mit einer knappen Handbewegung lenkt Mary meine Aufmerksamkeit auf das lange Sideboard mit der Käseplatte, den Marmeladengläschen, dem Brotkorb und den silbernen Behältern, unter denen jeweils eine Art Stövchen brennt.

»Wenn Sie sich bitte selbst bedienen wollen.«

Interessiert trete ich näher und hebe den ersten Deckel an. Rührei mit Schnittlauch. Mir läuft das Wasser im Mund zusammen. Unter dem zweiten Deckel finde ich gebratene Tomaten. Dann warten noch herrlich duftende Baked Beans, kleine gebratene Würstchen und Speck auf mich. Der gegrillte Fisch ist nicht so meins. Ein Full English Breakfast.

»Lecker!«, seufze ich, lege Handy und Ladekabel auf dem Esstisch ab und schnappe mir meinen Teller.

»Kaffee oder Tee?«, will Mary noch wissen.

»Oh, ein Latte wäre echt super!«, wünsche ich mir, während ich drei Löffel Baked Beans zum Rührei auf meinem Teller knalle. Die Mischung ist einfach nur göttlich!

»Latte?« Die Verwirrung steht Mary ins Gesicht geschrieben. Ich muss in mich hineingrinsen. So was Modernes passt natürlich nicht ins Konzept. Deshalb korrigiere ich mich schnell. »Ich hätte gerne Kaffee und ein Kännchen warme Milch, wenn es geht.«

»Ich sage in der Küche Bescheid!«, verspricht Mary, knickst und lässt mich mit meinem Frühstück allein.

Weil die anderen noch nicht aus der Kirche zurück sind, als ich mit dem Frühstück fertig bin, nutze ich die Gelegenheit, um mich auf die Suche nach einer Steckdose zu machen. Weder im Frühstückszimmer noch im Salon noch im Esszimmer kann ich eine finden. Und Lichtschalter scheint es auch keine zu geben. Na ja, wo keine elektrischen Lampen, da auch keine Lichtschalter. Die Calvertons scheinen ihr Anwesen auch einzig und allein mit den Kaminen zu heizen. Nirgendwo, wirklich nirgendwo ist ein Heizkörper zu entdecken. Auch in der Bibliothek deutet nichts auf eine Modernisierung des alten Herrenhauses hin. Gut, in England gelten ja angeblich schon Mehrfachverglasung und Mischbatterien an Waschbecken und Dusche als unsportlicher Luxus. Und trotzdem wirkt der freiwillige Verzicht auf ein Mindestmaß an modernen Annehmlichkeiten sehr eigenartig und auch unwirtschaftlich auf mich. Wieso beschäftigt man ein Heer von teurem Personal, wenn man es für weniger Geld sogar noch deutlich komfortabler haben kann?

Spleenige Engländer!

Neugierig trete ich an die Bücherregale. Beim Tee gestern hatte ich nicht die Gelegenheit, die Bücher einer genaueren Untersuchung zu unterziehen, was ich jetzt unbedingt nachholen muss. Bedächtig lasse ich meine Fingerspitzen über die unzähligen Buchrücken gleiten. Ich habe mit meiner Vermutung absolut richtiggelegen. Jedes Buch ist in Leder gebunden. Ob den Calvertons klar ist, was sie hier vom Fußboden bis zur Decke für Schätze in den langen Regalreihen hüten? Natürlich wissen sie das! Über drei Wände hinweg reihen sich Atlanten, Erstausgaben von Shakespeare,

Thackeray, Charles Dickens, Emily Brontë, Wilkie Collins und ... *Alice im Wunderland* dicht aneinander. Vorsichtig fahre ich mit dem Zeigefinger die in Gold aufgeprägten Buchstaben nach. Ich schließe die Augen und inhaliere ganz tief diesen himmlischen Duft, den nur die Mischung aus sehr altem Leder und Papier hervorbringt. Einem plötzlichen Gedanken folgend, trete ich ein paar Schritte zurück und lasse meinen Blick von links nach rechts über die Bücher und von Reihe zu Reihe wandern. Nicht ein moderner Buchtitel fällt mir auf. Sehr konsequent!

»Ach, hier sind Sie!«

Wie ertappt wirbele ich herum. Lady Fiona ist urplötzlich in der offenen Tür aufgetaucht.

Aus der großen Halle dringen Stimmen zu uns herüber. Der Gottesdienst ist also vorbei. Sichtlich geschafft, stöhnt Lady Fiona auf, als sie sich den mit Federn und Bändern geschmückten Hut vom Kopf nimmt, um ihn auf das Sofa hinter mir zu schleudern. Dann erstarrt sie in der Bewegung und betrachtet verwundert das, was ich beim Eintreten auf den Polstern abgelegt habe. Handy und Ladekabel.

»Ich war auf der Suche nach einer Steckdose für mein Handy. Der Akku macht gleich schlapp. Und das WLAN-Password brauche ich auch, sonst sind meine mobilen Daten im Nu aufgebraucht. Kann es sein, dass der für Ihren Bereich zuständige Funkmast ausgefallen ist, oder warum gibt es hier im Moment kein Netz? Als ich gestern angekommen bin, konnte ich noch problemlos telefonieren. Vielleicht liegt es ja einfach nur an den dicken Mauern und draußen klappt's besser.«

Meinen Redeschwall beantwortet Lady Fiona mit einem ehrlich überfragten: »Wovon reden Sie? Bitte?«

»Sie ziehen Ihren Stiefel hier ja echt mit bewundernswerter Konsequenz durch. Aber bitte erzählen Sie mir nicht, dass Sie abends nicht heimlich unter der Bettdecke auf Instagram unterwegs wären.«

»Was?« Lady Fiona legt ihre Stirn in so tiefe Falten und guckt mich derart überfragt an, dass ich ihr ihre Ich-habe-keine-Ahnung-wovon-Sie-da-reden-Tour fast abkaufe.

Aber, echt jetzt? Ne, das kann doch nicht sein!

Okay, neuer Versuch, sie aus der Reserve zu locken. »Was tun Sie denn normalerweise, wenn Sie jemandem, der nicht hier ist, schnell was erzählen wollen?«

Endlich hellt sich Lady Fionas Miene auf und ich denke schon, dass sie für einen Moment ihre Rolle vergisst, aber da liege ich leider falsch. »Na, ich schreibe einen Brief. In jedem Zimmer liegt Briefpapier. Auch in Ihrem. Ich schätze, in einer der Schubladen im Sekretär müssten Sie fündig werden. Tinte und Feder stehen auf der Schreibfläche bereit. Wenn Sie Ihren Brief geschrieben haben, können Sie ihn Bixby geben. Er wird dafür Sorge tragen, dass ihn ein Bote zur Post bringt.«

Mir bleibt der Mund offenstehen. Jetzt bin ich diejenige, die nichts mehr versteht. Ich soll einen Brief schreiben? Mit Tinte und Feder?

»Die Post? Ist doch bestimmt im Dorf. Das wollte ich mir eh mal ansehen. Laut Wikipedia soll es ja total malerisch sein.«

»Wenn Sie etwas aus dem Dorf benötigen, Miss Sondorf, werde ich dafür Sorge tragen, dass es für Sie beschafft wird.

Es ist nicht nötig, dass Sie sich eigens dorthin begeben.« Lautlos wie eine Katze ist Mrs Goring in der Tür zur großen Halle aufgetaucht. Kerzengerade, die Hände vor dem Bauch ineinander verschlungen, mustert sie mich, wie es wahrscheinlich eine Gouvernante im neunzehnten Jahrhundert getan hätte, wenn sie einen ihrer Schützlinge mit der Hand in der Schokocreme erwischt hätte.

»Ich möchte es mir aber gerne ansehen. Vielleicht kommt Lady Fiona ja mit?«

»Wir pflegen keinen Umgang mit den Menschen aus dem Dorf. Es besteht nicht der geringste Anlass, das Anwesen zu verlassen. Sie haben hier alles, was Sie benötigen«, belehrt mich Mrs Goring mit einer Stimme, der ich nicht zu widersprechen wage. Sehr viel höflicher wendet sie sich Lady Fiona zu. »Lady Fiona, wären Sie wohl so freundlich und würden mich kurz in die Küche begleiten? Ich kann Ihren Bruder nicht finden und Mrs Hill ist sich nicht ganz sicher, ob der Kalbsbraten für das Dinner reicht oder ob sie besser Fisch anbieten soll.«

»Ich komme gleich«, gibt Lady Fiona zurück, woraufhin sich die Hausdame mit einem knappen Nicken abwendet und geht.

»Darf ich kurz?«

Ich gehe einen Schritt zur Seite, um Lady Fiona Platz zu machen. Nachdenklich beobachte ich sie dabei, wie sie den Zeigefinger am Kinn, die Augen leicht zusammengekniffen, die Regalreihen absucht.

Geht sie nie ins Dorf? Bleibt sie immer hier? Oder warum hat sie Mrs Goring nicht widersprochen?

»Ich weiß ganz genau, dass es hier irgendwo sein muss«, murmelt sie, bevor sie mit einem »Hab ich dich!« die Hand ausstreckt und ein Buch hervorzieht. »Hier!«

Sie drückt es mir in die Hand. Jane Austens *Sense and Sensibility*.

»Großmutter schickt mich, um Ihnen auszurichten, dass Sie eine Lektüre für sie auswählen sollen. Das ist so eine Art Test von ihr. Wenn Sie ihr dieses hier vorlegen, haben Sie die Aufnahmeprüfung mit Bravour bestanden.« Sie wirft mir einen verschwörerischen Blick zu.

»Das ist auch mein liebstes Jane-Austen-Buch«, gestehe ich, auch wenn es laut ausgesprochen etwas schleimig klingt.

»Wirklich?« Lady Fiona verdreht gequält aufstöhnend die Augen. »Ich kann Jane Austen nicht ertragen. Ständig diese alleinseligmachende Suche nach dem perfekten Ehemann. Grauenvoll! Da denke ich ja, ich höre Sebastian reden!«, winkt sie mit beiden Händen ab. »Wenn jemand anderer meiner Großmutter daraus vorlesen will, gebe ich diese Pflicht nur allzu gerne ab. Sehen Sie nur, da steckt ja sogar noch ein Lesezeichen drin!«

Sie hat recht. Ein zusammengefaltetes Stück Papier markiert die Stelle, bis zu der sie das letzte Mal gekommen sind.

Sie ist schon beinah an der Tür, als sie sich noch mal zu mir umdreht. »Ach, und bedienen Sie sich ruhig. Sebastian ist so lange großzügig mit seiner Bibliothek, wie die Bücher ordentlich behandelt werden und schadlos ihren Weg zurückfinden.«

»Da bin ich genauso!«

»Das glaube ich nicht. So bibliophil wie mein Bruder kann kein zweiter Mensch auf der Welt sein«, gibt Lady Fiona im Brustton der Überzeugung zurück. »Er sammelt jede lesenswerte Erstausgabe wie ein Eichhörnchen seine Nüsse. Kaum ist ein neues Buch auf dem Markt, muss er es haben, um es allen stolz zu präsentieren.«

Sympathisch. Das mache ich auch. Bücher sammeln, meine ich. Und da ist eine ziemliche Menge zusammengekommen. Die Bücher, die ich hier vor mir sehe, sind über Generationen zusammengetragen worden. Nur kann ich Lord Withams Anteil moderner Bücher nirgendwo entdecken.

»Das müssen ja Tonnen an Büchern sein. Wo bewahrt Ihr Bruder die denn alle auf?« Es soll Leute geben, die haben gleich mehrere Bibliotheken.

Lady Fiona schaut mich so verdattert an, dass ich die Antwort auf meine Frage schon weiß, bevor sie auch nur den Mund geöffnet hat. »Na, hier!«

Wieder lasse ich meine Augen über die Buchrücken huschen.

»Ach, und …« Lady Fiona wirft einen kurzen Blick in die Halle, bevor sie auf Zehenspitzen zu mir zurücktrippelt, mir eine Hand auf den Unterarm legt und mir zuflüstert: »Wenn Sie mal wirklich etwas Interessantes lesen wollen, dann sagen Sie mir Bescheid. Ich beziehe heimlich eine Zeitung aus London. Eine politische. Mein werter Bruder würde mich sofort ins Kloster stecken, wenn er davon wüsste.« Amüsiert kichert sie in sich hinein. »Und dann wollte ich Ihnen noch sagen, wie glücklich ich über Ihr Kommen bin. Es wäre so schön, wenn wir Freundinnen werden könnten. Es ist Ewigkeiten her, dass ich eine Vertraute hatte. Verstehen Sie, was ich meine? Jemanden, auf den man sich verlassen kann.«

Ich mag sie. Sie ist so herzlich, offen und leidenschaftlich im Kampf für die Rechte der Frau, dass man sie einfach mögen muss.

Plötzlich senkt sie ihre Stimme zu einem leisen Wispern herab. »Eine Vertraute, die zu einem hält, egal, was passiert oder welche Geheimnisse man auch teilt. Und ...«, setzt sie in normaler Zimmerlautstärke hinzu: »... ich bin Fiona. Zumindest, wenn wir alleine sind!«

»Juno!«, gebe ich erleichtert zurück.

»Ach, und wir brechen um 12 Uhr zum Picknick auf.«

Und weil ich bis dahin noch eine halbe Stunde Zeit habe, bringe ich schnell das nutzlose Netzkabel nebst Buch auf mein Zimmer. Anschließend rase ich wieder die Treppe hinunter und trete aus der Haustür, um, die Augen fest auf mein Handy gerichtet, den Empfang im Freien zu checken.

Kein Netz!

Das ändert sich auch nicht, als ich die Stufen hinuntergehe, die gekieste Auffahrt hinter mir lasse und, die Augen fest auf das Display gerichtet, den gleichen Weg zurückschlendere, den ich gestern Nachmittag zum Herrenhaus genommen habe.

Wovon reden Sie? Bitte?«, hallt mir plötzlich Fionas Frage nach, während ich mein Handy genauso verwundert anstarre, wie sie es vorhin getan hat. Warum will dieses verdammte Ding nur seine Arbeit nicht machen?

»Er sammelt jede lesenswerte Erstausgabe wie ein Eichhörnchen seine Nüsse. Kaum ist ein neues Buch auf dem Markt ...«

Mein Magen zieht sich zusammen. Irgendetwas stimmt hier nicht!

»Wir pflegen keinen Umgang mit den Menschen aus dem Dorf! Es besteht nicht der geringste Anlass, das Anwesen zu verlassen! Sie haben hier alles, was Sie benötigen.«

Jetzt, wo ich so darüber nachdenke, klang Mrs Gorings Stimme sehr bestimmend. Fast drohend.

Wie ein Blitz zuckt das Gesicht des Taxifahrers vor mir auf. *»Und Sie sind sich auch ganz sicher, dass Sie sich nicht in der Adresse geirrt haben? ... Es ist nur so, dass sich so gut wie nie jemand hierher verirrt. Die Calvertons gelten als ziemlich spleenig.«*

Ich umklammere mein Handy, so fest ich kann, hebe den Rock meines langen Kleides an und renne los.

»Gefühlt haben die seit Ewigkeiten keinen Fuß mehr ins Dorf gesetzt.«

Mein Atem fliegt. Mein Herz rast. Werde ich hier ... gefangen gehalten ...? Das, was sich mein Kopf da zusammenreimt, kann gar nicht sein. Wäre vielleicht in einem Film so. Aber nein, nein! Ich weigere mich, den Gedanken zu Ende zu denken. Doch er ist nun einmal da und lässt mich nicht mehr los.

Im Rennen werfe ich einen Blick zurück zum Herrenhaus, das mir gestern noch so schön und erstrebenswert erschienen ist. Auch heute thront es mächtig und erhaben auf der Kuppel des Hügels, als wäre es schon immer dort gewesen und würde auf ewig dort bleiben. Nur wirkt es jetzt wie ein finsterer Ort, der ein dunkles Geheimnis hütet.

Was wenn …?

Kurz streift mein Blick die Fenster, hinter denen mein Zimmer liegt. Mein Rucksack. Mein Portemonnaie. All meine Sachen. Ich zögere. Soll ich zurück, mich ins Haus schleichen und meine Habseligkeiten holen? Nein, entscheide ich. Ich komme doch gleich zurück, ich will nur sichergehen, dass ich mir da totalen Blödsinn zusammenspinne.

Meine Schritte beschleunigen sich. Ich habe die Stelle erreicht, von der aus der sandige Weg hinunter zum Tor führt. Links und rechts flankiert ihn das Meer aus sattgrünen Bäumen. Gestern fand ich sie wunderschön, jetzt habe ich den Eindruck, als ob der Wald mir nur widerwillig den Weg freigäbe, so als ob er mich aufhalten, mich mit seinen riesigen belaubten Armen gefangen nehmen wollte.

Nun werde nur nicht hysterisch, zische ich mir zu. Du wirst da runtergehen. Zum Tor. Kurz auf die Straße treten und dich vergewissern, dass du eine hysterische Kuh bist, die einfach zu viele Filme geguckt hat.

Überall Bäume. Neben mir. Vor mir. Hinter mir. Ich drehe mich im Kreis, bis mir schwindlig wird. Endlich sehe ich das Pförtnerhäuschen zwischen dem Grün aufblitzen. Von dort aus ist es gar nicht mehr weit bis zum Tor, das mir den Weg in die Freiheit öffnen wird. Sollte es verschlossen sein, werde ich einfach darüberklettern oder mich von einem Baum aus auf die Mauer schwingen.

Mein Herz setzt aus. Da ist kein Tor! Der Weg endet vor einer Wand aus Bäumen, die sich so dicht aneinanderschmiegen, als hätten sie sich dazu verabredet, niemanden durchzulassen. Ich presse die Lippen aufeinander. Nichts als eine optische Täuschung, sage ich mir und schlucke gegen den Kloß an, der in meinem Hals aufsteigt. Weiter! Nur weiter!

Kurz vor dem Pförtnerhäuschen zwinge ich mich zu einem gemütlichen Schlendern. Sollte der Pförtner mich sehen, soll er meinen, ich unternähme einen harmlosen Spaziergang. Aus den Augenwinkeln nehme ich keine Bewegung wahr. Weder vor noch in dem Pförtnerhäuschen. Es scheint genauso unbesetzt zu sein wie gestern Nachmittag.

Bäume, Sträucher, Farne. Aber kein Tor. Kein Ausgang.

Eilig stopfe ich mir das Handy ins Dekolleté. Wenigstens etwas, wozu diese blöde Korsage gut ist. Mit beiden Händen greife ich nach den Pflanzen und versuche sie auseinanderzureißen. Obwohl ich meine ganze Kraft reinlege, verharren die Zweige und Äste, wo sie sind. Wie Eisenstangen behaupten sie starr und steif ihren Platz. Nirgendwo ist ein Durchkommen. Egal, wie dünn ich mich mache. Als wären die Bäume verhext, winden und schlingen sich ihre Äste zu undurchdringlichen Netzen zusammen. Immer gerade dort, wo ich versuche mich durchzukämpfen. Sie greifen nach meinen Armen, verfangen sich in meinen Haaren und reißen mich zurück. Das kann doch nicht wahr sein! Tränen der Verzweiflung schießen mir in die Augen. Panisch hämmere ich mit den Fäusten gegen die undurchdringliche grüne Wand an und kämpfe gegen die Armee aus Ästen und Blättern, bis meine Hände bluten und die Ärmel meines Kleides in Fetzen von mir hängen.

Weinend und erschöpft sinke ich zu Boden.

Be careful what you wish for, schießt es mir durch den Kopf. Und der Gedanke daran, wie häufig ich mir gewünscht habe, im alten England in einem prachtvollen Herrenhaus zu leben, lässt mich höhnisch auflachen. Ja, gewünscht habe ich es mir. Unzählige Male. Aber ganz bestimmt nicht so!

Beruhig dich! Einatmen. Ausatmen. Denke nach!, befehle ich mir immer und immer wieder, während ich den Hügel zum Herrenhaus hochstolpere. Die anderen sind bestimmt längst ohne mich zum Picknick aufgebrochen, was bedeutet, dass ich einen großen Bogen um Bixby und Mrs Goring machen werde, denn die haben unter Garantie die Anweisung bekommen, mich hinter der Gesellschaft herzuschicken. Außerdem sollte mich niemand in diesem zerfetzten Kleid, blutverschmiert und völlig aufgelöst zu sehen bekommen. Ich muss alleine sein, meine Gedanken sammeln, sie sortieren, mich umziehen und vor allem werde ich Emma schreiben. Genau! Ein triumphierender Schauder durchprickelt mich. Nein, nicht Emma. Wer weiß, wie lange so ein Brief von England in ein unzugängliches Bergdorf in Ecuador und von dort aus bis zu einer einsam gelegenen Hacienda braucht. Nein, ich werde einen Brief an Mrs Plimpton schreiben.

Sie hat mir diesen Job vermittelt, sie muss mich auch hier rausholen.

Mit aller Vorsicht schleiche ich mich von der Seite an das Herrenhaus heran. Als mir klar wird, dass ich ja wohl schlecht klingeln kann, wenn ich Bixby aus dem Weg gehen will, kommt mir der Zufall in Gestalt eines offen stehenden Fensters rechts von der Haustür zu Hilfe. Wie ich vermutet hatte, klettere ich gerade in Lord Withams Arbeitszimmer. Diesmal liegen keine aufgeschlagenen Bücher auf seinem Schreibtisch, sondern ein Stapel Karten im DIN-A5-Format. Im Vorbeigehen lese ich, was auf der obersten steht:

> *Lord und Lady Graham bedanken sich für*
> *die Einladung zum Sommerball*
> *am 14. August 1886 auf Staunton House*
> *und nehmen sehr gerne daran teil.*
> *Sie werden mit einer Zofe und*
> *einem Kammerdiener anreisen.*

Über diesen Sommerball haben sich also Lord Witham und Lord Farnfield gestern unterhalten. Unter anderen Umständen hätte ich lauthals gejubelt. Ein Ball. Auf Staunton House. Und ich darf dabei sein. So wie die Dinge liegen, lese ich die Karte aber nicht mal zu Ende, sondern husche zur Tür, um sie einen Spaltbreit zu öffnen und mit angehaltenem Atem in die Halle zu linsen. Ich schicke ein Dankgebet zum Himmel, denn zum Glück liegt sie leer vor mir und auch auf der Treppe und den langen Gängen begegne ich niemandem. Mein Bett ist frisch gemacht und die Fenster stehen sperrangelweit offen, was eine gute Idee ist, denn draußen ist es viel wärmer als hier drinnen.

Schnell drehe ich den Schlüssel im Türschloss herum, dann jage ich auf den Sekretär zu und reiße auf der Suche nach dem von Fiona versprochenen Briefpapier die Schubladen auf. Schon in der zweiten rechts oben stoße ich auf eine edle, mit Rosen verzierte Schachtel. Feder und Tintenfass finde ich neben der Schreibunterlage. Mit fliegendem Atem öffne ich die Schachtel und entnehme ihr einen blassrosa Briefbogen, lege ihn vor mich hin, rücke mir den Stuhl zurecht und entkorke das Tintenfass. Während ich die Feder in die Tinte tunke, wandern meine Augen über das, was in altrosa Schrift als Briefkopf auf das Papier gedruckt ist. Es ist ein Kranz in sich gewundener wilder Rosen, in die der Künstler sehr geschickt zwei Buchstaben hineingewoben hat. Auf den ersten Blick fallen sie gar nicht auf. Man muss schon genauer hinsehen. Ein *J* und ein *H*.

Entschlossen streiche ich sie durch.

Sehr geehrte Mrs Plimpton,
bitte verständigen Sie sofort die Polizei. Ich werde auf Staunton House gegen meinen Willen ...

Ich zerre mein Handy aus der Korsage. Tot. Der Akku hat endgültig seinen Geist aufgegeben. Mit geschlossenen Augen schüttele ich langsam den Kopf. Mrs Plimptons Adresse, Emmas Adresse in Ecuador ... Das alles ist in meinem Handy gespeichert, aber nicht in meinem Kopf. Dann durchzuckt mich eine freudige Schrecksekunde. Die Adresse von Emmas Eltern weiß ich auswendig! Ihnen werde ich schreiben. Doch im nächsten Moment sacke ich hoffnungslos in mich zusammen. Emmas Eltern haben ihre Tochter nach Ecuador begleitet und sind von dort aus zu einer mehrwöchigen USA-und-Kanada-Reise aufgebrochen.

Mit einem entschiedenen Ruck stoße ich den Stuhl zurück und stehe auf. Ich muss mich bewegen. Ein Stück spazieren gehen, um meinen Kopf freizubekommen. Aber erst mal muss ich mich umziehen, mir das Blut von Gesicht und Händen abwaschen und meine Haare wieder in Ordnung bringen.

Vielleicht kann Mary das Kleid noch retten, denke ich mir und lege Rock und Oberteil ordentlich über die Stuhllehne. In Ermangelung von Marys Assistenz habe ich mir irgendein leichtes Kleid aus dem Schrank gefischt und es übergezogen. Auf die Wiederherstellung meiner Frisur verwende ich nicht allzu viel Sorgfalt. Mir doch egal, wenn ich aussehe wie ein Wischmopp. Ich habe jetzt echt andere Sorgen!

»Darf ich fragen, wo Sie um zwölf Uhr gewesen sind?« Mrs Gorings Stimme trifft mich wie ein Pfeil in den Rücken, als ich gerade die Haustür öffnen will. »Sie wurden vermisst. Eigentlich sollte Tony Sie mit dem Einspänner zur Picknickgesellschaft bringen, sobald Sie wieder auftauchen. Aber dafür ist es jetzt wohl zu spät.«

Langsam drehe ich mich auf dem Absatz zu ihr herum.

»Was ist hier los?« Nicht eine Sekunde lasse ich sie aus den Augen, damit mir keine Regung in ihrem strengen Gesicht entgeht.

»Sie sind Ihren Pflichten nicht nachgekommen. Das ist hier los!«, schnappt sie.

»Mrs Goring, darf ich Sie etwas fragen?« Weil meine Frage rein rhetorisch ist, schieße ich direkt die nächste hinterher. »Haben Sie schon mal etwas von Handys, PCs, der NASA,

Princess Diana, Kate Middleton, dem Brexit oder dem Klimawandel gehört?«

»Wie bitte?« Sie blinzelt irritiert.

»Können Sie kommen und gehen, wie Sie möchten?«

»Aber selbstverständlich.«

»Angenommen, Sie wollen ins Dorf. Wie kommen Sie dahin?«

»Nun, das kommt drauf an. Mal nehme ich das Fahrrad, mal bringt Tony mich mit der Kutsche hin. Natürlich kann man auch zu Fuß gehen, aber der Weg ist sehr weit.«

»Ein Auto gibt es hier nicht?«

»Ein was? Miss Sondorf, was soll diese ganze Fragerei? Ich habe den Eindruck, Sie waren zu lange der Sonne ausgesetzt. Hier, nehmen Sie das mit!«

Mit wenigen Schritten ist sie bei mir und reicht mir Hut, Sonnenschirm und Handschuhe, die Mary heute Morgen für mich neben der Haustür bereitgelegt hat. Bewegungslos starre ich sie an. Oh, mein Gott!

Jetzt erst begreife ich. Völlig benommen suche ich an der Wand Halt.

Ich bin in der Zeit gereist. Niemand *spielt* hier viktorianisches Zeitalter. Es ist alles echt. Wir alle sind mittendrin.

»Danke!«, hauche ich und nehme ihr Hut und Sonnenschirm ab. Dann lasse ich sie stehen, reiße die Haustür auf und stürme nach draußen. Ich brauche frische Luft!

Ich lasse das Haus und den Dienstboteneingang links liegen und renne, so schnell ich kann, auf ein riesengroßes Gewächshaus zu. Erst nachdem es weit hinter mir liegt, gelingt es mir, langsamer zu gehen. In was bin ich hier nur hineingeraten? Und wie? Ganz offensichtlich bin ich in der Zeit gereist und in einem verwunschenen Märchenschloss gelandet, in dem mich magische Kräfte gefangen halten. Was bedeutet, dass ich selbst dann, wenn ich vom Gelände entkommen könnte, Emma und auch sonst niemanden erreichen könnte, weil sie, weil *alle*, die ich kenne, in einem weit entfernten Jahrhundert leben.

»Aua!« Schmerz und Aufschrei reißen mich aus meinen Gedanken. Mit voller Wucht bin ich gegen ein Holztörchen gelaufen, hinter dem sich am Ende eines gewundenen Pfades unter alten knorrigen Eichen eine malerisch efeuumrankte Kapelle mit Spitzbogenfenstern und Glockentürmchen versteckt. Zweifellos ist das die Kapelle, in der heute Morgen der Familiengottesdienst stattgefunden hat. Links davon liegt gut verborgen unter den herabhängenden Ästen von vier Trauerweiden ein kleiner verwunschener Friedhof.

Als ob ich etwas Verbotenes täte, schaue ich mich erst nach allen Seiten um, bevor ich das Törchen öffne, das leise in seinen Angeln quietscht, und husche auf Zehenspitzen auf die Kapelle zu. Dort wird niemand nach mir suchen und die Abgeschiedenheit und Ruhe im Gotteshaus wird mir guttun.

Ich muss jetzt erst mal begreifen, was passiert ist. Wie bei Harry Potter muss ich versehentlich auf eine Art Portschlüssel gestoßen sein, der mich in der Zeit hat reisen lassen. Ich werde eine Weile brauchen, um das wirklich zu glauben.

Sonne und Regen haben die alte Holztür verwittern und die Scharniere rosten lassen. Doch wie es scheint, sind hier Besucher außerhalb der Gottesdienste unerwünscht. Die Türe lässt sich nicht öffnen. Dabei kann ich durch das kleine Butzenfensterchen am Altar Kerzen flackern sehen. Wie schade! Als ich der Tür meinen Rücken zuwende, fällt mein Blick auf die vier mächtigen Trauerweiden, die ihre Äste beschützend über den Gräbern ausgebreitet haben, weshalb sie fast hinter einem Vorhang aus Blättern verborgen liegen. Behutsam, um ja keine Toten zu stören, setze ich einen Fuß vor den anderen und gehe auf die Grabsteine zu. *Lady Eleonore Calverton*, ist in den ersten ausgewaschenen Grabstein gemeißelt. *1612–1650*. Einige der Grabsteine sind mit Moos bewachsen, über andere schlängelt sich Efeu und wieder andere stehen so schief, als ob sie beim nächsten Windhauch umkippen wollten.

Crispian Calverton, 6. Earl of Witham, lese ich auf einem Grabstein, unter dem dann wohl Fionas und Lord Withams Großvater beerdigt liegen muss. Schon traurig, wie vernachlässigt hier alles ist. Nachdenklich schlendere ich weiter, gehe von einem verwahrlosten Grab zum nächsten, bis mir ein frischer Blumenstrauß ins Auge fällt. Ein ganzer Arm dicker tiefroter Rosen. Wie magisch angezogen trete ich näher. Automatisch wandern meine Augen zu der Grabinschrift. Sie ist bis zur Unkenntlichkeit mit grünem Moos überzogen. Nicht einen Buchstaben kann ich entziffern.

Neugierig gehe ich in die Hocke, lege den Sonnenschirm ins Gras und lasse die ersten Moosbröckchen vom Stein herabrieseln, als Hufgetrappel und Stimmen erklingen. Vorsichtig luge ich unter den Ästen der Trauerweiden durch und sehe eine zweispännige Kutsche und drei Reiter in Richtung Herrenhaus traben. Ich kann es zwar auf die Entfernung nicht genau erkennen, aber die eleganten Damenhüte lassen mich vermuten, dass es sich bei den drei Personen in der Kutsche um Lady Marjorie, Fiona und Mrs Wharton handelt, während ich in dem sehr aufrecht sitzenden Reiter Lord Witham und in den beiden anderen Lord Farnfield und Mr Wharton identifiziere.

Jetzt sehe ich einen Hund zwischen den Pferdebeinen. Groß, schlank, kastanienfarbenes Fell. Urplötzlich rast er los und rennt direkt auf mich zu. Erst denke ich, er hat es auf mich abgesehen, bis ich den Hasen entdecke, der Haken schlagend versucht, ihm zu entkommen, und dabei genau in meine Richtung flieht.

»Gaia, nein!«, ruft eine Stimme, die mir durch Mark und Bein fährt und eine wohlige Gänsehaut über den Körper jagt.

Lord Witham richtet sich im Sattel auf und stößt einen schrillen Pfiff aus, der den Hund nicht eine Sekunde davon abhält, seine Jagd fortzusetzen.

»So ist gut. Lasst mich alle schön in Ruhe!«, wispere ich beschwörend, denn die Gesellschaft hat gestoppt. Schuldbewusst werfe ich einen Blick auf das Grab und die abgepulten Moosbröckchen, als sich die Kutsche und die Reiter wieder in Bewegung setzen, und ich will schon erleichtert aufatmen, da löst sich Lord Witham von der Gruppe und galoppiert auf den Friedhof zu.

»Gaia, hierher!«

Shit! Das abgeknibbelte Moos hat dunkle Stellen auf dem Grabstein hinterlassen und die Rosen sind mit Erde und Moosbröckchen besprenkelt. Schon allein die Vorstellung, Lord Witham könnte mich hier erwischen und eins uns eins zusammenzählen, lässt mir die Röte ins Gesicht schießen. Im Nu schnappe ich mir den Sonnenschirm und bin im nächsten Moment auf den Füßen. Schon setzt der Hase über den niedrigen Zaun, hechtet über den Friedhof und taucht ins Unterholz ein, während ich im Schutz der Trauerweiden schnell in Richtung Kapelle husche, um dort alibimäßig ein paar Wildblumen zu pflücken. Zu Tode erschrocken fahre ich zusammen, weil es neben mir raschelt und sich etwas Kaltes, Feuchtes unter meinem Arm durchschiebt.

»Oh, hallo!«, begrüße ich den Irish Setter, der mich schwanzwedelnd mit flehendem Blick ansieht. »Los, streichle mich!«, soll das wohl heißen. Eine Aufforderung, der ich nur allzu gerne nachkomme. »Ja, du bist ein feiner Hund!«

»Zu dem wird sie vielleicht mal, wenn ihre Ausbildung abgeschlossen ist!« Ein langer Schatten fällt auf mich, als Lord Witham neben mich tritt. Sein Pferd hat er am Zaun angebunden. »Sie sollten Gaia nicht für ihren Ungehorsam loben.«

Schuldbewusst ziehe ich meine Hand zurück, denn natürlich hat er recht mit dem, was er sagt. Zum Schutz gegen das helle Sonnenlicht beschatte ich meine Augen mit der flachen Hand, um zu Lord Witham aufzuschauen. Er trägt einen figurbetonten Reitdress, wie er im neunzehnten Jahrhundert üblich war. Mit beiger Reithose, langem schwarzem Reitjackett, Hemd mit Stehkragen, Zylinder und schwarzen Reithandschuhen. Lord Witham löst die Leine von seinen Schultern und blickt auf seine Hündin hinab, die ihn leicht geduckt aus ihren großen Hundeaugen um Verzeihung zu bitten scheint. Der Schlingel weiß ganz genau, was er angestellt hat. Da blitzt für den Bruchteil einer Sekunde ein Lächeln in Lord Withams Gesicht auf, das ich noch nie zuvor an ihm gesehen habe. Spitzbübisch, amüsiert und obendrein irgendwie supersexy. Ob er ahnt, was er damit in mir auslöst?

»Gaia ist jung und wild und muss noch viel lernen. Vor allem, dass sie nicht alles jagen darf, war ihr vor die Nase kommt. Ich hoffe, sie hat Sie nicht erschreckt?« Der Karabiner gibt ein leises Klicken von sich, als Lord Witham seine Hündin an die Leine nimmt.

»Nicht wirklich.«

Er nickt. »Wir haben Sie bei unserem Picknick vermisst.«

»Ich war spazieren und habe darüber die Zeit vergessen«, erwidere ich im Aufstehen und greife nach dem Sonnenschirm.

»Ich habe den Verdacht, ich sollte Ihnen eine Uhr schenken!« Die wenigen Schritte bis zum Törchen geht er neben mir her, öffnet es und lässt mir galant den Vortritt. »Ich habe den anderen erzählt, Ihnen sei unser englisches Frühstück nicht bekommen. Und deshalb hätten Sie sich für das Picknick entschuldigen lassen.« Ohne mich anzublicken, setzt er nach kurzem Zögern nach: »Ich wollte verhindern, dass meine Großmutter Sie gleich wieder nach Hause schickt!«

»Das war sehr lieb von Ihnen!« Weil ich spüre, dass mein Gesicht anläuft wie eine überreife Erdbeere, ziehe ich mir schnell den Hut tiefer in die Stirn.

»Ja …«, räuspert er sich, bindet sein Pferd los, lässt Gaia frei und schwingt sich in den Sattel. »Es tut ihr nun mal nicht gut, wenn sie sich ständig an neue Gesichter gewöhnen muss.«

Und ich Schaf dachte schon, er hätte meinetwegen geschwindelt.

»Also, dann … ich empfehle mich.« Er tippt sich an den Zylinder, nickt und trabt begleitet von der freudig bellenden Gaia davon.

»Du schuldest mir was!«, begrüßt mich Fiona, als sie mir auf der großen Treppe entgegenkommt. »Weil du daniederlagst, musste ich meiner Großmutter während des gesamten Picknicks aus *Emma* vorlesen!«

»Tut mir echt leid, Fiona!«

»Wie es scheint, bist du aber wieder so weit genesen, dass du ein wenig spazieren gehen und Blumen pflücken konntest.« Sie deutet auf den Strauß in meiner Hand.

Wie aus dem Nichts durchzuckt mich ein Gedanke. »Warst du gerade in meinem Zimmer?«

»Nein!«, gibt sie vielleicht eine Spur zu schnell zurück. »Warum fragst du?«

Weil du doch bestimmt nach mir sehen wolltest und weil – ich will schlucken, aber mein Mund ist staubtrocken – weil da noch der angefangene Brief an Mrs Plimpton liegt und es mir sauunangenehm wäre, wenn du ihn gelesen hättest!

»Ach, nur so«, schwindle ich und will mich gerade an ihr vorbeischieben, als sie konstatiert: »Dann warst du also an der Kapelle? Diese Blumen wachsen nur dort.«

»Ja, war ich. Aber jetzt muss ich ganz schnell auf mein Zimmer.« Kurz hebe ich den Blumenstrauß an. »Wäre doch zu schade, wenn sie verwelkten.«

Bewegungslos stehe ich da und starre den Sekretär an. Den Sekretär und den in tausend Fetzen zerrissenen Brief an Mrs Plimpton. Wer ist in meinem Zimmer gewesen? Mary nicht, denn die Fenster stehen noch offen. Ich zögere nicht lange. Blumen, Sonnenschirm und Hut landen auf meinem Bett und während ich mit der linken Hand meinen Rock anhebe, schiebe ich hektisch die Schnipsel hinein. Dann raffe ich den Stoff zusammen, gehe vor dem Kamin in die Hocke und schüttele die Überbleibsel meines Briefes auf das aufgeschichtete Feuerholz. Wenige Sekunden später lecken Flammen an dem blassrosa Papier und verschlingen meinen Hilferuf, der eh nie seinen Adressanten erreicht hätte.

Sie weiß nun also Bescheid und wird die nächste Zeit damit verbringen, sich den Kopf darüber zu zerbrechen, wie das alles sein kann. Sie ist schlau. Schlauer, als gut für sie ist, aber nicht schlau genug, um die Wahrheit je zu erraten.

Frisch gemacht und für das Dinner umgezogen erscheine ich zum Aperitif im Salon. Obwohl es draußen noch hell ist, haben die Diener schon alle Kerzen entzündet.

Als Mary kam, um mir beim Umziehen zu helfen, war sie gar nicht erfreut darüber, die verkohlte Asche im Kamin vorzufinden. Der Zustand des verwüsteten Kleides hat ihre Laune dann völlig in den Keller getrieben. Denn natürlich ist Mrs Goring Marys Pflichtvergessenheit von gestern Abend zu Ohren gekommen. Und laut Mary würde das Zusammennähen jedes einzelnen Fetzens genau Mrs Gorings Vorstellung einer geeigneten Strafe entsprechen. Letztendlich würde das Kleid in der Armensammlung landen, hat Mary geknurrt. Dabei hat sie die Vase vom Kaminsims genommen und ist mit ihr im Badezimmer verschwunden, um sie mit Wasser für meine Blumen zu füllen.

Jetzt wäre es Essig mit ihrem freien Abend, hat sie mir aus dem Bad zugerufen, und dabei hätte sie doch heute mit den anderen ins Pub gehen wollen. Ein Dart-Wettkampf würde dort unter den Männern des Dorfes stattfinden und Tony, der Stallbursche, hätte gute Chancen auf den Sieg.

Wie sauer sie das alles machte, hat sie mich dann beim Haarebürsten spüren lassen.

Vielleicht war es gemein, dass ich Marys Nöten keine große Aufmerksamkeit geschenkt habe, aber ich konnte eben immer nur an eines denken: Welches Spiel spielt ihr mit mir?

Langsam lasse ich meinen Blick über die Anwesenden schweifen. Wer von ihnen war es? Wer war in meinem Zimmer? Und warum? Doch nicht wegen des Briefes. Von dessen Existenz konnte schließlich keiner etwas ahnen. Bis auf Lord Witham kann es jeder gewesen sein, denn der ist ja erst noch zum Stall geritten, um sein Pferd an den Knecht zu übergeben, während alle andern lange vor mir im Haus eingetroffen sind.

»Ihr habt euch also an der Kapelle getroffen«, sagt Fiona gerade über den Rand ihres Champagnerglases hinweg. »Sebastian hat es mir eben erzählt. Gaia ist wirklich schlecht erzogen. Deshalb war ich auch dagegen, dass Sebastian noch mal zurückreitet, um sie zu holen. Sobald ein Hase auftaucht, ist sie weg.«

»Er war nicht die ganze Zeit beim Picknick?«, horche ich auf.

»Eigentlich hat es sich gar nicht mehr gelohnt, zurückzureiten, um dann doch wieder zu uns zu stoßen. Das Picknick hatten wir nämlich schon so gut wie beendet, als er auf die Idee mit Gaia gekommen ist.« Schulterzuckend stellt Fiona ihr leeres Glas auf dem Tischchen neben ihr ab. »Aber typisch für ihn.«

Ohne dass ich es gewollt hätte, sucht mein Blick nach Lord Witham, bleibt dann aber an Lord Farnfield hängen, der mir freundlich zuprostet. »Wie erfreulich zu sehen, dass Sie sich wieder besser fühlen, Miss Sondorf!«

»Danke«, erwidere ich und nicke ihm zu.

»Ihr europäischer Magen sollte sich schnell an unser Essen gewöhnen«, knurrt Lady Marjorie mir aus ihrem Sessel entgegen wie eine übellaunige Bulldogge. »Eine Gesellschafterin, die ständig Zipperlein hat, kann ich nicht gebrauchen.«

Zum Glück betritt Bixby in diesem Moment den Salon, um uns zum Abendessen zu holen.

»So, mein Kind, dann holen Sie mal die von Ihnen ausgewählte Lektüre, damit wir die verpasste Vorlesestunde von heute Nachmittag nachholen!«, weist mich Lady Marjorie an, kaum dass wir uns nach dem Dinner von den Männern getrennt und im Salon vor dem prasselnden Kaminfeuer Platz genommen haben. Draußen ist es mittlerweile dunkel geworden und das Licht der vielen Kerzen tanzt in dem lauen Windchen, das durch die offenen Fenstertüren in den Salon weht.

»Oh, Gran, bitte, nein!«, protestiert Fiona, lässt aber schon im nächsten Moment wie ein kranker Vogel die Schultern sinken.

»Falls du etwas Amüsanteres zu besprechen hast, nur zu«, gibt die alte Dame zurück und klopft das Kissen hinter ihrem Rücken zurecht, »aber damit meine ich nicht deine ermüdenden Frauenrechtstiraden.«

»Natürlich nicht!«, seufzt Fiona, verdreht die Augen und wendet sich Hilfe suchend an Mrs Wharton. »Wollen wir eine Partie Schach spielen?«

»Dann lassen Sie mal sehen!« Nachdem sie einen Schluck von ihrem Sherry getrunken hat, deutet Lady Marjorie mit dem Glas auf das Buch in meiner Hand, das ich gerade aus meinem Zimmer geholt habe.

»Ah, *Sense and Sensibility*!« Wie ein Juwelier, der ein Schmuckstück prüft, hält sich Lady Marjorie kurzsichtig ihr Lorgnon vor die Augen und nickt anerkennend. Seufzend lehnt sie sich in ihrem Sessel zurück und legt die Unterarme auf den Armlehnen ab. »Ich höre!«

Auffordernd wedelt sie mit einer Hand und schließt die Augen.

Bevor ich das Buch bei Fionas Lesezeichen aufschlage, muss ich ein Seufzen unterdrücken. Das alles hier, es könnte so schön sein. Könnte.

»Sie kommt doch, nicht wahr? Isobel. Zu unserem Ball. Wie jedes Jahr!«

Erschrocken weiche ich vor dem ängstlichen Gesicht zurück, das sich urplötzlich vor meines geschoben hat. Für einen kurzen Moment weiß ich nicht, was ich Lady Marjorie antworten soll. Fiona ist zu sehr in das Schachspiel vertieft, als dass sie die geflüsterte Frage ihrer Großmutter hätte hören können. Auf ihre Hilfe hoffe ich also vergebens. Nur das leise Knistern der Holzscheite im Kamin ist zu hören. Die Wahrheit wäre: »Ich weiß nicht, von wem Sie sprechen!«

Doch gerade, als sich meine Lippen öffnen, wechselt ihr Gesichtsausdruck und wird so flehentlich, so hoffnungsvoll, dass eine ehrliche Antwort nicht infrage kommt. Beruhigend lege ich meine Hand auf ihren Unterarm und entgegne das Einzige, was sie hören will: »Natürlich kommt sie!«

Sofort entspannen sich ihre Gesichtszüge und sie lässt sich wieder tief in ihren Sessel sinken. Mit einem Lächeln schließt sie die Augen.

Der Sommerball. Am Vierzehnten. Vor meinem inneren Auge nimmt die Ballszene aus *Sense and Sensibility* Gestalt an. Mit ein paar kleinen Veränderungen. Eine laue Nacht mit allen Versprechungen und Düften des Sommers, ein Streichorchester, Damen in wunderschönen Ballkleidern, Herren in eleganter Abendrobe, Kerzenschein, Champagner, unverfänglicher Smalltalk, züchtiger Spaß und exakt choreografierte Tänze, die die Leidenschaft, die unter der artigen Oberfläche brodelt, befeuern, aber gerade nur so weit, dass die Tänzer sie noch in Schach halten können. Dass Lord Witham und ich, in dessen Armen ich liege, vor mühsam beherrschtem Verlangen zu verglühen drohen. Oh, Mann, bin ich vielleicht bescheuert!

Mit einem leisen Zischen ziehe ich scharf die Luft ein.

Von der gebeugten Haltung ist mein Nacken ganz steif geworden und schmerzt. Wenn ich Pech habe, ist das der Vorbote für einen meiner Migräneanfälle. Der letzte ist schon ein paar Wochen her und war die Quittung für den ganzen Stress, den die Beisetzung meiner Großmutter mit sich gebracht hat. Das Beste wäre es, jetzt sofort mein Migränemittel einzuwerfen und mich mit einem kalten Waschlappen auf der Stirn ins dunkle Zimmer zu legen. Ich könnte es aber auch erst mal mit einem extrem starken Kaffee versuchen.

»Da sind wir wieder! Ich hoffe, unsere Anwesenheit wurde schmerzlich vermisst!« Lord Farnfield betritt händereibend und in einer Wolke aus Tabakgeruch den Salon. »Na, wie steht es beim Spiel der Könige, Fiona? Dauert es noch oder ist abzusehen, dass du uns in naher Zukunft als vierter Mann bei einer Partie Whist aushelfen kannst?«

»Richtig. Wir brauchen einen vierten Mann und keine Frau!«, bemerkt Lord Witham staubtrocken, wobei er schon zum Kartentisch hinüberschlendert und sein mitgebrachtes Whiskeyglas auf dem grünen Stoffbezug abstellt.

»Wenn der Teufel in der Not Fliegen frisst, solltest du es auch über dich bringen, mit deiner Schwester Whist zu spielen!«, belehrt ihn Lord Farnfield.

»Ach!« Mrs Wharton reißt theatralisch die Arme in die Luft. »Das gute Kind hätte die Partie schon nach dem zweiten Zug für sich entscheiden können. Ich bin ihr weit unterlegen und sie ist nur zu höflich, um das auszunutzen. Ich bin eine lausige Schachspielerin und gebe mich hiermit gerne geschlagen!«

Mr Wharton schüttelt mit einem gütigen Lächeln den Kopf. »Deine wahren Fähigkeiten liegen eben auf einem anderen Gebiet.«

»Pssst … Wharton! Verrate doch die Überraschung nicht!«, winkt sie ärgerlich ab, scheint aber trotzdem enttäuscht darüber zu sein, dass niemand nachfragt, worum es geht.

»Keine Eile! Vielleicht mag uns ja auch Miss Sondorf den fehlenden Mitspieler ersetzen?«, überlegt Lord Farnfield laut, während er sich an dem Schränkchen mit dem gesammelten Alkohol einen Whiskey einschenkt.

»Ich kann nur Skat spielen«, gebe ich zu und ernte für dieses Eingeständnis einen mitleidigen Blick.

»Dann werde ich es Ihnen bei Gelegenheit beibringen müssen«, bietet Lord Farnfield an, stürzt den Whiskey in einem Schluck hinunter und schenkt sich sofort nach.

Der schwarze König fällt scheppernd auf das hölzerne Spielfeld. Mrs Wharton hat ihm mit einem kurzen Fingerschnippen den Todesstoß versetzt. »Kein Problem, ich leiste solange Miss Sondorf Gesellschaft und halte einen kleinen Schwatz mit ihr!«

Kaum hat Mrs Wharton sich ächzend neben mir in das Sofa sinken lassen, bohrt sie mir vertraulich den Ellenbogen in die Seite und wispert: »Nun, haben Sie sich schon für einen von beiden entschieden?«

»Was?« Um die Verspannung etwas zu lösen, lege ich meine linke Hand um meinen Nacken und massiere ihn sanft.

Mit bedeutungsvoll gerunzelter Stirn nickt sie zu dem Spieltisch hinüber, wo ihr Mann, Lord Farnfield, Fiona und Lord Witham gerade Platz nehmen. »Lord Witham ist wohl das, was ich eindeutig als eine gute Partie bezeichnen würde. Reich und attraktiv. Etwas unnahbar und unterkühlt, aber glauben Sie mir, Kindchen, während einer Ehe lernt man Distanz sehr zu schätzen. Und auch wenn er Desinteresse an Ihrer Person vorspielt, in ihm lodert ein Feuer der Leidenschaft. Glauben Sie mir, ich habe einen Blick für so was.« Schnaubend zieht sie ein Spitzentaschentuch aus ihrem Dekolleté. »Bei Lord Farnfield scheinen Sie mir aber auch durchaus Chancen zu haben. Das nennt man dann wohl die Qual der Wahl.« Wie ein kleines Mädchen kichert sie in das

Taschentuch, mit dem sie sich die Schweißperlen vom krebsroten Gesicht tupft. »Geld haben beide, wobei Lord Witham natürlich der weitaus Reichere ist, aber auch der Ernstere. Seine Schultern mussten eben schon viel zu früh die Last der Verantwortung für das Anwesen und die Familie tragen. Von klein auf haben seine Eltern große Erwartungen in ihn gesetzt, denen er pflichtschuldigst nachkommt. Wenn Sie allerdings auf ein paar Tausend Pfund im Jahr verzichten können und dem Spaß den Vorzug geben, dann würde ich auf jeden Fall für Lord Farnfield plädieren, meine Liebe!«

Ohne die Vierergruppe der Whistspieler aus den Augen zu lassen, ziehe ich das Lesezeichen von der Armlehne und schiebe es zurück zwischen die Seiten. Wenn ich jetzt nicht bald etwas gegen die Schmerzen unternehme, droht mir eine schreckliche Nacht. Der heutige Tag war einfach zu viel für meinen armen Kopf. Wie kann er auch begreifen, dass ich im einen Moment noch im einundzwanzigsten Jahrhundert unterwegs bin und plötzlich – zack – stehe ich mitten im neunzehnten und komme nicht mehr heraus. Weder aus der Epoche noch aus dem Anwesen. Das muss doch ein Traum sein! Vielleicht werde ich ja morgen wach und liege wieder in meinem Bett in Aachen und alles ist gut.

»Auch wenn man es mir nicht mehr ansieht, ich war auch mal jung und sehr schön«, zischelt Mrs Wharton und rammt mir schon wieder ihren Ellenbogen in die Seite, was mich dazu veranlasst, ein Stück von ihr wegzurücken. Nur leider begrenzt die Armlehne des Sofas da sehr meine Möglichkeiten. »Und trotzdem musste ich einige Tricks anwenden, bevor mir der gute Wharton ins Netz gegangen ist. Also, wenn

Sie da Unterstützung brauchen ... wenden Sie sich ruhig vertrauensvoll an mich!«

Als ob!

Wenn ich die dröhnende Stimme dieser Frau noch eine Sekunde länger ertragen muss, fange ich an zu schreien. Emma sagt immer, dass man mir meine Gedanken ansieht. Ganz ehrlich? Hoffentlich!

»Brauchen Sie mich heute Abend noch?«, flüstere ich Lady Marjorie zu, die mit offenen Augen vor sich hin lächelt und mich mit einer abwesenden Handbewegung aus meinen Pflichten entlässt.

Bevor ich gehe, verabschiede ich mich noch von den Whistspielern.

»Sie verlassen uns schon?« Gegen meinen Willen freue ich mich über die Enttäuschung, die in Lord Withams Worten mitschwingt. »Dann wünsch ich Ihnen eine Gute Nacht!«

Nur fürs Protokoll: Er spricht diese Sätze, ohne auch nur einmal von seinen Karten aufzublicken. Trotzdem zögert er, bevor er beiläufig hinzusetzt: »Ich gehe jeden Morgen nach dem Frühstück in den Stall.« Jetzt schaut er mich doch an. Er räuspert sich, als müsste er die nächsten Worte gegen seinen Willen hervorwürgen. »Sollten Sie sich also die Pferde ansehen wollen, steht es Ihnen frei, mich morgen zu begleiten.«

»Sehr gerne!« Ich könnte mir auf die Zunge beißen. Musste das so begeistert rauskommen?

»Dann auf morgen!« Er wendet sich schon wieder seinen Karten zu und bemerkt nicht, wie aufmerksam Lord Farnfields amüsierter Blick zwischen uns beiden hin- und hergeht.

In der großen Halle treffe ich Bixby, der mit langen Schritten, aber ohne Eile auf den Salon zuschreitet.

»Ach, Mr Bixby!«

»Nur, Bixby, Miss Sondorf«, erwidert er ausdruckslos und bleibt stehen, um zu hören, was ich von ihm will.

»Könnte ich wohl einen Kaffee haben? Einen besonders starken?«

»Um diese Uhrzeit. Ist das sinnvoll?«

»Ja, ich …«, setze ich an, doch er winkt ab.

»Ganz wie Sie wünschen. Wo darf ich ihn servieren?«

Kurz werfe ich einen Blick über die Schulter. In den Salon gibt es heute Abend für mich kein Zurück. Ich will ihm aber auch nicht zumuten, den Kaffee auf mein Zimmer bringen zu müssen, also deute ich entschlossen auf die Bibliothek.

»Ich warte dort auf Sie!«

»Sehr wohl!«, nickt er, macht auf dem Absatz kehrt und schreitet auf die Hintertreppe zu.

Endlich allein! Erst jetzt, wo ich mich unbeobachtet auf eines der beiden Sofas fallen lassen und mit geschlossenen Augen tief durchatmen kann, spüre ich, wie sehr mich der Tag geschafft hat.

Ein Räuspern, dann höre ich: »Ihr Kaffee, Miss Sondorf!«, und schrecke aus dem Halbschlaf hoch. Neben mir steht Bixby und nickt auf den niedrigen Sofatisch, von dem sich der heiße Kaffeedampf herrlich duftend aus der Tasse windet. Daneben stehen ein Kännchen heiße Milch und eine Zuckerdose. »Auch wenn ich zu Tee geraten hätte.«

»Vielen Dank, Bixby!«

Mit hochgezogener Augenbraue sieht er mir dabei zu, wie ich zwei Stücke Zucker und einen tüchtigen Schwups Milch in den Kaffee gebe. Erst als ich den Löffel zur Hand nehme, wendet er sich zum Gehen. Auch wenn er sich jeden Kommentar verkniffen hat, glaube ich doch zu wissen, was er zurück in der Küche als Erstes zu Mrs Goring sagen wird: »Diese Europäer!«

Schon der erste Schluck des Gebräus tut mir unglaublich gut und der stechende Schmerz lässt mit jedem weiteren mehr und mehr nach. Ich weiß zwar, dass dieser Effekt nur vorübergehend sein kann, hoffe aber einfach mal auf das Beste.

»Fahnenflüchtling!« Fiona steht in der offenen Tür, die sie schnell hinter sich zuwirft.

»Tut mir echt leid, aber ...«

Fiona hebt abwehrend beide Hände. »Ich habe ja keine Ahnung, womit Mrs Wharton dich gequält hat, aber ich weiß leider nur zu gut, wie enervierend sie sein kann. Lustig und unterhaltsam in kleinen Mengen verabreicht. Aber ... die Dosis macht nun mal das Gift.«

Sie wirft sich mir gegenüber auf das Sofa und winkelt auf der Sitzfläche die Beine an. In Jeans und T-Shirt kein

Problem, in der viktorianischen Aufmachung zumindest ungewöhnlich. Aber mich stört es nicht!

»Leider ist Mr Wharton ein guter Freund von Sebastian, auch wenn er Jahrtausende älter ist. Er und seine Frau waren ursprünglich mit unseren Eltern befreundet. Deshalb ist es Tradition, dass sie jedes Jahr ein paar Tage vor unserem Sommerball anreisen.«

»Lady Marjorie hat eben davon gesprochen. Von dem Ball.« Die Untertasse scheppert leise, als ich meine Tasse auf ihr abstelle.

»Ich liebe den Sommerball. Er ist eine willkommene Abwechslung in diesem langweiligen Einerlei«, seufzt Fiona, schnappt sich eines der Kissen und presst es sich mit den Unterarmen auf den Bauch.

»Ich war noch nie auf einem richtigen Ball. Macht er so viel Spaß, wie ich es mir vorstelle?«

»Wie stellst du ihn dir denn vor?«

»So mit einem richtigen Streichorchester, schimmernden Kerzen, klirrenden Gläsern ...«, schwärme ich.

»Also, unser Sommerball ist das schillerndste Fest von ganz Cornwall«, bestätigt Fiona, indem sie sich die schwarzen Seidenhandschuhe von den Fingern streift. »Wir erwarten alles, was Rang und Namen hat. Im Hintergrund laufen die Vorbereitungen schon auf Hochtouren. Warte es nur ab, bald geht es hier zu wie in einem Taubenschlag.« Fiona legt den Kopf in den Nacken und seufzt der Zimmerdecke entgegen. »Wenn Sebastian nur nicht wieder versucht, mich zu verkuppeln! Letztes Jahr war es ein steinalter Baron.« Sie schüttelt sich.

»Deine Großmutter hofft darauf, dass Isobel auch kommt.«

Ich zucke kurz zusammen, als ein Holzscheit im Kamin sprühend auseinanderbricht. »Die alte Dame tut mir richtig leid.«

»Sie tut dir leid? Aber warum das denn? Wenn sie diese Isobel so sehr geliebt hat, dass sie sie so schmerzlich vermisst, dann muss sie doch eine Gefährtin in ihr gehabt haben, von der andere nur träumen können. Ich bedauere es sehr, dass wir sie nie kennengelernt haben.«

»Und ihr habt wirklich keine Ahnung, wer sie gewesen sein könnte?«

»Nicht die leiseste.« Fiona lacht amüsiert auf. »Aber eins weiß ich: dass meine Gran und sie hier alles tüchtig auf den Kopf gestellt und ihre Geheimnisse schön für sich behalten haben.« Unter ihren gesenkten Lidern wirft sie mir einen lauernden Blick zu. »Es wäre doch toll, wenn wir beide einander auch solche unersetzlichen Freundinnen sein könnten. Zwei selbstbewusste Frauen, die zusammen durch dick und dünn gehen. Freundinnen, die alles teilen. Leidenschaften. Geheimnisse. Die sich gegenseitig so wichtig sind, dass die eine für die andere sterben würde.« Als sie mein entsetztes Gesicht sieht, lacht sie laut auf. »Das meinte ich doch nicht im wörtlichen Sinne. Aber ich zum Beispiel. Ich würde so gerne reisen. Willst du nicht auch die Welt sehen?«

»Reisen ist teuer«, gebe ich zu bedenken. Meine Großmutter hat mir ein kleines Reihenhaus in Aachen und das vererbt, was auf ihrem Konto liegt. Geld für mein Studium und nicht, um es auf kostspieligen Weltreisen zu verjubeln.

Mein Einwand entlockt Fiona nicht mehr als ein strahlendes Augenverdrehen. Blitzschnell ist sie um den Tisch herum, wirft sich neben mich auf das Sofa und hakt sich bei mir unter. »Ich habe zwar kein eigenes Vermögen, aber dafür wertvollen Schmuck. Wenn wir den in London zu Geld machen, hätten wir genug, um die ganze Welt zu bereisen!«

Begeistert greift sie nach meinen Händen und drückt sie so fest, dass es wehtut.

»Was sagst du dazu? Wir warten noch den Ball ab und dann stehlen wir uns bei Nacht und Nebel davon und bereisen als zwei unabhängige Frauen den Orient, Griechenland, das Osmanische Reich, Südamerika, Australien. Ach, nur der Himmel ist die Grenze!«

Vorsichtig löse ich meine Hände aus ihren. Sie sind ganz rot.

»Vielleicht sollten wir erst mal gucken, wie wir auf Dauer miteinander klarkommen, bevor wir große Reisepläne schmieden«, weiche ich aus. Das geht mir hier alles eine Spur zu schnell. »Und außerdem ... ich habe einen Arbeitsvertrag unterschrieben.«

»Ach, Gesellschafterinnen gibt es wie Sand am Meer«, winkt sie ab. »Und manchmal muss man einfach gegen Regeln verstoßen, um Großes zu bewirken.« Langsam steht sie auf und schlendert zum Kamin hinüber. Die Ellenbogen auf den Sims gestützt, betrachtet sie das Gemälde von dem Waldsee, das ihre Großmutter so sehr zu lieben scheint.

Ihre Augen funkeln vor Leidenschaft, als sie zu mir herumwirbelt. »Wir Frauen müssen zusammenhalten gegen diese Welt der Männer und unsere Kräfte bündeln. Wir dürfen uns nicht von Emotionen in die Abhängigkeit drängen lassen, auch wenn das bedeutet, dass wir auf den Mann, den wir lieben, verzichten müssen. Wir müssen kämpfen, dürfen uns nichts gefallen lassen, wenn wir endlich über uns selbst bestimmen wollen.«

Arme Fiona, wenn sie wüsste, wie lang der Weg noch ist, bis Frauen auch nur annähernd die gleichen Rechte haben werden wie Männer. Bis sie wählen dürfen oder nicht länger ihren Mann um Erlaubnis bitten müssen, wenn sie arbeiten gehen wollen. »Fürs Erste könnten wir auf eurem Sommerball zusammen bis in den Morgen tanzen und es richtig krachen lassen!«, lenke ich das Gespräch auf ein unverfänglicheres Thema.

Warum eigentlich nicht? Ich bin an einem Ort und in einer Zeit, in die ich mich immer gewünscht habe. Warum Trübsal blasen? Ich bin hineingekommen, also werde ich auch irgendwie wieder hinauskommen. Und bis dahin sollte ich mein Leben hier doch einfach genießen. Wenn ich es mir recht überlege, wäre es das erste Mal.

Seit meinem siebten Lebensjahr hat meine Oma sich um mich gekümmert, damals war sie schon krank. Nichts wirklich Schlimmes, bis der Krebs dazukam und obwohl die Ärzte sie und mich beruhigten, weil sie meinten, im Alter wäre das Zellwachstum so verlangsamt, dass sie eher an einer anderen Krankheit sterben würde als an speziell dieser, lagen sie mit ihrer Prognose leider falsch. Als meine Freundinnen dann anfingen, am Wochenende feiern zu gehen, drängte meine Oma mich mitzugehen. Ein paar Mal hab ich es versucht, allerdings hatte ich nie so rechten Spaß an der Sache, weil ich in Gedanken immer zu Hause war und mir Sorgen machte. Das ganze letzte Jahr bin ich so gut wie gar nicht mehr ausgegangen, denn ich wollte lieber jede mögliche Minute mit meiner Oma verbringen. Jede von ihnen war ein kostbarer Schatz, der mir wie Sand zwischen den Fingern zerrann.

»Warum warten?«, holt Fiona mich zurück in die Bibliothek. »Darf ich bitten?« Schon steht sie vor mir und hält mir ganz gentlemanlike mit einer tiefen Verbeugung ihre rechte Hand entgegen.

»Aber sehr gerne doch, Mylord!«, kichere ich. Wen kümmert es schon, dass ich nicht einen Standardtanz beherrsche. Fiona legt ihren Arm um meine Taille, fasst mit ihrer linken meine rechte Hand und zusammen stolpern wir durch die Bibliothek.

»Du bist nicht im Rhythmus!«, beschwere ich mich, weil wir uns nicht im Einklang mit dem Klavierspiel bewegen, das von irgendwoher zu uns in die Bibliothek dringt.

Fiona zieht die Augenbrauen fragend zusammen. »Von welchem Rhythmus sprichst du?«

»Na, von dem Klavier!«

Sie hält in der Bewegung inne und beide lauschen wir auf die Töne, die von weit her zu uns wehen.

»Du hast Halluzinationen«, urteilt sie schließlich.

»Da spielt jemand Klavier!« Ich weiß doch, was ich höre.

»Da ist wohl der Wunsch der Vater des Gedankens! Ich höre nichts und ich habe Ohren wie ein Luchs.« Fiona lässt mich los. »Mir kommt da gerade eine Idee. Wie wäre es, wenn ich dir morgen mal alles zeigen würde? Das ganze Herrenhaus. Von oben bis unten. Von links nach rechts. Inklusive der Geheimgänge, in denen wir uns früher versteckt haben, um ungesehen unsere Eltern und ihre Gäste zu belauschen. Die Orangerie. Den Stall zeigt dir ja schon mein Bruder … aber das wird kaum den ganzen Tag in Anspruch nehmen. Wollen wir uns einfach für den Nachmittag verabreden. Direkt nach dem Lunch?«

»Können wir dann auch an den Strand gehen?«

Ich liebe das Meer. Das Rauschen der Wellen. Seine Unendlichkeit und gewaltige Kraft. Emma sagt, ich habe einen Knall, nur weil ich es beruhigend finde, dass das Meer mächtiger ist als der Mensch. Ach, Emma! Was wird sie sich für Sorgen machen, weil sie noch nichts von mir gehört hat.

Das Pochen in meinen Schläfen verstärkt sich und meine Augen schmerzen.

»Ich muss jetzt auf mein Zimmer.«

Besorgt legt Fiona mir eine Hand auf die Schulter. »Oh, mein Gott. Du bist ja plötzlich weiß wie die Wand.«

»Das liegt an den Kopfschmerzen.«

»Soll ich dich nach oben begleiten?«, schlägt sie fürsorglich vor, aber ich schüttele vorsichtig den Kopf.

»Ich möchte einfach nur allein sein!«

Die Hand auf dem Treppenlauf, die Augen gegen das stechende Licht der Kerzen halb geschlossen, schleppe ich mich von Stufe zu Stufe. Auf der Mitte der Treppe bleibe ich kurz stehen und lausche auf das Klavierspiel. Es kommt eindeutig von oben. Nach wenigen weiteren Tönen endet das Stück mit einem Schlussakkord. Ich habe die letzte Stufe fast erreicht, als sich eilige Schritte auf mich zubewegen, eine Gestalt um die Säule biegt und, ohne mich zu registrieren, die Stufen hinunterspringt. Es ist zu spät, um ihr auszuweichen.

»Miss Sondorf!« Bevor ich das Gleichgewicht verlieren kann, packt Lord Farnfield mich mit beiden Händen an den Schultern und reißt mich an sich. Das war verdammt knapp! Keuchend werfe ich einen Blick über die Schulter auf die steilen Stufen hinter mir. Auch wenn sie mit Teppich ausgeschlagen sind, hätte das meinen Sturz wohl kaum ausreichend abdämpfen können, um Schlimmes zu verhindern. Hätte Lord Farnfield mich also nicht so geistesgegenwärtig geschnappt, dann wäre ich jetzt womöglich … Ich zittere wie Espenlaub.

»Oh, mein Gott, geht es Ihnen gut? Setzen Sie sich doch!« An Lord Farnfields Brust gelehnt, lasse ich mich auf eine der

Stufen sinken. Er muss sich auch fürchterlich erschrocken haben, so wie sein Herz gegen seine Rippen hämmert.

»Bitte entschuldigen Sie. Ich war in Gedanken und habe nicht damit gerechnet, dass mir jemand auf der Treppe entgegenkommen könnte.«

»Es ist ja nichts passiert!«, hauche ich, denn natürlich steckt mir der Schrecken noch in den Knochen und mein Kopf ist jetzt wirklich kurz vorm Platzen.

»Kann ich Ihnen ein Glas Wasser holen oder Sie zu Ihrem Zimmer bringen oder soll ich Fiona oder Mrs Goring verständigen?« Das schlechte Gewissen steht ihm ins Gesicht geschrieben, was ich voll süß finde. Er tut so tough und unerschrocken, dabei ist ihm der Schreck in alle Glieder gefahren.

»Nein, nein. Ich schaffe das alleine!« Wie zur Bestätigung meiner Worte ziehe ich mich am Geländer hoch. »Das Klavierspiel vorhin? Waren Sie das?«

Lord Farnfield, der gerade damit beschäftigt ist, seinen Frack wieder zurechtzuzupfen, schaut überrascht auf: »Klavierspiel? Ich? Nein.«

»Wer kann es denn dann gewesen sein? Für mich hat es sich richtig professionell angehört.«

»Das ist schlichtweg unmöglich«, eröffnet er mir. »Das Klavier steht auf dem Dachboden, wohin sich jetzt bestimmt niemand verirren würde.«

Und doch habe ich es gehört.

Beim Eintreten fallen mir direkt die Blumen auf, die Mary sehr geschmackvoll in der dunkelblauen Vase auf dem Frisiertisch arrangiert hat. Kraftlos streife ich meine Schuhe ab. Verdammter Mist! Es ist so weit. Mir wird übel. Das ultimative Zeichen, dass die Migräne richtig loslegt. Höchste Zeit, alles stehen und liegen zu lassen, die Tabletten zu schlucken, die ich griffbereit in der Nachttischschublade deponiert habe, und die Kerzen zu löschen. Ich schlüpfe aus Oberteil und Rock, zerre so lange an den Schnüren herum, bis ich aus dem Korsett klettern kann, und lege mich im Unterkleid ins Bett. Bei Migräne kommt es auf die Sekunde an. Nehme ich meine Medikamente zu spät, habe ich einige schreckliche Stunden, wenn nicht sogar Tage vor mir. Bewegungslos liege ich im Dunkeln und hoffe darauf, dass diese hämmernden Schmerzen besser werden.

Irgendwann klopft Mary an die Tür und ich schaffe es tatsächlich, so laut »Ich brauche Sie heute nicht!« zu rufen, dass sie mich versteht und mir der Kopf trotzdem nicht platzt. Kurz darauf nähern sich wieder Schritte. Sie stoppen vor meiner Tür und ich meine, jemanden atmen zu hören. Erst nach einer gefühlten Ewigkeit entfernen sich die Schritte wieder.

Dann nicke ich weg und falle in einen unruhigen Schlaf. Ich träume. Von Staunton House, von seinen Bewohnern und plötzlich stehe ich wieder dort unten, wo sich bei meiner Ankunft noch das große schmiedeeiserne Tor befunden hat. Im Traum schaffe ich es, mich durch diesen Dschungel aus Ästen und Blättern zu kämpfen. Es gelingt mir sogar, das Tor zu öffnen. Doch gerade in dem Moment, in dem ich den Fuß auf die Straße setzen will, erfasst mich ein Sog und katapultiert mich zurück auf die sandige Auffahrt. Ich kann nur hilflos dabei zusehen, wie sich die Äste wieder ineinanderschlingen.

Als ich wach werde, ist mein Kopfkissen klitschnass und Tränen laufen mir über die Wangen.

Die Migräne ist weg und wie immer nach einem Anfall fühle ich mich wie gerädert. Der schreckliche Traum hat seinen Teil dazugetan, aber da ist noch etwas. Es vergehen vielleicht drei, vier Sekunden, bis ich mir sicher bin: Im Schutz der Dunkelheit steht jemand und beobachtet mich. Ich habe die Vorhänge nicht zugezogen und ausgerechnet jetzt muss der Mond hinter einer Wolke hervortreten und genau auf mein Bett scheinen, was die Schatten im restlichen Zimmer nur noch undurchdringlicher macht. Beruhige dich, was du da hörst, ist dein eigener Atem!, versuche ich mir zu sagen. Wer soll schon ein Interesse daran haben, dir beim Schlafen zuzusehen? Doch das Gefühl, gesehen zu werden, ohne selbst die Dunkelheit durchdringen zu können, ist so furchtbar, dass ich es nicht lange ertragen kann. Blitzschnell fahre ich vom Bett hoch, suche hektisch den Nachttisch nach den Streichhölzern ab und entzünde mit zitternden Fingern die Kerze neben meinem Bett. Die Schatten weichen ein Stückchen weiter zurück und wenn derjenige, der mich beobachtet, schlau ist und sich so lautlos wie eine Katze bewegen kann, dann hat er sich gerade mit ihnen zurückgezogen.

»Hallo? Kommen Sie raus! Ich weiß, dass Sie da sind!« Hoffentlich klingt meine Stimme mutiger, als ich mich fühle. Ich halte den Atem an. Das leise Schaben gerade … habe ich mir das eingebildet? Oder war das eine Tür, die ins Schloss gefallen ist? Die Schlafzimmertür war es auf jeden Fall nicht. Ich habe die Wahl: Entweder ich halte die ganze Nacht mit dem Kerzenleuchter in der Hand Wache oder … ich schlage die Bettdecke zurück, umschließe die Streichhölzer mit meiner freien Hand und schwinge die Beine aus dem Bett. Als meine Füße den Teppich berühren, zucken sie zurück. Er ist eiskalt. Vorsichtig einen Schritt vor den anderen setzend, arbeite ich mich erst zum Frisiertisch, dann zum Kamin vor. Die Kerzen, die ich anzünde, tauchen das Zimmer in ein trügerisches Licht. Wie es scheint, bin ich allein.

Natürlich bin ich das. Mein Herz klopft etwas ruhiger, als ich völlig erschöpft zurück unter meine Decke krieche. Die Kerzen lasse ich vorsichtshalber brennen. Man weiß ja nie!

Als ich am nächsten Morgen verschlafen die Augen aufschlage, sind meine Erinnerungen an die vergangene Nacht nicht mehr als milchige Nebelfetzen. Das ist immer so, wenn ich Migräne gehabt habe. Die Tabletten sind so stark, dass sie einen umhauen. Erst beim Anblick der mit Wachstropfen übersäten Kerzenleuchter fällt mir Stück für Stück wieder alles ein. Dieses schreckliche Gefühl, von jemandem beobachtet zu werden, der irgendwo in der Dunkelheit lauert. Doch wie die Sonnenstrahlen sich nun gegenseitig über meine Bettdecke jagen und bei dem fröhlichen Zwitschern der Vögel im Park wirken die Ereignisse der letzten Nacht so erfrischend surreal, dass ich erleichtert die Bettdecke zurückschlage und mit dem sicheren Gefühl, mir da einiges eingebildet zu haben, fröhlich aus meinem Bett springe. Sofort macht sich mein Magen mit einem anhaltenden Knurren bemerkbar. Das ist auch etwas, was die Migräne mit sich bringt. Ist der Mist einmal überstanden, kann ich mich immer quer durch den Kühlschrank futtern.

Ich kann es gar nicht erwarten, bis Mary endlich kommt. Das hat viel mit meinem Bärenhunger zu tun, aber vielleicht noch ein wenig mehr mit diesem absolut verachtungswürdigen Kribbeln, das mir über den Rücken läuft, wenn ich an Lord Withams und meine Verabredung denke.

Mary kann mir gar nicht schnell genug in die Kleider helfen und ich will heute auch keine zeitaufwendige Frisur. Denn alles drängt mich ins Frühstückszimmer.

»Da bin ich«, sage ich, krank glücklich, Lord Witham zu sehen, und zu spät fällt mir auf, dass wir nicht alleine sind. Wie ein Habicht schaut Mrs Wharton von ihrem Teller auf, auf dem sich Würstchen und Speck gegenseitig den Platz streitig machen.

»Guten Morgen, Miss Sondorf!«, erwidert Lord Witham und senkt kurz den Kopf zum Gruß.

Er trägt den eleganten Reitdress von gestern, in dem er einfach atemberaubend gut aussieht.

»Nicht so stürmisch, Kindchen!«, blinzelt Mrs Wharton mich gegen die Morgensonne an. »Kommen Sie erst mal zu Atem. Der schöne Mann läuft Ihnen schon nicht weg!«

Und jetzt zwinkert sie auch noch Lord Witham auf so eine kokett-wissende Art zu. Am liebsten würde ich ihr die Serviette, die sie an die Lippen führt, um alibimäßig ihr blödes Gekicher dahinter zu verbergen, aus den Händen reißen und sie damit erwürgen.

Diesmal ist es Lord Witham, der tomatenrot anläuft und sich verlegen räuspert. Bevor ich ihr mit voller Absicht den Rücken zukehre, bedenke ich Mrs Wharton mit einem bittersüßen Lächeln.

»Ich wusste nicht, wann Sie aufbrechen wollen, Lord Witham?«

»Sobald Sie mit dem Frühstück fertig sind!«, erwidert er, nimmt einen Schluck von seinem Tee und wendet sich wieder der *Times* zu, die vor ihm auf dem Tisch liegt.

»Gut!«, nicke ich, bevor ich mir einen Teller vom Tisch nehme und zum Buffet gehe, um mich zu bedienen. Nachdem ich mich gesetzt und bei Bixby einen Kaffee mit heißer Milch bestellt habe, fällt es mir trotz meines Bärenhungers schwer, in Ruhe zu essen. Denn Mrs Whartons listige Schweineäuglein huschen ohne Unterlass zwischen Lord Witham und mir hin und her.

»Fertig!«, verkünde ich schließlich, obwohl mein Teller noch zu drei Viertel voll ist. Es tut mir unendlich leid um die Baked Beans und das schöne Rührei, nur vergeht mir einfach der Appetit, wenn ich die ganze Zeit Angst vor Mrs Whartons spitzer Zunge haben muss.

Mit dem festen Vorsatz, meinen Verstand über meine Gefühle für diesen Dorian Gray neben mir herrschen zu lassen, trete ich neben Lord Witham in die Morgensonne hinaus. Es ist ein wunderschöner Tag! Auf den Blüten der Rosen glitzert der Tau.

Wir gehen nicht in Richtung Gewächshaus und Kapelle. Lord Witham schlägt den entgegengesetzten Weg ums Haus ein und schon aus der Ferne kann ich ein großes efeuumranktes Gebäude ausmachen, das aus demselben grauen Stein erbaut worden ist wie das Herrenhaus. Direkt daneben steht eine kleinere Version davon.

»Es ist nicht weit. Sehen Sie, da vorne links ist schon der Stall. Rechts davon wohnt unser Gutsverwalter!« Mit ausgestreckter Hand beugt sich Lord Witham ganz leicht in meine Richtung und trotzdem nehme ich die verführerische Mischung aus Moschus und Zedernholz wahr. Nur mit Mühe kann ich mich davon abhalten, genießerisch die Augen zu schließen.

Nachdem wir eine ganze Weile schweigend nebeneinanderher gegangen sind, spüre ich seinen Blick auf meiner Wange, wage es aber nicht aufzuschauen. Es steht zwar eigentlich nicht zu erwarten, aber was, wenn er sein Lächeln angeknipst hat? Dann schmelze ich wie Eis in der Sonne und das gilt es zu verhindern. Da ist es besser, die altehrwürdige Eiche zu betrachten, um die herum eine verwitterte Holzbank zu einer Pause einlädt.

»Nun, Miss Sondorf, haben Sie sich schon ein wenig bei uns eingelebt?«

»Ich bin dabei!«, gebe ich vielsagend zurück. »Aber noch ist alles etwas ungewohnt.«

»Da Sie nicht vom Land kommen, kann ich das sogar verstehen«, nickt er. Für eine Weile knirscht nur der Sand unter unseren Füßen, als wir weiter dem leicht ansteigenden Weg folgen. Schon allein seine physische Nähe macht mich unglaublich nervös. Vorsorglich spanne ich meinen Sonnenschirm auf, um so viel Platz wie möglich zwischen mich und ihn zu bringen.

»Ich liebe dieses Stück Land und ich weiß, was ich ihm schuldig bin. Fiona sieht das leider nicht so. Sie fühlt sich hier gefangen.«

Auch wenn wir noch ein Stück entfernt sind, kann ich durch das offen stehende Stalltor die ersten Pferdeboxen sehen.

»Für Fiona ist das Leben in dieser Abgeschiedenheit nicht leicht«, führt Lord Witham weiter aus. »Als ich dreizehn war, bin ich nach Eton gekommen. Sie wissen schon. Das Internat. Für Fiona als Mädchen kam das natürlich nicht infrage. Sie hatte Gouvernanten und Hauslehrer. Als sie klein war, haben meine Eltern es geduldet, dass sie mit den Kindern des Personals spielte, aber später dann hat sich das natürlich nicht mehr geschickt.«

»Natürlich nicht!« Keine Frage, ihm ist mein ironischer Unterton nicht entgangen, doch er entscheidet sich dazu, ihn zu ignorieren.

»Fiona fühlt sich ungerecht behandelt, weil sie nicht ins Internat durfte und ich nun ihr Vormund bin und hier das Sagen habe«, fährt er in seiner Erklärung fort.

»Damit hat sie ja auch absolut recht!«, stelle ich klar. »Es gibt nicht einen vernünftigen Grund, warum Männer alles und Frauen nichts dürfen.«

»Es gibt aber eben Dinge, Miss Sondorf, die das Verständnis von Frauen überfordern, ob Ihnen das nun passt oder nicht.«

Mein Kopf wirbelt zu ihm herum. »Was für ein Blödsinn!«

»Ich bitte um Verzeihung?« Lord Witham bleibt stehen und atmet hörbar aus.

»Wenn man Frauen absichtlich von Bildung und Verantwortung fernhält, dann muss man sich nicht wundern«, gebe ich zurück. »Es ist doch keine Frage der Biologie. Bloß weil Männer ein Y-Chromosom mehr haben als Frauen, müssen sie nicht meinen, dadurch die Weisheit gepachtet zu haben.«

»Frauen gehören in die Küche respektive ins Haus, in die Kirche und zu den Kindern. Das ist ihre natürliche Bestimmung und schützt sie vor den Gefahren, die draußen in der Welt auf sie lauern.«

Was für ein blöder Macho!

Das sind ja Einstellungen aus dem vorletzten Jahrhundert. Was ihn in gewisser Weise entschuldigt und trotzdem kann ich mir ein gezischtes »Idiot!« nicht verkneifen. Vor uns erstreckt sich der Gang, an dem links und rechts die Pferdeboxen liegen. Ich höre das vertraute Schnauben der Tiere, rieche den Geruch von würzigem Heu und erdigen Pferdeäpfeln und ich spüre, wie mir die Hitze in die Wangen schießt.

»Miss Sondorf, ich muss schon zur Genüge derlei unerfreuliche Diskussionen mit meiner Schwester führen und habe nicht das geringste Verlangen, unser Gespräch hier und jetzt fortzusetzen.« Er ist stinksauer. »Ich wollte Ihnen nur verdeutlichen, warum Fiona sich so sehr auf Sie gefreut hat. Sie hofft, Sie als Freundin zu gewinnen. Fiona kann sehr einnehmend sein. Und wenn Sie einen Rat von mir annehmen wollen, dann schieben Sie dem gleich einen Riegel vor.« Mit einem Ruck zieht er sein Jackett straff. »Wenn es Ihnen nichts ausmacht, würde ich unseren gemeinsamen Besuch im Stall gerne verschieben.«

»Besser wäre es!«, gebe ich bockig zurück, wirbele auf dem Absatz herum, dass ich ihm beinahe meinen Sonnenschirm ins Gesicht donnere, und trete den Rückweg zum Herrenhaus an. Doch dann fällt mir noch etwas ein. »Darf ich mir demnächst eines Ihrer Pferde für einen Ausritt ausleihen?«

»Definitiv nicht!«, schmettert mir Lord Witham entgegen. »Sie selbst haben gesagt, dass es einige Zeit her ist, dass Sie im Sattel gesessen haben. Deshalb bestehe ich darauf, dass Sie sich erst unter der Aufsicht meines Stallburschen Tony auf der Koppel wieder eingewöhnen.«

»Spießer!« Eine andere Antwort fällt mir darauf nicht ein. Oh, doch! »Wäre ich ein Mann dürfte ich natürlich sofort in den Sattel steigen. Nicht wahr, Lord Witham?«

»Du blöder, blöder Machoarsch!« Wütend ramme ich die Spitze des Sonnenschirms immer und immer wieder in die ausgetrocknete Erde vor der verwitterten Holzbank. Unter dem weit ausladenden Blätterdach der Eiche bekommt der Boden wohl nicht allzu viel Regen ab. Warum müssen die gut aussehenden Kerle immer eine Macke haben?, denke ich nicht zum ersten Mal und lehne meine Wange gegen den Stamm der alten Eiche. Ich wollte nicht so aufgewühlt im Herrenhaus erscheinen, weshalb ich die Einladung der Holzbank zum Atemholen dankend angenommen habe. Wie kann man sich nur in so einen altmodischen, verbohrten, Frauen verachtenden Idioten verlieben? »Idiot!«, brülle ich den Bonsaiwolken entgegen und das ist unglaublich befreiend. Im ersten Moment. Oh, Gott! Ich schließe die Augen. Ich habe ihn tatsächlich Idiot genannt. Aber er ist ja auch einer.

In Gedanken versunken betaste ich die rissige Baumrinde. Der Stamm ist sehr dick, folglich muss der Baum schon uralt sein und wahrscheinlich haben sich schon Generationen von Calverton-Frauen hier die Augen ausgeweint, weil sie nicht nur von einem Korsett eingeengt worden sind. Mein Blick fällt auf ein wulstiges Herz in der schartigen Rinde. Es muss sehr lange her sein, dass sich hier jemand Verliebtes mit einem Messer zu schaffen gemacht hat, um seine Initialen und die seiner Angebeteten für ewig und immer in den Stamm zu ritzen. Denn die Buchstaben und das Pluszeichen zwischen ihnen sind aufgeplatzt und so sehr ineinander verlaufen, dass man sie nicht eindeutig entziffern kann.

Nachdenklich lege ich den Kopf schräg und fahre mit dem Zeigefinger über die Einkerbungen. Der erste Buchstabe könnte ein I sein oder ein J. Aber den zweiten kann ich beim besten Willen nicht entziffern.

Schon wieder ein I.

I wie Isobel.

Während ich Fionas Lesezeichen zwischen meinen Fingern tanzen lasse, lese ich Lady Marjorie Seite für Seite aus *Sense and Sensibility* vor. Jedes Mal, wenn ich denke, sie ist eingeschlafen und ich könnte eine Pause einlegen, blinzelt sie mich aus den Augenwinkeln von der schmiedeeisernen Gartenbank aus an und murmelt: »Nicht aufhören!«

Der Lunch liegt schon lange zurück und ich schaue mich immer wieder suchend nach Fiona um. Da reißt mir ein kleiner Windstoß das Lesezeichen aus der Hand und wirbelt es durch die Luft. Schon springe ich auf, lege schnell das aufgeschlagene Buch auf die Bank und hechte hinter dem Papier her. Wahrscheinlich hätte ich ihm noch eine ganze Weile hinterherjagen müssen, hätte es sich nicht in einem Rosenstrauch verfangen.

»Hab ich dich!« Wie es da so flattert und der Wind zwischen die zusammengefaltete Seite fährt, sehe ich zum ersten Mal, dass Fiona nicht einfach nur irgendeinen Zettel ins Buch gelegt hat, um die Seite zu markieren. Nein. Da steht etwas drauf.

Vorsichtig ziehe ich das Papier aus den Dornen.

Wären die dämlichen Handschuhe nicht, würde ich mich nicht so ungeschickt anstellen und hätte schon beim ersten

Versuch meinen Daumen zwischen das gefaltete Papier geschoben und nicht erst beim fünften.

Ich wollte es nie und habe lange gebraucht, um es zuzulassen. Aber mein Herz zerspringt. Ich kann es kaum ertragen, Dich jeden Tag zu sehen und Dich doch nicht berühren zu dürfen. Ich sterbe vor Eifersucht, weil ich nicht in die Welt hinausrufen darf, dass ich Dein bin, Du mein bist. Ich verzehre mich nach Dir. Für Dich, für uns würde ich alles tun und alles opfern. Lange kann ich nicht mehr warten. Ich liebe Dich. Ewig und immer.

Lautlos bewege ich meine Lippen beim Lesen. Die kurze Mitteilung ist nicht unterschrieben. Muss sie auch gar nicht sein. Ein Lächeln stiehlt sich auf mein Gesicht. Ich habe also richtiggelegen. Wenn Fiona aktuell nichts mit Lord Farnfield am Laufen hat, dann war da zumindest mal was.

Kopfschüttelnd hebe ich den Blick zu meinen Zimmerfenstern und diesmal bin ich mir ganz sicher. Hinter dem linken steht jemand und beobachtet mich. Als er bemerkt, dass ich ihn gesehen habe, tritt er blitzschnell zurück.

»Wir sind hier aber noch nicht fertig, Miss Sondorf!«, ermahnt mich die alte Dame.

»Ich weiß. Bin gleich da, Lady Marjorie!«, rufe ich ihr über die Schulter zu.

Im Rennen schiebe ich mir den Zettel unter den langen Ärmel meines Kleides und jage über die Wiese und die Stufen zur offen stehenden Haustür hinauf, stürme durch die große Halle, wo ich beinahe Bixby umrempele, und dann immer zwei Stufen auf einmal nehmend die Treppe hoch und die Flure entlang. Ohne auch nur eine Sekunde nachzudenken, reiße ich die Tür zu meinem Zimmer auf. Keuchend sehe ich mich um. Es ist leer. Kein Wunder. Immerhin hat mich dieser Jemand genauso gesehen wie ich ihn und natürlich sofort die Flucht ergriffen.

Mit langen Schritten gehe ich auf den Frisiertisch zu und hocke mich neben die zerbrochene Blumenvase. Meine Blumen liegen verstreut daneben. Sie sind bestimmt noch zu retten, aber die Vase ist hin. Wahrscheinlich hat sich die Person so schnell vom Fenster abgewandt, dass sie die Vase mitgerissen hat. Mein Herz fängt wie wild an zu schlagen. Mit zitternden Fingern sammele ich die Blumen auf. Da rutscht der Liebesbrief unter meinem Ärmel hervor und fällt in die Pfütze vor meinen Füßen. Blitzschnell fische ich ihn aus dem Wasser, aber es ist zu spät. Die Schrift verschwimmt wässrig auf dem Papier und von den leidenschaftlichen Worten bleiben nicht mehr als blaue Tintenschlieren. Mit einem Seufzer knülle ich den Zettel zusammen und schleudere ihn in den Kamin. Während ich noch mit einer Hand die Scherben auf einem Haufen zusammenlege, spüre ich plötzlich dieses Kribbeln im Nacken, das einen immer dann befällt, wenn man beobachtet wird. Ich habe die Zimmertür hinter mir offen gelassen und offensichtlich war ich zu beschäftigt, um die Schritte zu realisieren, die sich langsam an mich herangeschlichen haben.

»Miss Sondorf!« Mrs Gorings Stimme fährt auf mich herab wie ein Fallbeil. »Was haben Sie da angerichtet?«

»Ich war das nicht!« Noch während ich nach Worten suche, wird mir klar, wie bescheuert es sich anhören muss, wenn ich ihr jetzt erzähle, dass sich eine unbekannte Person in mein Zimmer geschlichen hat und das nicht zum ersten Mal. Deshalb breche ich meinen Erklärungsversuch ab und verstumme. Mrs Gorings Gesicht ist aschfahl geworden.

»Sie sollten sich darüber im Klaren sein, Miss Sondorf, dass die Dinge, die sich in diesem Zimmer befinden, nicht nur von großem Wert, sondern auch Eigentum anderer sind, und achtsam mit ihnen umgehen.« Sie gibt sich keine Mühe, ihre Wut zu kaschieren. »Lassen Sie das!«, herrscht sie mich an, als ich eine Scherbe aufhebe und auf den Stapel zu den anderen lege. »Das ist Marys Aufgabe!«

»Ich werde den Schaden ersetzen.« Eingeschüchtert lasse ich Scherben Scherben sein und stehe auf.

Mit einer langsamen Drehung des Kopfes richtet Mrs Goring ihren Blick auf mich. Ihre Lippen sind nicht mehr als zwei schmale Linien. Ich schlucke.

»Was reden Sie denn da?«, wispert sie hasserfüllt. »Bei Gott, es ist mir unbegreiflich, warum Sie unbedingt in diesem Zimmer untergebracht werden sollten. Als ob es hier nicht genug andere gäbe.«

Die Schlüssel, die von der langen Kette um ihre Taille baumeln, klimpern leise, als sie sich mit einem Ruck von mir abwendet.

»Ich schicke Mary herauf, damit sie aufräumt und die Blumen wieder ins Wasser setzt. Und Sie möchte ich bitten, in Zukunft vorsichtiger zu sein!«

»Mrs Goring, was stimmt mit diesem Zimmer nicht?« Es kostet mich eine ganze Menge Mut, diese Frage zu stellen.

Mrs Goring, die schon auf dem Weg zur Tür war, bleibt wie angewurzelt stehen. Ohne sich zu mir umzudrehen, flüstert sie mit einer seltsam weichen Stimme: »Es mag keine Veränderungen. Die machen es böse. Es möchte, dass alles so bleibt, wie es immer schon gewesen ist. Es wartet. Natürlich habe ich meine Bedenken laut geäußert, aber niemand wollte auf mich hören. Nichts als Aberglaube werden meine Beobachtungen genannt. Immerhin kann ich mir später nicht vorwerfen, mein Wissen für mich behalten zu haben.«

Ein eiskalter Schauder jagt mir über den Rücken.

»Lady Fiona sucht Sie. Sie ist mir gerade auf der Treppe begegnet.«

»Ja, gut, danke!«, stammele ich und starre ihr hinterher, bis sie auf den Flur hinaustritt und dann aus meinem Blickfeld verschwindet.

Veränderungen machen das Zimmer böse, muss ich immer wieder denken und dabei höre ich Mrs Gorings seltsam samtene Stimme, mit der sie das sagt. Als ich den Fuß in den Park setze, hat Fiona meinen verwaisten Platz eingenommen. Ich hebe die Hand zum Gruß und plötzlich weiß ich, was der Klang von Mrs Gorings Stimme bedeutet hat: Verständnis. Aus irgendeinem Grund will auch Mrs Goring, dass in diesem Zimmer alles so bleibt, wie es ist. Unberührt. Wie in einem Museum. Und ich glaube, sie hat Angst.

»Miss Sondorf, meine Großmutter hat nichts dagegen, wenn wir jetzt zu unserer Besichtigungstour aufbrechen«, strahlt Fiona mich an.

»Ich brenne zwar darauf, zu hören, wie es mit Marianne Dashwood weitergeht, aber für heute wollen wir es gut sein lassen«, bemerkt Lady Marjorie, während sie ihre Decke fester um die Beine schlingt. So langsam, aber sicher fange ich an, die ruppige alte Dame in mein Herz zu schließen.

Fiona zeigt mir alles. Wie versprochen. Von den Dienstbotenunterkünften unter dem Dach bis zur Vorratskammer im Souterrain, was nicht gerade die Zustimmung von Mrs Hill zu finden scheint. Mit knirschenden Zähnen macht die Köchin gute Miene zum bösen Spiel, als sie uns beim Naschen erwischt. Im Endeffekt lässt der Stolz dann aber doch ihre Wangen aufglühen, weil wir schwören, noch nie eine großartigere Mirabellenmarmelade probiert zu haben als ihre.

Anschließend führt Fiona mich nach draußen in den angenehm warmen Sonnenschein und weiter zum Gewächshaus.

»Die Orangerie!«, verkündet sie stolz und zieht mich in das große Glasgebäude. Ein Schritt in den Blätterwald aus Zitronen-, Orangen-, Feigen- und Olivenbäumen reicht und ich fühle mich wie in Italien. Obwohl alle Fenster und Türen weit geöffnet sind, ist es wahnsinnig heiß und stickig hier drinnen.

»Beeindruckend!« Hätte ich doch nur einen der vielen Fächer bei mir, die oben im Schrank auf ihren Einsatz warten.

»Fällt dir auch noch ein anderes Adjektiv ein? Die Bildergalerie ... beeindruckend. Die Waffenkammer ... beeindruckend. Der Dienstbotentrakt … beeindruckend.« Fiona verschränkt die Arme vor der Brust. »Du bist nicht bei der Sache.«

»Entschuldigung!«, raune ich schuldbewusst, während ich im Weitergehen meine Hand durch die Blätter eines Zitronenbaums gleiten lasse. Denn sie hat natürlich recht. So wirklich höre ich ihr nicht zu.

»Also?«

»Also, was?«

»Was ist los mit dir? Du wirkst irgendwie bedrückt. Raus mit der Sprache.«

»Ach, es ist nichts!«, winke ich ab. Und dabei ist es so viel, was mich traurig macht. Ich bin auf unerklärliche Weise in der Vergangenheit gefangen und kann mit niemandem darüber reden, weil es einfach keiner verstehen würde. Und dann ist da noch … »Ich habe mich heute Vormittag mit deinem Bruder gestritten«, gebe ich zu.

»Bravo!«, ruft Fiona und klatscht mir lautlos Beifall. »Darf man erfahren warum?«

Ich plustere die Wangen auf, um dann die angestaute Luft hörbar auszuatmen. »Ich kann dich wirklich gut verstehen. Die Ansichten deines Bruders in Bezug auf Frauen sind so was von hinterwälderisch.«

»Und jetzt stell dir nur mal vor, du wärst seine Schwester. Deshalb will ich doch auch weg von hier. Deshalb und weil ich die Welt sehen will und mein konservativer Bruder mir das nie erlauben würde.«

»Eher friert die Hölle zu!«, stimme ich ihr zu. »Und dann«, schnaube ich, »hat er mir auch noch verboten auszureiten.

Seiner Meinung nach muss ich erst seinem Stallknecht beweisen, dass ich überhaupt reiten kann!«

»Wärst du ein Mann ...«, setzt Fiona an.

»Genau das habe ich ihm auch gesagt!«, falle ich ihr ins Wort.

Fiona spitzt die Lippen, dann nickt sie bedächtig. »Also steht es fest. Wir reiten aus. Du und ich. Sobald wir uns umgekleidet haben.«

Die Vorstellung, die ganze Wut auf Lord Witham bei einem ordentlichen Galopp loszuwerden, steigert meine Laune entschieden und trotzdem lässt mich eine andere Sache nicht los.

»Da ist aber noch etwas, das dir keine Ruhe lässt«, fragt Fiona aufmerksam nach.

»Ich weiß nicht. Wenn ich es sage, lachst du mich aus.«

Fiona reckt die rechte Hand in die Luft, hält Daumen, Zeige- und Mittelfinger hoch, während sie den Ring- und den kleinen Finger einrollt. »Ich schwöre, dass ich nicht lachen werde!«

»Es ist so ... es ist ... Ach!« Ich zucke mit den Schultern. »Laut ausgesprochen hört es sich bestimmt voll lächerlich an.«

»Probier es einfach!«

Fiona ist stehen geblieben und ich wende mich zu ihr um. Hilfe suchend schicke ich durch das Glasdach einen Blick zum Himmel. Dann gebe ich mir einen Ruck, hole tief Luft und presse hervor: »Jemand beobachtet mich.«

Mein Herz hämmert wie wild, während ich jede Regung in Fionas Gesicht registriere. Ich habe mit vielem gerechnet.

Damit, dass sie in schallendes Gelächter ausbricht. Dass sie mir an die Stirn fasst, um meine Temperatur zu fühlen. Nicht aber mit dem Schatten, der auf ihr Gesicht fällt, und das gehauchte: »Du weißt also Bescheid?«

Ich will schlucken, aber meine Zunge ist so trocken, dass sie an meinem Gaumen kleben bleibt. »Zwei Mal schon hat mich jemand von meinem Zimmerfenster aus beobachtet. Und nicht nur in der ersten Nacht war jemand in meinem Zimmer. Ich konnte seine Anwesenheit spüren. Gesehen habe ich allerdings niemanden und …«

»Es ist also zurück«, murmelt Fiona, pflückt eine Orange und wir setzen unseren Weg durch die Gänge fort.

»Was? Was ist zurück?«

»Ich muss mich für das schlechte Benehmen unseres Vorfahren wirklich entschuldigen.« Fiona seufzt und bohrt ihren Daumennagel in die Frucht. »Allerdings wissen wir nicht wirklich, wer da so wenig vornehm aus der Reihe tanzt. Genauso wenig, wie uns der Grund für sein oder ihr Herumspuken bekannt ist. Manchmal herrscht monatelang Ruhe und dann geht es wieder los. Mrs Goring neigt zu der Annahme, dass der Spuk in der Tat mit deinem Zimmer zu tun hat. Und er macht ihr schreckliche Angst.«

»Genau!«, rufe ich eine Spur zu laut, denn schon steckt einer der Gärtner seinen Kopf durch die Pflanzen und wirft mir einen mahnenden Blick zu. »Mir hat sie gesagt«, fahre ich deutlich leiser fort, »dass das Zimmer böse wird, wenn man etwas in ihm verändert. Und als ich das erste Mal mein Zimmer betreten habe, hatte ich gleich das Gefühl, dass es mich … wie soll ich es sagen … nicht dahaben will.«

»Willst du lieber in einem anderen Zimmer untergebracht werden?«, schlägt Fiona vor, aber nur um im nächsten Moment die Stirn in tiefe Falten zu legen.

»Was ist?«

»Sebastian. Er glaubt nicht an übernatürliche Phänomene, weshalb es schwierig werden wird, ihm klarzumachen, dass du ein anderes Zimmer brauchst.« Gedankenversunken fängt sie an, die Orange zu schälen. »Ich glaube fast, es ist besser, ihm nichts zu sagen. Lass nachts die Kerzen brennen. Unser Vorfahre ist äußerst lichtscheu. Und außerdem hat das Gespenst bisher niemandem etwas zuleide getan. Bis auf …«

»Bis auf?«, bohre ich nach. Meine Nerven sind bis zum Zerreißen gespannt.

»Es ist nie geklärt worden, ob der vierte Earl nicht einfach betrunken war und deswegen die Treppe zum Weinkeller hinuntergestürzt ist. Allerdings neigen die meisten zu der Annahme, dass er gestrauchelt ist, weil ihn jemand geschubst hat. Und zwar ein …« Fiona zögert. »Gespenst.«

Blitzschnell schiebt sie sich eine Orangenspalte in den Mund, dabei verzieht sich ihr ganzes Gesicht zu einem amüsierten Grinsen.

»Sehr lustig!«, schnaube ich ärgerlich. Ich bin ihr voll auf den Leim gegangen. Die Hand vor den Mund gepresst, lacht Fiona los. »Wie du geguckt hast!!!«, prustet sie. »Wunderbar! Sei mir nicht gram. Die Chance konnte ich mir doch nicht entgehen lassen. Aber du kannst nichts dafür. Das ist der Geist der Zeit. Beim Anblick eines alten Herrenhauses denkt heutzutage jeder sofort an Gespenster, Spuk und Geister. Und schon fühlt man sich beobachtet oder meint, nachts unerwünschten Besuch zu haben. Und was Mrs Goring angeht … die ist eine glühende Anhängerin der modernen Spiritismusbewegung. Wenn es nach ihr geht, ist alles übernatürlich. Was ich eigentlich mit alldem sagen will, ist, du siehst Gespenster!«

Schon wieder prustet sie los.

Wir beenden unseren Rundgang und treten durch die offene Eingangstür hinaus in den Park. Auf der einen Seite hat mich Fiona mit ihrer kleinen Gespenstergeschichte, auf die ich ja peinlicherweise voll reingefallen bin, krachend auf den Boden der Tatsachen zurückgeholt. Und wahrscheinlich ist die Erklärung für all das wirklich ganz einfach. Schließlich waren die letzten Monate ziemlich anstrengend für mich. Die schwere Krankheit meiner Oma, das Abi, ihr Tod, ihre Beisetzung und dazu dann noch das, was ich lieber nie erfahren hätte, aber ein dummer Zufall anders entschied. Offensichtlich hat das alles dafür gesorgt, dass mein Nervenkostüm im Moment einfach nicht so rasend belastbar ist und ich deshalb schnell aus einer Mücke einen Elefanten mache. Blöd nur, dass dieser Erklärungsversuch nur in Ansätzen funktioniert. Denn da ist diese andere Stimme in mir, die einfach keine Ruhe geben will. Die, die mir leise ins Ohr wispert: »Du weißt aber doch, was du gesehen hast. Und egal, was Fiona sagt, es schleicht sich jemand sehr Lebendiges in dein Zimmer, durchwühlt deine Sachen, zerreißt deine Briefe und versucht dir Angst einzujagen. Nur, warum?«

Es gibt allerdings noch eine weitere Möglichkeit, die mit dem dummen Zufall zu tun hat: Ich werde langsam, aber sicher verrückt. Und diese Erklärung ist gar nicht mal so abwegig. Ich weiß es noch nicht allzu lang. Meine Großmutter hatte das psychologische Gutachten und den Polizeibericht über den Autounfall, bei dem meine Eltern ums Leben gekommen sind, so gut versteckt, dass ich beides erst nach ihrer Beisetzung gefunden habe, als ich auf der Suche nach Versicherungsunterlagen war. Meine Mutter litt unter Schizophrenie begleitet von Verfolgungswahn. Die Polizei ging davon aus, dass sie meinem Vater bei hundertachtzig Stundenkilometern ins Lenkrad gegriffen hat, wahrscheinlich weil sie eine Episode hatte. Später stellte sich dann heraus, dass sie über mehrere Tage ihre Tabletten nicht genommen hatte.

›Du wirst nicht verrückt!‹ Mantraartig wiederhole ich diese vier Worte immer und immer wieder in meinem Kopf. ›Du hast dir das alles nicht eingebildet, Juno! Hast du nicht!!!‹

Wenn ich doch nur die Gewissheit hätte, dass das stimmt!

»Eigentlich wollte ich dich noch durch die Geheimgänge führen, die sich labyrinthisch durch das Gebäude winden«, wispert Fiona mir mit gruselig verstellter Stimme zu. »Aber, nein, ich habe mich gerade umentschieden. Die heben wir uns für eine stürmische Nacht auf. Dieser wunderschöne Nachmittag gehört unserem Ausritt! Wir wollen doch Sebastian ärgern!«

Auf unserem Weg zurück zum Herrenhaus laufen wir kurz vor dem Dienstboteneingang Lord Farnfield in die Arme, der aus dem hinteren Teil des Gartens angeschlichen kommt, als ob er verfolgt würde.

»Fiona, Miss Sondorf!«, flüstert er und zieht uns schnell hinter eine violett blühende Hortensie.

»Was ist los?«, erkundigt sich Fiona, bevor sie Lord Farnfield die letzte Orangenspalte in den Mund schiebt.

»Bitte, verratet niemandem, dass ihr mich gesehen habt. Ich befinde mich auf der Flucht.« Zur Unterstreichung seiner geschmatzten Worte blickt er sich zum Herrenhaus um. »Mrs Wharton verfolgt mich schon den ganzen Nachmittag und Lady Marjorie hat mich gerade einem Kreuzverhör mit der Überschrift: Wann wollen Sie sich endlich eine Frau zum Heiraten suchen? unterzogen. Sie will einfach nicht einsehen, dass zweiundzwanzig für einen Mann kein Alter ist, in dem er sich mit der Heiratsfrage beschäftigen sollte. Es sei denn, er hat die Liebe seines Lebens gefunden.«

Kurz streift sein Blick Fiona, die ihn regungslos erwidert.

»Ihr habt nicht zufällig Sebastian gesehen? Wir waren zum Tontaubenschießen verabredet, aber er ist nicht erschienen. Nach der langen Pause müssen wir zusehen, dass wir wieder in Schwung kommen. Ansonsten wird unsere Ausbeute bei der Jagd auf die Raufußhühner Ende nächster Woche ziemlich mickrig ausfallen.«

»Keine Ahnung, wo er sich herumtreibt. Vielleicht habt ihr euch missverstanden und er wartet am Übungsplatz auf dich.« Beiläufig biegt Fiona die Äste der Hortensie auseinander und linst hindurch. Im nächsten Moment lässt sie sie wieder fahren und wendet sich voller Empörung an Lord Farnfield. »Aber stell dir nur vor, er hat Miss Sondorf untersagt, einen Ausritt zu unternehmen. Ist das nicht eine Frechheit? Sie soll erst unter Beweis stellen, dass sie fest genug im

Sattel sitzt. So eine Bevormundung werden wir uns natürlich nicht gefallen lassen.«

»Revolutionen beginnen im Kleinen«, grinst Lord Farnfield und wieder tauchen diese süßen Grübchen in seinen Wangen auf.

»Machen Sie wegen unseres Gastgebers ein so trübes Gesicht, Miss Sondorf?«

»Oh, nein. Daran ist unser Gespenst schuld«, antwortet Fiona für mich. Muss das sein? Wenn Blicke töten könnten, läge sie jetzt mausetot vor mir im Staub.

»Gespenst?«, fragt Lord Farnfield etwas verwirrt, steigt dann aber voll drauf ein. »Ach, *euer* Gespenst!« Nickt und wirft Fiona einen absichtlich auffälligen Blick zu. »Natürlich. Ich hoffe, es hat Sie nicht belästigt, Miss Sondorf? Mitunter kann es die reine Pest sein. Vor allem in Vollmondnächten!«

»Wir sind mittlerweile die besten Freunde!«, gebe ich möglichst zickig zurück. Zum Glück ist Lord Farnfield nicht auf den Kopf gefallen und merkt sofort, dass es jetzt einfach das Beste wäre, die Klappe zu halten.

»Dann wünsche ich viel Erfolg für die Revolution und mach mich auf zum Übungsplatz. Sollte ich Sebastian dort nicht antreffen, unternehme ich vielleicht einfach einen Spaziergang ans Meer.«

»Ich liebe das Meer!« Die Vorstellung von nackten Füßen im warmen Sand lässt mein Herz hüpfen. »Oh, Fiona, können wir an den Strand reiten?«

»Wenn wir hier keine Wurzeln schlagen!«, lacht Fiona und zieht mich mit sich ins Haus.

Bis kurz vor das efeuumrankte Gebäude habe ich es ja heute Früh schon mal geschafft, doch diesmal betrete ich es sogar.

Sofort steigt mir der vertraute Geruch von Pferd, Leder und Stroh in die Nase. Und vielleicht war es genau das, was ich brauchte, um mich daran zu erinnern, wie wohl ich mich immer in dem kleinen Kosmos eines Pferdestalls gefühlt habe. Leider scheinen aber alle Boxen verwaist zu sein.

»Schätze, die Pferde sind auf der Koppel«, murmelt Fiona und hält zielstrebig auf die Sattelkammer zu. Ein Mann in derber Kleidung und einer Haut so braun, dass sie von langen Tagen im Freien erzählt, hockt hier auf einem Schemel. Er hat einen Sattel vor sich, den er mit einer weißen Creme einfettet. Kaum dass er Fiona und mich in der offenen Tür registriert, schiebt er sich von dem Schemel, nimmt die karierte Schlägerkappe ab und neigt den Kopf.

»Lady Fiona?«

»Hallo, Tony!«, lächelt Fiona. »Miss Sondorf und ich möchten ausreiten. Könntest du wohl Dancer und Black Jack von der Koppel holen?«

»Sehr wohl, M'am!«, nickt Tony. Mich streift er nur mit einem düsteren Blick. Hoffentlich ahnt er nichts davon, dass er eigentlich erst meine Fähigkeiten überprüfen soll, bevor er mir die Reitzügel in die Hand drückt.

»Das wird jetzt einen Moment dauern«, informiert mich Fiona, nachdem Tony sich ein Zaumzeug links, eines rechts über die Schulter gehängt und uns allein gelassen hat. »Komm mit! Ich will dir was zeigen.«

Entschlossen nimmt sie mich bei der Hand und zieht mich vorbei an den mit frischem Stroh ausgelegten Pferdeboxen bis zur letzten im Gang. Soweit ich das beurteilen kann, ist sie die größte von allen. Und sie ist nicht leer wie alle anderen. Eine wunderschöne Fuchsstute mit einer halbmondförmigen Blesse auf der Stirn schaut uns ruhig, aber sehr aufmerksam an und dreht dabei die Ohren hin und her.

»Darf ich vorstellen? Das ist Crescent Moon, Sebastians Ein und Alles. Eigentlich müsste es jeden Tag so weit sein!«

In der Tat ist der Bauch der Stute schon ziemlich angeschwollen.

»Hallo, Crescent, wie geht es dir?« Ich strecke meine Hand durch die Stäbe. Nach kurzem Zögern kommt sie zu uns herübergetrabt. Sie schnaubt und ich spüre den warmen Atem auf meiner Hand, die ich langsam zu dem Halbmond wandern lasse und sanft darüberstreiche.

»Crescent ist das erste Pferd, das Sebastian selber gezüchtet hat. In den Tagen, bevor sie das Licht der Welt erblickte, hat er jede Nacht im Stall geschlafen, bis Gran ein Machtwort gesprochen und es ihm verboten hat.« Auch Fiona hat einen Arm durch die Stäbe geschoben und als wüsste sie, was ihr entgeht, stellt sich Crescent Moon parallel zu uns, sodass Fiona ihr den Hals klopfen kann.

»Und er hat gehorcht?«

Fiona zieht vielsagend die Augenbrauen hoch. »Es hat ihm eine Nacht im Karzer eingehandelt. Aber die konnte er beruhigt und mit Würde hinter sich bringen, weil Gran in ihrer Großmut die Umsetzung der Strafe bis zu Crescents Geburt ausgesetzt hat.«

Das macht mir diesen Menschen ja fast sympathisch.

Crescent begrüßt Tony mit einem ergebenen Schnauben, als der neben uns tritt.

»Die Pferde wären dann so weit, M'am«, nuschelt er. Ist das Kautabak, was er da zwischen den Zähnen mahlt?

»Danke, Tony!« Fiona gönnt Crescent einen letzten Klopfer und fragt mich: »Bereit?«

»Definitiv!«

»Dein Ernst?« Mit weit aufgerissenen Augen bleibe ich wie angewurzelt in der Tür zum Vorplatz stehen.

»Ist etwas nicht in Ordnung?« Während Tony Fionas Pferd, einen bildschönen Schimmel, an den Zügeln hält, steigt sie eine dreistufige Treppe hoch und zupft, oben angekommen, ihr Kleid so lange zurecht, bis sie in ihrem Damensattel wie gemalt aussieht.

»Dancer ist groß und gutmütig«, schiebt Fiona beruhigend hinterher.

»Ich meine nicht das Pferd. Ich meine den Damensattel auf seinem Rücken«, stammele ich mit ausgestreckter Hand. Verdammt! Dass ich daran nicht gedacht habe. Schon so häufig habe ich mich bei Filmen gefragt, wie die Schauspielerinnen im Damensitz die Balance halten können. Mit dem

Po scheinen sie zwar mehr oder weniger mittig auf dem Sattel zu sitzen, aber sie müssen beide Beine, eins über einem nach oben gewölbten, eins unter einem nach unten gewölbten Knauf angewinkelt auf der linken Seite des Sattels halten, können sich also nicht ein Stück mit den Oberschenkeln festhalten. Was auch bedeutet, dass sie keinen Schenkeldruck ausüben können und das Pferd einzig und allein über Gewichtsverlagerung steuern.

»Schon wieder so eine Erfindung, die sich ein Mann hat einfallen lassen, damit wir es schwerer haben, ihm und seinen Geschlechtsgenossen den Rang abzulaufen.« Fiona zieht scharf die Luft ein. »Worauf wartest du? Wollen wir Sebastian zeigen, dass wir uns von nichts und niemandem aufhalten lassen! Hoch mit dir!«

Diensteifrig trägt Tony die kleine Treppe zu mir herüber. »Hallo, Dancer!«, begrüße ich mein Pferd, halte ihm kurz zum Kennenlernen meine Hand unter die Nüstern und klopfe ihm freundschaftlich den Hals, damit er merkt, dass ich nichts Böses im Schilde führe. Wie Crescent Moon ist auch er ein Fuchs. Ich muss zugeben, dass mir jetzt doch ein bisschen mulmig wird, woran aber einzig und allein der Damensattel schuld ist. Doch Dancers gelassener Blick, mit dem er mich aus seinen gutmütigen Augen anschaut, während ich die Stufen hochschreite, lässt mich sofort Vertrauen zu ihm fassen. »Okay, Dancer, wir fangen mal schön langsam an!«, flüstere ich vor mich hin und nehme die Zügel auf.

Am Anfang habe ich zwar leichte Schwierigkeiten, mit dem Sattel klarzukommen, aber nachdem Fiona mich mit ein paar Tipps versorgt hat, geht es immer besser. Und

Dancer ist wirklich ein Schatz. Er vertraut mir von der ersten Sekunde an.

»Wollen wir?« Fionas fragendes Vorwärtsnicken verdient nur eine Antwort.

»Wer als Erster bei der Lichtung da vorne ist!«

»Zeig es ihnen, Black Jack!«, ruft Fiona und treibt ihr Pferd an.

Dancer spürt sofort, worum es geht, legt die Ohren an und prescht los.

Es ist einfach ein Traum, so über die grünen Wiesen zu jagen, Dancer und ich als Team, den Blick dorthin gerichtet, wo immer mal wieder zwischen den Bäumen und Sträuchern das Meer blau hervorblitzt.

Aber von einem Moment auf den nächsten zerreißt ein lauter Knall die Luft. Es hat sich wie ein Schuss angehört. Dancer erschrickt mindestens genauso heftig wie ich, macht einen Satz zur Seite und bricht aus. Ich verliere die Kontrolle. Aus den Augenwinkeln sehe ich Fionas panisches Gesicht.

»Mach dich schwer!«, brüllt sie mir hinterher, dabei hat sie selber alle Hände voll damit zu tun, ihr eigenes Pferd vom Steigen abzuhalten. »Versuch, ruhig zu bleiben! Mach dich schwer!«

Theoretisch weiß ich, was ich zu tun habe. Und säße ich in einem normalen Sattel, wäre ich bestimmt auch nicht so panisch. Mein Atem geht stoßweise, weil sich die Angst vor einem Sturz einfach nicht niederkämpfen lässt, was das Ganze noch schlimmer macht. Pferde sind sensibel. Natürlich spürt Dancer meine Angst und die lässt seine eigene immer größer werden. Er reagiert auf nichts, was ich mache, um seine Aufmerksamkeit auf mich zu lenken, und jagt wie von hundert Höllenhunden gehetzt über die Wiese. Ich kann mich nicht mehr lange im Sattel halten. Und dann ist da plötzlich diese Hecke. Der Abstand zwischen uns wird immer kürzer. Ich werde stürzen. Mir den Hals brechen oder das Rückgrat. Das kann nicht gut ausgehen. Wieso habe ich mich auch auf den Damensattel eingelassen? Natürlich war es Blödsinn, anzunehmen, dass ich innerhalb von zwei Minuten lernen könnte, mich auch im Notfall im Damensattel zu halten. Und natürlich wusste ich das auch. Kurz blicke ich mich nach Fiona um. Sie ist weit hinter mir zurückgefallen.

Aber wessen Hufschlag ist es dann, der sich mit hohem Tempo nähert? Der zweite Blick zurück wird mir zum Verhängnis. Als Dancer nämlich genau in diesem Moment zum Sprung ansetzt, katapultiert es mich aus dem Sattel. Erschrocken schreie ich auf. Ich falle. Das Einzige, was ich noch tun kann, ist, mich an die paar Judostunden zu erinnern, die wir mal im Sportunterricht hatten, und mich aufs Abrollen zu konzentrieren. Ich pralle hart auf dem Boden auf, dann wird es schwarz um mich herum.

Lange kann ich nicht ohne Bewusstsein gewesen sein, denn während ich vorsichtig zwinkernd die Augen öffne, dringt Lord Withams Stimme an mein Ohr.

»Oh, mein Gott! Oh, mein Gott!« Aus dem dumpfen Aufprall irgendwo rechts von mir schlussfolgere ich, dass er aus dem Sattel gesprungen ist. Schon einen Wimpernschlag später kniet er neben mir und beugt sich über mich.

»Miss Sondorf! Juno!«, keucht er aufgeregt. Während er seinen rechten Arm unter mich schiebt, streicht er mir mit der linken Hand ganz sanft meine Locken aus dem Gesicht, die sich beim Fallen aus der Frisur gelöst haben.

»Gott sei Dank!«, seufzt er, als er sieht, dass meine Augen offen sind und ich bei Bewusstsein bin. »Haben Sie Schmerzen?«

Verneinend schüttelte ich den Kopf. Soweit ich das im Moment abschätzen kann, habe ich mehr Glück als Verstand gehabt.

»Atmen Sie ganz ruhig!« Ich spüre, wie seine Brust sich hebt und senkt, während er mich in seine Arme schließt, als wollte er mich nie wieder loslassen. Für einen kurzen Moment sind wir uns ganz nah. Wie gut er duftet: nach Pferd, Leder, Moschus und Zedernholz. Diesmal kann ich nicht anders, als die Augen zu schließen, meinen Kopf an seine Brust zu legen, seinen Duft tief einzuatmen und den gestohlenen Moment zu genießen.

Als ich die Augen wieder öffne, ist sein Gesicht direkt über meinem. Forschend wandern seine dunklen Augen über meines, bis ein glückliches Lächeln sie aufglühen lässt. Ich strahle ihn an. Mein Herz hämmert vor Aufregung, als sein Blick an meinen Lippen hängen bleibt. Küss mich, kann ich nur denken, fühlen und ich will es auch spüren. Küss mich. Es fühlt sich verboten, ja sogar falsch an, aber das macht die Sache noch viel prickelnder. Er schließt die Augen und senkt seinen Kopf zu mir herab. Blinzelnd recke ich ihm meinen Mund entgegen. Wenn das der Preis für meinen Sturz ist, dann war es jeden verdammten blauen Fleck wert, den ich morgen haben werde. Eine Million Schmetterlinge flattern in meinem Bauch auf. Fast streifen seine Lippen meine, dann wendet er sich urplötzlich von mir ab.

»Fühlen Sie sich wieder besser, Miss Sondorf?« Sein Atem geht schwer, als würde ihn seine Selbstbeherrschung übermenschliche Kraft kosten. Aber seine Stimme ist eiskalt.

»Ja, alles wieder gut!«, stottere ich und drehe meinen Kopf weg, damit er mir Verwirrung und Enttäuschung nicht vom Gesicht ablesen kann.

»Sind Sie in der Lage aufzustehen?«

Anstelle einer Antwort schaffe ich Fakten und beweise es ihm, ohne seine dargebotene Hand als Stütze zu benutzen. Was zum Teufel ist nur los mit diesem Mann? Oder habe ich so einen Schlag auf den Kopf bekommen, dass ich mir den Beinahekuss nur eingebildet habe? Ne, ganz bestimmt nicht!

Um Zeit zu gewinnen, mach ich extra langsam, als ich zu meinem verbeulten Zylinder hinübergehe, den es bei dem Sturz ein gutes Stück weggeschleudert hat. Na ja, wenn ich ehrlich bin, könnte ich auch nicht schneller gehen, wenn ich wollte, denn schon beim ersten Schritt jagt mir ein scharfer Schmerz durch meinen rechten Knöchel. Und ich möchte verdammt sein, wenn ich mir was anmerken lasse. Also verlagere ich mein Gewicht ganz auf den linken Fuß, während ich den Zylinder aus dem Gras pflücke und mich daranmache, die Grashalme abzustreifen und ihn, so gut es geht, auszubeulen.

»Das sah ja schrecklich gefährlich aus!« Bevor die Situation noch peinlicher werden kann, kommt zum Glück Fiona auf uns zugetrabt. »Sind Sie dennoch bei bester Gesundheit, Miss Sondorf?«

Gerade will ich sagen, dass ich wohl bis auf ein paar blaue Flecken nichts abbekommen habe, als Lord Witham mir zuvorkommt.

»Es sah nicht nur so aus, Fiona, es *war* gefährlich! Lebensgefährlich!« Er ist kreidebleich geworden. Was ich irgendwie ziemlich süß finde. »Hast du das zu verantworten?«

Sein ausgestreckter Zeigefinger schießt zwischen dem in einigen Metern Entfernung friedlich grasenden Dancer und mir hin und her. »Ich hatte Miss Sondorf darum gebeten, sich unter Tonys Aufsicht erst langsam wieder einzugewöhnen. Aber wie ich euch beide kenne, hat sie das nicht einen Deut gekümmert und du hast sie in ihrem Vorhaben auch noch bestärkt.«

»Darum gebeten? Es war ja wohl eher ein Befehl!«, erwidert Fiona.

»Den du ihr geraten hast zu ignorieren!«

»Darf ich vielleicht auch mal etwas dazu sagen?!« Beide Köpfe wenden sich mir zu, als ich mit dem Zylinder in der Hand so unauffällig, wie es geht, auf sie zuhinke. »Ich bin nämlich weder abwesend noch zu klein oder bescheuert, um Verantwortung für meine Entscheidungen zu übernehmen. Und deshalb wäre es auch nett, wenn Sie, Lord Witham, das endlich mal akzeptieren würden. Hätte ich mir den Hals gebrochen, es wäre meiner gewesen und nicht Ihrer.« Ich würde mir lieber die Zunge abbeißen als zugeben, dass ich die Sache mit dem Damensattel ganz schön unterschätzt habe. Was eh keiner verstehen würde, weil feine Damen im

Jahr achtzehnhundertsechsundachtzig nun mal im Damensattel reiten. Es ärgert mich nur unglaublich, dass ich nicht auf mein Bauchgefühl gehört habe, denn natürlich bestärkt mein Versagen Lord Witham in seiner Meinung über die Unmündigkeit von Frauen im Allgemeinen und im Speziellen.

Er sagt kein Wort. Seine Wangenmuskeln zucken vor Anspannung. Die unterschiedlichsten Emotionen jagen über sein Gesicht. Wut. Enttäuschung. Fürsorglichkeit und noch etwas. Verletzlichkeit. Für einen Wimpernschlag hat er das Visier hochgeklappt und mich in sein Herz blicken lassen, doch schon im nächsten Moment hat er wieder seinen Panzer aus Hochmut, Arroganz und Stolz fest geschlossen.

Rasch schwingt er sich in den Sattel seines Fuchses, trabt auf mich zu und hält mir fordernd seine Hand entgegen.

»Ich werde dafür Sorge tragen, dass Sie heil und gesund auf Ihr Zimmer kommen, wo Sie sich ausruhen werden. Mit so einem Sturz ist nicht zu scherzen. Ihr Fuß muss gekühlt und hochgelegt werden.«

Als ich nicht direkt reagiere, setzt er ein leises, sehr weiches »Bitte!« hinzu.

»Außerdem kann eine Gehirnerschütterung schlimme Folgen haben und wie mir scheint, hat Ihr Kopf in der Tat einen schweren Schlag abbekommen.«

Ein Lächeln stiehlt sich auf mein Gesicht. Kurz entschlossen greife ich nach seiner Hand und lasse mich von ihm auf den Pferderücken ziehen.

»Frechheit!«, schnaubt Fiona, als sie Black Jack neben uns lenkt. »Bloß, weil sie es wagt, den Mund aufzumachen, muss sie nicht gleich an den Folgen einer Gehirnerschütterung leiden!«

»Nehmen wir das doch einfach mal zu Miss Sondorfs Bestem an!«, murrt er, während er im Vorbeireiten lässig nach Dancers Zügeln angelt, und gemeinsam mit Fiona treten wir den Heimweg an.

Wie aus dem Nichts greift Lord Witham nach hinten und legt meine Arme um seinen Bauch. »Nun halten Sie sich schon fest! Oder wollen Sie einen erneuten Sturz riskieren?« Was ganz offensichtlich fürsorglich gemeint ist, ist seinem ruppigen Tonfall nach zu urteilen trotzdem kein Friedensangebot. Sollte ich wirklich mit dem Gedanken spielen, meinen Kopf an seinen Rücken zu lehnen und mich an ihn zu schmiegen, um mit geschlossenen Augen diesen verführerischen Lord-Witham-Duft zu inhalieren und mich wieder in die Beinahe-Kussszene zurückzuträumen, würde mich seine stocksteife Körperhaltung sofort daran erinnern, was für ein unglaublicher Arsch er sein kann.

Den Rest des Tages habe ich Zeit für mein schlechtes Gewissen, das sofort die Regie in meinem Kopf übernimmt, nachdem sich hinter Mary die Tür geschlossen hat.

Auf seinen Armen hat mich Lord Witham auf mein Zimmer getragen. Und natürlich mussten wir in der großen Halle das Pech haben, Mrs Wharton über den Weg zu laufen, die erst ein übertrieben lautes »Oh, mein Gott, Sebastian, was ist denn nur mit ihr geschehen? Ein Unfall?« angestimmt und sich dabei theatralisch die Hand aufs Dekolleté gepresst hat, während sie sich mit einem knallpinken Spitzenfächer hektisch Luft zugefächelt hat. Und dann hat sie es sich natürlich nicht verkneifen können, mir im Vorbeigehen ein »Geschickt eingefädelt, junge Dame!« zuzuraunen und mir dabei verschwörerisch mit einem Auge zuzuzwinkern. Mit ihrem Geschrei hat sie das ganze Haus alarmiert, sodass gefühlt aus jeder Tür alle möglichen Leute herausgeströmt sind, und jeder wollte erfahren, was mir zugestoßen ist. Am liebsten hätte ich mein Gesicht an Lord Withams Brust vergraben, aber so, wie die Dinge zwischen uns lagen, wäre es schon realistischer gewesen, wenn sich unter mir der Boden geöffnet hätte und ich in dem Loch hätte verschwinden können.

»Ah, Bixby, finden Sie heraus, wer da eben auf dem Anwesen geschossen hat! Und schicken Sie Mary mit Tüchern, einer Schale mit Eis und einem Tee auf Miss Sondorfs Zimmer«, hat Lord Witham dem Butler zugerufen, als er mich die Treppe hochgetragen hat.

Oben angekommen, hat er mich dann ganz vorsichtig auf mein Bett gelegt. Nicht eine Sekunde länger, als er gebraucht hat, um der atemlos erschienenen Mary seine Anweisungen zu erteilen, ist er bei mir geblieben. Scheinbar hat er meine Nähe nicht mehr ertragen können. Meine Behauptungen, dass mein Knöchel okay sei und der ganze Aufriss wirklich nicht nötig, hat er einfach ignoriert. Nur ein knappes »Gute Besserung, Miss Sondorf!« hat er für mich übrig gehabt und an Fiona gewandt hat er ein »Bitte komm mit mir, Miss Sondorf braucht jetzt ihre Ruhe!« von sich gegeben und schon hat er hinter ihr mein Zimmer verlassen.

Und jetzt ist auch Mary weg.

Mittlerweile habe ich ein megaschlechtes Gewissen. Was hab ich mir nur dabei gedacht, ihn derart anzuschnauzen? Er hat es doch wirklich nur gut gemeint. Zum Glück habe ich gute Gründe, die ich zur Linderung meiner Schuldgefühle in Gedanken auflistet.

Erstens: Ich bin auf mich selbst stinksauer gewesen, weil ich zu übermütig geworden bin. Zweitens: hat mir die Enttäuschung über unseren verunglückten Kuss noch in den Knochen gesteckt und drittens: hat Lord Witham mich so plötzlich und herzlos von sich gestoßen, dass ich mir richtig mies vorgekommen bin.

Oh, Gott! Wie gewünscht, legen sich in der Tat dicke Nebelschwaden über die Erinnerung an die keifende Juno, die allerdings, als sie wieder lichter werden, gemeinerweise das Bild von mir in seinen Armen enthüllen. Wieder ist sein Gesicht ganz nah über meinem. Ich rieche seinen Duft. Seine Lippen nähern sich meinen, die ich leicht öffne, denn jetzt ist es meine Fantasie und ich entscheide, was passiert.

Red Flag! Wutschnaubend werfe ich mich auf die Seite. Die heftige Bewegung jagt mir direkt wieder diesen Schmerz durch den verstauchten Knöchel.

Ich darf mir solche Dinge nicht vorstellen. Das ist so was von kontraproduktiv, wenn einem doch eigentlich klar ist, dass der Typ einfach mal gar nicht geht. Würde er doch nur nicht so hammergut aussehen. Und so eine hypnotische Stimme haben. Und so gut riechen. Und unter der arroganten Schale ein sehr liebevolles, fürsorgliches Herz haben. Und nicht in der Vergangenheit leben, aus der ich hoffentlich irgendwann wieder zurück in mein richtiges Leben kann. Verdammt!

Es hilft alles nichts. Ich werde mich bei ihm entschuldigen müssen. Auch dafür, dass ich ihn heute Morgen einen Idioten genannt habe. Oh, Gott, das hatte ich ja ganz vergessen. Das wird eine lange und ausführliche Entschuldigung, die ich so bald wie möglich hinter mich bringen sollte.

Natürlich muss ich ihn alleine sprechen und deshalb werde ich das Dinner abwarten. Genauer gesagt, den Moment, wenn sich die Männer ins Herrenzimmer zurückziehen. Da werde ich ihn abpassen und mich bei ihm für den Ton entschuldigen, nicht aber für den Inhalt.

Die Erleichterung über diesen Entschluss lässt mich einschlafen und ich schlafe, bis mich der Gong zum Dinner weckt.

Mary hat Anweisung, dafür zu sorgen, dass ich unter gar keinen Umständen das Bett verlasse, weshalb ich sie nicht um Hilfe mit dem Korsett und dem ganzen Zeug bitten kann. Also muss ich das irgendwie selbst hinbekommen. Perfekt ist anders, aber immerhin schaffe ich es, meine arme Taille so eng zu schnüren, dass ich halbwegs in das schöne nachtblaue ärmellose Kleid mit dem schwarzen Überwurf reinpasse, das ich mir für meine Entschuldigungsaktion ausgesucht habe. Die Haare schlinge ich mir zu einem lässigen Knoten, den ich mit den Haarnadeln, die ich in dem silbernen Schälchen auf dem Frisiertisch finde, zusammenstecke, als es plötzlich hinter der Wand zwischen Sekretär und Kamin knarrt. Ich halte in der Bewegung inne und lausche angespannt. Hinter den Fensterscheiben hat die beginnende Dämmerung einen dunklen Schatten über das Grün des Parks geworfen, gegen das die eine Kerze auf dem Frisiertisch ohne Unterstützung des Kaminfeuers, das gerade mit einem Zischen verlischt, nicht mehr ankommt. Sofort breitet sich eine eisige Kälte in meinem Zimmer aus. Das Knarren wiederholt sich und es bewegt sich eindeutig auf mich zu. Mäuse, denke ich und will schon mit einem erleichterten Aufseufzen die letzte Haarnadel in meinen Knoten stecken, als aus dem Knarren ein schüchternes Klopfen wird.

Angespannt versuche ich mit den Augen die Stelle der Mauer zu fixieren, hinter der ich die Ursache für das Geräusch vermute. Ich wage es kaum zu atmen, während ich die letzte Nadel in mein Haar schiebe und auf Zehenspitzen zum Kamin hinüberschleiche, den die Schatten schon erreicht haben. Blitzschnell greife ich mir die Streichholzschachtel vom Sims und zünde die beiden Kerzen an, die ihn links und rechts in ihren silbernen Leuchtern flankieren. Endlich finde ich mich zwischen zwei beruhigend hellen Lichtkreisen wieder. Mit angehaltenem Atem presse ich mein Ohr so fest an die gemusterte Stofftapete zwischen Kamin und Sekretär, dass es schmerzt.

»Hallo?« Obwohl ich nur geflüstert habe, hat das Klopfen sofort aufgehört. Auch nach weiteren zwei Minuten bleibt hinter der Wand alles still. Anscheinend hat es sich die Maus anders überlegt und den Rückzug angetreten. Und was, wenn es keine Maus war?

Einem plötzlichen Impuls folgend, wirbele ich auf dem Absatz herum, reiße die Zimmertür auf und stoße beinahe mit Mary zusammen, der vor lauter Schreck der Eimer mit Feuerholz, Kehrblech und -besen scheppernd aus den Händen fällt.

»Oh, Mary! Entschuldige. Ich wusste nicht, dass ...« Mein rechter Zeigefinger wandert den Flur hinunter und stoppt zumindest in meiner Vorstellung vor der Tür zu meinem rechten Nachbarzimmer. »Ich wollte nachsehen, ob jemand Hilfe braucht«, improvisiere ich. »Da waren so komische Geräusche nebenan.«

»Komische Geräusche, Miss Sondorf?« Kritisch furcht sie ihre Stirn, wobei ihr mahnender Blick von meinen frisierten Haaren über das nachtblaue Kleid bis dorthin wandert, wo mein Turnschuh unter dem Saum hervorschaut. Schon okay, ja, ich sollte eigentlich im Bett liegen und vor allem soll ich den Fuß nicht belasten, der aber ganz ehrlich kaum noch schmerzt.

»Ja, genau! Komische Geräusche!«, versuche ich Marys Konzentration aufs Wesentliche zu lenken. »Um genau zu sein, war es ein Klopfen, das ich gehört habe.«

»Kann nicht sein!«, gibt sie im Brustton der Überzeugung zurück. »Und bleiben Sie ja, wo Sie sind. Ich hebe das auf!« Schnell legt sie die Holzscheite zurück in den Eimer. »Ist nicht böse gemeint«, fügt sie hinzu, wischt sich die Hände an ihrer langen Schürze ab, sammelt Kehrblech und -besen ein und steht auf.

»Ich versteh schon!« Ich nicke. »Aber warum kann ich von nebenan kein Klopfen gehört haben?«

»Na, weil das Zimmer schon seit Ewigkeiten unbewohnt ist.« Schulterzuckend schiebt sie sich an mir vorbei in mein Zimmer und macht sich sofort daran, die bereits erkaltete Asche aus dem Kamin zu kehren. »'tschuldigung, dass ich nicht rechtzeitig gekommen bin, um nach dem Feuer zu sehen, aber Mrs Goring hat gemeint …«

»Dann müssen es wohl doch Mäuse gewesen sein!« Was ich da so beiläufig vor mich hin murmele, ist natürlich nichts anderes als der Versuch, ein beruhigendes Nicken von Mary zu erhaschen. Doch leider tut sie mir den Gefallen nicht.

»Mäuse? In einem Haus, dem Mrs Goring vorsteht?« Diese offensichtlich absurde Vorstellung lässt sie losprusten. Automatisch wandert mein Blick wieder zur Wand, mein Puls beschleunigt sich. Ich merke, dass ich zu schwitzen beginne. Nein, nein, nein! Ich habe es gehört, nicht laut, aber deutlich. Nein, das habe ich mir nicht eingebildet. Ich habe keine Wahnvorstellungen!

Nein, habe ich nicht!

»Soll ich Ihnen dann das Dinner raufbringen oder ...« Mary schaut kurz auf, um mich kritisch zu mustern. »Ist Ihnen nicht gut?«

»Was? Wie?«, stammele ich. »Nein, nein, alles gut!«, behaupte ich und bringe in der Tat so etwas wie ein Lächeln zustande.

Mary nickt und schichtet gewissenhaft das Holz im Kamin auf. »... oder gehen Sie jetzt doch zum Essen runter? Ich kann Mr Bixby Bescheid sagen. Erfreut sein wird er allerdings nicht. Denn die Herrschaften müssten ja schon beim Nachtisch sein.«

»Nicht nötig. Ich habe keinen Hunger«, erwidere ich, als unten in der großen Halle Stimmen laut werden.

Mit einem »Tun Sie, was Sie nicht lassen können«-Blick, entzündet Mary das Feuer.

»Sie wissen von nichts!«, schärfe ich ihr ein, lege zur Verdeutlichung meiner Worte den Zeigefinger an meine Lippen und schleiche mich über die Gänge bis zur Balustrade.

Hinter den durchbrochenen Ornamenten gehe ich so in Deckung, dass ich den maximal möglichen Überblick über die von Wandkerzen erleuchtete große Halle habe, mich aber von unten hoffentlich niemand sieht. Soweit ich das erkennen kann, sind alle Türen geschlossen und die Halle komplett verwaist. Stopp! Eine Tür steht einen Spaltbreit offen, dahinter zuckt der Schein des Kaminfeuers auf. Es ist die Tür zu Lord Withams Arbeitszimmer und auch wenn ich die Person, die da ihrem Ärger Luft verschafft, nicht im Blick habe, identifiziere ich sofort ihre Stimme.

»Verantwortungslos und egoistisch wie immer!« Lord Witham ist anzuhören, dass er versucht, sich zu beherrschen, was ihm aber nicht wirklich gelingt.

»Ich verstehe überhaupt nicht, was das Theater soll.« Auch bei der zweiten Stimme muss ich nicht lange raten. Sie gehört Lord Farnfield. Leicht amüsiert, fast ein wenig spöttisch. »Natürlich tut es mir leid, dass Miss Sondorfs Pferd gescheut hat und sie in der Folge gestürzt ist, aber erstens ist es ja noch mal gut gegangen und zweitens kannst du ja wohl schwerlich mich dafür verantwortlich machen.«

Ich beiße mir auf die Unterlippe.

»Die Sache hätte völlig anders ausgehen können, Robert!«

»Was willst du eigentlich von mir? Das Leben ist immer lebensgefährlich, Sebastian. Das liegt in der Natur der Sache. Schon wenn man morgens aufsteht, lässt man sich auf das Risiko ein, abends vielleicht nicht mehr zu Bett zu gehen. Und jeder Reiter muss darauf vorbereitet sein, dass sein Pferd vor irgendetwas scheut. Sei es ein Hase, der plötzlich aus dem Dickicht schießt, der nahe Aufschrei einer Möwe oder eben ein Schuss.«

»Himmel Herrgott, Robert, nicht jeder ist so lebensverachtend wie du. Manchmal frage ich mich, wann du so zynisch geworden bist. Du kennst die Regeln auf Staunton House seit deiner Kindheit.« Jetzt wird Lord Withams Stimme richtig laut. »Wenn du planst, Tontauben zu schießen, dann gib vorher in den Stallungen Bescheid, damit die Reiter vorgewarnt sind. Eine einfache Regel. Sollte man meinen.«

»Ich dachte, das hättest du schon erledigt. Immerhin waren wir zum Schießen verabredet. Schon vergessen? Und ich selbst habe Miss Sondorf und Fiona darauf aufmerksam gemacht.«

»Habe ich aber nun mal nicht.«

»Dann trifft wohl jeden von uns eine Teilschuld. Und die beiden Damen auch!«

»Fast hätte Miss Sondorf mit dem Leben dafür bezahlt!« Lord Withams Stimme klingt gepresst. Vielleicht zehn, zwanzig schreckliche Sekunden lang sagt keiner von beiden etwas, bis ein leises Lachen die Stille zerschneidet.

»Junge, du bist ja verliebt!«

Das »Unsinn!« kommt wie aus der Pistole geschossen und trifft mich mitten ins Herz.

»Mir kannst du nichts vormachen. Gratulation, Miss Sondorf ist ein hübsches Mädchen, das auch etwas im Kopf hat, und vielleicht schafft sie es ja, aus dem alten verkrusteten Earl einen modernen Menschen zu machen.« Ein Stuhl, wahrscheinlich der, auf dem ich am Samstag bei meinem ersten Gespräch mit Lord Witham gesessen habe, schrammt über den Boden. »Gut, dass ich jetzt Bescheid weiß, denn, ehrlich gesagt, ich mag sie auch. Aber Gentleman, der ich nun mal bin, verzichte ich selbstverständlich zu deinen Gunsten.«

Die ganze Situation ist total surreal. Und weil es mir unendlich peinlich wäre, würde noch jemand dieses Gespräch belauschen, lasse ich rasch einen vergewissernden Blick durch die Halle huschen. Die übrigen Türen sind nach wie vor geschlossen. Irgendwoher kommt gedämpftes Gelächter. Niemand zu sehen. Alles im grünen Bereich, wenn ich davon ausgehe, dass sich alle dort aufhalten, wo sie zu dieser Uhrzeit sein sollen. Erleichtert seufze ich innerlich auf und erlaube meinem Herzen den doppelten Salto, den es schon die ganze Zeit schlagen will. Er ist in mich verliebt!

Lord Farnfields Stimme wird lauter, nähert sich also wahrscheinlich der Tür, was mich veranlasst, mich hinter dem Geländer so klein wie möglich zu machen. »Und jetzt entschuldige mich, bitte, ich habe Mr Wharton eine Partie Pool versprochen.«

Weil gleichzeitig mit Lord Farnfields letztem Wort die Eingangstür krachend aufﬂiegt, geht Lord Withams Antwort in dem Getöse der polternden Stiefel und Tonys atemlosen Keuchen unter.

»Lord Witham!«, ruft er laut. »Es ist so weit. Das Fohlen kommt!«

»Endlich!« Mit großen Schritten stürzt Sebastian aus seinem Arbeitszimmer.

»Crescent Moon scheint es ziemlich eilig zu haben. Wir sollten uns beeilen.« Nervös knetet Tony seine Schlägerkappe, die er sich sofort vom Kopf gerissen hat, sobald er die Stimme seines Chefs gehört hat.

»Soll ich dich begleiten?«, bietet Lord Farnfield seinem Freund an.

»Nein, danke, du würdest nur im Weg rumstehen. Nicht böse gemeint!« Kurz drückt Lord Witham die Schulter seines Freundes. »Kümmere du dich um die Whartons, Fiona und meine Großmutter, ja?«

»Selbstverständlich.« Lord Farnfield nickt. »Viel Glück!«, ruft er seinem Freund noch hinterher, bevor die schwere Haustür krachend hinter den beiden anderen Männern zufällt.

Shit! Es ist völlig idiotisch, aber als Lord Farnfield hochsieht, ziehe ich blitzschnell den Kopf ein, als ob das irgendwas an meiner Sichtbarkeit ändern würde. Kleiner als ich mich schon gemacht habe, geht nämlich nicht. Entweder ihm fällt auf, dass der Hintergrund zwischen ein paar Ornamenten nachtblau und nicht vom Kerzenschein erhellt ist, oder nicht.

Als ich mich wieder etwas aus der Deckung wage, schlendert er gemütlich auf das Herrenzimmer zu, doch dann bleibt er auf dem Perserteppich stehen und betrachtet nachdenklich das fantasievolle Muster, das der Teppichknüpfer mit seinen flinken Fingern in monatelanger Arbeit erschaffen hat. Mit schräg gelegtem Kopf hebt er den Blick, setzt aber seinen Weg nicht fort, sondern dreht sich zu dem großen Tisch um, auf den er nach kurzem Zögern zugeht, um beiläufig mit der Hand über das Blumenarrangement zu fahren.

»Wenn ich Sie wäre, würde ich mich schleunigst auf den Weg in den Stall machen.« Natürlich redet er mit mir und nicht mit der Nelke, die er aus dem Strauß gezogen hat und jetzt zwischen seinen Fingern hin- und herdreht. »Das heißt, wenn Sie seine Gefühle erwidern. Unser lieber Sebastian braucht nur einen kleinen Schubs in die richtige Richtung.«

Weil es lächerlich wäre, mich länger zu verstecken, richte ich mich auf, was mein Kleid leise rascheln lässt, von Lord Farnfield aber ignoriert wird. Er will mir die Chance geben, so zu tun, als würde dieses Zwiegespräch gar nicht stattfinden.

»Ich kann schweigen wie ein Grab.«

Ich spüre, wie sich ein Lächeln auf mein Gesicht schleicht. Für einen kurzen Moment hat Lord Farnfield mal nicht den Zyniker gespielt, sondern gezeigt, dass er ein ziemlich romantisches Kerlchen ist.

Die Hand auf dem Lauf des Geländers gehe ich langsam die Stufen hinunter. Der rechte Knöchel zwackt ein wenig, aber den Weg zum Stall werde ich schaffen.

»Und, Miss Sondorf?«

»Ja?«

Er dreht sich nicht zu mir um, als er die Blüte vom Stiel trennt und sie sich ins Revers seines Fracks steckt. »Ich möchte mich in aller Form bei Ihnen entschuldigen.«

Der Stall ist nicht gerade hell erleuchtet, aber immerhin weist mir die Laterne, die vor dem Gebäude über dem Eingang baumelt, den Weg durch die laue Sommernacht. Eben hinter dem Treppengeländer habe ich beschlossen, meinen Verstand in die Wüste zu schicken und mich auf das Abenteuer Lord Sebastian Calverton, achter Earl of Witham, einzulassen. Alles andere wäre der pure Masochismus. Und wenn er nur einen leichten Schubs braucht, kein Problem, den kann er haben.

Ich kann gar nicht schnell genug zum Stall kommen, um mich bei ihm zu entschuldigen und mit ihm zu versöhnen. Der Gedanke lässt es in meinem Bauch freudig aufgeregt kribbeln.

Trotzdem traue ich mich nicht direkt in den Stall. Vielleicht ist es Rücksichtnahme oder die Angst, mit dem Fohlen von Crescent Moon könnte es Probleme geben, die mich dazu veranlasst, erst mal von außen einen Blick in ihre Box zu werfen. Enttäuschung steigt in mir auf, weil ich die Geburt verpasst habe. Da steht es nämlich zwar noch wacklig, aber auf allen vier dünnen Beinchen im Stroh: das schönste Fohlen, das ich jemals gesehen habe. Im Licht der Stalllaterne kniet Lord Witham neben ihm. Die Jacke seines Fracks hat er ausgezogen, die Ärmel seines Hemdes hochgekrempelt. Die Fliege baumelt ihm um den Kragen, das Hemd steht offen. Schweiß glänzt auf seiner Brust. »Vielen Dank für deine Hilfe, Tony, du kannst jetzt gehen«, höre ich ihn mit rauer Stimme sagen. Ich vermute, dass Tony an einer für mich unsichtbaren Stelle im Gang steht. »Ich bleibe noch ein wenig.«

»Jawohl, Mylord!«, erwidert Tony. »Ich gucke dann die Nacht über immer mal wieder nach ihr.« Der Schein der Laterne vor dem Stall wirft Tonys Schatten lang auf das Kopfsteinpflaster im Hof. Ich husche hastig um die Ecke des Gebäudes und warte mit angehaltenem Atem, bis sich seine Gestalt in der Nacht verliert. Erst dann traue ich mich aus der Deckung.

Die Pferde schnauben vorwurfsvoll, als ich über den Mittelgang an ihren Boxen vorbeihinke. Bestimmt sind sie froh, dass sich die Aufregung um die Geburt gelegt hat, und wenig erfreut darüber, dass schon wieder jemand auftaucht und ihre wohlverdiente Nachtruhe stört. Für eine Millisekunde spüre ich dem Ziehen in meinem Bauch nach, verbiete mir dann aber, darüber nachzudenken, was es bedeuten könnte.

»Du hast deine Sache wirklich gut gemacht, mein Mädchen!«, höre ich im Näherkommen Lord Witham leise flüstern. »Einen prächtigen Hengst hast du da zur Welt gebracht. Jetzt brauchen wir nur noch einen passenden Namen für ihn.«

»Wie heißt denn sein Vater?« Meine Stimme klingt belegt.

»Elidor ... Miss Sondorf!« Lord Witham dreht den Kopf zu mir. »Sie sollten sich doch ausruhen.« Die Freude, die auf seinem Gesicht aufstrahlt, widerspricht seinen Worten und lässt mich einen Schritt in die Box wagen.

»Ich habe lang genug im Bett gelegen!«, flüstere ich und spüre mein Herz dabei so laut schlagen, dass ich denke, er müsste es auch hören. »Ich bin gekommen, um mich zu entschuldigen«, beantworte ich die Frage, die aus seinen dunklen Augen spricht. »Es tut mir leid. Nicht, was ich gesagt habe. Sondern wie.«

»Miss Sondorf ...«

Blitzschnell lege ich ihm den Zeigefinger auf seine weichen Lippen. Sofort ist das Prickeln in meinem Bauch wieder da. »Entschuldigung, aber ich bin noch nicht fertig!« Ich gehe vor dem Fohlen in die Knie und strecke vorsichtig die Hand nach ihm aus. Dabei lasse ich Crescent Moon nicht aus den Augen. Ich meine, wer weiß, vielleicht findet sie es nicht so toll, wenn jeder ihr neugeborenes Fohlen anfasst, aber sie lässt es mit einem zustimmenden Schnauben geschehen. »Eclipse, so würde ich sie nennen, die kleine Schönheit!«, flüstere ich.

Da spüre ich Lord Withams Atem an meinem Ohr. »Und was war es, das Sie mir noch sagen wollten?«

Ich fühle seine Hände auf meinen Schultern, als er mich sanft zu sich umdreht und mich mit einem ungemein intensiven Blick ansieht. Forschend, neugierig, so als würde er mich in diesem Moment zum allerersten Mal richtig wahrnehmen.

Weil mich die Art, wie er grüblerisch die Augenbrauen zusammenzieht, sodass sich über seiner Nase eine kleine Falte bildet, beunruhigt, antworte ich schnell: »Dass es Gründe gab, die mich wütend gemacht haben. Was keine Entschuldigung sein soll, sondern nur eine Erklärung.«

Da ist es wieder, dieses umwerfende Lächeln. Die Falte ist verschwunden und jetzt legt er auch noch den Kopf auf diese charmante Art schräg. Diesmal werde ich nicht darauf warten, dass er die Initiative ergreift, diesmal handele ich, beuge mich vor und küsse ihn. Heiß schießt mir das Blut durch die Adern, als sich unsere Lippen berühren. Er schmeckt himmlisch nach Schokolade mit einem Hauch von Vanille. Jetzt schlingt er die Arme um mich und drückt mich an sich. Der Duft nach Leder, Moschus und Zedernholz vermischt sich mit dem Stallgeruch und legt sich um mich wie eine warme Decke, während die Schmetterlinge in meinem Bauch um die Wette flattern. Wenn ich doch nur wüsste, wie ich diesen Moment einfangen und für ewig festhalten könnte.

Als sich unsere Lippen voneinander lösen, legt Lord Witham – was für ein Quatsch: legt Sebastian wohlig seufzend seine Stirn an meine und flüstert leise: »Entschuldigung angenommen, Miss Sondorf!«

»Juno!«, korrigiere ich ihn.

»Wie bitte?« Verwirrt schaut er mich an.

»Ich heiße Juno!«

»Aber natürlich. Sebastian!« Spielerisch deutet er eine Verbeugung an.

»Es ist mir ein Vergnügen!« Als ich ihm spaßeshalber meine rechte Hand entgegenstrecke, legt er sie in seine. Nur andeutungsweise küsst er sie, berührt sie nicht wirklich und trotzdem fährt ein Blitz über meine Haut, dort, wo nur wenige Zentimeter seine Lippen von ihr trennen. Im nächsten

Moment spüre ich seinen Mund auf meinem, während er mich so fest an sich drückt, dass mir beinahe die Luft wegbleibt.

»Juno«, seufzt er. »Ich weiß nicht, was meine Großmutter dazu sagen wird.«

»Wir müssen es ihr ja nicht direkt auf die Nase binden. Autsch!« Mein blöder Knöchel meldet sich genau im falschen Moment zu Wort und das auch noch so heftig, dass ich mir den kurzen Aufschrei einfach nicht verkneifen kann. Sofort hält Sebastian mich auf Armeslänge von sich und schaut mich prüfend an. »Dein Knöchel?«

»Halb so wild!« Was ja wirklich stimmt, aber Sebastian ist schon auf den Füßen und hält mir mit einer Ich-hab-es-doch-gesagt-Miene die ausgebreiteten Hände entgegen. »Darf ich?« Auf mein Nicken fasst er mich mit beiden Händen und zieht mich hoch.

»Du hättest nicht kommen sollen!«

»Hätte ich nicht?«, erwidere ich kokett und ziehe eine Augenbraue in die Höhe.

»Du weißt schon, was ich meine!«, wehrt Sebastian ab, bevor er sich noch mal vor das Fohlen hockt und ihm sanft über die Stirn streicht. »Ich wünsche dir eine Gute Nacht, Eclipse. Morgen früh bin ich wieder hier, um nach dir und deiner Mutter zu sehen, aber jetzt muss ich erst mal diese renitente junge Dame zurück auf ihr Zimmer schaffen.« Zum Abschied klopft er Crescent Moon den Hals. »Ruh dich aus, mein Mädchen! Ich bin stolz auf dich!«

Er nimmt sein Jackett vom Haken und wirft es sich über die Schulter. Mein Gott, dieser Mann sieht so sexy aus!

»Macht es gut, ihr zwei!« Im Raushumpeln werfe ich einen letzten Blick auf Mutter und Sohn. Mit einem Ruck schiebt Sebastian die Tür zur Box hinter uns zu, schlüpft in sein Jackett und schiebt den Glaszylinder der Stalllaterne hoch.

»Ich will jetzt keine Widerrede hören«, setzt er streng an und spitzt die Lippen, um das Licht auszupusten.

»Du wirst mich unter gar keinen Umständen schon wieder tragen. Du darfst mich stützen und selbst das erlaube ich nur, damit ich dir ganz nah sein kann.«

Lächelnd pustet er das Licht aus. »Das lässt sich einrichten.«

Im Halbdunkel des fernen Flackerns der Stalllaterne, die es nicht schafft, vom Eingang aus den ganzen Stall zu beleuchten, spüre ich, wie Sebastian seinen Arm um meine Taille schlingt, während ich mich glückselig an ihn kuschele. Nichts fühlt sich mehr verboten an, sondern richtig und einfach nur himmlisch. Draußen empfängt uns ein sternenklarer Himmel, wie gemacht für einen romantischen Spaziergang.

Wir brauchen keine Worte, um glücklich zu sein. Den ganzen Weg bis zu dem hell erleuchteten Herrenhaus halten wir uns einfach nur im Arm und genießen die Nähe des anderen.

Zum Abschied gibt Sebastian mir einen langen, innigen Kuss und ich weiß jetzt schon, dass ich vor lauter Glück heute Nacht nicht schlafen werde.

Plötzlich ist da dieses Geräusch. Es ist so schwach, dass ich mich frage, wie lange ich es wohl schon überhört habe. Ein leises, aber stetes Scharren und es kommt näher. Langsam hebe ich den Kopf vom Kissen und lausche. Von draußen scheint der Mond in mein Zimmer und taucht alles in ein milchiges Licht. Es kommt exakt von der Stelle hinter der Wand, wo ich am Abend das Klopfen gehört habe. Jetzt gesellt sich ein zweites Geräusch dazu. Ein heiseres Schaben, wie wenn in einem sehr alten Türschloss der Schlüssel umgedreht wird.

Im Keller unserer Schule verwahrt der Fachbereich Erdkunde die Karten in einem alten Verschlag, dessen Türschloss exakt dieses Geräusch von sich gibt, wenn man den großen Schlüssel in das verrostete Schloss schiebt und ihn dreht. Es könnte aber auch ein Hebel sein, der lange nicht benutzt worden ist. Beim Versuch zu schlucken bleibt mir die Zunge am ausgetrockneten Gaumen kleben. Auf einer Länge von schätzungsweise einem Meter schimmert ein schmaler Lichtschein rechts neben dem Kamin an der Kante zwischen Fußsockel und Boden auf. Etwas schrammt über den Boden und mein Herz setzt aus: Auf einmal ergießt sich Kerzenlicht in mein Zimmer und eine weiße Gestalt steht in einem Türrahmen, der da eigentlich nicht sein dürfte. Ich bin wie gelähmt. Ich will schreien, aber mein Mund spielt nicht mit, bringt nicht mehr als ein heiseres Röcheln zustande. Mein ganzer Körper ist wie eingefroren. Ich will aufspringen und wegrennen, kann es aber nicht.

Mit angehaltenem Atem beobachte ich, wie die Gestalt auf mich zuschwebt. Den flackernden Kerzenleuchter hält sie so in der linken schneeweißen Hand, dass das Licht der Kerze sie unheimlich aufschimmern lässt. Ihr Gesicht kann ich nicht erkennen, weil sie einen weißen Schleier trägt. Ungefähr einen Meter vor meinem Bett bleibt sie stehen und streckt die rechte Hand nach mir aus.

»Juno!«, krächzt sie heiser. »Ich bin gekommen, um dich zu holen.«

Mein Herzschlag setzt aus. Aber nur so lange, wie ich brauche, um in dem Nachhall des heiseren Gekrächzes eine vertraute Stimme zu erkennen. Ohne meine Reaktion abzuwarten, dreht sich die Gestalt um und geht in aller Seelenruhe zurück zu der Geheimtür.

Wenn ich ganz genau hinhöre, kann ich sogar die Sohlen ihrer Schuhe auf dem Holzfußboden aufsetzen hören.

»Sag mal, hast du ein Rad ab?«, schnaube ich atemlos. »Du hast mich zu Tode erschreckt!«

Als sich die Gestalt wieder zu mir umdreht, durchzuckt mich für eine Millisekunde die schreckliche Frage: Was, wenn ich mich geirrt haben sollte und es doch nicht Fiona ist, die sich da unter dem Schleier versteckt, sondern ein echtes Gespenst? Unterdrücktes Gekicher lässt meinen Zweifel zu Staub zerbröseln.

»Och, nö, du hast mich erkannt! Wie bedauerlich!«

Langsam zieht sie sich den Schleier vom Kopf und grinst mich trotz ihrer Niederlage im Kerzenschein zufrieden an. Nicht nur ihre Hände muss sie weiß gepudert haben, sondern Hals, Gesicht und auch die Haare. Lispelnd pustet sie sich ein weißes Stofffädchen von den Lippen, weil das aber wohl nicht wie gewünscht funktioniert, muss sie doch die Finger zu Hilfe nehmen.

»Du hättest mal dein Gesicht sehen sollen!«, prustet sie los.

»Lieber nicht!« Mit kerzengeradem Rücken lasse ich mich erleichtert in mein Kissen fallen. »Wie alt warst du noch mal gleich? Neun?«

»Am Anfang bist du mir auf den Leim gegangen«, hält Fiona mir triumphierend vor. »Und jetzt raus aus den Federn!«

Schon ist sie bei mir und packt mich am Handgelenk.

»Was soll das denn?« Ich mache mich so schwer wie möglich, aber die zierliche Fiona zerrt mich trotzdem problemlos aus dem Bett.

»Du wolltest doch, dass ich dir die Geheimgänge zeige!«

»Das habe ich nie behauptet!«, lege ich Protest ein.

»Stürmisch ist die Nacht zwar leider nicht, aber trotzdem eignet sie sich ganz gut für eine kleine Führung, gekrönt von einem geheimen Mitternachtsmahl.«

Spätestens beim Mitternachtsmahl hat sie mich. Immerhin hatte ich heute kein Dinner.

»Deinem Knöchel geht es so weit doch wieder gut, oder?«

Da schwingt ein mehrdeutiger Unterton mit, der mich aufhorchen lässt.

»Ich würde jetzt an keinem Marathon teilnehmen, aber eigentlich ist er wieder ganz okay«, beantworte ich wahrheitsgemäß ihre Frage.

Fiona nickt und schaut mich ganz seltsam an. »Dann warst das also wirklich du, die ich heute ziemlich spät im Park beobachtet habe. Ich dachte schon, ich hätte mich getäuscht. Denn die Person, die ich gesehen habe, hat sich von meinem Bruder küssen lassen.«

Ich presse die Lippen aufeinander und hebe grinsend die Augenbrauen.

»Juno, wie konntest du nur?«

»Was? Deinen Bruder küssen?«, antworte ich mit einer Gegenfrage. Obwohl Fiona so tut, als ob das Aufwickeln des Schleiers, das sie irgendwie mit einer Hand fertigbringen muss, ihre volle Aufmerksamkeit beanspruchen würde, durchschaue ich ihren Plan, mir auf diese Weise nicht in die Augen schauen zu müssen.

»Bist du eifersüchtig, Fiona?«

»Ach, was! Na ja, vielleicht ein bisschen. Vielleicht ein großes bisschen. Sebastian hat so viele Freunde und ich habe nur dich und das auch erst seit Kurzem. Und jetzt nimmt er dich mir weg!«

Sie senkt den Blick und zieht einen Schmollmund.

»Das ist doch keine Entweder-oder-Frage. Ich kann ja mit Sebastian zusammen und deine Freundin sein.« Es fühlt sich noch ungewohnt an, ihn und mich zu einem Wir zu verknüpfen. Ungewohnt, aber einfach nur wunderschön.

Sie sieht so traurig aus, wie sie da mit hängendem Kopf in ihrem Gespensteroutfit vor mir steht, dass ich sie spontan in die Arme schließen und ganz fest an mich drücken muss.

»Und wer weiß«, flüstere ich ihr ins Ohr. »Vielleicht schaffe ich es ja, ihn zu einem weltoffenen, modernen Menschen umzumodeln, und dann können wir beide zusammen die Welt bereisen, ohne uns bei Nacht und Nebel davonschleichen zu müssen.«

Eigentlich hatte ich erwartet, sie mit meinen Worten aufheitern zu können, aber wenn das überhaupt geht, dann wandern ihre Mundwinkel noch weiter nach unten.

»Du wirst ihn nicht ... ummodeln, wie du es nennst«, setzt sie an und weicht einen Schritt von mir zurück. »Er wird dir Schmerz zufügen. Und das will ich nicht. Denn Sebastian wird immer Sebastian bleiben, der achte Earl of Witham. Für den Moment mag er sich im Liebestaumel befinden, aber es wird nicht lange dauern, bis er aufwacht und feststellt, dass eine Beziehung zwischen euch beiden nicht standesgemäß ist. Dass er unsere Gran damit ins Grab brächte. Er wird dir einen Schmerz zufügen, der so schlimm sein wird, dass er droht, dich zu vernichten, dass du meinst, er frisst dich auf, dass du vielleicht sogar nicht mehr leben willst.«

Ich könnte Stein und Bein darauf schwören, dass Fiona aus Erfahrung spricht, obwohl das unmöglich ist.

»Du magst bereit sein, gesellschaftliche Konventionen zu durchbrechen. Sebastian ist es nicht. Glaube mir.« Sie holt tief Atem und guckt mir fest entschlossen in die Augen. »Doch sei gewiss, dass ich dann da sein werde. Ich werde immer für dich da sein. Immer. Ewig und immer.«

»Das ist sehr lieb von dir. Aber ich spüre einfach, dass er zu mir stehen wird. Denn er liebt mich. Ich sage nicht, dass es leicht werden wird. Aber er wird es tun.« Und das trage ich im Brustton der Überzeugung vor, eben weil ich mir da hundertprozentig sicher bin.

»Egal wie die Sache ausgeht«, und ihr Ton gibt wenig Anlass zu der Annahme, dass ich sie mit meinem Statement überzeugt hätte, »ich bewundere dich trotz deiner unfassbaren Naivität. Du wagst etwas, während ich nur doziere und große Reden schwinge. Wenn ich wirklich etwas erreichen will, dann muss ich handeln und nicht auf die Erlaubnis hoffen, die mir eh nie erteilt werden wird.« Abwehrend hebt sie den rechten Arm, der mit dem darumgewickelten Schleier aussieht wie bandagiert. »Keine Sorge, ich werde nicht morgen Früh nach London eilen und die Revolution gegen die Männerherrschaft ausrufen, aber du hast mich ganz ehrlich zutiefst beeindruckt und inspiriert!«

So wie sie die letzten drei Worte betont, glaube ich ihr das sofort und spüre, wie ich rot werde. So ein großes Ding ist das jetzt auch nicht, einen Typen zu küssen, den man gut findet.

»Nun aber los. Es gibt nichts Besseres als Resteessen um Mitternacht, garniert mit dem Nervenkitzel, jederzeit von Bixby oder Mrs Goring erwischt zu werden«, schwärmt Fiona.

»Ich hatte recht. Neun Jahre bist du alt und keinen Tag älter!«, stelle ich schmunzelnd fest und warte auf Fionas Protest, der nicht kommt.

Stattdessen zuckt sie desinteressiert mit den Schultern. »Folge mir oder lass es bleiben.« Sie hat sich schon umgedreht, als mein Magen knurrend Protest einlegt. »Heute gab es im Übrigen zum Dinner eine klare Suppe mit Eierstich, gefolgt von Hühnchen mit Soße, Bohnen in Speck und Kartoffeln und zum Nachtisch: Marmorkuchen«, lockt sie mich wie der Rattenfänger von Hameln die Kinder mit seinem Flötenspiel.

Zugegeben, diese Speisen sind nicht das, was mir normalerweise das Wasser im Mund zusammenlaufen lassen würde. Eigentlich würde ich sogar eher schaudernd wegrennen, um den nächsten arabischen Imbiss anzusteuern, aber ich habe echt mächtig Schmacht.

»Nimm deinen Morgenrock mit. Da drinnen ist es lausekalt.«

Schnell drehe ich mich um und pflücke den schneeweißen Rüschenmorgenrock, den Mary jeden Abend für mich bereitlegt, vom Fußende des Bettes. Gerade will ich hinter Fiona her, als sie mir über die Schulter noch zuzischelt: »Und Pantoffeln wären auch nicht schlecht. Nicht nur wegen der Kälte, sondern auch weil hier leider keiner sauber macht.«

Ich halte mich ganz dicht hinter Fiona, während ich mir hinkend den Morgenrock zuknote und ihr in den gemauerten Gang folge. Schon beim ersten Schritt weht mir ein kalter, modriger Luftzug ins Gesicht.

»Es muss Ewigkeiten her sein, dass wir uns hier mit Robert herumgetrieben haben, um unsere Eltern oder irgendwelche Gäste zu belauschen.« Der gruseligen Atmosphäre entsprechend hat Fiona ihre Stimme zu einem leisen Wispern herabgesenkt.

»So lange kann es nicht her sein.« Denn sonst müsste sich zumindest eine Spinnwebe in Fionas Haar verfangen haben. Und der Staub oder Dreck oder was immer es ist, das sich an den Rändern des Ganges aufhäuft, müsste den Mittelweg, über den wir lautlos schleichen, bedecken. Tut er aber nicht. Der Steinboden unter unseren Füßen ist so blitzblank, als ob Mrs Goring auch hier regelmäßig kehren lassen würde.

»Sieben Jahre oder so!«, schätzt Fiona die Dauer ihrer Abwesenheit im geheimen Tunnelsystem. »Seit dem Tag, an dem Sebastian nach Eton kam, hatten wir ja nur noch in den Ferien die Gelegenheit dazu. Ungefähr zu dieser Zeit nisteten sich die ersten moralischen Zweifel ob unseres Tuns in

Sebastians Kopf ein und mit jedem Jahr gesellten sich mehr dazu. Sosehr Robert auch versucht hat, ihm die auszutreiben, es wurde immer schwieriger, ihn zu überreden. Wenn er überhaupt noch auf Erkundungstour mitkam, dann nur, um uns ein schlechtes Gewissen einzureden. Vielleicht kann man auch einfach sagen: Er ist durch den Tod unserer Eltern viel zu früh zu dem herangewachsen, der er in ihren Augen hatte werden sollen.«

»Wie alt wart ihr eigentlich, als eure Eltern gestorben sind?«, frage ich vorsichtig und wische mir eine Spinnwebe von der Hand, die ich beim Abstützen an der Wand mitgerissen habe.

»Sebastian war fünfzehn und ich elf«, antwortet Fiona und weil sie in dem Gang gerade vor mir um eine Ecke biegt, kann ich ihr Gesicht dabei nicht erkennen. »Auf einer Afrikareise haben sie sich mit Malaria infiziert. Wir haben sie nicht wiedergesehen.«

»Wie schrecklich!«

»Schade ist, dass ich nicht mal ihr Grab besuchen kann«, seufzt Fiona. »Sie sind in Afrika beigesetzt worden. Wenn ich ehrlich bin, haben wir unsere Eltern aber kaum gekannt. Es gab wechselnde Gouvernanten und Hauslehrer, die sich um uns gekümmert haben, bis Sebastian ins Internat kam, ab da wurde ich dann alleine zu Hause unterrichtet. Unsere Eltern habe ich kaum zu Gesicht bekommen. Aber, na ja, das ist alles lange her.« Sie streift die Erinnerung ab wie einen kratzigen Schal. »Nur falls es dich interessiert …« Sie hält den Kerzenleuchter so, dass er den auf Augenhöhe in der Steinmauer verbauten Eisenhebel beleuchtet. »Würde ich den betätigen, stünden wir gleich in Mr und Mrs Whartons Schlafgemach«, flüstert sie.

Die Vorstellung lässt mich schaudern.

»Bloß nicht!«, wispere ich in Fionas Ohr und schiebe sie kichernd weiter.

Das ganze Haus ist von Geheimgängen durchzogen wie ein Schweizer Käse mit Löchern. Das reinste Labyrinth. Jedes Zimmer von Bedeutung ist mit ihnen verbunden, sodass jeder, der weiß, wo sich die geheimen Zugänge befinden und wie man sie öffnet, ungesehen im Haus umherschleichen kann. Jeder!

»Und jetzt futtern wir?«

Obwohl ich geflüstert habe, legt Fiona beschwörend den Zeigefinger gegen die Lippen und nickt auf einen unbestimmten Ort irgendwo den dunklen Flur hinunter, der von der Küche wegführt. »Dort hinten ist Bixbys Schlafzimmer.«

»Würde der denn wirklich etwas sagen, wenn er uns hier erwischen würde? Du bist doch immerhin – wie sagt man in Vornehm? – die Tochter des Hauses«, frage ich, während Fiona erst ihren Arm von dem aufgewickelten Schleier befreit und dann zielstrebig auf einen Wandschrank zugeht. Im Kerzenschein dreht sie so langsam den Schlüssel, dass es mir wie eine Ewigkeit vorkommt, bis endlich mit einem leisen Knarzen die Tür aufspringt.

Fiona hält kurz inne, um mir einen langen, bedeutungsschweren Blick zuzuwerfen. »Ich formuliere es mal so: Die Vorstellung, dass Bixby richtig aus der Haut fahren könnte, weil wir des nachts in sein Reich eindringen und er sich bei

Sebastian beschwert, was dir deine Stellung und mir die Verbannung in ein Kloster einbrächte, ist doch spannend, oder? Also belassen wir es einfach dabei!«

Grinsend hält sie die Kerze so, dass ich die ganzen Köstlichkeiten sehen kann, die Mrs Hill hier lagert. Offensichtlich dient der tief in die steinerne Mauer eingelassene Verschlag als eine Art vorsintflutlicher Kühlschrank. Unwillkürlich huschen meine Augen zu dem riesigen Doppelspülbecken und dem antiken Herd hinüber.

»Also, My Lady, wonach gelüstet es Ihren Gaumen?«

»Dein Ernst? Ich habe Hunger und zwar bis unter die Arme.«

»Dann also das gesamte Dinner. Wird sofort serviert.«

Wir schlemmen königlich, obwohl wir im wahrscheinlich unscheinbarsten Raum des ganzen Herrenhauses auf schlichten Stühlen an einem Holztisch mit vielen Lebenskerben sitzen. Irgendwer hat ihn über viele, viele Jahren hingebungsvoll geölt und gepflegt, damit er möglichst lange für die Zubereitung der Speisen und als Essplatz für die Angestellten dienen kann.

Als ich kaum noch Papp sagen kann, säbelt Fiona von dem Marmorkuchen zwei große Stücke ab und schlägt für jeden von uns eines in eine Serviette ein. »Als Betthupferl!«, sagt sie.

Ganz eindeutig, das hier macht sie nicht zum ersten Mal.

Als wir uns die Treppe in die stockdunkle große Halle hochschleichen, über die mich Mrs Goring an meinem ersten Tag in Staunton House geführt hat, schlägt die große Standuhr in der Bibliothek ein Uhr und die andern Uhren im Haus stimmen mit leichten Verzögerungen in ihren Mahnruf ein.

»Die Geisterstunde ist vorüber!«, kommentiert Fiona fachmännisch. »Das heißt dann wohl für mich als anständiges Gespenst, dass es Zeit ist, sich zurückzuziehen. Und für dich, dass du wieder beruhigt unter deine Decke kriechen kannst. Heute Nacht wirst du unter Garantie keinen Besuch mehr bekommen. Obwohl … wer kann das schon so genau wissen?«

Erst will ich auflachen, doch etwas in mir hält mich davon ab: Zweifel? Angst? Oder einfach die Gewissheit, dass etwas mit dem Zimmer, in das ich mich gleich heimlich zurückschleichen werde, nicht stimmt. So schön unsere Exkursion auch gewesen ist, so sehr wünsche ich mir, Fiona hätte mir den Gespensterstreich nicht gespielt. Denn bis dahin war nur Sebastian in meinem Herzen. Da war kein Platz für düstere Fantasien, die sich jetzt ihr Terrain zurückerobern und mich zittern lassen. Ich muss meine ganze Willenskraft aufbringen, um mich nicht nach den tiefen Schatten hinter uns umzusehen, denn urplötzlich spüre ich, dass wir nicht mehr allein sind. Jemand beobachtet uns aus dem Schutz der Dunkelheit heraus und ich habe keine Ahnung, wie lange er uns schon hinterherschleicht.

»Geh schneller, Fiona!«, wispere ich, als wir die ersten paar Stufen der großen Treppe hochgegangen sind.

»Warum?« Wahrscheinlich hat sie in ganz normaler Zimmerlautstärke gefragt, aber in meinen ängstlich lauschenden Ohren hallt ihre Stimme als schmerzhaft lautes Echo nach.

»Pssst!« Erschrocken kralle ich meine Finger in Fionas Oberarm und werfe einen besorgten Blick dorthin, wo ich meine, leises Atmen zu hören. »Ich glaube, uns folgt jemand!«

Doch anstatt auf mich zu hören und schnell weiterzugehen, tut Fiona genau das Gegenteil. Mein Herz setzt aus, als sie sich zur Halle wendet und den Kerzenleuchter hoch über ihren Kopf reckt. Aber natürlich kann der lodernde Kerzenschein nicht alle Schatten bis in die hintersten Ecken zurückdrängen.

»Sollte hier jemand sein, so soll er sich zeigen.«

Was hat Fiona erwartet? Natürlich tut unser ungebetener Verfolger einen Teufel und bleibt in Deckung.

»Da ist niemand!«

Ich weiß, dass ihre Schlussfolgerung falsch ist. Weiß ich das wirklich? Oder bilde ich mir die verräterischen Geräusche nur ein?

»Hörst du denn nichts?« Ich muss diese Frage stellen.

»Was soll ich denn hören?«

Subtile Panik streckt ihre eiskalten Finger nach mir aus und legt sich schwer auf meine Brust. Ich kann nun kaum noch atmen und ich fange an zu schwitzen.

»Darf ich heute Nacht bei dir schlafen, Fiona?« Ich schäme mich fürchterlich für diese Frage und senke den Blick, damit ich nicht dem Spott in ihren Augen begegnen muss. Aber ich kann jetzt nicht mit mir und meiner Fantasie alleine sein. Hätte Fiona nur nicht mit dieser blöden Gespenstergeschichte angefangen!

Mit dem Zeigefinger hebt Fiona mein Kinn an, bis sich unsere Blicke treffen. Es ist kein Spott, den mir ihr Gesicht zeigt, sondern ein sanftes Lächeln. Mit schräg gelegtem Kopf streicht sie mir eine Strähne von der schweißnassen Stirn.

»Aber natürlich kannst du das.« Ihre Stimme ist samtweich geworden. »Ich habe dir doch gesagt, ich bin deine Freundin. Wann immer du mich brauchst, bin ich für dich da. Das ist es doch, was Freunde füreinander tun, oder?«

Auf mein dankbares Nicken hin nimmt sie mich bei der Hand und führt mich wie ein kleines Kind, das einen schrecklichen Albtraum gehabt hat, schweigend die Treppe hinauf. Aus den Augenwinkeln meine ich, einen Schatten zu sehen, der sich behutsam aus der Dunkelheit vor der Bibliothek löst und dem Lichtkreis, in den uns der Schein von Fionas Kerze hüllt, mit den Augen folgt. Trotzdem geht mein Atem jetzt ruhiger, denn jede Stufe bringt uns Fionas Zimmer näher. Wir werden die Tür zum Flur, vor allem aber die zum Geheimgang verrammeln. Fiona wird nichts dagegen haben. Sie ist meine Freundin. Das hat sie versprochen!

Am nächsten Morgen trommelt der Regen gegen die Fensterscheiben von Fionas Zimmer und vertreibt die Schrecken der letzten Nacht. Zu blöd nur, dass ich noch sehr genau weiß, welches peinliche Kleinkindverhalten dafür gesorgt hat, dass ich in Fionas Bett und nicht in meinem aufgewacht bin.

Kaffee, denke ich, bevor wieder die Grübelei losgehen kann. Kaffee und eine dicke Umarmung von Sebastian. Nicht zwingend in dieser Reihenfolge, aber beides wird helfen, mich auf andere Gedanken zu bringen. Ein Guten-Morgen-Kuss wäre natürlich die beste Medizin. Ohne auch nur eine Sekunde zu verlieren, schlüpfe ich, so vorsichtig wie ich nur kann, aus dem Bett, um die schlafende Fiona nicht zu wecken, stecke die Füße in die Pantoffeln und ziehe den Morgenrock an. Unser Marmorkuchen liegt unangetastet auf dem Nachttisch. Kurz entschlossen schnappe ich mir mein Stück und beiße herzhaft hinein.

Tatsächlich gelingt es mir, das alte Türschloss ohne den geringsten Laut zu öffnen und unentdeckt in mein Zimmer zu huschen. Die Hand am Klingelzug zögere ich nur eine Sekunde, bevor ich einmal an ihm rucke und damit im Souterrain das kleine Glöckchen auslöse, das zu diesem Zimmer gehört. Natürlich laufe ich Gefahr, Mary beim Frühstück zu stören. Es ist nur so, dass ich mich heute ganz besonders schön machen will, und dazu brauche ich nun mal ihre Hilfe. Allerdings wird Mary genauso wenig gegen meine Augenringe, die mir der Spiegel im frühen Tageslicht präsentiert, ausrichten können wie mein Concealer.

Atemlos stürme ich ins Frühstückszimmer, wo ich aber nicht wie erhofft auf Sebastian treffe, sondern beinahe mit Bixby zusammenstoße, der gerade ein benutztes Gedeck abräumt.

»Lord Witham hat soeben sein Frühstück beendet!«, liest er die unausgesprochene Frage von meinem enttäuschten Gesicht ab und nickt auf Sebastians verwaisten Platz am Kopfende des Tisches.

»Oh, wie schade! Ist er schon in den Stall gegangen?« Wie Bixby mit den Zähnen mahlt, spricht Bände. Sowohl für die Art, wie ich die Treppe hinuntergepoltert bin, als auch für meine drängende Frage hat er nichts als Verachtung übrig. Keine wahre Lady des neunzehnten Jahrhunderts würde sich so wenig ladylike verhalten.

»Wie ich sehe, ist Ihr Knöchel wieder völlig genesen.« Das ist keine Frage, sondern eine Feststellung, die er mit einem ironischen, fast anzüglichen Unterton trifft. Aber er hat recht. Über Nacht hat sich der Zustand meines Fußes erstaunlich verbessert. »Seine Lordschaft ist mir keinerlei Rechenschaft über seinen Verbleib oder seine Pläne schuldig, Miss Sondorf, und soweit ich informiert bin, Ihnen auch nicht. Oder gibt es etwas Unaufschiebbares wegen Lady Marjorie zu besprechen?«, beantwortet er dann nicht wirklich meine Frage, bevor er sich abwendet, um das Geschirr einem Diener zu übergeben, der wie aufs Stichwort das Frühstückszimmer betritt.

Natürlich war es nur eine vage Hoffnung, dass ich Sebastian beim Frühstück erwischen könnte. Jedes Mal, wenn ich Schritte oder Stimmen in der großen Halle höre, macht mein Herz einen Hüpfer, weil ich denke, er schaut gleich ins Frühstückszimmer hinein, denn schließlich muss er doch genauso große Sehnsucht nach mir haben wie ich nach ihm. Aber er ist es nie. Nacheinander tröpfeln die Whartons, Fiona und Lord Farnfield herein, nur Sebastian lässt sich nicht blicken, egal, wie viele Tassen Kaffee ich in mich hineinkippe, um meinen außergewöhnlich langen Aufenthalt im Frühstückszimmer zu rechtfertigen.

Einen Tag lang schaffe ich es, mir einzureden, es sei purer Zufall, dass ich Sebastian nicht zu Gesicht bekomme. Schließlich hat er viel zu tun, versuche ich mein verwirrtes Herz zu beruhigen. Dieses Anwesen ist alles andere als klein und es am Laufen zu halten, kostet eine Menge Zeit und Arbeit.

Also fiebere ich den Mahlzeiten entgegen wie ein Kind dem vierundzwanzigsten Dezember. Aber ob Lunch, Tee oder Dinner – Sebastian geht deutlich auf Abstand. Er ist höflich reserviert. Natürlich, er weiß noch nicht, wie er seiner Großmutter die Sache mit uns beibringen soll, und ich selbst habe ja gesagt, dass wir es ihr nicht sofort unter die Nase reiben müssen, aber muss er mich deshalb so abweisend behandeln?

Beim Aperitif halte ich es einfach nicht mehr aus, ihm so nah zu sein und ihn doch nicht spüren zu dürfen. Also verhake ich in einem unbeobachteten Moment meinen kleinen Finger in seinem. Als wären meine Finger aus Eis, schrickt er richtig zusammen, zieht blitzschnell seine Hand weg und lässt mich ohne ein Wort, ohne ein Lächeln stehen. Es ist schlimmer als ein Schlag ins Gesicht. Wo ist mein Sebastian von gestern Nacht hin? Wo ist er?

Vierundzwanzig Stunden später ist es nicht länger schönzureden. Er geht mir absichtlich aus dem Weg. Wenn wir uns beim Tee oder Dinner dann doch begegnen, ist er immer höflich, zuvorkommend, tadellos distanziert. So distanziert, dass er mit seinem Verhalten Mrs Wharton auf den Plan ruft, die es einfach nicht lassen kann, mir mitleidige Blicke zuzuwerfen oder lauthals Geschichten von unglücklichen Mädchen zu erzählen. Von Mädchen, die, ich zitiere: »So dumm und naiv sind, ihre Unschuld an einen Mann zu verschenken, dem sie gesellschaftlich einfach nicht das Wasser reichen können. Ich möchte ihnen gar nicht absprechen, dass sie echte Gefühle für ihr Gegenüber hegen. Doch selbstverständlich geben sie sich ihm auch in der Hoffnung hin, er würde sie ehelichen.« An dieser Stelle atmet sie immer ganz besonders tief ein, schüttelt den Kopf und hebt Unheil ahnend die Augenbrauen. »Dabei müsste diesen armen Dingern doch bewusst sein, dass ein solcher Mann mit ihnen nur sein schnelles Vergnügen sucht, und dafür allenfalls mit einem schönen Schmuckstück zahlt, aber ganz bestimmt nicht mit einem goldenen Ring, den er ihr an den Finger steckt.«

Ehrlich? In solchen Situationen könnte ich sie erwürgen!

Bevor sie mit ihren Geschichten loslegt, achtet sie natürlich immer darauf, dass Sebastian nicht im Raum ist, so wie am Freitagabend im Salon.

»Die armen, dummen Dinger!«, fährt sie aufseufzend nach der gewohnten Einleitung in ihr aktuelles Lieblingsthema fort.

Vor wenigen Minuten sind die Herren eingehüllt in den Qualm ihrer gerauchten Zigarren zu uns in den Salon zurückgekehrt. Alle bis auf …

»Wo ist Sebastian?« Als müsste sie nur lang genug die Tür anstarren, damit sie sich öffnet, tut Fiona genau das.

»Er lässt sich entschuldigen«, murmelt Lord Farnfield nichtssagend und schenkt sich einen Whiskey ein.

»Natürlich bleibt eine solche Liaison allzu häufig nicht ohne Folgen«, nimmt Mrs Wharton den Faden ihrer Geschichte wieder auf. »Folgen, die nach ein paar Monaten nicht zu übersehen sind. Tja«, schnaubt sie ihrem Sherrygläschen entgegen. »Viele sehen dann keinen anderen Ausweg, um Skandal und Ächtung zu entgehen, als sich im nächstbesten See zu ertränken.« Fast verschluckt sie sich, weil wohl eine Erinnerung in ihrem Kopf aufgeblitzt ist. »Gab es hier in der Gegend nicht so einen Fall? Doch. Doch. Ich bin mir ganz sicher. Und es ist noch gar nicht so lange her. Das arme Geschöpf!«

»Besser, es regnet heute als nächste Woche«, merkt Fiona an, weil es draußen wieder zu tröpfeln anfängt. »Für die schönen Ballgarderoben wäre das doch der reinste Jammer!«

Ein völlig untypischer Fiona-Ausspruch, den sie unter Garantie nur getätigt hat, um Mrs Wharton auszubremsen, wofür ich sie echt küssen könnte. Sie ist so lieb!

Sosehr ich auch grübele, ich kann Sebastians Verhalten einfach nicht verstehen. Er muss doch meine flehenden Blicke spüren. Hat er nicht das Bedürfnis, mich zu küssen, mit mir allein zu sein und meine Nähe zu spüren? Gut, er will das mit uns nicht sofort in die Welt hinausposaunen. Von mir aus! Einverstanden! Aber warum boykottiert er jeden Versuch von mir, ihn allein zu sehen? Ich komme mir ja schon vor wie Marianne Dashwood, die einfach nicht kapieren will, dass ihr Willowby nichts mehr mit ihr zu tun haben will. Erst heute Nachmittag habe ich Lady Marjorie die Londoner Ballszene aus *Sense and Sensibility* vorgelesen. Ich habe dieses Buch bestimmt schon fünf Mal verschlungen und jedes Mal habe ich mit Marianne mitgefiebert und mitgelitten, doch richtig nachempfinden, wie sehr sie unter Willowbys unverständlicher Missachtung leidet, kann ich erst, seit wir Leidensgenossinnen sind. Wie sie verzweifelt hofft und immer und immer wieder enttäuscht wird und wie ihr liebendes Herz mit jedem zerschmetterten Hoffnungsschimmer ein Stück mehr stirbt! An mancher Stelle konnte ich nicht weiterlesen, weil ich nicht vor Lady Marjories Augen weinen wollte.

Wie schon die Tage zuvor spiegelt auch der Samstag mit wolkenverhangenem Himmel und Dauerregen meinen Gemütszustand wider und ich muss zugeben, dass mir das trübe Wetter nur recht ist. Strahlenden Sonnenschein könnte ich im Moment einfach nicht ertragen. Gefühlt geht Sebastian schon seit Stunden in seinem Arbeitszimmer mit Mrs Hill und Mrs Goring zum hundertsten Mal die Planung für den Ball nächste Woche durch.

»Da gibt es viel zu bedenken«, teilt Lady Marjorie unserem Frauenkränzchen mit, das nach dem Tee noch zusammensitzt, während die Männer was weiß ich wohin gegangen sind. Mrs Wharton studiert mit großem Interesse die Klatschspalten der amerikanischen Tageszeitung, die sie sich extra aus New York nachschicken lässt, damit ihr auch nichts Klatschenswertes entgeht. Und Fiona hat ihre Nase tief in den großen Atlas gesteckt, um mir zu zeigen, welche Länder sie gerne mit mir bereisen möchte. Es ist kaum möglich, dass sie mein mechanisches Nicken nicht bemerkt und trotzdem erzählt sie unermüdlich weiter von Italien, Ägypten, Palästina, dem Osmanischen Reich und der Seidenstraße.

»Die Auflistung der Zusagen«, zählt Lady Marjorie auf. »Die Auswahl der Speisen und Getränke, die Blumenarrangements. Welcher Gast reist mit eigenem Personal an, für wen muss welches bereitgestellt werden, wer wohnt in welchem Zimmer.«

»Der jährliche Sommerball auf Staunton House ist doch immer wieder ein Ereignis, zu dem man Ihnen nur gratulieren kann, Lady Marjorie!«, murmelt Mrs Wharton und blättert eine Seite um.

»Sehr freundlich von Ihnen.« Mit einem hoheitsvollen Nicken nimmt Lady Marjorie das Kompliment entgegen. »Ich freue mich auch schon sehr. Sebastian sagt zwar, noch sei keine Zusage von Isobel eingegangen, aber das hat natürlich rein gar nichts zu besagen. Schließlich weiß sie, dass wir fest mit ihrem Kommen rechnen und dass eine Zusage deshalb völlig unerforderlich ist.«

Langsam hebe ich den Kopf von Fionas Atlas. Denn obwohl meine Gedanken weder auf Fionas Reiseplan noch auf die Geschehnisse in der Bibliothek konzentriert sind, habe ich doch mit halbem Ohr registriert, dass Lady Marjorie zum ersten Mal im geistig klaren Zustand von Isobel spricht.

»Gehört Isobel eigentlich zur Familie?«, frage ich möglichst beiläufig und greife alibimäßig nach der Kuchenzange, um mir noch einen Scone auf den Teller zu legen, auch wenn ich unter Garantie nicht einen Bissen hinunterbringen werde. Seit Tagen habe ich einfach keinen Appetit.

Ein Lächeln von einem Ohr zum anderen lässt Lady Marjories Gesicht erstrahlen. »Noch nicht, aber sehr bald schon wird Isobel zur engsten Familie zählen!«

Die Kuchenzange gleitet mir aus den Händen und landet mit einem dumpfen Aufprall auf dem dicken Teppich zu meinen Füßen. Bevor ich auch nur zucken kann, sprintet schon einer der Diener herbei, der in einer Ecke auf seinen Einsatz gewartet hat, hebt die Kuchenzange auf und ersetzt sie durch eine unbenutzte.

Ich zwinge mich zu einem Lächeln. »Was ... was soll das heißen?« Verzweifelt kämpfe ich gegen den Kloß an, der mir meinen Hals zuzudrücken droht.

»Ich kenne diese Isobel zwar nicht«, mischt sich Mrs Wharton in unser Gespräch ein, ohne die Augen von der raschelnden Zeitung zu heben, »aber ich schätze mal, da ist Ihnen jemand zuvorgekommen, Schätzchen!«

Sofort schießt mein Blick zu Fiona, die überfragt die Schultern hebt.

»Isobel ist schön, wunderschön! Aber nicht nur das. Sie ist eine Frau, die was im Kopf hat und weiß, was sie will. Sie redet nicht nur herum wie du, Fiona. Sie lässt sich nichts bieten, sondern tut, was ihr gefällt! Im Vergleich zu ihr kann keine von euch bestehen. Keine!«

»Du weißt ja nicht, was du redest, Gran!«, fällt Fiona ihrer Großmutter mit ungewohnter Schärfe ins Wort.

»Das weiß ich sehr wohl. Genauso wie du weißt, wovon ich rede!«

Fiona wird kalkweiß, spart sich aber jeden Widerspruch, während ihre Großmutter sich mit einem entschiedenen Ruck aus ihrem Sessel erhebt.

»Bleiben Sie sitzen!«, herrscht sie mich an, weil ich aufgesprungen bin, um ihr zu helfen. »Sie werden Isobel kennenlernen, auf dem Ball, und dann können Sie sich Ihr eigenes Urteil bilden!«

Einen kurzen Moment steht sie etwas wackelig da, dann strafft sie energisch den Rücken und marschiert begleitet von dem Stakkato ihres Gehstocks auf dem Holzboden aus dem Raum.

»Meine Großmutter fantasiert, Mrs Wharton.« Mit einem lauten Knall schlägt Fiona den Atlas zu. »Wer immer diese Isobel ist, weder mein Bruder noch ich haben sie je zu Gesicht bekommen, dessen können Sie gewiss sein. Sie existiert einzig und allein in der Erinnerung einer alten Dame, die sich gerne in die Vergangenheit zurückzieht. Ich dachte, über diese Tatsache ist jeder im Raum informiert.«

Während Fionas Erklärung dafür sorgt, dass mir ein gigantisch großer Stein vom Herzen fällt, entlockt sie Mrs Wharton nicht mehr als ein vergnügtes Schnauben.

»Dann haben Sie ja vielleicht doch Chancen darauf, dass Lord Witham den Ball mit Ihnen eröffnet, Kindchen!« Sie beugt sich vertraulich in meine Richtung und flüstert laut: »Ich würde es Ihnen ja gönnen! Von Herzen!«

»So ein Pech aber auch!«, schnappe ich mit beißender Ironie zurück. »Leider kann ich nämlich so gar nicht Standard tanzen.«

Scheppernd landet mein Teller mit dem unangetasteten Scone neben meiner Teetasse auf dem Tisch.

»Oh, mein Gott, das hatte ich ja ganz vergessen!« Fiona schlägt sich erschrocken die Hand vor den Mund. »Na, daran müssen wir aber schleunigst etwas ändern!«

Keine Minute später stehen Fiona und ich uns in der großen Halle gegenüber, während hoch über uns der Regen auf die gewölbte Kuppel trommelt und die darin aufgemalte Sonne den dunklen Regenwolken am Himmel tapfer zu trotzen versucht.

»Fangen wir mit Walzer an!«, instruiert Fiona mich und geht in Position. »Ich übernehme den Part des Herren, damit du die Damenschritte lernst.«

»Fiona, hör zu. Es ist lieb, dass du mich aus der Bibliothek losgeeist hast, aber ...«

»Kein Widerspruch. Tanzen macht so viel Freude. Du wirst schon sehen, wenn du mit dem ersten Herrn von deiner Karte getanzt hast, wirst du gar nicht mehr aufhören wollen, dich zu drehen. Auf den Schwingen der Musik schwebst du durch den Raum und wirst gar nicht genug davon bekommen können.«

Als sie meine fragend hochgezogenen Augenbrauen sieht, setzt sie zögernd nach: »Du weißt doch, was eine Tanzkarte ist?«

»Nicht so ganz genau«, gebe ich zu.

»Auf einem Ball führt jede Dame eine Tanzkarte mit sich, und wenn ein Herr mit ihr tanzen möchte, muss er im Vorfeld um einen bestimmten Tanz bitten. Wenn die Dame auch mit ihm tanzen möchte, reserviert sie ihm diesen Tanz auf ihrer Karte. Immer vorausgesetzt, dass der noch nicht vergeben ist«, liefert mir Fiona prompt die Erklärung.

»Klingt kompliziert.«

»Im Gegenteil!« Eifrig greift Fiona mit ihrer linken meine rechte Hand und legt ihre rechte um meine Taille.

»Wir haben doch gar keine Musik!« Das kommt genauso bockig, widerwillig und angenervt raus, wie ich klingen will. Ich habe weder Lust noch Kraft, mich am Riemen zu reißen. Unter Garantie werde ich mich nicht eine Sekunde auf diesem Ball blicken lassen und wenn ich dafür noch mal vom Pferd fallen und mir den Fuß diesmal richtig verstauchen muss.

»Eins, zwei, drei. Eins, zwei, drei«, gibt Fiona den Walzer-Rhythmus vor, zu dem sie mich ab der dritten Wiederholung im wiegenden Schritt um den Tisch herumwirbelt.

Die ganze Aktion ist völlig daneben. Ich mag nicht und ich will auch nicht!

»Nun zier dich doch nicht so! Du machst dich so steif wie ein Brett«, beschwert sich Fiona mit ärgerlich zerfurchter Stirn. »Du stellst dein Licht unter den Scheffel. Ich weiß es!« Mein genervtes Augenrollen übersieht sie und startet einen neuen Versuch, den ich im Keim zu ersticken versuche.

»Das hat doch keinen Sinn!« Ich will meine Hand aus Fionas ziehen, doch sie drängt mich mit einem leise gemurmelten »Was ich jetzt tue, tue ich nur zu deinem Besten« weiter nach hinten und bevor ich verstehe, was das alles soll, pralle ich gegen ein Hindernis und eine vertraute Stimme fährt mir durch Mark und Bein: »Oh, pardon!«

»Entschuldigung, Sebastian! Ich hab zu spät gesehen, dass sich die Tür von deinem Arbeitszimmer geöffnet hat!« Was natürlich eine glatte Lüge ist. Als würde sie mich immer noch halten, tanzt Fiona mit ausgebreiteten Armen und schwingendem Kleid auf die Treppe zu und die Stufen hinauf. Ist das ihr verfluchter Ernst? Sie kann mich doch jetzt nicht alleine lassen!!!

»Mir ist gerade etwas sehr, sehr Wichtiges eingefallen, das ich dringend erledigen muss. Sebastian, sei doch so gut und übernimm du für mich die Tanzstunde. Stell dir nur vor, Miss Sondorf ist des Tanzens nicht mächtig. Wir waren beim Walzer.«

Es ist das erste Mal seit Tagen, dass Sebastian bei meinem Anblick nicht sofort die Augen niederschlägt. Stattdessen lächelt er mich leicht verschüchtert auf diese unwiderstehliche Sebastian-Art an, was einfach nicht fair ist, wenn er weiß, was das mit meinem Herzen anstellt. Ich schmelze dahin wie eine Schneeflocke im Sonnenschein und, ob ich es will oder nicht, sofort keimt die Hoffnung in meinem Herzen auf, dass alles wieder gut wird. Aber was er zu seiner Entschuldigung vorzubringen hat, muss schon verdammt gut sein. Ich werde mich nicht so leicht um den Finger wickeln lassen. Ein bisschen leiden muss auch er!

»Na, wird es bald oder muss ich wieder runterkommen und dir zeigen, wie man eine Dame beim Tanz im Arm hält?« Fiona ist mitten auf der Treppe mit verschränkten Armen stehen geblieben. »Sei gewarnt. Sie stellt sich absichtlich dumm an. Zumindest bei mir.«

»Fiona, ich habe dringende ...«

»Du kannst sie nicht so behandeln, Sebastian! Rede mit ihr«, lässt Fiona sich nicht abwimmeln. Es zuckt um Sebastians Mundwinkel. Und ich werde mir eher die Zunge abbeißen, als den ersten Schritt zu machen. Er zögert zu lange, als dass aus der Situation irgendetwas anderes als ein peinliches Schweigen hervorgehen könnte. Doch schließlich schlägt er lächelnd die Augen nieder.

»Darf ich bitten?« Er legt seine rechte Hand auf seine Brust und verbeugt sich vor mir. Als er wieder aufschaut, schenke ich ihm auch ein Lächeln. Ich bin eine jämmerliche Strategin, denn mein Widerstand zerbröckelt sofort. Ganz behutsam legt er den Arm um mich, greift mit seiner linken Hand nach meiner rechten und jede Berührung lässt mich erschauern.

»Walzer!«, erinnert Fiona ihn, bevor ihr leises »Eins, zwei, drei« auf dem Weg die Treppe hinauf leiser wird und sich schließlich auf den Korridoren verliert.

Mein Herz schlägt mir bis zum Hals.

»Es tut mir leid, Juno, es tut mir so furchtbar leid!« Sebastian ist mir so nah, dass seine Lippen mein Ohr berühren. Als er zu tanzen beginnt, folge ich wie selbstverständlich seinen Bewegungen, passe mich an und reagiere auf die kleinen Hilfestellungen, die er mir gibt. Bald wirbeln wir zusammen im romantisch schimmernden Licht der vielen Wandkerzen durch die große Halle. In meinen Ohren erklingt Musik, die uns dahinschweben und alles um mich herum vergessen lässt. Umso überraschter bin ich, als Sebastian wie aus dem Nichts stehen bleibt. Er schaut mich an. Fragend. Unsicher. Seine Augen verengen sich, während sie auf der Suche nach einer Antwort mein Gesicht abtasten. Dabei weiß er doch, dass ich ihn liebe und ihm alles verzeihen werde, egal, was er mir zu sagen hat. Hauptsache, wir sind zusammen. Kurz zuckt ein Lächeln über sein Gesicht, als er seine zitternde Hand nach der Haarlocke ausstreckt, die sich beim Tanzen gelöst haben muss. Als wollte er die Struktur jedes einzelnen Haares prüfen, reibt Sebastian die Locke zwischen seinen Fingern, bis er seine Hand mit einem undefinierbaren Seufzer sinken lässt. Mit gefurchter Stirn beobachte ich, wie Sebastian den Rücken strafft, beide Hände hebt, um in Tanzposition zu gehen, bevor er – zusammenbricht! Mit einem wütenden Aufschrei kneift er die Augen zusammen und presst sich die Handballen gegen die Stirn.

»Sebastian, was hast du?« Vorsichtig greife ich nach seinen Händen und ziehe sie weg. Erschrocken weiche ich zurück. Das Gesicht, in das ich jetzt blicke, ist nicht das von dem Sebastian, den ich kenne. Dorian Gray, muss ich sofort wieder denken. Doch diesmal ist es nicht der schöne Dorian, an den mich sein Aussehen erinnert. Nein, es ist das Gemälde von ihm, das weggesperrt vor allen Blicken sein wahres Gesicht zeigt, das, in welches sich jedes seiner Verbrechen tief hineingegraben hat. Der Vergleich ist natürlich blanker Unsinn. Denn das, was Sebastians Gesicht bis zur Unkenntlichkeit verzerrt, sind Abscheu und Ekel.

»Sebastian, du machst mir Angst! Was hast du?« Mir schießen die Tränen in die Augen, als er den Mund öffnet und gepresst hervorstößt: »Das mit uns war ein Fehler, den ich sehr bedaure. Bitte halten Sie sich von mir fern, Miss Sondorf! Ich ersuche Sie dringend darum!«

Was? *Miss Sondorf? Ich ersuche Sie?*

Angewidert stößt er mich von sich, sodass ich rückwärtsstolpere, während er aus der Haustür in den Regen hinausstürmt, als wäre der Teufel hinter ihm her.

Fassungslos starre ich ihm nach. Trotzig wische ich mir mit dem Handrücken die Tränen von den Wangen. »Feigling!«, zische ich ihm hinterher. »Du verdammter Feigling!«

Jetzt weiß ich, warum Fiona die Szene so arrangiert hat.

Weil sie mich zwingen wollte, die Wahrheit zu erkennen, und das geht natürlich am besten, wenn ich sie von demjenigen höre, der für sie verantwortlich ist. Nie im Leben hätte ich Sebastian für so einen Wurm gehalten, dass er sich wirklich daran stößt, dass er in der gesellschaftlichen Hierarchie ganz oben rangiert und ich irgendwo weit, weit unter ihm. Scheinbar steht der Prinz doch nur im Märchen zu seinem Aschenputtel. Im wahren Leben ist es offensichtlich zu viel verlangt, seinen Taten und seinen Worten treu zu bleiben! Was denkt der eigentlich, wer er ist? Das war es für mich! Endgültig! Er kann mir gestohlen bleiben.

»Schon fertig mit der Tanzstunde?« Unbemerkt ist Lord Farnfield auf dem obersten Treppenabsatz erschienen, von wo er zweifellos Zeuge dieser unschönen Szene geworden ist. Netterweise lässt er sich nichts anmerken, sondern schlendert gut gelaunt die Treppe hinunter. »Wo ist er denn hin, der Gute?«

Seine Augen wandern zu der offenen Haustür. Langsam geht er auf sie zu, schließt sie mit Bedacht und wendet sich dann wieder mir zu. Während er auf mich zukommt, breitet er einladend die Arme aus. »Nichts für ungut. Ich bin ja auch noch da. Wenn Sie nichts gegen mich als Tanzpartner einzuwenden haben, würde ich gerne übernehmen.«

Leider kann ich nicht verhindern, dass mir wieder so eine blöde Träne die Wange hinunterkullert.

»Was bin ich nur für ein Tölpel!« Diese Erkenntnis lässt seine Mundwinkel mitfühlend zucken. »Das war eine dumme Idee, aber wenn Sie mögen, dann zeige ich Ihnen etwas, das Ihr Herz wieder strahlen lässt. Wollen wir?«

Ohne zu zögern, greife ich nach seiner ausgestreckten Hand. Es ist mir egal, wo er mich hinführt. Hauptsache, weg aus der Eingangshalle, in die Sebastian jeden Moment zurückkehren könnte. Also lasse ich mich von Lord Farnfield die Treppe hinaufgeleiten. Meine Flucht kann gar nicht genug Stufen, Flure und Etagen zwischen mich und Sebastian bringen.

Ich habe keine Ahnung, warum Lord Farnfield den Dienstbotentrakt ansteuert, aber es ist mir im Moment auch völlig schnuppe. Schon als ich mit Fiona kurz hier oben reingeschaut habe, ist mir der krasse Gegensatz zwischen dem Bereich der Calvertons und dem der Diener und Hausmädchen aufgefallen. Während die Räume unten geradezu vollgestopft sind mit teurem Zeug, ist es hier oben sehr karg. Gerade deshalb springen mir die beiden großen Topfpflanzen direkt ins Auge. Erst denkt man, dass sie einfach nur als Deko an der Wand stehen, doch im Näherkommen erhascht man dann schon den ersten Blick auf den winzigen Gang, den sie wohl verbergen sollen und der vor einer unscheinbaren Tür endet.

»Wenn ich mal ganz für mich allein sein will, dann ziehe ich mich sehr gerne nach hier oben zurück und gleich werden

Sie sehen, warum.« Lord Farnfield schnappt sich den Kerzenleuchter vom Beistelltischchen neben der rechten Topfpflanze, entzündet die Kerze und lässt mir den Vortritt in den dunklen Gang. Interessiert beobachte ich, wie er sich auf die Zehenspitzen stellt und mit der Hand die Türzarge abtastet, bis er einen großen verrosteten Schlüssel zutage fördert und ihn mit bedeutsamer Miene in das Schlüsselloch steckt. Keinen Mucks gibt die Tür von sich, als Lord Farnfield sie lautlos öffnet. Scharniere und Schloss müssen gut geölt sein.

»Ich erlaube mir vorzugehen, um Ihnen den Weg besser ausleuchten zu können!«

Im Dämmerlicht des verregneten Nachmittags liegt eine schmale Holztreppe vor uns, die zwischen zwei steilen Holzwänden schnurgerade und steil nach oben zu führen scheint. Auf den Dachboden. Offensichtlich erstreckt sich Mrs Gorings Reich bis hier oben, denn wenn ich erwartet hatte, einen verwunschenen Speicher mit Staub, Spinnweben und Bergen von achtlos abgestelltem Gerümpel anzutreffen, wäre ich jetzt, wo ich mit gerafftem Kleid die oberste Stufe erreiche, schwer enttäuscht worden. Was hier an Möbeln, Lampen und ausrangierten Gemälden gelagert wird, liegt gut unter weißen Tüchern verborgen vor Staub und neugierigen Blicken. Nicht eine Spinnwebe ist zu sehen, als Lord Farnfield weitere Kerzenleuchter entzündet. So wie sich der Kerzenschein in dem großen runden Dachfenster mir gegenüber spiegelt, muss auch dieses blank geputzt sein.

Vielleicht setze ich meine Füße so vorsichtig einen vor den anderen, weil altehrwürdige Dachböden einen einfach dazu zwingen. Neugierig hebe ich mal hier, mal da im Vorbeischlendern ein Tuch an und spingse darunter, um ein Beistelltischchen aus Kirschholz oder ein schön verziertes Holzkästchen zu entdecken, von dem ich nicht weiß, ob es eher als Zigarrendose oder als Schmuckkästchen gedient hat. Bei den meisten Sachen verrät einem schon die Form der Tücher, was unter ihnen seinen Winterschlaf hält. Tische, Stühle, Sessel und auch der Konzertflügel, dessen Silhouette sich so jungfräulich unter dem Laken abzeichnet, als hätte ihm an meinem zweiten Abend auf Staunton House nicht irgendwer die schönsten Töne entlockt.

Ich weiß nicht, was mich dazu antreibt, ausgerechnet dieses eine Gemälde genauer in Augenschein zu nehmen. Wahrscheinlich ist es die Tatsache, dass es nicht ganz von seinem Tuch bedeckt wird, sondern die untere rechte Ecke daraus hervorlugt. *Staunton House 1886* lese ich beiläufig die Datumsangabe und die krakelige Signatur des Künstlers. Erst jetzt fällt mir auf, dass das Tuch insgesamt nicht so ordentlich über dem Gemälde ausgebreitet und glatt gestrichen worden ist wie bei all den anderen Gegenständen. Fast hat es den Anschein, als habe jemand das Tuch in aller Eile wieder über das Bild geworfen, weil er in seiner Betrachtung gestört worden ist. Mit einem entschiedenen Ruck ziehe ich das Tuch herunter. Staunend trete ich rückwärts, um das Porträt besser betrachten zu können. Das Licht der Kerzen flackert mit dem feuerroten Haar der abgebildeten Frau um die Wette und lässt ihre grünen Augen aufblitzen wie funkelnde Smaragde. Ihre Alabasterhaut, die unter Garantie schon nach kürzester Sonnenbestrahlung krebsrot anläuft, ich weiß, wovon ich rede ... Moment! Das bin ja ich!

»Ist alles in Ordnung?« Mit auf dem Rücken verschränkten Armen tritt Lord Farnfield hinter mich.

»Wer ist das?« Ich kann nicht aufhören, diese Frau anzustarren. Das Gemälde zeigt sie nur bis zum Brustansatz, der mit dem Ausschnitt ihres Kleides endet, dessen schimmerndes Grün ganz wunderbar mit ihren Augen korrespondiert. Sie trägt dezente Ohrringe mit einer passenden Kette aus Brillanten. Ihre Haare, in denen eine Smaragdspange funkelt, hat sie hochgesteckt, sodass ihr langer Schwanenhals gut zur Geltung kommt. Ihre ganze Erscheinung kann ich nicht anders als würdevoll und majestätisch bezeichnen.

»Frappierend!«, raunt Lord Farnfield total überrascht.

»Sieht sie nicht aus wie ich oder ich wie sie?«

»Wenn ich nicht wüsste, dass Sie vergangene Woche zum ersten Mal die Schwelle dieses Hauses übertreten haben, würde ich sagen, das sind Sie!«

»Wissen Sie, wer sie ist?«

»Nein, wenn ich schätzen sollte, dann würde ich annehmen, dass es mal unten in die Ahnengalerie im großen Treppenhaus gehangen hat. Es würde perfekt dorthin passen. Aber bewusst wahrgenommen habe ich es nie.«

»Und warum wurde es dann abgehängt und hier oben verstaut?«

»Schon wieder eine Frage, deren Antwort ich Ihnen schuldig bleiben muss«, seufzt er ehrlich überfragt. »Da müssen Sie schon Lady Marjorie oder Sebastian oder Fiona zurate ziehen.« Ein kurzes, verwundertes Kopfschütteln, dann hat er das Interesse an der schönen Unbekannten verloren. »Aber ich wollte Ihnen etwas ganz anderes zeigen. Etwas, das, wie ich hoffe, Sie wieder etwas glücklicher machen könnte ...«

Es ist mir kaum möglich, mich von dem Anblick dieser Frau zu lösen, die mich vom ersten Moment an wie magisch angezogen hat. Vielleicht weil wir uns zwar ähneln, sie aber eine klassische Schönheit ist, was man von mir nicht behaupten kann. Wie Grace Kelly oder Audrey Hepburn, eine richtige Lady, hinter deren listigen Augen ein analytischer Verstand aufblitzt. Erst nach Lord Farnfields dritter Aufforderung, zu ihm ans Fenster zu treten, schaffe ich es, mich von dem Bild loszureißen. Bei jedem Schritt habe ich das Gefühl, dass mich ihre Augen verfolgen.

Wie ein Zirkusdirektor, der die große Pferdeshow am Ende der Vorstellung präsentiert, lässt Lord Farnfield seine Arme in Richtung Fenster schnellen und den Ausblick, den es gewährt: Hinter einer bewaldeten Landzunge treibt das Meer seine Wellen an die Küste. Regen und Sturm peitschen es zusätzlich an, sodass es rau und ungestüm seine lebensbedrohliche Kraft zur Schau stellt.

»Na, bitte, Sie können ja wieder strahlen!«, stellt Lord Farnfield zufrieden fest.

»Wunderschön!«, flüstere ich andächtig. Nichts finde ich beeindruckender als das Meer. Ruhig und friedlich, sodass es die Seele streichelt, oder wild tobend und ungezähmt, wenn es den Menschen seine Macht demonstriert und ihnen zeigt, wie klein und unbedeutend sie doch sind.

»Reiten wir hin?«

Aus einem ersten Impuls heraus will ich Lord Farnfields Vorschlag sofort ablehnen. Immerhin liegt mein spektakulärer Reitunfall noch gar nicht so lange zurück. Außerdem regnet und stürmt es da draußen, als hätte die Welt beschlossen, heute unterzugehen. Aber gerade darin liegt der Reiz, denn da ist diese unstillbare Sehnsucht in mir, etwas absolut Unvernünftiges zu tun und, vielleicht noch mehr, etwas, das Sebastian aufs Schärfste verurteilen würde.

»Worauf warten wir noch?«

Im Vorbeigehen löscht Lord Farnfield die Kerzen und bedeckt das Antlitz der schönen Lady mit dem weißen Tuch und trotzdem werde ich das Gefühl nicht los, dass sie uns auf unserem Weg die Treppe hinunter nicht aus den Augen lässt.

Tony zögert zwar, als Lord Farnfield ihn darum bittet, zwei Pferde für uns zu satteln, aber trotz seiner offensichtlichen Bedenken traut er sich wohl nicht zu widersprechen.

»Und bitte für mich keinen Damensattel!« Der Satz ist mir über die Lippen gehuscht, bevor mein Gehirn den Gedanken zu Ende gedacht hat, denn damit stürze ich natürlich den armen Tony in eine nie da gewesene Gewissenskrise, was mir schon klar ist, bevor er seinen Mund fassungslos aufreißt. Ganz offensichtlich wartet er auf Lord Farnfields Zustimmung, bevor er so einer unglaublichen Bitte nachkommen kann.

»Nur zu, Tony, Sie haben ja gehört, was Miss Sondorf gesagt hat! Einen Herrensattel für die Dame!« Amüsiert zwinkert er mir zu.

Wenig später jage ich auf Dancer neben Lord Farnfield über die klatschnassen Wiesen auf den Wald zu. Es ist ein unendlich befreiendes Gefühl, durch den prasselnden Regen dahinzugaloppieren, die Kraft des Pferdes unter mir zu spüren und dem Sturm trotzig Widerstand zu leisten. Das Kleid habe ich so hoch wie möglich gerafft und zum ersten Mal bin ich für die langen Unterhosen dankbar, auch wenn sie gepludert sind. Als sich eine Haarnadel nach der anderen löst, versuche ich nicht, sie zurückzuschieben, sondern zupfe mit klammen Fingern auch noch die restlichen heraus und schleudere sie weg. Befreit lache ich dem Wind entgegen, während ich mir erlöst mit einer Hand durch die Haare fahre, sodass sie lang, lockig und ungebändigt über meinen Rücken fließen. Alles schmeckt, riecht und fühlt sich in diesem kostbaren Moment nach einer Freiheit an, die ich in diesem Ausmaß nicht gekannt habe. Wie gesagt, meine Großmutter war nie ganz gesund und hat mich trotzdem bei sich aufgenommen, mich mit Liebe und Fürsorge verwöhnt und mich nie im Stich gelassen, da war es für mich selbstverständlich, der gleiche Fels für sie zu sein, als sie mich brauchte. Doch jetzt ist es an der Zeit, alle Zwänge abzustreifen.

Kurz bevor wir den Wald erreichen, lasse ich mich zurückfallen, damit Lord Farnfield die Führung übernehmen kann. Das Blätterdach der Bäume schützt uns nur wenig vor den herabfallenden Tropfen. Im Trab folgen wir einem unsichtbaren Pfad, den wohl nur Lord Farnfield kennt. Es dauert nicht lang und ich kann das Meer als aufgewühlte graue Masse zwischen den Baumstämmen ausmachen. Mein geliebtes Meer!

Obwohl ich davon ausgegangen bin, dass gleich ein Weg vor uns auftaucht, der uns runter an den Strand bringt, macht Lord Farnfield noch vor der letzten Baumreihe halt, steigt aus dem Sattel und bindet sein Pferd an.

»Kommen Sie!«, winkt er mir mit vor Aufregung geröteten Wangen zu, worauf ich zwar etwas enttäuscht zögere, aber dann doch absteige und mein Pferd neben seinem festmache.

»Ich dachte, wir wollen zum Meer.«

Seine Antwort ist nicht mehr als ein verheißungsvolles Anheben der Augenbrauen, mit dem er einen Arm sanft um meine Schultern legt, damit er mich vor sich herschieben kann. Ich lasse es bereitwillig geschehen, bis mir plötzlich bewusst wird, wo er mich hinführt. Nämlich hinaus auf eine Klippe. Nichts kann den tosenden Sturm hier aufhalten. Der Wind peitscht mir die Haare mit jedem weiteren Schritt unbarmherziger aus dem Gesicht. Alles in mir spannt sich zum Zerreißen an. Immer weiter drängt mich Lord Farnfield an den Rand des Abgrunds. Natürlich spürt er, wie sehr ich mich gegen ihn stemme, was ihn aber scheinbar nur noch mehr ansport.

»Haben Sie keine Angst!«, raunt er mir ins Ohr. »Manchmal muss man dem Schicksal einfach ein Angebot machen, damit man weiß, dass man noch lebt!«

»Lord Farnfield, lassen Sie mich los!« Als ich versuche, mich zu ihm umzudrehen, umklammert er mit beiden Händen meine Schultern so fest wie ein Schraubstock und schiebt mich weiter. Noch einen Schritt und noch einen Schritt. Mein Atem geht stoßweise. Direkt vor meinen Füßen lösen sich kleine Steinchen, stürzen bestimmt zwanzig Meter tief in den Abgrund. Ihr Aufprall geht in dem wütenden Gebrüll der See unter, die sie gierig verschlingt und gegen die rasiermesserscharfen Klippen wirft.

»Was, wenn der Boden plötzlich nachgäbe, Miss Sondorf?«, liest Lord Farnfield mit beschwörender Stimme meine Gedanken. Seine Lippen sind so nah, dass sie mein Ohr kitzeln. »Was, wenn ich Sie plötzlich nicht mehr halten könnte und der Sturm Sie mit sich reißen würde?«

Zentimeter um Zentimeter schliddere ich auf die Kante zu. Ich schreie spitz auf, als mich eine plötzliche Böe mit voller Wucht packt. Ein falscher Schritt, und mein linker Fuß tritt ins Leere, mein rechtes Bein knickt ein und ich stürze nach vorne. In dem verzweifelten Versuch, mich festzuhalten, kralle ich meine Finger in den Strandhafer, der tief in mein Fleisch schneidet, mich aber trotzdem hält, genauso wie Lord Farnfield, der mich noch im gleichen Moment zurückreißt. Weinend wirbelte ich zu ihm herum und verberge mein Gesicht an seiner Brust, woraufhin er mich sofort schützend in die Arme schließt.

»Alles ist gut!«, flüstert er und streicht mir beruhigend über das Haar. »Leben und Tod sind enge Verwandte. Den einen gibt es ohne den anderen nicht. Ist das nicht ungemein faszinierend, Juno?«

Was soll das? Schluchzend hebe ich meinen Kopf und versuche in seinem Gesicht zu lesen.

»Ja, die Erkenntnis, dass das Schicksal uns in nur einem Wimpernschlag das Leben nehmen kann, lässt uns schaudernd zusammenfahren«, brüllt er gegen den Sturm an, während er mich zu meiner unendlichen Erleichterung im Rückwärtsgehen mit sich zieht. »Vor der einzigen Sache im Leben, die einem wirklich Angst einjagen muss.«

»Und die wäre?« Mittlerweile schlottere ich vor Kälte in meinem klitschnassen Kleid. Das Regenwasser läuft meine Hände hinab und vermischt sich mit dem Blut, das aus meinen aufgeschnittenen Fingern tropft.

»Es zu verschwenden, Juno. Das Leben zu verschwenden!« Mit diesen Worten lässt er mich stehen und wendet sich zum Wald um. Zum ersten Mal ertappe ich ihn dabei, dass er seine Schultern hängen lässt, dass er nicht energiegeladen vorwärtsmarschiert, so als hätte er gerade erkannt, dass er seinen eigenen Ratschlag nicht befolgt hat, sondern sein Leben bereits verschwendet ist. An was oder an wen? Das würde ich gerne wissen. An Fiona vielleicht? Weil er heimlich darauf wartet, dass sie doch noch erkennt, dass sie ihn liebt und ihre Liebe zu ihm nicht im Widerspruch zu ihren Ambitionen stehen muss?

Äste knacken unter meinen Füßen, als ich zu Dancer hinübergehe und mit klammen Fingern die Zügel vom Baumstamm löse. Ich wische meine blutverschmierten Hände an meinem Kleid ab und überlege gerade, dass das Aufsitzen in diesem vollgesogenen Kleid kein Vergnügen werden wird, da lugt Lord Farnfields nasser Haarschopf über Dancers Rücken auf. »Bleiben Sie!«

»Wollte ich denn weggehen?«

»Sebastian kann ein veritabler Idiot sein, aber auch dieses Wesen aus Pflichterfüllung, Stolz und Standesbewusstsein hat ein Herz, das gerade sehr mit sich kämpft. Und ich sage Ihnen, dieser Kampf ist noch nicht entschieden. Der Rest von uns ist eigentlich auch sehr nett. Geben Sie uns eine Chance.« Der Sattel knarzt, als er sich daran abstützt. »Bereisen Sie mit Fiona die Welt und passen Sie gut auf sie auf, aber bleiben Sie zumindest noch bis zum Ball.«

Das wäre in der Tat eine ziemlich coole Alternative, könnte ich dieses verdammte Grundstück verlassen. Doch von diesem Handycap ahnt Lord Farnfield ja nichts.

»Dass Fiona am liebsten mit Ihnen bei Nacht und Nebel und am besten nicht morgen, sondern noch heute verschwinden möchte, um den konservativen Fängen ihres Bruders und der frauenverachtenden Gesellschaft als solcher zu entgehen, ist kein Geheimnis. Zumindest für mich nicht. Ich kenne Fiona sehr gut.« Ein dicker Regentropfen klatscht ihm mitten auf die Wange. »Jetzt aber nichts wie zurück«, beschließt er. »Wer als Erster am Stall ist!«

Auch wenn ich den Verdacht habe, dass Lord Farnfield und Fiona sich heimlich zusammengetan haben, um mich in jeder Sekunde, die die nächsten Tage bringen, zu beschäftigen, sodass ich keine Atempause habe, um an Sebastian zu denken oder heimlich doch noch meine Koffer zu packen – was relativ sinnlos wäre –, lasse ich mir nichts anmerken. Schließlich will ich ihnen den Spaß nicht verderben und nicht an Sebastian denken zu müssen, im Stillen seinen Lippen auf meinen nachzuschmecken und immer und immer wieder diese grauenvollen Minuten in der großen Halle zu durchleben, hat entschiedene Vorteile. Zumindest tagsüber lebt es sich so etwas leichter. Der Preis dafür sind schlaflose Nächte, in denen Schmerz und Trauer mich für ihre Verbannung vom Tageslicht büßen lassen. Nächte, in denen es hinter der Geheimtür neben dem Kamin leise zu scharren scheint und ich, blöd wie ich bin, darauf hoffe, dass es Sebastian ist, der es nicht ohne mich aushält. Doch jedes Mal bleibt die Tür verschlossen und das Geräusch verhallt.

In einer Nacht meine ich sogar wieder das Klavierspiel zu hören. Traurig hallen die Töne von Chopins Nocturne Opus neun Nummer zwei vom Dachboden bis zu mir herab und bringen mich zum Weinen.

Wie auch immer, wenn ich nicht gerade Lady Marjorie vorlese oder mit ihr spazieren gehe, entführt Fiona mich ins Gewächshaus, um mich nach meiner Meinung zu den längst geplanten Blumenarrangements für den Ball zu befragen, oder wir liegen ausgestreckt und gut versteckt auf einer kuscheligen Decke neben einem Picknickkorb, den sie von Mrs Hill mit allen möglichen Köstlichkeiten hat füllen lassen, verspeisen Kirschen und besprechen Fionas neuesten Berufswunsch. Sie will Reiseführerautorin für den Baedeker Verlag in Deutschland werden und ich kann dann ja zumindest in ihrer Vorstellung die Übersetzung vom Englischen ins Deutsche übernehmen. Lord Farnfield, sie und ich unternehmen endlose Ausritte durch die atemberaubenden Ländereien des Anwesens. Nachdem einer von beiden vorab geklärt hat, wann mit Sebastian im Stall zu rechnen ist, statten wir Crescent Moon und ihrem Sohn, der so schnell wächst, dass man ihm dabei zusehen kann, einen Besuch ab. Woran die beiden aber nichts ändern können, ist das Messingschild mit der Aufschrift Eclipse, das unter Garantie Sebastian hat anbringen lassen. Nach dem dritten Mal tut der Anblick nicht mehr ganz so weh, zumindest ist es das, was ich mir einzureden versuche. Genauso wie die gemeinsamen Mahlzeiten, um die ich mich leider nicht herumdrücken kann. Inzwischen habe ich eine ganz gute Taktik entwickelt. Immer dann, wenn mir Sebastians Anblick oder seine Stimme, trotz der Einsicht, dass er ein schnöseliger, blöder Arsch ist, das Herz zu zerreißen droht, bohre ich mir die Fingernägel in die Handballen, bis dieser Schmerz den anderen übersteigt. Masochistisch, aber es funktioniert.

An einem Nachmittag nimmt Lord Farnfield uns sogar mit zum Tontaubenschießen. Nie im Leben würde ich es übers Herz bringen, ein Tier zu töten. Niemals! Allerdings macht das Abballern der in die Luft katapultierten Tontauben schon ziemlichen Spaß. Und das Beste ist: Es ist mir so was von egal, ob Sebastian mich bei dieser offensichtlich für eine Dame unangebrachten Betätigung sieht oder nicht. Soll er ruhig!

Er weiß, was wir treiben. Er weiß es ganz genau. Das sagt mir sein vorwurfsvoller Blick, und zwar jedes Mal, wenn ich mit mal mehr, mal weniger Erfolg versuche, ihm standzuhalten.

Heute ist schon Mittwoch und mittlerweile freue ich mich sogar richtig darauf, in dem flaschengrünen Kleid, das die beiden für mich ausgesucht haben, auf dem Ball zu erscheinen und mich richtig zu amüsieren!

Seit Sonntag hat sengende Hitze den Regen abgelöst, sodass wir bei weit geöffneten Fenstern nach dem Dinner im Salon beisammensitzen und versuchen, uns irgendwie abzukühlen. Die Damen mit ihren Fächern und die Herren mit kühlen Getränken.

»Es ist so weit. Heute werde ich Sie in die Regeln des Whist-Spiels einweihen, Miss Sondorf!«, verkündet Lord Farnfield und wirft die Schöße seines Fracks beim Setzen an den Spieltisch nach hinten, sodass sie wie zwei schlaffe Flügel von dem gepolsterten Stuhl herunterbaumeln.

»Ich bin kein großer Freund von Kartenspielen, sorry!«, winke ich ab, was ihn enttäuscht die gerade hervorgeholten

Karten wieder wegstecken und einen Schluck aus seinem Rotweinglas nehmen lässt.

»War das gerade ein Blitz?« Während sie sich hektisch Luft zufächelt, verrenkt Mrs Wharton sich auf dem Sofa fast den Hals, um den Himmel hinter sich nach dem grell aufzuckenden Licht abzusuchen. »Ein kleiner Wolkenbruch, der die Schwüle vertreibt, käme mir gerade recht!«

»Lieber heute als am Samstag«, bemerkt Mr Wharton geistesabwesend, während er nach dem weißen Läufer greift, um Sebastians Dame vom Schachbrett zu fegen.

»Da gebe ich Ihnen völlig recht«, pflichtet Lady Marjorie ihm aus ihrem Sessel nickend bei. »Bisher hatten wir in all den Jahren allerdings immer großes Glück mit dem Wetter. Warum sollte es in diesem anders sein?«

»Du bist dran, Sebastian«, höre ich Mr Wharton mit leiser Irritation in der Stimme sagen, aber es interessiert mich nicht so sehr, dass es mich dazu verleiten könnte, von der Gedichtsammlung aufzuschauen, die ich heute Nachmittag in der Bibliothek verwaist, aber offensichtlich erst vor Kurzem aus den Regalreihen gezogen, auf dem Sofa entdeckt habe. Wer auch immer hier im Haus ein Freund der schaurigen Geschichten von Edgar Allan Poe ist, er hat ein Lieblingsgedicht und um schnell die richtige Seite zu finden, braucht er kein Lesezeichen. Denn die Seite 71 hat dieser Jemand schon so häufig aufgeschlagen, dass das Buch sie dem Leser ganz von allein beim Aufklappen anbietet. *The Raven*. Poes schrecklich traurige Gedichterzählung über einen Mann, der über den Tod seiner Geliebten nicht hinwegkommt. Nachts erscheint ihm ein Rabe, von dem er sich Antworten erhofft, die ihm die Verzweiflung nehmen. Doch der Rabe tut ihm den Gefallen nicht, sondern eröffnet ihm herzlos, dass seine Liebe auf immer verloren ist. *Nevermore!*

»Sebastian!«, katapultiert mich Mr Whartons Ausruf, dem die Verärgerung nun deutlich anzuhören ist, aus dem Zimmer des unglücklichen Protagonisten in den Salon zurück. »Ich gewinne wirklich für mein Leben gerne, aber es macht mir gar keine Freude, wenn ich den Sieg nur deshalb davontrage, weil mein Gegenüber so offensichtlich nicht bei der Sache ist.«

»Bitte entschuldige!«, murmelt Sebastian und er klingt in der Tat ziemlich geistesabwesend. »Würde es dir etwas ausmachen, wenn wir unsere Partie auf ein anderes Mal verschieben?«

»Mitnichten!« Dankbar sammelt Mr Wharton die Schachfiguren ein und gesellt sich dann zu seiner Frau aufs Sofa, während Sebastian sitzen bleibt.

Auch wenn ich mich nur aus den Augenwinkeln traue, die Vorgänge am Schachtisch zu beobachten, bin ich mir doch fast sicher, dass das, was Sebastians Aufmerksamkeit so gefangen hält, sich hier am Spieltisch befindet. Bin ich es? Das würde mir natürlich trotz allem gerade recht sein. Soll er sein Verhalten nur bereuen. Seit Samstag mache ich mich absichtlich jeden Tag extra hübsch und zwar weil Männer ja bekanntlich besser sehen als denken können! Oder ist es das Büchlein, auf dessen Goldprägung das Kerzenlicht tanzt? Allerdings ist es kaum vorstellbar, dass er aus der Entfernung den Namen des Autors erkennt. Dafür sitzt Fiona nah genug neben mir. Sie braucht nur die Hand auszustrecken, um den Deckel so weit zuzuklappen, dass sie die Schrift entziffern kann.

»Poe?« Sie schüttelt sich. »Ist mir viel zu gruselig!«

»Das kommt darauf an!« Lord Farnfield beugt sich ächzend zu mir herüber, um Fionas Aktion rückgängig zu machen. »The Raven.« Fast erschrocken sieht er aus, als er an Fiona gewandt wiederholt: »Sie liest *The Raven*!«

»Grundgütiger, wer hat dir denn zu dieser Lektüre geraten?« Bevor ich es verhindern kann, windet mir Fiona das Büchlein aus den Händen und lässt es hinter ihrem Rücken verschwinden.

»Ich bin über ihn hinweg. Ehrlich!«, lüge ich leise, ohne rot zu werden.

Draußen ist es mittlerweile stockdunkel geworden, und zwar nicht nur, weil sich der Himmel für die Nacht ganz in Schwarz gehüllt hat, sondern auch weil sich finstere Gewitterwolken zu bedrohlichen Bergen zusammengezogen haben. Lange kann es nicht mehr dauern und Mrs Wharton bekommt ihre heiß ersehnte Abkühlung. Drei Diener schwärmen in ihrer eleganten dezent dunklen Livree in den Salon, um heruntergebrannte Kerzen durch neue zu ersetzen. Das Aufflammen des Lichts spiegelt sich tanzend auf den silbernen Knöpfen ihrer Uniformen wider.

Jedes Mal, wenn Mrs Wharton in den letzten Tagen länger geschwiegen hat als gewöhnlich, sodass sich eine göttliche Stille ausbreiten konnte, habe ich gehofft, dass sie eingeschlafen ist und erst wieder wach wird, wenn ich schon lange nicht mehr im Raum bin. Eine Hoffnung, die jedes Mal aufs Neue mit dem plötzlichen Aufschrillen ihrer Stimme zersplittert, wie zerbrechendes Glas. Warum sollte das heute Abend auch anders sein?

»Kinder, ich habe eine Idee!«, platzt sie offensichtlich vom ersten fernen Donnergrollen inspiriert mit leuchtenden Augen heraus. Während sie sich vom Sofa hochhievt, wobei ihr rosa Kleid sich bedenklich um ihre ausladende Brust spannt, pufft sie ihren Mann verschwörerisch in die Seite. »Das ist doch die Gelegenheit, oder, Wharton?«

Mr Wharton legt erst sichtlich überfragt seine Stirn in sehr tiefe Falten, doch schon im nächsten Moment glättet sie sich und er bricht in amüsiertes Gelächter aus. »Du bist einfach unschlagbar! Genau der passende Zeitpunkt, um es einzuweihen. Dass du daran gedacht hast. Laura! Du bist in der Tat unbezahlbar!!«

»Du kennst mich doch. Ich bin immer für eine Überraschung gut!«

Um welche Überraschung es sich handelt, erfahren wir, als sie Minuten später mit vor Anstrengung hochrotem Kopf, einen flachen Gegenstand unter den Arm geklemmt, wieder in den Salon stürmt. So wie ihr der Schweiß von der Stirn läuft, muss sie die Distanz zwischen dem Salon und ihrem Zimmer in eiligen Trippelschrittchen hinter sich gebracht haben, was sich bei ihrer Körperfülle und der schwülen Luft als keine gute Idee herausstellt. Keuchend lässt sie sich auf den freien Stuhl neben Lord Farnfield am Whisttisch plumpsen, wedelt sich mit ihrem Fächer Luft zu und winkt einem der Diener mit der freien Hand, sie mit frischem Wasser aus der bereitstehenden Karaffe zu versorgen.

Mit einem erleichterten Seufzer reicht sie dem Diener das Glas zurück. Als sie sicher sein kann, dass sich die Aufmerksamkeit des gesamten Salons auf sie konzentriert, streicht sie erst ihr rosa Abendkleid mit dem für ihr Alter etwas zu tiefen Dekolleté glatt, bevor sie mit einem triumphierenden Lächeln den Gegenstand unter ihrem Arm hervorzieht und ihn mitten auf den Tisch legt.

»Was ist das?«, wundert sich Fiona.

»Ein Holzbrett, auf dem das Alphabet und die Zahlen von eins bis zehn eingraviert sind. Und dann steht da noch«, ich muss mich weiter vorbeugen und etwas den Kopf drehen, um auch die Worte lesen zu können, die aus meiner Sicht falsch herum stehen. »*Ja. Nein.* Und *Auf Wiedersehen.*«

»Das sehe ich auch!«, erwidert Fiona. »Aber wofür ist dieses Ding gut?«

Ein Blitz zuckt über den Himmel und fast im gleichen Moment setzt heftiger Regen ein. Sofort eilen die Diener los, um die Fenstertüren zu schließen. Allerdings kommen sie nicht weiter als ein paar Schritte, weil Mrs Wharton sie mit erhobener Hand zurückpfeift.

»Sebastian, bitte nicht! Wenn die Natur uns schon die passende Stimmung für mein Vorhaben schenkt, dann wollen wir sie doch nicht aussperren.«

Weil ich es ja vermeide, ihn anzusehen, kann ich aus ihrem dankbaren Lächeln nur schließen, dass er zustimmend genickt hat.

»Was ich hier habe, ist sozusagen ein Prototyp. Ein Geschenk meines guten Freundes Elijah Jefferson Bond. Man nennt es *talking board*.« Wie ein Zauberkünstler, der unter viel ablenkendem Theater das Publikum darauf vorbereitet, dass er gleich etwas wahnsinnig Sensationelles aus seinem Zylinder ziehen wird, veranstaltet Mrs Wharton ein ziemliches Gewese um ihre ballonartige Abendtasche. Mit großer Genugtuung registriert sie, dass sich mittlerweile auch ihr Mann und Sebastian um unseren Tisch versammelt haben, um nichts von ihrer großen Präsentation zu verpassen. Umso größer fällt die geraunte Enttäuschung aus, als sie nichts anderes als ein unscheinbares Holzklötzchen zutage fördert.

»Nicht so voreilig, meine Lieben!«, trällert Mrs Wharton siegessicher und steckt sich die nach vorne gerutschte rote Feder wieder ins aufgetürmte Haar zurück. »Sie werden noch staunen, was wir Großes mit diesen zwei Utensilien bewirken können. Warten Sie es nur ab. So und nun alle schnell hinsetzen. Nicht, dass das Gewitter weiterzieht und wir haben noch nicht mal angefangen.«

»Ist es ein Spiel? Nun verraten Sie es schon!«, drängelt Fiona.

Mrs Whartons kleine Äuglein blitzen listig. Es ist ihr förmlich anzusehen, wie es in ihr arbeitet. Auf der einen Seite genießt sie es, uns auf die Folter zu spannen, auf der anderen platzt sie, wenn sie uns ihr Geheimnis nicht endlich verraten kann. Aufgeregt leckt sie sich die Lippen. »Nein. Es ist kein Spiel, sondern eine hochsensible Angelegenheit. Mithilfe dieses Brettes werden wir jetzt nämlich die Geister von Staunton House heraufbeschwören!«

Für ein paar Sekunden ist es so still im Salon, dass nur das Ticken der Kaminuhr die Ruhe stört.

»Eine Geisterbeschwörung?«, meldet sich Lady Marjorie von ihrem Platz. »Das ist doch lächerlich!«

Vor den ganzen unheimlichen Ereignissen, die mir widerfahren sind, hätte ich genau das Gleiche gesagt, weil ich bis dahin selbstverständlich nicht an die Existenz von Geistern oder Gespenstern geglaubt habe. Nur hätte ich eine andere Betonung gewählt, eine die meine gleichzeitige Begeisterung für Mrs Whartons Plan ausgedrückt hätte. Denn ein altes Herrenhaus, Kerzenschein und ein tüchtiges Gewitter sind unter normalen Umständen die beste Kulisse für eine Geisterbeschwörung. Wären da nicht … Als könnte ich durch die Decke bis in mein Zimmer gucken, wandern meine Augen zu dem Kronleuchter in der Mitte des Zimmers, dessen Kristalle den Kerzenschein tausendfach widerspiegeln. Wären da nicht diese unerklärlichen Vorgänge. Mein Bauchgefühl sagt mir sofort, dass nichts Gutes bei diesem Vorhaben herumkommen kann.

»Ich weiß wohl, dass derlei Hokuspokus zurzeit sehr in Mode ist, und dennoch halte ich nicht viel davon, die Fantasie der jungen Damen mit solchem Aberglauben zu beflügeln.«

Ein Blitz zuckt über den Himmel und macht aus dem Park für einen kurzen Moment eine schaurige Endzeitkulisse.

»Ach, Sebastian, was bist du doch für ein Feigling!«, lacht Lord Farnfield auf. Weil ich mich oben allein in meinem Zimmer in dem Wissen, dass hier unten eine Séance abgehalten wird, auch nicht besser fühlen würde, beschließe ich zu bleiben, obwohl ich jetzt schon das Gefühl habe, dass der Geist längst in diesem Zimmer ist und uns beobachtet.

»Du hast ja nur Sorge, dass der Geist in Plauderlaune sein könnte und deine düsteren Geheimnisse preisgibt.«

Sebastians Antwort geht im Donnergrollen fast unter. Alles, was ich zu verstehen glaube, klingt nach einem gemurmelten: »Wenn das so wäre, bin ich nicht der Einzige, der zittern müsste.«

Aber da kann ich mich auch täuschen. Wenn auch nur widerstrebend, so geht er doch zum Schachtisch zurück, um die beiden Stühle zu uns herüberzuschleppen und sie für sich selbst und Mr Wharton an den Tisch zu schieben.

»Nun, Lady Marjorie, wollen Sie nicht doch zu uns herüberkommen? Ich verspreche Ihnen einen großen Spaß!«, versucht Mrs Wharton die alte Dame zu locken.

»Danke, sehr freundlich von Ihnen. Aber ich bin hier in meinem Sessel zufrieden. Und da es eh nicht mehr so lange dauern dürfte, bis ich mich zu unseren Ahnen geselle, verzichte ich darauf, dem Vergnügen alte Bekanntschaften zu erneuern und neue zu schließen, vorzugreifen.«

»Gran, sag doch bitte so etwas nicht!«, protestiert Fiona. »Du wirst bestimmt hundert!«

»Keinen Tag älter als neunzig und das nenne ich schon biblisch!«, erwidert die alte Dame.

»Wenn Sie so gut sein könnten und jetzt noch alle Kerzen löschen würden. Bis auf die auf dem Tisch bei Lady Marjorie.«

»Sehr rücksichtsvoll, dass ich nicht im Dunkeln sitzen muss!«

Mrs Wharton übergeht Lady Marjories bissige Bemerkung und fährt an die Diener gewandt fort. »... und die Kerzen in dem großen Bodenständer hier neben mir. Und wenn Sie den einen Hauch näher zu uns herüberschieben würden. Ja, so ist es gut.«

Nach diesen letzten Anweisungen ist Mrs Wharton endlich zufrieden und ruckelt sich auf ihrem Stuhl zurecht. Unwohl schaue ich mich am Tisch um. Die Dunkelheit der Nacht ist in den Salon gekrochen. Draußen prasselt der Regen in den finsteren Park und hier drinnen am Tisch liegen die Gesichter der Geisterbeschwörer im kerzenbeschienenen Dämmerlicht. Mir gegenüber sitzt Sebastian zwischen dem Ehepaar Wharton, links neben mir Lord Farnfield und zu meiner Rechten Fiona.

Letzteres vermittelt mir ein relatives Gefühl von Sicherheit.

»Nun, meine Lieben«, Mrs Wharton hat ihre Stimme zu einem beschwörend tiefen Brummton herabgesenkt, »wenn ich dieses Holzstück in der Mitte des Brettes positioniert habe, legt bitte jeder von Ihnen den ausgestreckten Zeigefinger seiner rechten Hand auf dieses Klötzchen.«

Mit klopfendem Herzen tu ich, was sie sagt, zucke aber sofort zurück, als ich versehentlich Sebastians Finger streife. Auch er ist zurückgeschreckt, war ja klar, und als wir neue Plätze für unsere Finger suchen, lassen wir beide mehr Vorsicht walten.

»Ich werde nun versuchen, Kontakt zur Geisterwelt aufzunehmen«, klärt uns Mrs Wharton auf. »Ist mir das gelungen, werde ich dem Geist Fragen stellen. Er wird uns antworten, indem er das Klötzchen auf dem Brett bewegt. Dabei ist es sehr wichtig, dass niemand von Ihnen den Kontakt zu dem Holzstück verliert, sonst ist der Bann gebrochen und der Geist zieht sich zurück.« Sie lässt ihren mahnenden Blick durch die Runde wandern, um dann abschließend zu nicken. »Gut, dann bitte ich um äußerste Ruhe!«

»Wie spannend!«, wispert Fiona und schüttelt die angehobenen Schultern. »Auch wenn natürlich jeder von uns weiß, dass es Mrs Wharton sein wird, die die Antworten gibt.«

Knisterndes Schweigen legt sich über den Tisch, während Blitz und Donner sich unaufhaltsam nähern. Mrs Wharton muss uns nicht erst darum bitten, die Augen zu schließen. Wie mir ein neugieriges Blinzeln verrät, gebietet die Situation jedem von uns, das von ganz allein zu tun.

»Geist«, höre ich Mrs Wharton hauchen. »Bist du bei uns? Wenn ja, dann gib uns ein Zeichen!«

Überrascht reiße ich die Augen auf, als sich das Holzstück unter unseren Fingern zitternd in Bewegung setzt. Unaufhaltsam wandert es auf das Wort *Ja* zu. Gespannt halte ich den Atem an.

»Wir heißen dich in unserer Runde willkommen! Bist du ein Mann?«

Spätestens jetzt sind alle Augen auf das Holzstück gerichtet, das sich langsam von dem *Ja* weg und auf das *Nein* zubewegt.

»Dann haben wir es also mit einer Lady zu tun«, schlussfolgert Mrs Wharton, worauf das Klötzchen mit einer entschiedenen Bewegung wieder zum *Ja* zurückschnellt.

Ich spüre, wie Fiona neben mir stocksteif wird.

»Geist, wir würden gerne deinen Namen wissen. Magst du ihn uns verraten?«

Unter meinem Finger zuckt das Holzstück kurz weg und sofort wieder zurück. Ja, der Geist will.

Ich höre Sebastian tief Luft holen, während Lord Farnfield mit der linken Hand sein Rotweinglas umklammert.

Und noch bevor das Holzstück seine Reise antritt, weiß ich intuitiv, welchen Namen es für uns buchstabieren wird.

»I«, spricht Mrs Wharton den ersten Buchstaben laut aus.

S, denke ich bei mir und merke, dass ich anfange zu zittern. Ich kneife die Augen zu, als ob das irgendetwas verhindern würde.

»S«, bestätigt Mrs Wharton meine schaurige Befürchtung. Das Gewitter muss inzwischen direkt über uns sein, denn Blitz und Donner wechseln sich in schneller Folge ab.

»O.«

»Isobel!«

Der schrille Aufschrei kommt von Lady Marjorie, doch es ist Lord Farnfield, der im gleichen Moment den Stiel seines Glases zerbricht.

»Gott, wie ungeschickt von mir!«, murmelt er und zieht ein Taschentuch hervor, um die Blutung zu stillen. Allerdings entgeht mir nicht, dass sein Blick dabei ganz schnell zwischen Sebastian und Fiona hin- und herzuckt. Ein Schauder läuft mir über den Rücken.

»Isobel, warum warst du so lange fort?« Und wie am ersten Tag unserer Begegnung starrt Lady Marjorie niemand anderen als mich verzweifelt an.

»In der Tat, sehr ungeschickt von Ihnen, Lord Farnfield!«, stöhnt Mrs Wharton mitleidlos auf. »Und ausgesprochen bedauerlich. Stellen Sie sich nur vor, dass wir gerade wirklich Kontakt zu Isobel hatten. Es wäre DIE Gelegenheit gewesen, Licht ins Dunkel zu bringen. Natürlich kann ich es noch mal versuchen. Aber es ist mehr als unwahrscheinlich, dass ihr Geist zu einer zweiten Kontaktaufnahme bereit ist. Nicht heute Nacht. Nein, die Chance ist vertan!«

In der Nacht schlafe ich unruhig, was nur zum Teil mit dem Gewitter zu tun hat, das sich lange noch nicht ausgetobt hat. Es sind meine Träume, die mich immer wieder schweißgebadet aus dem Schlaf hochfahren lassen. Sobald ich die Augen schließe, bin ich sofort wieder im Salon. Ich sitze auf dem gleichen Platz wie noch vor wenigen Stunden. Zwischen Lord Farnfield und Fiona, Sebastian mir gegenüber. Das *talking board* liegt nach wie vor in der Tischmitte. Die Gesichter der anderen sind zu schauderhaften Fratzen verzerrt, während die dazugehörigen Körper im zuckenden Kerzenschein vor und zurück, vor und zurück schwanken. Angeführt von Mrs Wharton schweben ihre Körper geisterhaft auf mich zu. Wenn sie mir so nah sind, dass sich unsere Nasenspitzen fast berühren, reißen sie Augen und Münder auf, aus denen züngelnde Flammen hervorschießen. Auf den schützend in die Höhe gehaltenen Armen spüre ich die Hitze brennen. Ich versuche zu fliehen, schaffe es aber nur bis zur Tür, an der ich verzweifelt zerre, bis mir klar wird, dass sie verschlossen ist. In wilder Panik wirbele ich herum. Ich schreie, kann aber im Traum meine eigene Stimme nicht hören, dafür dröhnt der Name, den die anderen in einem bedrohlichen Rhythmus vor sich hin murmeln, während sie mich gnadenlos umzingeln, lauter und lauter an mein Ohr: Isobel. Isobel. Isobel. Isobel.

Keuchend wache ich auf. Ich bin in Schweiß gebadet. Es dauert einen Augenblick, bis ich begreife, dass ich in meinem Zimmer bin. Ich habe keine Ahnung, wie lang ich geschlafen habe. Das Gewitter ist endlich weitergezogen. Bis auf das Mondlicht, das vom wolkenlosen Himmel scheint, ist es noch dunkel. Weil Kerzen und Kaminfeuer über Nacht verlöschen, habe ich Mary darum gebeten, die Vorhänge abends nicht mehr zuzuziehen.

Ich drehe mich auf die Seite und will meine verschwitzte Bettdecke wegstrampeln, als ich in der Bewegung erstarre. Vor einem der Fenster steht eine Gestalt in einem schwarzen Kapuzenumhang im Mondlicht und schaut bewegungslos in den Park hinaus. Auf eine Weise, die ich wirklich nicht beschreiben kann, wirkt die ganze Gestalt, als wäre sie nicht von dieser Welt. Irgendwie ätherisch. Nicht direkt durchscheinend, dann aber irgendwie doch. So eine Erscheinung ist mir noch nie begegnet.

»Fiona, ehrlich, zweimal der gleiche Scherz hintereinander ist einfach nicht mehr witzig!« Ich habe schon den Mund geöffnet, um genau das zu sagen, als mein Herz aussetzt. Die Gestalt am Fenster ist nämlich nicht Fiona. Langsam wendet sie sich dem Frisiertisch zu, setzt sich auf den Hocker und betastet liebkosend mit ihren behandschuhten Fingern die silberne Bürste und den kleinen Handspiegel. Jetzt hebt sie den Kopf zum Frisierspiegel. Als würde sie ihr Gesicht einer genauen Prüfung unterziehen, dreht sie ihren Kopf hin und her. Vielleicht bin ich im falschen Winkel, aber für mich bleibt der Spiegel so leer, als ob niemand vor ihm sitzen würde. Urplötzlich fährt ihr Kopf in meine Richtung herum, was mich so sehr erschreckt, dass ich unwillkürlich die Augen zukneife. Als ich sie wieder öffne, sehe ich den Frisiertisch und den dazugehörigen Hocker. Doch da ist niemand mehr.

Bis auf den Kauz, der draußen auf seiner nächtlichen Jagd seine unheimlichen Befehle in die Dunkelheit ruft, bleibt alles still. »Das ist der Komm-mit«, hat meine Oma immer gesagt, wenn dieser Ruf durch die Nacht hallte. »Der Waldkauz ruft die Sterbenden zu sich.« Mir läuft es eiskalt über den Rücken. Ein, zwei Sekunden liege ich wie gelähmt im Bett, bis mich die Wut packt. Kurz entschlossen springe ich aus dem Bett, stürze zur Tür und reiße sie auf. Ich will jetzt wissen, wer sich hinter der Maskerade versteckt hält und warum dieser Jemand versucht, mich zu Tode zu erschrecken. Gespenster gibt es schließlich nicht, auch wenn ich langsam anfange, das Gegenteil zu glauben.

Ich weiß nicht, ob ich ernsthaft damit gerechnet habe, auf dem stockdunklen Gang noch auf die Gestalt zu treffen. Wie auch immer, ich kann sie nirgends entdecken. Für den Fall, dass sie sich vor mir in der Dunkelheit versteckt hält, schicke ich ein geflüstertes »Hey, du Feigling, komm raus und zeig mir dein Gesicht!« über den Flur. Keine Reaktion. Plötzlich durchzuckt mich eine andere Idee. Der Geheimgang! Natürlich! Ich wirbele herum und stürze in mein Zimmer zurück. Meine Finger zittern vor Aufregung und Ungeduld, während ich ein Streichholz anzünde. Ich brauche Licht, um den Mechanismus für die Geheimtür neben dem

Kamin zu suchen. Als Fiona mich hier langgeführt hat, hat sie den Gang von innen verschlossen, sodass ich nicht weiß, wo sich das Sesam-öffne-Dich in meinem Zimmer versteckt. Zum Glück muss ich nicht lange suchen, denn des Rätsels Lösung ist denkbar einfach. An der rechten Seite des Kamins markiert das, was wie zwei Sprünge in der Marmorplatte aussieht, den daumengroßen Streifen, der sich durch sanften Druck nach unten verschieben lässt. Sofort ertönt das schabende Geräusch, das ich schon kenne, und die Tür zum Geheimgang öffnet sich.

Schon beim ersten Schritt in den Gang weht mir ein eisiger Luftzug entgegen und erinnert mich daran, in meine Pantoffeln zu schlüpfen, meinen Morgenrock zu holen und schnell überzuziehen. Den Kerzenleuchter so weit wie nur möglich vorangestreckt, taste ich mich an der eiskalten Steinmauer entlang, bis mir klar wird, dass meine Aktion völlig sinnlos ist. Wer auch immer da eben in meinem Zimmer gewesen ist, kennt sich hier tausendmal besser aus als ich und die Zeit, die ich gebraucht habe, um auf die Idee mit dem Geheimgang zu kommen, hat ihm unter Garantie gereicht, um sich in Sicherheit zu bringen.

Aber ich weiß, was ich zu tun habe. Nämlich das, was ich vom ersten Tag an hätte machen sollen. Ich werfe einen letzten Blick den dunklen Gang hinunter, dann drehe ich mich um und renne in mein Zimmer zurück, um jede verfügbare Kerze anzuzünden und nach Hinweisen auf Isobel zu suchen. Denn, und da bin ich mir absolut sicher, dieses Zimmer hier gehörte ihr und wird ihr immer gehören. Auch wenn die Calvertons, mit Ausnahme von Lady Marjorie, etwas komplett anderes behaupten. Ich spüre es einfach! Was auch immer hier vor sich geht, es hat mit Isobel zu tun.

Ein Schauer läuft mir über den Rücken, als ich mich genau dorthin setze, wo die Gestalt eben gesessen hat. Als könnte der Spiegel mir verraten, welches Gesicht sich eben in ihm betrachtet hat, wenn ich ihn nur lang genug anstarre, fixiere ich mein eigenes Spiegelbild. Ich muss wieder an das Porträt auf dem Dachboden denken. Wie die Gestalt es eben getan hat, strecke ich meine Hand nach der silbernen Bürste und dem ebenso silbernen Handspiegel aus und lasse meine Fingerkuppen tastend über ihren Rücken gleiten. Dabei spüre ich den feinen Linien der eingravierten Rosenranken nach. Als Erstes nehme ich mir die Bürste vor und halte sie ganz nah an den Kerzenleuchter, um die Gravur genauer studieren zu können. Wie bei einem Adventskranz die Tannenzweige so winden sich hier Rosen umeinander, verschlingen und schmiegen sich in- und aneinander. Ich schnappe nach Luft. Genau dieses Motiv habe ich nämlich schon einmal gesehen, und zwar … wie ein gehetztes Tier springe ich auf, stürze zum Sekretär hinüber und reiße die Schublade auf. Die Schachtel mit dem Briefpapier. Mit zitternden Fingern hebe ich sie heraus, lege sie auf die Arbeitsfläche des Sekretärs und nehme mit bebendem Atem den Deckel ab. Da liegt es vor mir, das Briefpapier. Blassrosa. In Altrosa rankt sich der Kranz aus wilden Rosen so um zwei Buchstaben, dass sie wie eingeflochten erscheinen: $\mathcal{IH}$.

Ungeduldig schnappe ich mir einen Bogen und renne zurück zum Sekretär. Konzentriert betrachte ich das Motiv auf der Bürste und vergleiche es mit dem Briefkopf. Da erst treten vor meinen Augen aus dem geordneten Durcheinander des Rosenkranzes zwei Elemente hervor. Es ist wie bei den Wimmelbildern. Hundertmal hat man sie schon gesehen und erst beim hunderteinsten Mal fällt einem der Hund auf, der sich im Schatten der Hecke vor den heißen Sonnenstrahlen versteckt. Nur sind es hier die Buchstaben, die der Künstler genauso geschickt wie auf dem Briefkopf in die Blumen hineingeflochten hat, dass sie mir bisher nicht aufgefallen sind. Dafür sehe ich sie jetzt umso deutlicher.

Das *J* und das *H*.

Isobel! Mit wild schlagendem Herzen greife ich nach dem Handspiegel. Auch hier verraten mir die dornigen Rosen das Geheimnis, das sie so lange gehütet haben. Isobel! Als wäre die Temperatur schlagartig gefallen, fange ich an zu bibbern. Fröstelnd schlinge ich die Arme um mich. Aus einem Impuls heraus springe ich auf, jage durchs Zimmer, knie mich vor den Nachttisch und reiße das kleine Türchen auf, hinter dem die beiden Bücher stehen, die ich schon an meinem ersten Tag entdeckt habe. Ich packe mir *Vanity Fair* und schlage es auf. In einer kerzengeraden, klaren Handschrift hat sich die Besitzerin dieser Ausgabe auf dem Schmutztitel verewigt. Isobel Halewood. Ganz leise flüstere ich ihren Namen, als könnte die Schrift sonst verschwinden wie Zaubertinte. Auch in *Great Expectations* schimmert mir der gleiche Name entgegen. Isobel Halewood. Langsam, aber sicher wird meine Vermutung zur Gewissheit. Dieses Zimmer hier gehörte Isobel. Was hat sie mit den Calvertons, was hat sie mit mir zu tun? Ich weiß es nicht!

Ich ziehe scharf die Luft ein. Ein plötzlicher Schmerz zuckt mir durch die Schläfe. Ohne jede Vorankündigung trifft mich die Migräne mit voller Wucht und für jeden weiteren Gedanken bezahle ich mit einem stechenden Schmerz. Ob ich will oder nicht, ich muss jetzt mein Migränemittel nehmen, die Kerzen auslöschen und mich schnell mit einem kalten Tuch auf der Stirn ins Bett legen. In das Bett, in dem früher Isobel gelegen hat, denke ich noch. Dann lösche ich das Licht.

Auf meinem Weg zum Frühstück sehe ich schon von der Treppe aus, wie Mrs Goring die frisch geschnittenen Hortensien in der großen Vase auf dem Tisch arrangiert. Ihr Gesicht ist aschfahl und ihre Lippen sind zu zwei dünnen Linien zusammengepresst. Bei meinem freundlichen »Guten Morgen, Mrs Goring!« schrickt sie fürchterlich zusammen.

Die Erklärung für die Dünnhäutigkeit der Hausdame lässt nicht lange auf sich warten.

»Als ich eben Mrs Goring von Isobels Geistererscheinung erzählt habe, hat sie sich sofort bekreuzigt!«, brabbelt Mrs Wharton über ihr Rührei gebeugt mit sichtlichem Vergnügen vor sich hin und straft damit ihre eigenen Worte Lügen, ohne auch nur rot zu werden. »Hätte ich das geahnt, hätte ich unser Erlebnis natürlich für mich behalten.«

»Natürlich!«, erwidere ich mit triefender Ironie und atme tief die würzige Luft ein, die durch die weit geöffneten Fenstertüren in den Raum strömt und die Gardinen tanzen lässt. Zu meiner großen Erleichterung ist Sebastians Platz verwaist. Die Krümel auf der schneeweißen Tischdecke verraten, dass er sein Frühstück schon beendet hat, was mich innerlich aufatmen lässt. Jeder Mensch kann nur einen gewissen Grad an Aufregung verkraften und meine Reserven lassen mir nicht mehr viel Spielraum.

»Haben Sie denn gut geschlafen, meine Liebe?«

Ich werde dieser lüsternen Klatschtante nicht das Vergnügen gönnen und ihr die Antwort präsentieren, auf die sie so genüsslich lauert. »Wie ein Stein!«, behaupte ich deshalb und drehe mich schnell zum Buffet um, damit sie mein Grinsen nicht sieht, als ihr buchstäblich das falsche Lächeln vom Gesicht rutscht.

»Was darf ich Ihnen bringen lassen, Miss Sondorf, Kaffee oder Tee?« Bixby, der bis gerade mit einem gefährlich scharf aussehenden Messer den kalten Rinderbraten aufgeschnitten hat, ist dienstfertig neben mich getreten.

»Kaffee und Milch, bitte!«

Post-Migräneanfall-typisch lade ich meinen Teller so voll, dass ich ihn äußerst vorsichtig zu meinem Platz balancieren muss, wo bereits mein dampfender Kaffee köstlich duftend auf mich wartet.

»Hat Lady Fiona schon gefrühstückt?«, wende ich mich an Bixby, sobald ich den schlimmsten Hunger gestillt habe. Er verneint meine Frage mit einem kurzen Kopfschütteln.

»Sie müsste jeden Moment herunterkommen.«

»Ist die Rede von mir?« Gut gelaunt schwebt Fiona wie aufs Stichwort in den Raum.

»Guten Morgen, Lady Fiona, was darf ich Ihnen bringen lassen?«

»Tee!«, ordert Fiona. Allerdings wird der kalt sein, wenn sie Gelegenheit haben wird, ihn zu trinken. Denn ich habe lange genug gewartet. Heute Morgen beim Ankleiden habe ich einen Entschluss gefasst. Wenn ich nicht will, dass mein Kopf platzt von all den Geheimnissen, dann muss ich es tun: Ich muss mich jemandem anvertrauen.

»Lady Fiona frühstückt später!«, informiere ich Bixby, nachdem ich den letzten Bissen Marmeladentoast hinuntergewürgt habe und aufgesprungen bin, um die völlig verdutzte Fiona am Ellenbogen zu packen und unter Mrs Whartons irritiertem Blick aus dem Frühstückszimmer zu schleifen.

»Was bitte kann so wichtig sein, dass ich nicht erst mein Frühstück einnehmen darf?«, will Fiona wissen, bevor sie in die trockene Toastscheibe beißt, die sie sich im Vorbeigehen vom Buffet stibitzt hat.

»Isobel!« Mehr sage ich nicht. Erbarmungslos schiebe ich Fiona auf die Treppe zu. Sie wehrt sich, dabei tut sie so, als würde sie Spaß machen, doch je näher wir den beiden Blumenkübeln und dem schmalen Gang dahinter kommen, spüre ich, wie sich ihr Widerstand verstärkt.

»Du willst zum Dachboden?« Mit einem Ruck windet sie ihren Ellenbogen aus meiner Umklammerung. »Der ist auch nach dem Frühstück noch da.«

Wie eine Wildkatze versucht sie sich an mir vorbeizuzwängen, doch das kann ich nicht zulassen.

»Ich bin davon überzeugt, dass Bixby das Frühstück für dich warm halten wird.«

Fiona zögert, bevor sie sehr tief Luft holt, sich umdreht und vor mir zwischen den Blumenkübeln durchhuscht.

»Was gibt es denn da oben so Sensationelles, das keinen Aufschub duldet?« Mürrisch nimmt sie mir den Kerzenleuchter ab, den ich von dem kleinen Beistelltischchen mitgebracht habe. Die Streichhölzer habe ich aus meinem Zimmer.

»Als deine Großmutter mich zum ersten Mal gesehen hat, hat sie mich mit dem Namen Isobel angesprochen.« Lodernd flammt das Streichholz auf, als ich es anreiße und die Kerze auf dem Leuchter damit anzünde. Lord Farnfield ist einen guten Kopf größer als ich, sodass ich mich richtig strecken muss, um mit meiner Hand die Türzarge nach dem versteckten Schlüssel abzusuchen.

»Ja, und? Welch Neuigkeit! Wie du dich vielleicht erinnerst, war ich bei dem Vorfall zugegen.« Fiona gibt sich keine Mühe, ihre schlechte Laune zu überspielen. Wahrscheinlich gehört sie zu den Menschen, die ohne ihre morgendliche Dosis an Kaffee oder Tee einfach ungenießbar sind.

»Gestern Abend. Bei der Séance, da hat sie Isobels Namen gerufen und wieder nur mich dabei angesehen.«

»Ja, und?«

»Okay, dann die Kurzfassung. Hast du dich jemals gefragt, warum deine Großmutter mich mit ihr verwechselt?«

Fiona hebt unbestimmt die Schultern.

»Weil ich ihr zum Verwechseln ähnlich sehe.«

Auf diese Eröffnung hin zieht sie die Augenbrauen skeptisch zusammen. »Woher willst du das denn wissen?«

»Weil ich Isobel gesehen habe!« Auf der Türzarge ist nichts zu finden, weshalb ich in die Hocke gehe, um meine Suche auf dem Boden fortzusetzen.

»Isobel? Wo?« Jetzt ist Fiona wirklich baff.

»Kannst du mal hier unten leuchten?«

Diesmal tut sie sofort, worum ich sie bitte, geht neben mir in die Knie und hält die Kerze dicht über den Boden.

»Nun sag schon, wo hast du Isobel gesehen?«, drängt sie mich ungeduldig. Plötzlich legt sie mir schwer ihre Hand auf die Schulter. »Sag nichts. Ich weiß Bescheid!«

»Echt jetzt?« Verwundert blicke ich zu Fiona auf, die mich anstrahlt, als ob sie den Heiligen Gral gefunden hätte.

»Natürlich! Es war die Geisterbeschwörung. Wen kann es wundern? Es war ja alles so gruselig, da sind dir die Nerven durchgegangen.«

Als ich mit zusammengezogenen Augenbrauen den Kopf schüttele, streckt mir Fiona den erhobenen Zeigefinger entgegen. »Erinnere dich doch mal. Wir sitzen im Salon. Der Wind bläht die Gardinen auf. Dein Gesicht spiegelt sich in den Glasscheiben eines schwankenden Fensters, dazu der Kerzenschein. Die Buchstaben I, S und O, dann ruft meine Großmutter auch noch Isobel und schaut dich dabei an und schon haben wir die perfekte Illusion.« Sie lacht amüsiert auf. »Juno, entschuldige, wenn ich dir das sage, aber du scheinst mir etwas überspannt zu sein. Autsch!« Ihr ist heißes Kerzenwachs auf einen Finger getropft, sodass sie rasch die Hand wechselt, mit der sie den Leuchter hält und sich den verbrannten Finger in den Mund steckt. »Lass mich eins klarstellen. Wer auch immer Isobel ist, sie geht hier nicht als Gespenst um. Denn selbstverständlich war es nicht ihr Geist, der das Holzklötzchen auf dem *talking board* bewegt hat. Das war Mrs Wharton. So sicher wie das Amen in der Kirche.«

Ich öffne den Mund, um Fiona zu sagen, dass ich auf etwas völlig anderes hinauswill, aber sie lässt sich nicht stoppen, sondern bringt mich mit einem beschwörenden Blick zum Schweigen. »Zugegeben, Mrs Wharton hat große schauspielerische Qualitäten«, nuschelt sie, nimmt den Finger aus dem Mund und piddelt das Kerzenwachs ab. »Und wenn Mrs Goring die Geschichte zu Ohren kommen sollte, wird sie ab sofort zur Geisterstunde zitternd in ihrem Bett sitzen und auf Isobel warten, aber glaube mir, die Sache war von Anfang bis Ende eine perfekte Inszenierung, die nur ein Ziel hatte, nämlich uns allen mit ein wenig Nervenkitzel den Abend zu vertreiben.«

»Mrs Goring weiß es schon!«, kläre ich Fiona auf.

»Oh, die Arme!«, kichert sie.

»Wie seltsam.« Enttäuscht richte ich mich auf.

»Dass Mrs Wharton betrogen haben könnte?« Fiona schnaubt wissend. »Jede Wette!«

»Davon spreche ich nicht. Der Schlüssel. Er ist weg. Dabei hab ich Lord Farnfield so verstanden, dass er immer dort oben auf der Türzarge versteckt liegt.«

»Das nenne ich ja mal ein richtig ausgefallenes Versteck!«, höhnt Fiona und kommt ächzend aus der Hocke hoch. »Dann werden wir wohl Mrs Goring fragen müssen. Einer von ihren vielen Schlüsseln muss auf dieses Schloss passen.«

Anstelle einer Antwort ziehe ich eine Haarnadel aus meiner Hochsteckfrisur.

Fiona schnappt nach Luft. »Du bist ja ein rechter Filou!«

»Je weniger davon wissen, dass wir uns für den Dachboden interessieren, desto besser!«, murmele ich und mache mich an dem alten Schloss zu schaffen. Es geht leichter, als ich dachte. Noch nicht mal eine Minute brauche ich, bis es aufschnappt.

»Wo lernt man denn so was?« Aus Fionas entsetztem Ton ist eine kleine Prise Bewunderung herauszuhören, was meinen Stolz auf meine Glanzleistung noch mehr anschwellen lässt. Immerhin ist das hier mein erster Einbruch.

Die Stufen knarzen leise, als ich hinter Fiona die Treppe hochsteige. Oben angekommen empfängt uns ein heller Streifen Sonnenlicht, der durch das runde Fenster uns gegenüber fällt und in dem Millionen von kleinen Staubpartikeln tanzen. Ohne eine Sekunde zu verlieren, marschiere ich schnurstracks auf das verhüllte Gemälde zu meiner Rechten zu. Schnell wische ich die irrsinnige Befürchtung zur Seite, dass ich mich gleich total lächerlich mache, weil sich in Wahrheit ein ganz anderes Bild unter dem Tuch befinden könnte als das, das ich erwarte.

»Ihr alle behauptet, Isobel nicht zu kennen. Du, dein bescheuerter Bruder, Lord Farnfield ...«

Verwundert zieht Fiona die Stirn kraus. »Weil es die Wahrheit ist.«

Mit einem bekräftigenden Puster löscht sie die Kerze und stellt sie auf einem Tuch ab, unter dem sich ein Tisch verbirgt. Der Sonnenschein sorgt für genug Licht.

»Und wie erklärst du dir dann das hier?« Mit einem Ruck zerre ich das Tuch von dem Ölgemälde. Zu Tode erschrocken zieht Fiona scharf die Luft ein. Ich lasse ihr Zeit, damit sie die Dimension erfassen kann, die dieses Bild für mich, wahrscheinlich für uns alle, hat.

»Aber ... das bist ja du!«, stößt sie schließlich fassungslos hervor. Im Zeitlupentempo geht sie näher an das Gemälde heran. Ihre Augen studieren das Gesicht, das ihr scheinbar völlig fremd ist, um dann zu meinem zu huschen, das ihr so vertraut ist. »Wer ist ...?« Geschockt presst sie sich die Hand auf den Mund. »Isobel?«

Wieder muss ich schlucken, bevor ich weitersprechen kann. »Wenn man eins und eins zusammenzählt, dann muss sie es sein. Lady Isobel Halewood.«

»Aber woher willst du das so genau wissen?« Fionas Stimme überschlägt sich.

Was kann ich anderes tun, als vage mit den Schultern zu zucken. »... wir sehen uns zumindest so ähnlich, dass deine Großmutter sie in mir wiedererkennt. Es gibt keine andere Erklärung.«

Ich gebe Fiona Zeit, von der ich weiß, dass sie sie jetzt braucht. Gedankenvoll zieht sie einen Stuhl hervor und lässt sich wie ein Pferdekutscher daraufplumpsen. Sie nickt, was ich als stumme Zustimmung werte.

»Staunton House 1886!«, liest sie leise murmelnd das, was der Künstler in der unteren rechten Ecke des Bildes neben seine Signatur gesetzt hat. Sie hebt den Blick und schaut mich verwirrt an. »Ich verstehe das nicht – das ist doch dieses Jahr!«

»Genau, sie kann keine Freundin deiner Großmutter aus früheren Zeiten gewesen sein«, spreche ich laut aus, was ihr gerade durch den Kopf gehen muss. »Isobel ist eine junge Frau und sie wurde erst in diesem Jahr porträtiert. Noch dazu in diesem Haus. Wo ist sie jetzt? Warum tut ihr so, als ob ihr sie nicht kennen würdet? Das ist unlogisch, Fiona! Das kann nicht sein!«

»Aber es entspricht der Wahrheit.«

»Im Sekretär in meinem Zimmer liegt ihr Briefpapier, die Bücher im Nachttisch tragen ihren Namen. Warum wohne ich in ihrem Zimmer? Mrs Goring sagt, dass jemand darauf bestand, dass ich genau dieses Zimmer bekomme. Wer war das?« Die Aufregung lässt mich lauter sprechen, als ich eigentlich wollte.

Fiona wird aschfahl.

»Das muss Sebastian gewesen sein oder vielleicht auch meine Gran.« Hinter Fionas Stirn setzen sich die kleinen Rädchen in Bewegung. »Aber das hatte bestimmt keinen besonderen Grund. Ich schwöre dir, dass ich dieses Bild hier zum ersten Mal in meinem Leben sehe. Und die Dame selbst ist mir nie, nie begegnet.«

»Da fällt mir nur eine Antwort ein.« Mein kurzes Zögern lässt meinen Mut beinahe verpuffen, doch bevor es so weit kommt, stoße ich hervor: »Ihr lügt. Ihr alle lügt.«

So, jetzt ist es raus.

»Und hast du auch eine Erklärung dafür, warum wir so etwas Absurdes tun sollten?« Fiona kneift die Augen angriffslustig zusammen.

»Ich weiß es doch auch nicht. Was ich weiß, ist, dass gestern Nacht jemand in mein Zimmer gekommen ist, um mich mit der Nase darauf zu stoßen, dass es niemals mein Zimmer sein wird, weil es nämlich schon eine Besitzerin hat. Isobel!« Völlig aufgelöst sinke ich vor Fiona auf die Knie. »Die andere Alternative ist, dass ...« Ich kann die Tränen nicht mehr zurückhalten. »... dass ich langsam, aber sicher wahnsinnig werde. Meine Mutter ...«, stammele ich und kralle meine Hände in mein Haar. Zum ersten Mal werde ich einem anderen Menschen mein Geheimnis anvertrauen. Noch nicht mal Emma weiß davon. »Meine Mutter war psychisch krank, Fiona. Sie litt an Wahnvorstellungen und hat bei einem Anfall meinen Vater mit sich in den Tod gerissen. Verstehst du? Ich muss wissen, ob …«

»Nein, Juno, so etwas darfst du nicht denken!« Es spricht so viel Liebe und Güte aus Fionas Blick, als sie Finger für Finger meine Hände aus meiner Hochsteckfrisur zieht und in ihre Hände bettet. »Hast du schon mal daran gedacht, dass es noch eine andere Möglichkeit geben könnte? Nämlich, dass sich jemand sehr viel Mühe gibt, um dich in den Wahnsinn zu treiben?«

Ich habe mal darüber nachgedacht, dass jemand versuchen könnte, mich zu erschrecken … aber gleich in den Wahnsinn zu treiben? Warum sollte jemand daran Interesse haben?

»Ich weiß nicht, was es mit deinen Beobachtungen oder diesem Porträt hier auf sich hat, aber ich weiß, dass du nicht verrückt bist.«

Fionas Worte lassen eine Welle der Erleichterung durch mich hindurchströmen. Erst jetzt erfasse ich, wie groß meine Sorge gewesen ist, wirklich den Verstand zu verlieren.

»Bitte, erzähl niemandem davon.«

»Für wen hältst du mich?« Fiona verzieht ihr Gesicht zu einer gespielt beleidigten Miene, bevor sie verschwörerisch wispert: »Bei mir sind Geheimnisse sehr gut aufgehoben.«

Erleichtert seufze ich auf, löse meine Hände aus ihren und umarme sie dankbar.

»Dann wissen wir jetzt also, dass Isobel lebt!«, fasse ich unsere Erkenntnis mit einem Nicken auf das Gemälde noch mal zusammen. Doch anstatt mir zuzustimmen, zieht Fiona nachdenklich die Stirn kraus, steht auf und schlängelt sich mit ihrem langen Kleid an mir vorbei, bis sie direkt vor dem Porträt steht.

»Das kann man so nicht sagen!«, murmelt sie und bückt sich mit zusammengekniffenen Augen zu der Signatur hinab.

»Wieso nicht?« Irritiert rappele ich mich auf die Füße.

»Juno, niemand hier auf dem Anwesen kennt Isobel. Hat je von ihr gehört. Mit Ausnahme meiner Großmutter.« Prüfend betastet sie die dick aufgetragene Farbe. »Deshalb ist es nun mal ein Ding der Unmöglichkeit, dass sie in den letzten Jahren oder gar in diesem hier gewesen ist. Wir müssten es doch wissen.«

»Aber du hast doch den Beweis vor deinen Augen, Fiona!«, protestiere ich.

»Du meinst die Jahreszahl?« Sie zuckt gelangweilt mit den Schultern. »Die ist kein Beweis. Jemand könnte die alte übermalt haben.«

»Das würde man ja wohl sehen!«, gebe ich genervt zurück. Was soll das jetzt?

»Für jemanden, der sich etwas mit Malerei auskennt, dürfte es wohl kein Problem sein, das so hinzubekommen, dass es dem Laien nicht auffällt.« Fiona bedenkt mich mit einem langen, undefinierbaren Blick. »Ich denke, wir können eher sagen, dass es hier im Haus wirklich jemanden geben muss, der dir einen bitterbösen Streich spielen will. Und dazu eignet sich ja wohl niemand besser als eine so geheimnisumwitterte

Person wie diese Isobel. Niemand kennt sie, hat je von ihr gehört. Bis auf meine Großmutter, die ständig von ihr spricht und so aus kleinen Mosaiksteinchen ein für uns unvollkommenes Bild zusammensetzt. Schon alleine das reicht aus, um ihr eine undurchsichtige, geradezu mysteriöse Aura zu verleihen. Die Fantasie eines jeden wird in Gang gesetzt und genau das nutzt unser Jemand, um dir übel mitzuspielen.«

Ein eiskalter Schauder läuft mir über den Rücken und lässt mich frösteln.

»Jemand, der dich quälen will.« Ihre Stimme kling plötzlich beschwörend. Bedächtig einen Fuß vor den anderen setzend kommt sie zu mir zurück. »Jemand, der sich daran erfreut, dich leiden zu sehen.« Jetzt steht sie neben mir, dreht sich zu mir und neigt den Kopf so nah an meinen, dass ich ihr leises Gewisper wie kleine Nadelstiche an meinem Ohr spüren kann. »Jemand, der dich irre machen möchte. Jemand, der will, dass du deinen Verstand verlierst. Der deshalb nachts in dein Zimmer kommt. Der in voller Absicht Isobels Besitz in deinem Zimmer verteilt hat. Jemand, der selbst dem Wahnsinn verfallen ist. Verfallen sein muss.«

»Hör auf, Fiona! Du machst mir Angst.« Ich presse die Hände auf meine Ohren und kneife die Augen ganz fest zusammen. Da spüre ich, wie sich Fionas frostkalte Hände um meine Arme legen und sie behutsam wegziehen.

»Entschuldige, das wollte ich nicht! Aber ich denke nun mal, dass das die wahrscheinlichere Lösung ist.« Fionas Stimme klingt wieder völlig normal. Sie lächelt mich entschuldigend mit diesem lieben Fionalächeln an und trotzdem hat mich die Kälte fest im Griff.

Etwas ist verändert. Sie hat sich verändert. Mein Bauch, mein Herz, alles warnt mich vor dieser jungen Frau, von der ich dachte, sie wäre meine Freundin. Auch wenn ich für einen Wimpernschlag dazu verführt war, ihrer Theorie zu folgen, sagt mir eine innere Stimme, dass sie versucht, mich auf eine falsche Fährte zu locken.

»Alles wäre natürlich viel leichter, wenn die Dame auf dem Gemälde sprechen könnte«, setzt Fiona heiter hinzu.

Bitte, was ist hier so lustig? Die ganze Situation ist so bizarr. Plötzlich habe ich das Gefühl, Fiona gar nicht richtig zu kennen.

So gut ich kann, reiße ich mich am Riemen, damit sie mein aufkeimendes Misstrauen nicht bemerkt, und gebe ebenso amüsiert zurück: »Ehrlich gesagt, glaube ich nicht, dass sie uns ihre Geheimnisse verraten würde. Ich finde, sie sieht so aus, als könnte sie schweigen wie ein Grab.« Und als ob sie genau wüsste, was sie will und wie sie es erreichen kann.

»Wir beide – du und ich – wir werden der Sache gemeinsam auf den Grund gehen.« Jedes Wort betont Fiona so feierlich, dass ich fast schon erwarte, von ihr noch den Ausspruch *Und wenn es das Letzte ist, was wir tun* zu hören. Aber stattdessen packt sie meine Hände und drückt sie zur Bekräftigung unseres geheimen Paktes so fest, als würde sie mich nie wieder loslassen wollen. »Das heißt dann wohl, dass unser erstes gemeinsames Abenteuer weder Ägypten noch Palästina sein wird, sondern die Suche nach der kranken Seele, die dir das antut.« Es wirkt wie eine nüchterne Feststellung, aber ihre Stimme klingt beinahe fröhlich.

Fiona legt den Löffel, mit dem sie Milch und Zucker in ihrem Earl Grey verrührt hat, langsam und bedächtig auf der Untertasse ab. Wir sind ins Frühstückszimmer zurückgekehrt, damit sie etwas gegen ihren Hunger unternehmen kann. Abgesehen von dem Diener, der in Bixbys Vertretung auf uns gewartet hat, haben wir den Raum leer vorgefunden. Damit wir ohne ein Paar zusätzliche und sehr unerwünschte Ohren reden können, hat Fiona ihn allerdings gleich, nachdem er uns Tee und Kaffee serviert hat, mit dem Wunsch nach mehr gebratenen Würstchen in die Küche geschickt und seitdem rutsche ich unruhig auf meinem Stuhl hin und her, weil ich mich in Fionas Nähe einfach nicht mehr unbefangen benehmen kann.

»Wie wollen wir also vorgehen?«, überlegt sie laut, indem sie Messer und Gabel aufnimmt und sich mit großem Appetit dem geräucherten Hering auf ihrem Teller zuwendet.

Sie wird schon bald zur engsten Familie gehören. Das oder etwas Ähnliches war es doch, was Lady Marjorie über Isobel gesagt hat, schießt es mir durch den Kopf, während ich zwar sehe, dass Fiona wild gestikulierend mit mir spricht, aber nicht mehr als einzelne Silben aufschnappe.

Übersprungsmäßig drehte ich meine geblümte Kaffeetasse auf der Untertasse geschäftig hin und her. Man muss nicht Sherlock Holmes sein, um darauf zu kommen, was Lady Marjorie damit andeuten wollte. Eine bevorstehende Hochzeit. Die eine Größe ist bekannt: Isobel und die andere …. Zusammen mit diesen Gedanken schiebt sich ein Bild vor mein inneres Auge: Ich sehe die vor Glück strahlende Isobel. Auch wenn neben ihr nur eine gesichtslose Hülle im Frack steht, weiß ich doch, dass es Sebastian ist, und mir schnürt sich die Kehle zu.

Um mir zu signalisieren, dass sie erst zu Ende kauen muss, bevor sie weitersprechen kann, hebt Fiona kurz den Zeigefinger. Ich hatte gar nicht mitbekommen, dass sie eine Pause eingelegt hat. »Die nächsten Nächte schlafe ich bei dir.«

Was? Nein! Ich will sie nicht in meiner Nähe haben. Jetzt nicht und vor allem nicht nachts. Nicht, solange ich nicht weiß, welcher Part in diesem Spiel ihrer ist. Und trotzdem nicke ich zustimmend. Später werde ich mir eine Ausrede ausdenken. Später.

»Davon darf natürlich niemand etwas erfahren. Denn schließlich wollen wir dem Übeltäter eine Falle stellen.«

Sebastian und Isobel schleichen sich wieder ungefragt in meinen Kopf. Ich sehe sie vorm Altar, wie sie sich verliebt in die Augen schauen, als sie sich das Ja-Wort geben, wie Sebastian zärtlich seine Hand um ihren Hinterkopf schmiegt, sie zu sich zieht und sie glückselig küsst. Ich könnte mich treten, wieso trauere ich diesem Mistkerl überhaupt noch eine Träne nach?!

Konzentrier dich! Die Hochzeit steht also bevor und vor jeder Hochzeit gibt es eine Verlobung. Aber wann hat die stattgefunden?

Ich hab's! Beinah hätte ich laut nach Luft geschnappt. Ich brauche das Familienbuch! Thomas Manns Buddenbrooks führten eines und ich wette, dass alle vornehmen Familien, ob nun in Deutschland, England oder sonst wo, in einem solchen Buch alles festgehalten haben, was irgendwie wichtig war. Geburten, Krankheiten, Todesfälle, Einschulung, Abitur, Uniabschlüsse, Schicksalsschläge und so überaus erfreuliche Ereignisse wie eine Verlobung, denke ich bitter. Wenn ich dieses Buch finden könnte und darin die Verlobung erwähnt wird, dann habe ich den letzten Beweis, den ich brauche, um zu wissen, dass Isobel wirklich und wahrhaftig existiert und mich alle belügen. Alle.

Ohne es zu wollen, schluchze ich laut auf, denn plötzlich packt mich eine unbändige Angst. Schreckliche Angst.

»Nun wein doch nicht! Ich bin doch für dich da«, säuselt Fiona mit der Falschheit einer Schlange. »Und verspreche dir, dass wir dem Verantwortlichen das Handwerk legen werden. Denk an unseren Plan!«, setzt sie aufmunternd hinzu. »Samstagnacht, wenn der Ball auf seinem Höhepunkt ist und alle zu sehr mit ihrem Vergnügen beschäftigt sind, um uns zu vermissen, stehlen wir uns davon und brechen auf in ein freies, selbstbestimmtes Leben.«

Ich schlucke.

Fiona beugt sich auf ihrem Stuhl vor, der leise knarzt. Sie schiebt ihr Gesicht direkt vor meines, sodass ich ihrem Blick nicht ausweichen kann, dabei legt sie ihre Hand beschwörend auf meinen Unterarm, was meine Haut unter dem Stoff meines Kleides gefrieren lässt. »Unsere Freiheit, unsere Freundschaft, Juno, sind mehr wert als die Kronjuwelen.« Mit einem in sich gekehrten Blick zieht sie ihre Hand Gott sei Dank wieder zurück und lässt sich gegen die Stuhllehne sinken. Nickend presse ich die Lippen aufeinander. In meinen Ohren klingen ihre Worte nicht nur wie Hohn, sondern nach bitterem Verrat.

»Guten Morgen, die Damen! Wünsche, wohl geruht zu haben!« Lord Farnfield gibt sich keine Mühe zu verbergen, dass seine Nacht entweder sehr kurz oder sehr unruhig gewesen ist, auch wenn er sein ausgiebiges Gähnen hinter der vorgehaltenen Hand zu verstecken versucht.

Oder ist er es, der sich nachts in mein Zimmer schleicht?, denke ich, während ich Lord Farnfield unter halb gesenkten Lidern mustere.

»Es ist fast Mittag!«, korrigiert ihn Fiona. Woraufhin er seine Hand unter sein langes Jackett schiebt, eine goldene Taschenuhr hervorzieht, den Deckel aufspringen lässt und nach einem kurzen Blick auf das Ziffernblatt gelangweilt die Schultern zuckt.

»Dann ist es allerdings höchste Zeit, dass du Miss Sondorf auf die Seite der Entrechteten und Geknechteten ziehst, Fiona!«

Seine Bemerkung kann einfach Bestandteil des Rituals sein, das sich über viele Jahre hinweg zwischen den beiden entwickelt hat, auf der anderen Seite habe ich ihn nicht kommen hören. Wie Phoenix aus der Asche ist er plötzlich im

Frühstückszimmer erschienen und ich habe keine Ahnung, wie lange er schon dort gestanden und uns zugehört hat.

»Um entrechtet werden zu können, muss man erst mal Rechte gehabt haben, Robert!«, schießt Fiona zurück. Bestimmt sollte ihre Stimme so streng klingen, aber dass ihre Freude an dem kleinen Wortgefecht ihre Mundwinkel fast bis zu den Ohren zieht, lag ganz bestimmt nicht in ihrer Absicht. Es ist so was von offensichtlich, dass sie ihn liebt, sich aber mit aller Kraft dagegenstemmt, es zuzulassen.

»Sehr gut pariert, Lady Fiona!«, lobt Lord Farnfield sie und setzt sich zu uns, ohne sich am Buffet bedient zu haben. »Was guckt ihr denn so? Ich habe keinen Appetit. Aufregung schlägt mir nun mal auf den Magen!« Lässig streckt er die Füße weit von sich, legt sie übereinander und schiebt die Hände über seinem Sixpack zusammen. »In diesem Fall ist es die Vorfreude auf den Ball. Wie sagen die kleinen Kinder immer? Nur noch zweimal schlafen!« Er grinst breit. »Ablenkung tut Not!«, verkündet er und fördert urplötzlich das Tranchiermesser zutage, mit dem Bixby heute Morgen den kalten Rinderbraten aufgeschnitten hat. Mit gesenktem Kopf wirft er uns ein diabolisches Lächeln zu, als er die Füße einzieht, sich vorbeugt, die Finger seiner linken Hand spreizt und sie im Zeitlupentempo auf die blütenweiße Damasttischdecke legt.

»Robert, ich bitte dich! Muss das schon wieder sein?«

Er schnaubt nur amüsiert auf, öffnet die obersten Knöpfe seines Hemdes und wickelt sich das blaue Tuch vom Hals. Mit wachsendem Unbehagen sehe ich ihm dabei zu, wie er den Griff des Messers mit seiner rechten Hand packt, und es die Spitze nach unten gerichtet hoch über seiner linken hält, die vom Unfall mit dem Weinglas gestern Abend immer noch verbunden ist. »Du weißt doch, ich kann nicht anders. Ab und an muss ich einfach …«

»… dem Schicksal ein Angebot machen!« Sichtlich angewidert schiebt Fiona ihren Stuhl zurück. »Wenn du dir schon sämtliche Sehnen durchtrennen oder Finger abschneiden musst, dann warte wenigstens, bis wir den Raum verlassen haben.«

Der ist ja völlig krank im Kopf.

»Nur wer den Schmerz spürt, fühlt sein Leben!« Er hat den Satz noch nicht zu Ende gesprochen, als er schon die Augen schließt und die Hand, die den Griff umklammert, in der Luft über seiner linken Hand kreisen lässt, bis er das Messer urplötzlich fallen lässt. Die funkelnde Klinge rast dem Tisch und damit seiner Hand entgegen. Ich kneife kurz die Augen zu. Dann höre ich einen dumpfen Aufprall. Das Messer hat sich durch das Tischtuch in die Tischplatte gebohrt. Dass es dabei Lord Farnfields linken Ringfinger gestreift hat, sehe ich erst, als rote Tropfen auf das Tischtuch perlen.

»Sieh doch, Fiona, nur ein zu vernachlässigender Schnitt. Niemand will mich haben, noch nicht mal das Schicksal oder der Tod. Ich habe es häufig genug ausprobiert«, konstatiert Lord Farnfield, während er mit einer Serviette das Blut von seinem Finger tupft und dann das Messer aus dem Holz zieht. »Dabei stelle ich mir die Ewigkeit als stillen Ort vor, wo alles Leiden ein Ende hat. Oder wie formulierte es Hamlet so treffend?

Sterben – schlafen –
Nichts weiter! Und zu wissen, dass ein Schlaf
Das Herzweh und die tausend Stöße endet,
Die unseres Fleisches Erbteil, 's ist ein Ziel,
Aufs innigste zu wünschen. Sterben – schlafen –
Schlafen! Vielleicht auch träumen!«,
rezitiert er aus dem berühmten Sein-oder-Nichtsein-Monolog des Dänenprinzen. »Ich hätte es nicht besser formulieren können. Shakespeare war wirklich ein begnadetes Genie!« Er platziert das Messer mitten auf dem Tisch, als wäre es eine hübsche Deko.

Das ist es also, was ihn zu diesen gruseligen Ich-mache-dem-Schicksal-ein-Angebot-Aktionen treibt. Ein Schmerz, den er kaum ertragen kann. Natürlich muss ich sofort an die Möglichkeit einer unglücklichen Liebe denken oder … oder ist es eine Schuld, die auf ihm lastet und die ihm das Leben unerträglich macht? Gott, was war ich blind! Seine Fröhlichkeit, seine ständige gute Laune sind nur eine Fassade, hinter der er eine quälende Traurigkeit verbirgt.

Es kostet ihn nicht mehr als einen Wimpernschlag und schon legt sich wieder das altbekannte Strahlelächeln auf sein Gesicht. »Wie steht es? Ich würde gerne Sebastian zu einem Spaziergang animieren. Der arme Kerl sieht aus wie seine eigene Leiche.« Er wirft mir einen lauernden Blick zu. »Alleine werde ich ihn aber wohl kaum von seinem Schreibtisch wegbekommen.«

Weil keine von uns beiden darauf etwas erwidert, setzt er hinzu: »Ich bräuchte da Unterstützung.«

Langsam schüttele ich den Kopf.

»Dann ist es entschieden!« Er steht auf und reicht Fiona die Hand. »Es ist deine schwesterliche Pflicht. Komm schon!«

»Na gut!« Ihr Widerstand, mit dem sie sich von Lord Farnfield auf die Füße ziehen lässt, ist gekonnt geschauspielert, aber trotzdem nicht ganz überzeugend.

»Ich gelobe auch, eine Flasche Champagner vom Wagen des Weinlieferanten zu stehlen, die wir an der alten Eiche oben in allen Ehren köpfen und geschwisterlich-freundschaftlich teilen«, stellt Lord Farnfield Fiona in Aussicht, während er sie an beiden Händen aus dem Zimmer führt. »Erinnerst du dich noch daran, wie häufig wir dort früher der Sonne beim Untergehen zugesehen haben?«

Langsam zähle ich bis zehn, dann schiebe ich lautlos meinen Stuhl zurück und husche zur Tür. Vorsichtig luge ich um sie herum und beobachte, wie Lord Farnfield an die Tür zu Sebastians Arbeitszimmer klopft und sie schon im selben Moment aufreißt. »So, mein Junge, jetzt ist mal Schluss mit Arbeiten. Fiona und ich ...«

Beide betreten den Raum, lassen die Tür aber hinter sich offen. Keine Minute später schiebt Lord Farnfield Sebastian in die große Halle. Erschrocken lege ich mir die Hand vor den Mund. Mitleid flammt in mir auf, das ich im Keim ersticke. Aber Sebastian sieht wirklich grauenvoll aus. Seine Wangen sind eingefallen, seine Haut aschfahl. Wie tot.

»Nur auf ein paar Schritte!«, sagt er mit matter Stimme und lässt sich von Fiona und Lord Farnfield aus dem Haus führen. Wenn ich auf eine Gelegenheit gewartet habe, um nach dem Familienbuch zu suchen, dann hat das Schicksal mir gerade eine geschenkt. Denn als Familienoberhaupt wird Sebastian es hüten wie einen Schatz und wo sonst als in seinem Arbeitszimmer, das er in den letzten Tagen kaum verlassen hat. Jetzt kommt es auf jede Sekunde an. Blitzschnell durchquere ich die Halle, husche in Sebastians Zimmer, ziehe die Tür hinter mir ins Schloss und schließe sie ab.

»Okay, Juno, wo würdest du ein Familienbuch aufbewahren?«, murmele ich leise vor mich hin, während ich meinen Blick durch den Raum wandern lasse.

»Hoffentlich ist der Weinlieferant schon vorgefahren!«

In wirklich allerletzter Sekunde tauche ich hinter dem Besucherstuhl ab, als die drei ganz nah an dem offen stehenden Zimmerfenster vorübergehen. Erst nachdem sich ihre Schritte entfernt haben, traue ich mich wieder dahinter hervor. Erleichtert stoße ich den angehaltenen Atem aus und umrunde den Schreibtisch. Auf der linken Seite liegt der Kartenstapel mit den Zusagen. Seitdem ich hier gewesen bin, ist er mächtig angewachsen. Offensichtlich hat Sebastian gleich an mehreren Listen gearbeitet, die sich alle mit der Organisation des Balles und der Unterbringung der Gäste und deren Diener beschäftigen. Ich wende mich dem mächtigen Schrank links vom Schreibtisch zu und öffne ihn. Pachtverträge, Zuchtbuch, Einnahmen – Ausgaben Haushalt ... wobei das hier nur ein kleiner Ausschnitt von dem ganzen Kram sein muss, den so ein Anwesen wie Staunton generiert. Wahrscheinlich ist der Löwenanteil der Unterlagen beim Verwalter zu finden. Aber kein Familienbuch!

Von oben nach unten arbeite ich mich durch die Schrankfächer. Nichts. Erst als ich einen Stapel Akten im untersten

Fach beiseiteschiebe, entdecke ich das Schlüsselloch im Rücken des Schranks. Ein Geheimfach! Wo ist der Schlüssel?

Rasch wirbele ich zum Schreibtisch herum. Ganz ehrlich: Wenn ich schon ein Geheimfach benutze, dann würde ich den Schlüssel dazu besser verstecken als gut sichtbar in der obersten Schublade meines Schreibtischs. Aber mir spielt es natürlich in die Hände. Gerade hocke ich mich wieder vor den Schrank, als es an die Tür klopft. Instinktiv mache ich mich so klein, wie ich nur kann.

Jemand dreht den Knauf und rüttelt an der Tür.

»Lord Witham?« Mrs Goring. Die Verwunderung über die verschlossene Tür schwingt in jedem Buchstaben mit.

Leise zähle ich die Sekunden. Bei zehn höre ich ihre Schuhe auf den Steinplatten. Sie geht weg.

Schnell fahre ich mir mit der Zunge über die Lippen, dann stecke ich den Schlüssel ins Schloss. Er passt. Schon drehe ich ihn herum und öffne das Fach. Exakt einen Gegenstand verwahrt Sebastian hier: das Familienbuch. Vorsichtig nehme ich es heraus, setze mich auf den Boden und schlage es auf. Kurz zögere ich. Dann fasse ich den Entschluss, mich von hinten nach vorne durch die Seiten zu arbeiten. Die letzten drei Jahre. Keine Verlobung. Keine Erwähnung von Isobel. Also weiter. Immer wieder werfe ich einen nervösen Blick zum Fenster und lausche auf die große Halle hinaus. Noch ist alles ruhig. Da. Mit dem Zeigefinger fahre ich über das, was von einer herausgerissenen Seite an der Bindung übrig geblieben ist. Mit klopfendem Herzen blättere ich weiter und da steht in einer zackigen Schrift das, wonach ich gesucht habe, ohne es wirklich finden zu wollen:

17. August 1879
Wir freuen uns sehr, dass ihre Eltern die Verbindung zwischen unseren Kindern ebenso begrüßen wie meine Gemahlin und ich. Auch Fiona ist überglücklich, ihre gute Freundin für immer bei sich zu haben. Natürlich sind beide noch zu jung, um von einer Vermählung zu sprechen. Aber Sebastian wird sich, um unserem Wunsch zu entsprechen, im Sommer des Jahres seines zweiundzwanzigsten Geburtstages mit ...

Ich atme tief ein und blättere weiter, dorthin, wo die Seite herausgerissen worden ist. Die Anschlussseite trägt ein neues Datum und beschäftigt sich mit einem Cricketspiel, das auf Staunton House stattgefunden hat.

Isobel verloben, ergänze ich flüsternd die fehlenden Worte.

Mit schlechten Nachrichten verfährt man am besten wie mit einem ausgedienten Pflaster. Kurz und schmerzlos. Nur schmerzlos ist das hier leider nicht. Sebastian soll sich nach dem Wunsch seiner Eltern in diesem Sommer verloben. Mit Isobel.

Langsam schließe ich das Buch, lege es zurück in das Geheimfach, drehe den Schlüssel im Schloss, deponiere ihn wieder in der Schublade und verlasse ungesehen das Zimmer.

Jetzt habe ich den Beweis, nach dem ich gesucht habe. Stockend hole ich Luft. Sie lügen. Sie lügen alle. Fiona. Lord Farnfield und auch oder vor allem Sebastian. Denn sie kennen Isobel. Sehr gut sogar. Großer Gott, was für ein Spiel spielen sie mit mir?

Am Nachmittag warte ich mit nervös wippenden Beinen auf der schmiedeeisernen Bank vor dem Haus auf Lady Marjorie. Und ehrlich gesagt bin ich heilfroh, dass sich Fiona, Lord Farnfield und Sebastian heute Vormittag auf ihrem Spaziergang zu einem Ausritt verabredet haben. Das war die beste Nachricht des Tages.

Als die drei jetzt ausstaffiert zum Reiten aus dem Haus treten, stecke ich meine Nase möglichst tief in das letzte Drittel von *Sense and Sensibility* und blättere so lange eifrig darin herum, bis ich mir sicher sein kann, dass sie mir bereits den Rücken zugekehrt haben und sich auf dem Weg zum Stall befinden. Erst dann wage ich es, meinen Kopf zu heben und ihnen hinterherzuschauen. Wie sie nebeneinanderher gehen und tuschelnd die Köpfe zusammenstecken, als heckten sie einen geheimen Plan aus. Sie werden mindestens zwei Stunden weg sein, hat Fiona geschätzt.

Erst als das typische Schlüsselgeklimper das Erscheinen von Mrs Goring ankündigt, fällt mir auf, dass Lady Marjorie immer noch nicht aufgetaucht ist.

»Was machen Sie denn noch hier?« Das ist keine höflich gemeinte Frage, die mir da aus zehn Metern Entfernung gestellt wird, sondern ein ziemlich schnippischer Vorwurf.

»Ich warte auf Lady Marjorie, Mrs Goring«, gebe ich nicht einen Deut freundlicher zurück. »Wir sind zum Vorlesen verabredet.«

»Aber doch nicht hier.« Mrs Goring zieht scharf die Luft ein. »Lady Marjorie hat sich vor bestimmt einer halben Stunde auf den Weg zum See gemacht.«

»Zum See?« Dort haben wir uns noch nie getroffen.

»Fragen Sie nicht so dumm, sondern lassen Sie Ihre Ladyschaft nicht länger warten!«

»Ich … ja … Wo muss ich denn hin?«

Mrs Goring schnaubt ungeduldig und streckt die Hand in Richtung Friedhof aus. »Hinter der Kapelle beginnt ein kleines Wäldchen. Dort finden Sie den See. Und jetzt eilen Sie sich!«

Um keine Zeit zu verlieren, hebe ich den Rock meines zartgelben Sommerkleides an und renne vorbei am Gewächshaus, dem Friedhof und der Kapelle auf ein verwunschenes Wäldchen zu. Mittlerweile ist es mir völlig gleichgültig, was Mrs Goring von mir denkt, auch wenn mir ihr vernichtender Blick auf dem Rücken brennt.

Auf Höhe des Friedhofs werfe ich einen zufälligen Blick zu den ehrwürdigen Trauerweiden hinüber, deren lange Äste sanft in der leichten Meeresbrise wehen. Und da entdecke ich ihn: den Blumenstrauß auf dem Grab mit dem vermoosten Stein. Es ist ein anderer als das letzte Mal, was leicht an dem andersfarbigen breiten Band zu erkennen ist. Aber auch wenn ich ein gutes Stück entfernt bin, kann ich sehen, dass die Witterung der letzten Tage den langstieligen roten Rosen ziemlich zugesetzt hat.

Noch ein Schritt und ich tauche in ein verwunschenes Wäldchen ein und nach einem kurzen Stück über den Waldboden erreiche ich einen See, den ich kenne, ohne jemals hier gewesen zu sein. Es ist der See, den das Gemälde über dem Kamin in der Bibliothek zeigt. Seerosen, Schilfgras, alles scheint in Größe, Beschaffenheit und Farbe exakt dem Gemälde zu entsprechen. Genauso wie die verwitterte Holzbank, auf der ich eine Gestalt sitzen sehe.

Als ein Ast unter meinem Fuß knackt, dreht sie sich nicht zu mir um. Mit der Würde einer Königin bleibt sie sitzen, das alte, papierene Faltengesicht der Sonne entgegengereckt. Den mit Spitzen besetzten weißen Schirm, der sie eigentlich vor den bräunenden Strahlen der Sonne schützen soll, streckt sie weit von sich.

»Entschuldigen Sie bitte, Lady Marjorie, ich wusste nicht, dass Sie ...«

»Sei nicht so töricht, Isobel! Wir haben uns doch immer hier getroffen. Zum Vorlesen. Ich auf der Bank, du neben mir. Es sei denn, du hast gemalt. So wunderschön gemalt! Dann hast du ein Stückchen weiter weg gesessen, um auch jedes noch so kleine Detail in Öl zu bannen. Ach, was habe ich dir immer gerne dabei zugesehen.« Langsam wendet Lady Marjorie den Kopf zu mir und strahlt mich glückselig an. »Wie schön, dass du schon heute gekommen bist. Sebastian war sich nicht sicher, ob du uns überhaupt beehren würdest, aber ich habe ihm direkt gesagt, dass du dir unseren

Sommerball um nichts auf der Welt entgehen lassen wirst. Und siehe da. Ich habe natürlich recht behalten! Komm, setz dich zu mir. Wir haben uns ja so lange nicht mehr gesehen.« Einladend klopft sie mit ihrer behandschuhten Hand neben sich auf die Bank. »Wie ist es dir in der Zwischenzeit ergangen, mein Kind?«

Zögernd setze ich mich neben sie und passe dabei höllisch auf, dass ich ihren an der Bank angelehnten Gehstock nicht umwerfe.

»Gut!« Mein schlechtes Gewissen trägt mit meiner Neugier einen erbitterten Kampf aus, den meine Neugier in Sekundenschnelle für sich entscheiden kann. Natürlich ist es nicht nett, den verwirrten Zustand der alten Dame für meine Zwecke auszunutzen, aber am Ende tue ich ihr mit meinen Fragen nicht weh. Im Gegenteil. Sie wirkt viel glücklicher, wenn sie von Isobel erzählen kann. Zumindest ist es das, was ich mir einzureden versuche.

»Wann genau haben wir uns eigentlich das letzte Mal gesehen, Lady Marjorie?« Kaum ist die Frage draußen, presse ich gespannt die Lippen aufeinander.

»Ach, Isobel, das kannst du doch unmöglich vergessen haben! Das war doch …« Im gleichen Maße, in dem der Sonnenschirm im Zeitlupentempo aus ihrer Hand kippt, wird aus ihrem strahlenden Lachen ein Ausdruck tiefsten Schmerzes. Stoßweise ringt sie um Atem. »Bitte zürne mir nicht. Ich habe das nicht gewollt. Ich hatte ja keine Ahnung von den Dingen, die hinter meinem Rücken vor sich gingen. Die Tränen, die ich geweint habe, reichen, um einen ganzen Ozean zu füllen! Oh, Isobel, es ist so schön, dass du wieder da bist!«

Großer Gott, was ist hier nur geschehen?

»Was? Was haben Sie nicht gewollt, Lady Marjorie, was?«

Urplötzlich beugt sie sich vor und presst sich die verschränkten Unterarme auf den Bauch, als ob ein unvorstellbarer Schmerz durch ihren Körper jagen würde. Sie krümmt sich zusammen wie ein kleines Kind, reißt ihren Mund auf und schreit und schreit und schreit und hört gar nicht mehr auf.

Hilflos packe ich sie an den Schultern und schüttelte sie. »Lady Marjorie, Lady Marjorie! Schauen Sie mich an! Sie haben einen hysterischen Anfall. Alles ist gut! Ich bin doch hier!«

Wie aus dem Nichts trifft mich eine schallende Ohrfeige, die mir für einen Moment den Atem nimmt.

»Was erlauben Sie sich?« Empört greift sie sich ihren Gehstock und wuchtet sich von der Bank hoch. »Miss Sondorf!«

»Hey!« Völlig perplex presse ich eine Hand auf meine brennende Wange. »Sie hatten einen Anfall, Lady Marjorie. Ich wollte Ihnen doch nur helfen!«

»Ich hatte noch nie in meinem Leben einen Anfall, welchen Gemütszustand auch immer Sie damit zu beschreiben versuchen.« Ächzend beugt sie sich zu ihrem Sonnenschirm herab, doch ich bin schneller.

»Danke!«, knurrt sie, als sie ihn widerwillig von mir entgegennimmt.

»Sie haben geschrien. Schrecklich geschrien.« Was habe ich schon zu verlieren? Außerdem wünscht sie sich doch eine Gesellschafterin, die die Dinge beim Namen nennt.

»Das war Ihre Reaktion, als ich Sie gefragt habe, was Sie nicht gewollt haben. In Bezug auf Isobel.«

»Auf wen?« Sie reckt das Kinn vor und wendet sich zum Gehen. Ich erspare mir die Wiederholung. Sie hat mich sehr gut verstanden.

»Und jetzt kommen Sie und begleiten mich zurück ins Haus. Für heute haben wir genug gelesen.«

Sie spielt kein Theater. Sie hat einen Filmriss und greift nach der logischsten Erklärung, die sie sich nach einem Blick auf das Buch in meiner Hand für unser Hiersein vorstellen kann.

Es wäre mir lieber, würde mir irgendein unverfängliches, oberflächliches Gesprächsthema einfallen, mit dem wir uns den Weg zum Herrenhaus verkürzen könnten. So gehen wir aber nur schweigend nebeneinander her, jede in ihre eigenen Gedanken versunken. Kurz bevor wir die Kapelle erreichen, höre ich Pferdehufe, die sich im jagenden Galopp schnell in die entgegengesetzte Richtung entfernen. Pferd und Reiter kann ich allerdings nirgends sehen. Dafür entdecke ich etwas anderes, als wir den Friedhof passieren. Der verwelkte Rosenstrauß ist weg. Ausgetauscht gegen einen neuen Strauß dicker tiefroter Rosen.

Dicke tiefrote Rosen. Sie lassen mir einfach keine Ruhe. Den ganzen restlichen Tag nicht. Nicht beim Tee, nicht beim Dinner und auch später beim Sherry im Salon nicht. Während Lady Marjorie mit vor Aufregung geröteten Wangen Mrs Wharton von lange vergangenen Sommerbällen erzählt und Fiona sich den Atlas hoch konzentriert vorknöpft, spielen Lord Farnfield und Sebastian ein Stück abseits vom Rest von uns unter den aufmerksamen Augen Mr Whartons eine Partie Mühle. Ich bekomme das alles nur halb mit, weil die ganze Zeit diese eine Frage an mir nagt: Wer sorgt dafür, dass auf diesem einen speziellen Grab immer ein Strauß frischer tiefroter Rosen liegt. Und warum? Auf der Suche nach einer Antwort lasse ich meinen Blick durch den Salon schweifen. Rote Rosen sind Liebenden vorbehalten. Und auch wenn ich nicht weiß, wer die roten Rosen als Symbol seiner ewigen Liebe auf das Grab bettet, kann ich herausfinden, für wen sie gedacht sind.

Auf Zehenspitzen schleiche ich mich über die halbdunklen Flure bis zur Treppe, die genauso wie die große Halle unter mir nur noch von wenigen Kerzenstummeln beleuchtet wird. Ehrlich gesagt, wäre es mir lieber gewesen, die Abendgesellschaft hätte sich früher aufgelöst, sodass ich meinen Plan nicht mitten in der Nacht in die Tat umsetzen müsste. Um nicht entdeckt zu werden, habe ich noch abgewartet, bis ich mir ganz sicher sein konnte, dass wirklich alle in ihren Betten verschwunden sind, bevor ich, ausgerüstet mit Kerze und Streichhölzern, mein Zimmer verlassen habe. Geräuschlos schleiche ich die Treppe hinunter, immer bereit, zur Salzsäule zu erstarren, sollte doch noch jemand in der großen Halle auftauchen. Wer kann schon ahnen, wer in diesem alten Gemäuer an Schlafstörungen leidet oder ob Bixby kurz vorm Wegdämmern siedend heiß einfällt, dass die Fenster im Salon noch geschlossen werden müssen? Um Fiona davon abzuhalten, bei mir zu schlafen, habe ich Magenschmerzen und Übelkeit vorgetäuscht. Wie erwartet, hat sie dankend abgewunken. So kurz vor dem großen Ball, hat sie keine Lust sich einen Magen-Darm-Virus einzuhandeln. Je näher ich Sebastians Arbeitszimmer komme, desto mehr wünsche ich mir allerdings, ich hätte sie doch in meinen Plan eingeweiht. Aber auf der anderen Seite ist da dieses nagende Misstrauen, das mittlerweile fast zur absoluten Gewissheit geworden ist. Jedes Mal, wenn ich versuche, dagegen anzugehen und mir einzureden, dass ich Fiona vertrauen kann, sehe ich vor meinem inneren Auge den Eintrag im Familienbuch oder wie sie mit Sebastian und Lord Farnfield zu den Stallungen hinübergeht und die Körpersprache dieser Dreierclique alles zu verraten scheint, was ich bisher übersehen habe. Nicht nur die beiden Männer sind eine eingeschworene Gemeinschaft, Freunde, von denen einer für den anderen einsteht. Nein, Fiona ist ein nicht wegzudenkender Teil dieser Allianz. Auch wenn sie sich ständig mit ihrem Bruder streitet und ihm seine Position als erstgeborener Sohn neidet. Blut ist eben doch dicker als Wasser. Und sie liebt Lord Farnfield, mehr als sie zugeben will. Alle drei wissen, was sie einander schuldig sind, und genau deswegen können sie schweigen und allen Streit, alle Meinungsverschiedenheiten vergessen, wenn es darum geht, das geheime Bündnis zwischen ihnen zu schützen.

Geräuschlos husche ich durch die große Halle und in Sebastians Arbeitszimmer, dessen Tür mit einem kaum hörbaren Klicken hinter mir ins Schloss fällt. Ich habe mir alles ganz genau überlegt. Um nicht Gefahr zu laufen, dass ich die Haustür bei meiner Rückkehr verschlossen vorfinde, werde ich durch eines der Fenster nach draußen klettern und es für meinen Rückweg offen lassen. Es ist wohl mehr als unwahrscheinlich, dass Sebastian mitten in der Nacht die Lust verspürt zu arbeiten, das offene Fenster bemerkt und es schließt. Darauf verlasse ich mich einfach, als meine Füße das nachtfeuchte Gras berühren. Ich ziehe den breiten Schal, den ich um Kopf und Schultern geschlungen habe, fester und husche wie ein Geist im Licht der Sterne dorthin, wo sich die dunkle Silhouette der Kirchturmspitze gegen den Nachthimmel abzeichnet. Mit jedem Schritt, der mich dem Friedhof und damit dem geheimnisvollen Grab näher bringt, schlägt mein Herz schneller.

Obwohl ich das kleine Tor zum Reich der Toten nur ganz langsam und vorsichtig öffne, heult es so laut auf, dass ich wie ertappt zusammenzucke und zum Herrenhaus herumwirbele. Gott sei Dank! In keiner der dunklen Fensterhöhlen flackert Licht auf und lässt seinen bedrohlichen Schein in den nächtlichen Park hinauszüngeln. Alles bleibt ruhig. Auf dem Weg hierher hatten meine Augen lange genug Gelegenheit, sich an die Dunkelheit zu gewöhnen, sodass ich mich mit relativer Sicherheit, aber dennoch vorsichtig einen Fuß vor den anderen setzend durch das hohe Gras vorwärtsbewege. Erst im Schutz der vier Trauerweiden wage ich es, die mitgebrachte Kerze zu entzünden. Selbst die schwächste Lichtquelle kann in der Nacht verräterisch weit leuchten. Weshalb ich die Flamme, so gut es geht, mit der linken Hand beschatte. Ganz in der Nähe schickt wieder der Kauz seinen unheimlichen Ruf durch die Nacht. *Komm mit!* Ich muss meinen ganzen Willen aufbringen, um meine Füße davon abzuhalten, auf der Stelle kehrtzumachen. Jetzt bin ich schon so weit gekommen, jetzt werde ich bestimmt nicht umdrehen, bis ich das Geheimnis des vermoosten Grabsteins ergründet habe.

Habe ich gesagt, dass ich gerne auf Friedhöfen bin? Zu Tode erschreckt fahre ich zusammen, als der Schatten eines

Tieres vor mir davonhuscht. Dann möchte ich jetzt hinzusetzen, dass das nur fürs Tageslicht gilt. Nachts ist es unheimlicher und bedrohlicher, als ich es mir in meinen finstersten Träumen oben in meinem Zimmer ausgemalt habe. Lady Eleonore Calvertons Grabstein taucht vor mir auf, dann erreiche ich das Grab von Crispian Calverton, 6. Earl of Witham. Ob es wohl stimmt, dass die Toten nachts ihre letzte Ruhestätte verlassen, um über die Friedhöfe zu streifen oder neidisch durch die Fenster zu schielen und den Lebenden beim Schlafen zuzusehen? Nicht zielführend, solche Gedanken!

Es trennen mich nur noch zwei Schritte von dem Grab, wegen dem ich gekommen bin. Ein letztes Mal werfe ich einen vergewissernden Blick über die Schulter, hole stockend Atem und dann bin ich da. Ehrfürchtig lasse ich mich auf die Knie sinken und strecke die Hand nach dem Moos aus. Ein feuchtes, pelziges Bröckchen nach dem anderen knibbele ich von dem alten Stein. Ein aufgeregter Schauer läuft mir über den Rücken. Gleich werde ich erfahren, wem die tiefroten Rosen verehrt werden.

Ein Buchstabe nach dem anderen wird im Licht meiner Kerze erkennbar. Bis sie sich zu einem Namen zusammensetzen. Oh, mein Gott!

Isobel Halewood, lese ich ungläubig, während mich jede einzelne Silbe frösteln lässt. Unsinn! Das kann doch gar nicht sein! Isobel lebt! Hektisch reiße ich mit den Fingernägeln das restliche Moos herunter.

Geboren am siebten Mai achtzehnhundertsechsundsechzig. Heimgegangen am

Vor meinen Augen beginnt es zu flackern. Das Blut sackt mir aus dem Kopf. Nach Halt suchend tastet meine Hand über den Boden.

Heimgegangen am vierzehnten August achtzehnhundertsechsundachtzig.

Oh, mein Gott! Wie kann das möglich sein? Ich zwinge mich zur Ruhe und denke noch mal ganz genau nach. Aber nein. Es stimmt. Heute ist der zwölfte August. Achtzehnhundertsechsundachtzig. Alles beginnt sich zu drehen. Ich rutsche von meinen Fersen und mein Po landet im feuchten Gras, mein Magen zieht sich schmerzhaft zusammen. Der vierzehnte August achtzehnhundertsechsundachtzig ist der Tag auf den Zusagen in Sebastians Arbeitszimmern. Es ist der Tag des großen Sommerballs auf Staunton House, zu dem Isobel erwartet wird. Übermorgen.

Ihr Todestag!

Minutenlang starre ich den Grabstein an, lese immer und immer wieder die Buchstaben, die der lodernde Kerzenschein unauslöschlich in mein Gedächtnis einbrennt. Zögernd löst sich meine Hand vom Erdreich und wandert zu dem abgerundeten Stein, um über seine raue Oberfläche zu streichen.

»Verrat mir dein Geheimnis, Isobel!« Vielleicht ist es die Magie der Sommernacht, die mich zumindest ein bisschen daran glauben lässt, dass gleich von irgendwoher eine ätherische, körperlose Stimme zu mir spricht und mir all meine Fragen beantwortet. Doch bis auf die Geräusche der Nacht bleibt alles still.

Nach einer Weile erinnert mich ein kühler Windstoß daran, dass es Zeit ist, ins Herrenhaus zurückzukehren. Also rappele ich mich hoch, werfe einen letzten Blick auf das dunkle Grab und lasse den Friedhof hinter mir.

Egal, wie sehr ich mich auch bemühe, eine Logik in das zu bringen, was die eingemeißelten Buchstaben und Zahlen zu bedeuten haben, ich verstehe es einfach nicht. Isobel lebt. Jetzt in diesem Moment lebt sie. Noch. Übermorgen aber wird sie sterben. Oh, mein Gott! Oh, mein Gott! Ich muss sie warnen! Aber wie? Und vor welcher Gefahr? Und wieso kann es jetzt schon diesen vermoosten Grabstein geben? Ich … ich … ich presse mir die Hand an die schmerzende Stirn. In meinem Kopf fängt es an zu pochen. Wenn ich etwas jetzt überhaupt nicht gebrauchen kann, dann ist es diese verdammte Migräne.

Isobel. Wieso existiert ihr Grabstein jetzt schon? Wer bringt die frischen Rosen? Je mehr ich versuche, das Rätsel zu lösen, desto heftiger dröhnt es in meinem Schädel. Gerade als ich das Gewächshaus erreiche, wandert mein Blick zu dem runden Dachfenster hinauf. Erschrocken fahre ich zusammen. Licht! Dort oben auf dem Dachboden bewegt sich Kerzenlicht. Blitzschnell puste ich meine Kerze aus. Ich war so tief in meine Gedanken versunken, dass ich sie ganz vergessen hatte. Das Licht im erleuchteten Fenster verharrt an einer Stelle. Wer schleicht mitten in der Nacht da oben herum? Und warum?

Ohne groß über die Konsequenzen nachzudenken, renne ich los. Schon bin ich an Sebastians Arbeitszimmer, stoße das Fenster weiter auf, klettere in den Raum, verschieße es wieder und jage in die große Halle. Hier sind mittlerweile die letzten Kerzen verloschen, doch mir reicht das Mondlicht, das durch die Kuppel fällt, um mich zu orientieren. Auf der Treppe stolpere ich dann doch ein paar Stufen hinauf. Auf den Fluren verliere ich Zeit, weil ich mich an den Wänden entlangtasten muss und das möglichst, ohne eine Vase von den vielen Beistelltischchen zu fegen. Die Treppe zum Dienstbotentrakt liegt stockdunkel vor mir. Aber aus Angst, jemanden zu wecken, traue ich mich nicht, meine Kerze anzuzünden. Wahrscheinlich würden meine Hände auch viel zu sehr zittern. Endlich ertaste ich die eine der zwei großen Topfpflanzen, die die Abzweigung zum Dachbodengang markieren. Die Blätter beider Pflanzen knistern sachte, als ich mich in meinem weiten Kleid zwischen ihnen durchschiebe. Ich schlucke. Die Tür zum Dachboden steht sperrangelweit offen im Mondlicht, das sich von dort oben über die Treppe ergießt wie ein Teppich aus silbern schimmernder Seide. Mit wild pochendem Herzen setze ich einen Fuß vor den anderen. Dazwischen lausche ich auf den Dachboden hinauf. Alles ruhig.

Jetzt zünde ich doch meine Kerze an. Die Stufen der Treppe knarzen leise, als ich sie mit gerafftem Kleid hinaufsteige. »Hallo?« Zu meiner großen Erleichterung antwortet mir niemand. Die Frage ist nur: Antwortet keiner, weil niemand mehr dort oben ist, oder antwortet keiner, weil mir jemand auflauert?

»Hallo? Ist hier jemand?« Zögernd betrete ich den Dachboden. Natürlich bietet jeder Schrank, jeder abgedeckte Tisch und jeder Schatten ein Versteck, aber ich muss nicht erst überall nachsehen, um zu wissen, dass ich zu spät komme.

Der ganze Raum strahlt eine traurige Verlassenheit aus, die mir sagt, dass ich alleine bin.

Körperliche Anstrengung ist Gift für meine Migräne. Durch das Rennen hat sich das schreckliche Pochen zu einem unerträglichen Hämmern gesteigert. Die Schmerzen lassen mich blinzeln. Tastend drehe ich mich wieder zum Treppengeländer um. Ich weiß genau, dass ich migränetechnisch diesmal nicht mit einem blauen Auge davonkommen werde. In dem Moment, in dem der Kerzenschein auf Isobels Porträt fällt, wird mir schlagartig speiübel.

Ich presse mir die Hand vor den Mund und versuche gegen den aufsteigenden Kloß anzuschlucken. Das weiße Tuch liegt achtlos hingeworfen vor mir auf dem Boden. Aber das Bild! Isobels Porträt. Mit unzähligen Messerhieben hat es jemand bis zur Unkenntlichkeit zerstört, sodass die Leinwand in Fetzen herabhängt. Hass. So viel Hass spricht aus diesem Gemetzel. Ich kann die Übelkeit nicht länger kontrollieren. Ich muss heftig würgen. Eilig stolpere ich die Stufen hinunter und schaffe es gerade noch rechtzeitig in mein Badezimmer, um mich dort zu übergeben.

Die Hände um die Klobrille gekrallt, versuche ich ruhig zu atmen, bis zur nächsten Attacke, in der sich alles in meinem Bauch krampfhaft zusammenzieht, ich wieder würgen muss, mein Kopf vor Schmerzen explodiert und ich mich tief über die Kloschüssel beuge, um mich erneut zu übergeben. Wenn ich doch wenigstens aufhören könnte, an dieses grausame Werk der Zerstörung da oben auf dem Dachboden zu denken. Jedes Mal, wenn der Anblick des zerstückelten Porträts vor meinen Augen aufflimmert, verkrampft sich mein Magen ganz besonders heftig. Es ist, als ob mein Körper mit dem Mageninhalt auch die Erinnerung an das Gesehene aus mir herausspülen will. Kalter Schweiß macht meine Stirn klebrig. Ich schwitze und friere gleichzeitig.

Dieses Haus, so schön und ehrwürdig es an der Oberfläche erscheint ... tief in seinen Mauern hütet es ein grausames Geheimnis und auch wenn ich noch nicht weiß, wie oder warum, bin ich ein Teil davon.

Als ich nichts mehr in mir habe, was ich erbrechen könnte, krieche ich würgend auf allen vieren zu meinem Bett. Wie in Trance befreie ich mich auf dem Weg dorthin aus Oberteil, Rock und Korsage und schlüpfe schlotternd im Unterkleid unter die Bettdecke.

Licht, auch noch so schwaches, können meine Augen nicht ertragen, weshalb ich Mary, als sie mich zum Frühstück wecken will, bitte, die Vorhänge zuzuziehen. Auf Zehenspitzen schleicht sie sich wieder aus meinem Zimmer und verspricht, mich bei Lady Marjorie und Sebastian zu entschuldigen. Sofort schießt eine Woge der Erleichterung durch meinen Körper. Ich muss jetzt nicht da runter zum Frühstück und so tun, als wäre nichts geschehen. Immerhin ist einer der Menschen in diesem Haus für das, was mit Isobels Porträt passiert ist, verantwortlich und das macht mir Angst. Riesengroße Angst.

Ich bin wach, als es irgendwann klopft, und trotzdem stelle ich mich instinktiv schlafend. Die Tür wird zaghaft geöffnet und Fiona flüstert: »Juno, schläfst du?«

Ich höre, wie der Boden unter ihren Füßen knarzt. Sie kommt zu mir herüber und beugt sich so tief über mich, dass ich ihren Atem rieche. Erdbeermarmelade. Ich stelle mir vor, wie sie meine geschlossenen Augen studiert, ganz genau beobachtet, wie sich mein Brustkorb regelmäßig hebt und senkt. Und auch wenn ich mir alle Mühe gebe, unauffällig zu atmen und bloß nicht zu blinzeln, weiß ich nicht, ob sie mir meine Vorstellung abkauft. Scheinbar bin ich überzeugend genug, denn schon nach wenigen Augenblicken zieht sie sich wieder zurück.

In den späten Nachmittagsstunden lässt der Schmerz endlich nach und am frühen Abend geht es mir wieder so gut, dass ich mich für das Dinner umkleiden könnte. Aber als Mary kommt, um mir dabei behilflich zu sein, rebelliert alles in mir gegen die Vorstellung, mich mit den anderen an einen Tisch setzen zu müssen.

»Sehr lieb, Mary!« Unter gesenkten Lidern beobachte ich, wie sie mit einem brennenden Streichholz von Leuchter zu Leuchter geht, um die Kerzen anzuzünden, und im Kamin Holz nachlegt, auf das sich der zusammengeschmolzene Gluthaufen gierig stürzt. »Aber mir geht es immer noch nicht besser.«

Ihrem Gesicht ist nicht anzusehen, ob sie mir meine Lüge abkauft.

In der Hoffnung, es nicht zu übertreiben, lege ich mir den Handrücken an die Stirn, seufze leidend und flüstere mit matter Stimme. »Es ist bestimmt vernünftiger, wenn ich heute noch im Bett bleibe.«

»Ganz wie Sie wünschen!« Mary nickt. »Ich gebe den Herrschaften Bescheid, dass Sie noch unpässlich sind und Ihre Ruhe brauchen.«

»Das wäre sehr nett!«, seufze ich fast zu fröhlich auf. »Ach, und Mary?«

»Ja, bitte?«

Um das verräterische Post-Migräne-Heißhunger-Magenknurren zum Schweigen zu bringen, presse ich mit den Unterarmen die Bettdecke ganz fest auf meinen Bauch, was Mary zum Glück falsch versteht.

»Ach, Bauchschmerzen haben Sie auch noch. Warum sagen Sie denn nichts? Ich hole Ihnen gleich einen Bauchwärmer rauf.«

»Nein, nicht nötig!«, wehre ich schnell ab. »Aber wissen Sie, was wirklich mega wäre? Bringen Sie mir doch mein Dinner herauf.« So wie Mary erstaunt die Augenbrauen zusammenzieht, scheine ich mit dieser Bitte einen Schritt zu weit gegangen zu sein, weshalb ich blitzschnell hinzusetze: »Nur damit ich Sie heute Nacht nicht aus dem Bett klingeln muss, falls es mir dann besser gehen und ich sehr hungrig sein sollte.«

Das Argument leuchtet ihr sofort ein. »Sehr freundlich von Ihnen, Miss Sondorf.«

»Ich stelle dann später das Tablett auf den Flur«, schiebe ich nach, weil ich sichergehen will, dass mich heute Nacht niemand mehr stört.

Zwanzig Minuten später stehen ein duftender Teller mit Hühnersuppe und eine Schüssel mit Lachs im Salzmantel sowie Lauch, Kartoffeln und karamellisierten Apfelstückchen in meinem Zimmer. Kaum haben sich Marys Schritte auf dem Flur in Richtung Treppe entfernt, schlage ich die Decke zurück, springe aus dem Bett und mache mich hungrig über das Dinner her, bis ich nicht mehr Papp sagen kann.

Sehr zufrieden, wohlig erschöpft und todmüde ziehe ich die Vorhänge zur Seite und öffne die Fenster, um die frische Nachtbrise ins Zimmer zu lassen. Dann krieche ich wieder zurück in mein Bett, knuddele mir mein Kissen zurecht und kuschele mich unter meine Decke. Ich will schlafen. Nur schlafen und an nichts denken. Der Morgen ist klüger als der Abend, murmele ich noch vor mich hin und im nächsten Moment schlafe ich dankbar für diese Entschuldigung ein.

J uno!«

Wie elektrisiert schieße ich aus dem Schlaf hoch. Alle Kerzen sind aus, das Feuer im Kamin verloschen. Am Fußende meines Betts sitzt eine Gestalt sehr aufrecht, sehr majestätisch und auch wenn ihr Gesicht im Schatten der großen schwarzen Kapuze ihres Umhangs liegt, die sie sich tief in die Stirn gezogen hat, weiß ich sofort, wen ich vor mir habe.

»Isobel, bist du das?«, flüstere ich.

»Du hast nach mir gesucht«, erwidert sie mit schräg gelegtem Kopf. Ihre Stimme klingt sympathisch und sie kommt mir so vertraut vor, dass ich nicht die geringste Furcht empfinde.

Ich stütze mich auf meine Ellenbogen auf und versuche ihre Gesichtszüge zu erkennen. Aber das Dämmerlicht des Mondes kann die Kapuze nicht durchdringen.

»Ich ...« Mir schießen so viele Fragen durch den Kopf, dass ich gar nicht weiß, wo ich anfangen soll.

»Du verstehst nicht, in was du hier hineingeraten bist. Und du würdest gerne begreifen, was meine Rolle in dem allen ist.«

In ihrer Stimme schwingt nicht nur Verständnis, sondern auch bitterer Kummer mit und der lässt mich schaudern.

»Du bist in Gefahr, Juno. Ich bin gekommen, um dich zu warnen. Ein übles Spiel wird mit dir gespielt. Traue niemandem!« Mit einer plötzlichen Bewegung beugt sie sich zu mir vor und wispert: »NIEMANDEM! Alle sind sie Meister der Verstellung. Begehe nicht den gleichen Fehler wie ich. Ich habe ihnen mein Vertrauen, meine Liebe, mein Leben geschenkt. Und sieh dir an, was sie mir angetan haben!«

Langsam greifen ihre behandschuhten Hände nach der Kapuze. Ich will wegsehen, kann es aber nicht, bin wie gelähmt.

»Flieh, solange du es noch kannst, Juno!«

Die Kapuze fällt auf ihre Schultern. Der Aufschrei bleibt mir im Hals stecken. Ihr Gesicht, das schöne Gesicht von dem Porträt gibt es nicht mehr. Ihre Augen sind tote Höhlen, in einem bis zur Unkenntlichkeit von Flammen entstellten Gesicht.

Mir sackt das Blut aus dem Kopf. Mir schwinden die Sinne und ich verliere das Bewusstsein.

»Sie sehen aus, als wäre Ihnen gestern Nacht ein Gespenst begegnet!« Erschrocken zucke ich zusammen und suche im Frisierspiegel nach Marys besorgtem Gesicht. Natürlich ist es nur eine Redensart, die man scherzhaft von sich gibt, um zu betonen, dass jemand so richtig scheiße aussieht, und trotzdem lässt sie mich erschrocken zusammenfahren. Mary hat ja keine Ahnung, wie recht sie damit hat. Auch wenn die geisterhafte Isobel von gestern Nacht nur ein Auswuchs meiner ängstlichen Fantasie gewesen sein kann.

»Ich habe schlecht geträumt«, suche ich nach einer plausiblen Erklärung.

»Wahrscheinlich haben Sie zu spät gegessen«, nickt Mary, als ob sie wüsste, wovon sie spricht. »Ein voller Magen macht eine unruhige Nacht.«

»Das wird es sein.« Tja, wird es wohl eher nicht. Denn immerhin habe ich gestern Abend früher das Dinner eingenommen als sonst. Wenn auch deutlich hastiger.

»Am Tag des großen Balles läuft hier alles etwas anders.« Mary hat sich zwei Haarnadeln zwischen die Lippen geschoben, sodass sie etwas nuschelt.

Oh Gott, ja, der Ball. Alles in mir spannt sich an. »Mrs Hill bereitet immer nur einen bescheidenen Lunch zu. Der Tee fällt aus und die Herrschaft begrüßt die Gäste am späten Nachmittag mit einem Sektempfang auf der Terrasse, der dann in den Ball übergeht. Später am Abend gibt es für die Gäste ein Buffet zur Stärkung.«

»Das heißt also, dass sich alle schon vor dem Sektempfang umkleiden.«

Mary nickt.

»Gut, dann werde ich pünktlich hier sein.«

Mary steckt gerade die letzte Nadel in meine Frisur, als ein ungeduldiges Stakkato an meine Zimmertür geklopft wird. Ich habe noch nicht mal den Mund geöffnet, um Herein zu sagen, da fliegt die Tür schon auf und Fiona stürmt mit hochroten Wangen ins Zimmer.

»Mary, lassen Sie mich bitte mit Miss Sondorf allein!« Mit einem Hops schmeißt sie sich auf das Fußende meines aufgeschlagenen Bettes.

Alles, aber nur das nicht. Ihre Anwesenheit ist mir jetzt schon auf eine bedrohliche Art unangenehm. Und ich will unter gar keinen Umständen mit ihr alleine sein. *Traue niemandem!* Aber welche Ausrede könnte ich präsentieren, um Mary aufzuhalten? Fiona hat hier das Sagen, nicht ich, also habe ich keine andere Wahl, als Mary durch ein kurzes Nicken zu signalisieren, dass es okay ist, wenn sie geht. Sie knickst. Erst vor Fiona, dann vor mir und nachdem sie noch mal rasch den Sitz meiner Frisur gecheckt hat, zieht sie schließlich leise die Tür hinter sich ins Schloss.

»Na endlich haben wir Zeit für eine Unterredung. Gestern warst du ja nicht ansprechbar. Also ist mir nichts anderes übrig geblieben, als alles alleine zu regeln.«

Ehrlich überfragt, drehe ich mich auf dem Frisierhocker zu ihr um. »Wovon redest du?«

»Von den Vorkehrungen für unsere Flucht natürlich!« Genervt rollt Fiona mit den Augen. Als ich nicht sofort reagiere, presst sie ihre Lippen schmollend aufeinander. »Du weißt doch noch, was wir verabredet haben, Juno?«

Ja, ich erinnere mich an die Pläne, die sie für uns geschmiedet und die ich in Anbetracht des Sebastiandesasters phasenweise auch sehr dankbar zur Kenntnis genommen habe. Die Vorstellung, von hier wegzukommen, war einfach zu verlockend, obwohl ich genau weiß, dass auch Fiona an meinem Gefangenenstatus nichts ändern kann. Wenn der Ball seinen Höhepunkt erreicht hat, werden wir beide nach Fionas Vorstellung von hier verschwinden, angeblich, um zusammen die Welt zu bereisen. Mittlerweile muss ich aber befürchten, dass dieser Plan nur vorgeschoben ist, um mich in eine Falle zu locken. Trotzdem versuche ich mich an einem möglichst überzeugenden: »Ja.«

»Vortrefflich!« Sie klatscht zufrieden in die Hände. »Also, es wird wie folgt vonstattengehen: Gegen elf Uhr ziehen wir uns vom Ball zurück. Wir treffen uns am Stall. Ich habe Tony mit einem Schmuckstück bestochen, damit er uns zwei Pferde sattelt und darüber absolutes Stillschweigen bewahrt. Kleidung zum Wechseln habe ich auch schon dort deponiert. Um den Proviant kümmere ich mich noch.«

Traue niemandem!, höre ich wieder Isobels Stimme in meinem Kopf dröhnen und erst jetzt fällt mir auf, dass Fiona genau dort sitzt, wo ich sie gestern Nacht gesehen habe. Diese arme, entstellte Person. Nur mit äußerster Not gelingt es mir, den Würgreflex im Keim zu ersticken.

Wenn ihr Geist wirklich hier gewesen ist … Was gar nicht sein kann, weil sie erst heute sterben wird. Und obwohl ich das weiß, geht mir ihre Warnung nicht aus dem Kopf. Noch mehr: Ich glaube ihr.

»Was ist mit dir?«, fragt Fiona misstrauisch.

»Nichts! Was soll schon sein?« Selbst in meinen Ohren klingen meine Worte nicht sonderlich überzeugend. »Alles gut.« Was die größte Lüge ist, die mir jemals über die Lippen gekommen ist.

Plötzlich steht Fiona hinter mir. Ihre Hände liegen schwer auf meinen Schultern, die sie mit rhythmischen Bewegungen zu massieren beginnt.

»Du hast es mir versprochen, Juno.«

Unwohl lasse ich meine Schultern kreisen. »Du und ich. Nur wir beide. Und nichts und niemand kommt zwischen

uns. Erinnerst du dich?« Sie verstärkt den Druck ihrer Finger. »Heute ist der Tag, dem wir so sehr entgegengefiebert haben. Und du wirst ihn nicht ruinieren, indem du wortbrüchig wirst.« Schmerzhaft krallen sich ihre Fingernägel in meine Schultern. Unsere Blicke treffen sich im Spiegel.
Traue niemandem!

»Natürlich bin ich dabei!« Ich zwinge mich zu einem versöhnlichen Lächeln und schaffe es sogar, meine Hand auf ihre zu legen, auch wenn mich die Berührung kurz zurückschrecken lässt. Fionas Haut fühlt sich an wie aus Wachs. »Wir sind doch Freundinnen und wir halten zusammen.«

Wie gerne würde ich von hier verschwinden! Das Problem ist nur, ich kann es nicht.

Fionas Mundwinkel verziehen sich zu einem zustimmenden Lächeln. Langsam zieht sie ihre Krallen ein und reduziert den Druck auf meine Schultern, bis ihre Hände nur noch ganz leicht auf ihnen liegen.

»Ach, ich freue mich so!«, lacht sie und drückt mir einen dicken Kuss auf die Wange. »Wir werden eine fulminante Zeit verbringen und in die Geschichte als die unzertrennlichen Weltentdeckerinnen eingehen!« Sie seufzt glückselig. »Begleitest du mich zum Frühstück?«

»Ich werde später eine Kleinigkeit essen. Im Moment habe ich noch keinen Hunger. Vielleicht gehe ich gleich ein wenig spazieren. Die Luft ist so herrlich erfrischend.«

»Ganz wie es dir beliebt«, erwidert Fiona und öffnet die Tür zum Flur. »Irgendwann heute solltest du aber gut essen. Der Tag wird lang und anstrengend.«

»Ich werde dran denken!«, verspreche ich ihr schnell. »Sag mal kurz: Wann treffen denn die ersten Gäste ein?«

»Familie und enge Freunde kommen meistens schon am frühen Vormittag. Der Rest gesellt sich am frühen Nachmittag dazu«, ruft sie mir zu, ohne sich zu mir umzudrehen. »Du wirst auf deinem Spaziergang achtgeben müssen, nicht von den vielen Kutschen überfahren zu werden!«

Auf dem untersten Treppenabsatz muss ich blöderweise warten, bis eine Heerschar von Dienern unter Bixbys strenger Aufsicht erst den großen, schweren Mahagoni-Tisch und dann den zusammengerollten Orientteppich aus der Halle geschleppt hat.

»Oho, große Ereignisse werfen ihre Schatten voraus!«

Wie sehr hatte ich gehofft, dass ich ungesehen nach draußen huschen könnte, was sich mit Lord Farnfields Auftauchen aus dem Frühstückszimmer leider gerade erledigt.

»Guten Morgen, Miss Sondorf! Wie schön, Sie wieder wohlauf zu sehen!«

Während er seine rechte Hand auf sein Herz legt, um eine Verbeugung anzudeuten, klopft er mit der linken die Toastkrümel von seinem langen Jackett. Egal wie, ich muss ihn loswerden. Laut Fiona treffen Verwandte und enge Freunde früh ein. Ich habe keine Zeit zu verlieren, wenn ich Isobel vor der Gefahr warnen will, die hier auf sie lauert.

»Wie sieht es aus? Darf ich so verwegen sein und schon einen Tanz für heute Abend bei Ihnen reservieren?«

Nicht zum ersten Mal kommt mir seine fröhlich-unbekümmerte Art aufgesetzt vor. Wie eine Maske, hinter der er sein wahres Wesen versteckt. Dieser Lord Farnfield, der lebensverachtend und hochmütig entscheidet, was erlaubt ist und was nicht, und der keine Probleme damit hat, andere mit sich ins Verderben zu ziehen, sobald ihm der Sinn danach steht, dem Schicksal ein Angebot zu machen. *Traue niemandem!*

Auch wenn mein Herz ängstlich gegen meine Rippen pocht, schaffe ich es, mich zusammenzureißen und ihm mit scheinbar bedauernd ausgebreiteten Händen die Zerknirschte vorzuspielen. »Es tut mir total leid, aber ich habe meine Tanzkarte im Moment nicht bei mir.«

Mit einem kurzen Nicken will ich mich rasch zur Haustür stehlen, doch Lord Farnfield durchquert mit der Schnelligkeit eines Gepards die große Halle und verstellt mir kurz vor meinem Ziel den Weg. Lässig lehnt er sich mit verschränkten Armen gegen die Haustür und folgt meinem sehnsüchtigen Blick auf den Türknauf. Unterschwellig ist da etwas Neues an ihm. Es ist die Art, wie seine Mundwinkel zucken. Wie seine Augen blinzeln. Zum ersten Mal hat seine gelangweilte Lässigkeit Risse und er scheinbar mit aufwallender Panik zu kämpfen.

»Der Tanz, um den ich Sie bitte, ist leicht zu merken. Ich bin davon überzeugt, dass Sie ihn nicht vergessen werden, bis Sie Gelegenheit haben, ihn für mich auf Ihrer Tanzkarte zu reservieren.«

Was kann er mir schon tun, wenn hinter meinem Rücken acht Diener und Bixby stehen, die jedes unserer Worte hören und jede Bewegung sehen können? Und trotzdem macht er mir Angst.

»Lassen Sie mich vorbei, Lord Farnfield!«

Diesmal wird aus dem angespannten Aufzucken der Mundwinkel sogar ein Lächeln. Allerdings kein sehr überzeugendes.

»Ich werde Ihrem Wunsch sofort entsprechen, sobald Sie versprechen, mir meinen zu gewähren!« Den Teufel werde ich. »Ich bitte Sie höflich und ergeben, mir den Walzer um elf Uhr zu reservieren. Gewissermaßen markiert er den Höhepunkt des Balls. Und ich drängele mich so dreist vor, weil ich unbedingt Sebastian zuvorkommen möchte.« Er wirft den Kopf in den Nacken und stößt ein gruseliges Lachen aus. »Er wird vor Eifersucht platzen!«

»Erstens wird er das nicht und zweitens, wofür sollte das gut sein?«, schnappe ich zurück und drehe mich um. Meine Furcht vor ihm hat sich in Wut verwandelt. Dieses Haus hat schließlich noch andere Ausgänge als nur diesen.

»Aber, Miss Sondorf, jetzt haben Sie mich missverstanden!« Mit zwei, drei Schritten hat er mich eingeholt und verstellt mir erneut den Weg. »Sebastian ein wenig zu ärgern, ist ein Grund, aber bei Weitem nicht der wichtigste.« Sein Blick wird weich, fast flehentlich. »Ich mag Sie einfach, Miss Sondorf, und da Fiona sich dazu entschieden hat, meine tiefen und aufrichtigen Gefühle für sie als Gefahr anzusehen, der es sich zu widersetzen gilt, wäre es mir eine Ehre, wenn Sie mir diesen besonderen Tanz schenken würden. Nur diesen einen!«

Traue niemandem!

Seine angespannte Körperhaltung macht es mehr als deutlich, dass er mich nicht gehen lassen wird, wenn ich nicht nachgebe.

»Na schön!«

Sobald das verlogene Versprechen über meine Lippen ist, tritt er zur Seite, verbeugt sich andeutungsweise und streckt die rechte Hand in Richtung Haustür aus. »Sie haben meinen Tag gerettet!«

Selbstverständlich werde ich ihm keinen Tanz reservieren. Schon alleine die Vorstellung, seinen Arm um meine Taille und meine Hand in seiner zu spüren, lässt mein Innerstes erstarren.

Die ersten Schritte zwinge ich mich noch zu einem normalen Schritttempo, doch kaum durchströmt die frische Morgenluft meine Lunge, renne ich, so schnell es das lange Kleid zulässt, die paar Stufen zur gekiesten Auffahrt runter und dann weiter. Mein Ziel ist das Einfahrtstor. Wenn gleich die ersten Gäste kommen, muss es doch zugänglich sein und offen stehen und vielleicht, der Gedanke lässt mein Herz schneller schlagen, lässt es mich dann auch durch und ich kann in die Freiheit und in meine Zeit zurückkehren. Aber erst muss ich Isobel warnen. Ich werde ihre Kutsche abfangen und sie direkt wieder wegschicken. Danach bringe ich mich in Sicherheit – wenn das Tor mich passieren lässt. Oh, bitte, lieber Gott mach, dass es da ist!

Immer schneller renne ich die Auffahrt hinunter, auch dann noch, als die schmerzhaften Stiche in meiner Seite kaum noch zu ertragen sind. Denn da ist es. Wirklich und wahrhaftig. Freudentränen schießen mir in die Augen. Ein Teil des schwarzen Zaubers, der mich hier gefangen hält, ist also gelöst worden. Von wem auch immer. Es ist mir egal!

Das Tor ist nicht länger zugewuchert, sondern es ist da und seine Flügel stehen weit offen, bereit, die Gäste in ihren Kutschen einzulassen. Oh, mein Gott, bitte mach, dass es mich auch durchlässt, bitte mach, dass ich nach Hause kann. In meine Zeit. Bitte!

»Guten Morgen, Miss Sondorf.«

Tonys Stimme trifft mich wie ein Schuss. Mit ausgestreckten Beinen sitzt er auf der Bank vor dem Pförtnerhaus.

»Guten Morgen, Tony«, grüße ich möglichst beiläufig zurück und verfalle vorsichtshalber in einen gemäßigten Schritt.

Langsam zieht er seine Füße zu sich heran. »Kann ich etwas für Sie tun?« Er steht auf.

»Nein, nein, danke! Alles gut.« Jetzt zittert meine Stimme doch. Was, wenn er Anweisung hat, mich vom Tor und von Isobel fernzuhalten? »Ich will nur den herrlichen Morgen genießen.«

Er nickt und scheint sich mit meiner Erklärung zufriedenzugeben, trotzdem lässt er mich nicht aus den Augen. Er beobachtet mich, weil er den Auftrag dazu erhalten hat. Unwillkürlich gehe ich wieder schneller. Die Freiheit scheint zum Greifen nah.

»Wo wollen Sie denn so eilig hin?« Jetzt kommt er auf mich zu. Oh, ja, er gibt sich alle Mühe, sich zu verstellen, damit ich ihm seine Anspannung nicht anmerke, aber ich durchschaue ihn. Noch ist er weit genug entfernt. Mit beiden Händen hebe ich meinen Rock an und stürze aufs Geratewohl in den Wald. Äste schlagen mir ins Gesicht, ich stolpere über Baumwurzeln, Dornen zerkratzen meine Beine und ich weiß nicht, wie oft ich an meinem Rock zerren muss, damit diese kleinen Biester ihn freigeben.

»Miss Sondorf? Warten Sie doch!«, brüllt Tony hinter mir her und spornt mich damit nur an weiterzulaufen. Als ich ihn nicht mehr rufen höre, bleibe ich keuchend stehen und lausche. Alles ist ruhig. Scheinbar hat er aufgegeben. Vorsichtig und möglichst ohne jeden Laut schlage ich den Weg ein, von dem ich annehme, dass er mich zurück zum Eingangstor führt, und tatsächlich sehe ich es bald zwischen den grün schimmernden Blättern der Bäume. Ganz in der Nähe finde ich das perfekte Versteck für mich. Einen hohlen Baumstamm, den ich auch nur durch Zufall hinter dem hohen, dichten Farn entdeckt habe. Von hier aus habe ich das Tor und Tony im Blick. Er ist nicht zur Bank zurückgegangen, sondern mitten auf dem Weg stehen geblieben und sucht mit den Augen das Waldstück ab, in dem ich verschwunden bin. Instinktiv krieche ich tiefer in die Baumhöhle.

Die Sonne klettert als leuchtender Ball den Himmel hinauf, bis sie ihren Zenit erreicht hat, und die ersten Gäste treffen ein. Bei dem schönen Wetter haben alle offene Kutschen gewählt. Eine nach der anderen biegt von der Straße zum Dorf auf die Auffahrt ein, passiert das Tor und dann lassen die Kutscher ihre Peitschen knallen, damit die Pferde Schwung für den Anstieg holen. Aber in keiner von ihnen sitzt Isobel. Keine feuerroten Haare weit und breit. Gerade als ich anfange, nervös zu werden, nähert sich jemand anderer dem Pförtnerhaus.

»Tony, haben Sie Miss Sondorf gesehen?«

Mein Innerstes zieht sich beim Klang von Sebastians Stimme zusammen.

»In der Tat, Lord Witham!« Vorsichtig beuge ich mich vor und luge um den Baumstamm herum, bis ich beobachten kann, wie sich Sebastian seinem Wachhund nähert.

»Und? Wo ist sie hingegangen?«

»Sie sah grauenvoll aus, Mylord. Bleich wie die Wand. Schrecklich nervös und ängstlich hat sie auf mich gewirkt. Sie ist sogar vor mir weggelaufen. Dort in den Wald. Als ob der Leibhaftige hinter ihr her wäre.« Tony streckt die Hand in Richtung Wald aus, um sich dann eilig zu bekreuzigen. »Bis jetzt ist sie nicht wieder rausgekommen. Hier zumindest nicht. Was nicht heißen muss, dass sie noch irgendwo da drinnen steckt. Wahrscheinlich ist sie schon längst wieder im Haus. Haben Sie dort mal nach ihr gesehen?«

Natürlich hat Sebastian das, weswegen er sich die Antwort spart.

»Hör zu, Tony, sollte sie dir noch mal begegnen, halte sie fest und bring sie sofort zu mir. Nur zu mir. Zu niemand anderem. Hörst du?«

Tony nickt.

»Es ist von absoluter Wichtigkeit, dass ich sie spreche, bevor ...«

Ausgerechnet jetzt fliegen zwei streitende Möwen über meinem Kopf in Richtung Meer, sodass der Rest von Sebastians Worten in ihrem Gekreische untergeht.

Ich sehe Tony erneut nicken und wie Sebastian sich zum Gehen wendet. Mein Herz setzt aus. Denn nach zwei, drei Schritten stockt er, dreht sich langsam zu der Stelle am

Waldrand um, die Tony ihm gezeigt hat, und marschiert mit langen Schritten darauf zu.

Es wäre wirklich der absolute Zufall, wenn er mich hier finden würde. Ich meine, dieses Waldstück ist nicht gerade klein. Und, wie Tony schon gesagt hat, ich kann es in jede Richtung verlassen haben. Vorsichtshalber ducke ich mich tiefer in die Baumhöhle hinein und achte darauf, dass auch nicht ein Zipfel meines violetten Kleides zwischen dem grünen Farn hervorschimmert. Es dauert gar nicht lange, da knackst ganz in meiner Nähe ein Ast. Und da, der zweite!

»Juno?«

Ich presse die Lippen aufeinander. Mein Herz klopft so laut, dass ich befürchte, Sebastian könne es hören.

»Die Stofffetzen deines Kleides, die du an den Dornenbüschen hinterlassen hast, haben mir deinen Weg verraten.«

Meine Augen schießen zum zerfetzten Rocksaum meines Kleides. Verdammt!

»Ich weiß, dass du hier irgendwo bist.«

Das Rascheln im Unterholz kommt näher. Das habe ich nun davon, dass ich Isobel warnen wollte, bevor ich mich in Sicherheit bringe.

»Ich bitte dich, komm aus deinem Versteck!« Er legt so viel Wärme in seine Worte, dass er es fast schafft, seine unterschwellige Ungeduld komplett zu überdecken. Als es direkt neben mir knackt, halte ich den Atem an und schließe die Augen.

»Juno?«

Ein paar Sekunden vergehen, in denen wir beide nur gespannt lauschen.

»Ich bitte dich. Das ist doch lächerlich. Du kannst mir vertrauen!«

Es ist dieser eine Satz, der meinen Magen trifft wie ein Faustschlag. Denn diese vier Worte verraten Sebastian und schreien mir das Gegenteil ihrer Aussage förmlich entgegen. Hätte er so was gesagt wie: »Du kannst doch unmöglich noch böse auf mich sein!« oder »Lass uns wie zwei erwachsene Menschen miteinander reden.« Das hätte zu unserer Vorgeschichte gepasst. Aber *du kannst mir vertrauen!?*

Traue niemandem! Ausgerechnet jetzt fangen meine Knie an, schmerzhaft zu brennen, und ich habe keine Ahnung, wie lange ich es noch in dieser verkrampften Position aushalten kann.

»Hör zu, Juno!« Sebastian atmet so heftig, als müsste er seine ganze Willenskraft aufbringen, um seine Wut in Schach zu halten. Als es direkt vor mir raschelt, erlaube ich mir, vorsichtig zu blinzeln. Im grünen Farn, nicht mehr als eine Armeslänge von mir entfernt, sehe ich den beigen Stoff von Sebastians Hosenbeinen.

»Verdammt noch mal! Was soll das Theater?«, stößt er gepresst hervor und auch wenn ich sein Gesicht nicht sehen kann, weiß ich ganz genau, wie es sich in diesem Moment verändert. Wie aus dem schönen, verführerischen Dorian Gray das schreckliche Zerrbild seiner selbst wird. »Ich muss mit dir sprechen, Juno. In einer Sache, die keinen Aufschub duldet. Wenn du wieder bei Verstand bist und ins Haus zurückkommst, geh direkt in mein Arbeitszimmer, schick einen Diener mit einer Nachricht zu mir und sieh zu, dass niemand dich bemerkt. Niemand!«

Als er nach einer kurzen Pause wieder zu sprechen beginnt, klingt seine Stimme so sanft, so weich, so einfühlsam, als ob er Kreide gefressen hätte. »Vertrau mir, Juno! Es ist lebenswichtig!«

Endlich höre ich, wie seine Schritte sich im Wald verlieren. Um mich herum fängt es an zu zwitschern und zu flattern, während ich das Gesicht in meinen Händen vergrabe und den angestauten Tränen endlich freien Lauf lasse.

Traue niemandem! Flieh, solange du es noch kannst!

Ich hebe den Kopf und sehe durch einen Tränenschleier, dass Tony auf der Bank ein Nickerchen zu machen scheint. Obwohl er vielleicht nur döst, muss ich diese Gelegenheit nutzen. Wer weiß, ob sich so schnell eine neue bietet.

Auch wenn ich mich dafür hasse, Isobel im Stich zu lassen, ich habe keine andere Wahl. Also stürme ich aus meinem Versteck, jage auf das offen stehende Tor zu und – pralle gegen eine unsichtbare Wand.

Im Rückwärtstaumeln spüre ich, wie eine warme Flüssigkeit aus meiner Nase tropft. Mit dem Unterarm wische ich mir das Blut von der Oberlippe.

Flieh, solange du es noch kannst!

Wenn es jemals die Chance für mich gab, hat sich das Zeitfenster geschlossen.

Tonys Schnarchen dringt vom Pförtnerhaus zu mir herüber. Die Hände auf dem Bauch gefaltet, den Kopf nach hinten gekippt sitzt er auf der Bank und tut zumindest so, als ob er schliefe. Na ja, wahrscheinlich schläft er wirklich. Wäre er wach, hätte er mich längst entdeckt und Sebastians Befehl gehorchend ins Herrenhaus geschleppt. Die Vorstellung dorthin zurückzukehren, raubt mir den Atem. Fürs Erste muss meine Baumhöhle wieder herhalten. Immerhin ist sie so ein gutes Versteck, dass Sebastian mich nicht gefunden hat, obwohl er direkt neben mir stand. Und außerdem ist da ja auch immer noch Isobel, vielleicht kann ich wenigstens sie vor ihrem Schicksal bewahren.

Doch Isobel kommt nicht.

Es ist später Nachmittag, als ich das einsehen muss.

Oder vielleicht, schießt es mir durch den Kopf, habe ich sie einfach übersehen. Vielleicht hatte sie ihre feuerroten Haare unter einem Hut versteckt.

So schnell ich kann, kämpfe ich mich durchs Unterholz und mache mich auf den Weg zurück.

Das Licht der Spätnachmittagssonne spiegelt sich in den vielen Fenstern des Herrenhauses, an das ich mich jetzt, jeden Strauch, jeden Baumstamm, jede Parkbank ausnutzend, vorsichtig heranschleiche.

Mein Ziel ist es, unentdeckt die Terrasse zu erreichen. Wenn Isobel doch schon eingetroffen ist, wird sie nämlich dort am Sektempfang teilnehmen. Ich hole tief Atem, bevor ich mich auf die offene Wiese wage und den Weg in Richtung Gewächshaus einschlage. Kaum bin ich außer Sicht, sprinte ich los. Links neben mir steht die Tür zum Dienstboteneingang weit offen. Für den Bruchteil einer Sekunde überlege ich sogar, ob es klüger wäre, kurz stehen zu bleiben und vorsichtig den Gang abzuchecken, aber meine Füße tragen mich schon weiter, bevor ich meine Überlegungen abgeschlossen habe, und das rächt sich zwei Sekunden später. Eine Hand packt mich mit festem Griff am Arm, sodass ich herumwirbele und in die Knie gehe.

»Da sind Sie ja!« Noch bevor ich den Blick gehoben habe, weiß ich, wer mich so anherrscht. Im gleichen Moment zieht mich Mrs Goring auf die Füße und schubst mich grob in den Gang. »Und wie sehen Sie überhaupt aus? Zerzauste Haare, verdrecktes Kleid! Blutverschmiert! Was haben Sie nur getrieben? Der halbe Wald hängt ja noch an Ihnen! Schämen muss man sich für Sie!«

»Was geht es Sie an!«, fauche ich, während ich versuche, mich mit meinem ganzen Gewicht gegen sie zu stemmen. »Lassen Sie mich auf der Stelle los!«

»Erst wenn ich Sie in Ihr Zimmer gebracht und Sie sich umgekleidet haben!«

»Miss Sondorf, Sie wurden schon vermisst!« Plötzlich tritt Bixby durch eine Tür auf den Gang und packt meinen anderen Arm. »Es ist sehr unhöflich, wie Sie sich den Herrschaften gegenüber benehmen. Am Tag des großen Balles einfach so davonzulaufen und niemandem Bescheid zu sagen.«

»Schaffen wir sie hoch.« In Mrs Gorings Stimme schwingen Triumph und Schadenfreude mit.

»Ich kann alleine gehen!«

»Aber auch in die gewünschte Richtung?« Bixby wirft mir ein sarkastisches Lächeln zu.

»Mary!«, ruft Mrs Goring über die Schulter, als sie und Bixby mich die Treppe raufschleifen. In der Küche verstummt für einen Moment das Töpfeklappern und hinter uns heben sich alle Köpfe. Jeder kann sehen, dass ich gegen meinen Willen die Stufen hinaufgezerrt werde, aber scheinbar hält es niemand für nötig, mir zu helfen. »Komm mit, Mary. Ich brauche deine Hilfe, um Miss Sondorf für den Ball herzurichten.«

Wie eine Gefangene werde ich die Hintertreppe bis in den ersten Stock und in mein Zimmer geschleppt. Während Bixby vor der Tür wartet, werde ich von Mrs Goring und Mary ausgezogen und gebürstet. Mary wäscht mir mit einem Waschlappen das Gesicht. Dann legen die beiden mir das flaschengrüne Abendkleid an, das Lord Farnfield und Fiona für mich ausgesucht haben. Ich werde geschminkt und frisiert. Dezente Ohrringe werden mir angelegt und die Brillantkette, die mir umgelegt wird, brennt kalt auf meiner Haut. Als ich in den Spiegel schaue, zieht sich mein Innerstes zusammen. Das bin nicht ich, die mir da aus großen grünen Augen entgegenblickt. Es ist Isobel. Ich bin eine perfekte Kopie der Frau von dem Gemälde da oben auf dem Dachboden. »Warum haben Sie das getan?«, stammele ich unfähig, meinen Blick von diesem fremden und doch so vertrauten Spiegelbild abzuwenden.

»Ich verstehe nicht?«, spielt die Hausdame das Unschuldslamm.

»Wer hat Ihnen gesagt, dass Sie mich so herrichten sollen?« Ich schnappe nach Luft.

Anstatt mir zu antworten, lässt Mrs Goring ihren kritischen Blick mehrfach an mir rauf und runter wandern. Begleitet von einem leisen Ausruf zieht sie die Luft scharf ein. Mit schnellen Fingern kramt sie in einem kleinen Schmuckkästchen herum, das ich bis zum heutigen Tag noch nie in diesem Zimmer gesehen habe, und fördert Isobels Smaragdspange zutage. Als sie sie geübt in meinem Haar befestigt, ist das Bild perfekt. Ich bin nicht länger Juno Sondorf. Ab diesem Moment muss ich für jeden, der sie kennt, Isobel Halewood sein.

Kurz spitzt Mrs Goring die Lippen, dann nickt sie zufrieden. »So, dann geleiten wir die renitente Dame mal nach unten zu den anderen.«

»Und was ist, wenn ich nicht will?«

Mary quittiert meine Frage mit einem erschrockenen Luftschnappen.

»Was Sie wollen oder nicht wollen, ist absolut unerheblich«, erwidert Mrs Goring kühl.

»Ich muss aber noch mal kurz wohin.« Mit einem Räuspern nicke ich auf die Badezimmertür. »Oder ist das auch unerheblich?«

Mein Plan geht auf. Erwartungsgemäß ist es ihr zu peinlich, mich aufs Klo zu begleiten. Dabei muss ich gar nicht.

Ich will nur zwei Minuten für mich haben. Die Idee, durchs Fenster zu entkommen, habe ich schon verworfen, bevor ich sie zu Ende gedacht habe. Das Risiko, zu stürzen und mir das Genick zu brechen, steht hundert zu null.

Ich muss meinen Atem irgendwie unter Kontrolle bringen und gleichzeitig gegen die Übelkeit ankämpfen, die meinen Hals rau und meine Knie weich macht. Besser, ich setze mich auf den Badewannenrand. Panik schieben nutzt jetzt gar nichts.

Okay, Mrs Goring und Bixby stecken also mit den anderen unter einer Decke. Was mit Mary ist, weiß ich nicht, aber offensichtlich spielt sie mit. Ob aus Angst oder einfach aus Gehorsam lässt die Sache schlussendlich auf dasselbe hinauslaufen. Von ihr ist keine Hilfe zu erwarten.

»Miss Sondorf?«

Als Mrs Goring ungeduldig klopft, fliegt mein Blick automatisch zur Badezimmertür und bleibt an dem schmalen Tapetenstreifen zwischen Türangel und Zimmerecke hängen. Ein Fleckchen, auf das ich normalerweise nicht achte. Die zwanzig Zentimeter sind ein toter, ungenutzter Raum. Wie im ganzen Badezimmer stellt die Tapete auch dort badende Meerjungfrauen in einem Seerosenteich dar. Oder besser gesagt, eine Schwimmflosse, einen blonden Haarschopf und das Fragment eines Seerosenblattes. Aber genau da, wo die Tapete auf den Türrahmen trifft, sieht sie erstaunlich abgenutzt aus. Und zwar auf einer Höhe von vielleicht insgesamt fünf Zentimeter vom Fußboden aus gemessen.

»Ich wasche mir nur noch kurz die Hände!«, rufe ich, während ich aufstehe, schnell den Wasserhahn anstelle und mich vor die auffällige Ecke hocke. Kaum, dass ich meine Fingernägel unter die Tapete gegraben habe und vorsichtig ziehe, wird ein horizontaler Streifen sichtbar und im nächsten Moment öffnet sich ein kleines Türchen. Ein Geheimfach!

Schnell schiebe ich meine Hand hinein. Ich spüre raues Leder. Papier. Als ich meine Hand wieder zurückziehe, umschließen meine Finger ein schmales Notizbuch. Kurz werfe ich einen hektischen Blick zum Türknauf, dann schlage ich die erste Seite auf und erstarre. Was ich da in Händen halte, ist Isobels Tagebuch. Die Antwort auf alle meine Fragen.

»Miss Sondorf!«

»Ich komme ja schon!«, rufe ich, während ich mit zitternden Fingern mein Abendtäschchen öffne und das Büchlein hineingleiten lasse.

Je näher wir der großen Halle kommen, desto lauter werden die Musik und das unterschwellige Rauschen der Stimmen, aus dem ab und an ein perlendes Lachen hervorsticht. Erst als wir den obersten Treppenabsatz erreicht haben, lassen Bixby und Mrs Goring meine Arme los. Sie treten einen Schritt zurück, bleiben mir aber trotzdem so dicht auf den Fersen, dass an ein Entkommen nicht zu denken ist. Unter uns drehen sich die Paare auf der Tanzfläche. Wäre die Situation eine andere, könnte ich mich gar nicht sattsehen an den Damen in ihren wunderschönen Ballroben, den Herren in ihren eleganten Fracks und dem funkelnden und leuchtenden Kerzenmeer, das dem bunten Treiben noch mehr Festlichkeit verleiht, als es die herausgeputzte Halle und das elegante Orchester eh schon tun.

Der Anblick der vielen Menschen beruhigt mich. Denn niemand wird es wagen, mir oder Isobel vor so einer Menge Zeugen etwas anzutun. Stückchen für Stückchen setzt sich in meinem Kopf ein Plan zusammen. Ich werde Isobel suchen, sie warnen und dafür sorgen, dass wir nie allein irgendwo sind.

Bis um Mitternacht der neue Tag anbricht.

Während ich meine Hand auf den Treppenlauf lege und die ersten Stufen zur großen Halle hinunterschreite, suchen meine Augen fieberhaft nach feuerrotem Haar, das wie meines aus der Masse der Gäste hervorstechen müsste. Dass ich es nirgends entdecken kann, ist noch kein Grund zur Beunruhigung. Immerhin stehen die Türen aller Räume im Erdgeschoss für die Gäste weit offen. Die Bibliothek, der Salon, das Frühstückszimmer, das Herrenzimmer und das Esszimmer. In jedem von ihnen könnte Isobel sein oder vielleicht auch draußen auf der Terrasse.

»Isobel!«

Wo ist sie? Meine Hand krallt sich um den Treppenlauf. Ich beuge mich vor, um auch die Leute sehen zu können, die direkt unter mir stehen. Immerhin sind die Augen aller in Richtung Treppe gerichtet. Nein. Ich schlucke. Die Musik erstirbt. Alle, wirklich alle gucken nicht einfach nur zur Treppe, sondern gucken mich an.

»Wo hast du dich versteckt?« Auf ihren Stock gestützt bahnt sich Lady Marjorie strahlend vor Glück ihren Weg durch die Menge, die ehrerbietig vor ihr zurückweicht. »Und du trägst mein Lieblingskleid. Das, in dem ich dich habe porträtieren lassen!« Verlangend streckt sie mir ihre freie Hand entgegen. »Du bist die Königin des Balls, Isobel.«

Während die Gäste aufgeregt zu tuscheln anfangen, löst sich Fiona aus den Armen ihres Tanzpartners und geht mit einem entschuldigenden Lächeln auf ihre Großmutter zu.

»Begleitest du mich in den Salon, Gran? Dort kannst du dich setzen, ein wenig ausruhen und ein Gläschen Bowle mit mir trinken.«

»Ich will aber keine Bowle!«, zischt die alte Dame. Ihre Stimme überschlägt sich. Krachend lässt sie ihren Gehstock auf den Steinboden fahren. »Ich muss mit Isobel sprechen, bevor es zu spät ist!«

»Aber, Gran, der Abend ist noch lang. Es besteht gar kein Grund, Dinge zu überstürzen. Lass Isobel doch erst mal ankommen.« Beruhigend legt Fiona den Arm um die Schultern ihrer Großmutter und versucht sie in Richtung Salon zu drehen. Dabei bedenkt sie mich mit einem schicksalsergebenen Schulterzucken. Was als aufmunterndes Lächeln beginnt, verrutscht ihr ziemlich schnell zu einem triumphierenden, fast boshaften Grinsen.

»Was ich ihr zu sagen habe, ist aber von größter Wichtigkeit!«, insistiert Lady Marjorie und befreit sich geschickt aus Fionas Umarmung. »Und du wagst es nicht noch einmal, meine Wünsche zu ignorieren!«

»Lady Marjorie!« Bevor er Fiona zu Hilfe eilt, kippt Lord Farnfield den Inhalt seines Champagnerglases mit einem Schluck herunter und stellt es auf dem Kaminsims ab. Er torkelt leicht, als er der alten Dame seinen rechten Arm anbietet. Kurz verirrt sich sein Blick zu mir, bevor er sich abwendet, ohne dass seine Augen meine erreicht hätten. »Erzählen Sie mir doch noch mal die Geschichte von Ihrem ersten Sommerball. Wie alt waren Sie damals? Dreizehn?«

»Mitnichten, Lord Farnfield, mitnichten.«

Vergessen bin ich, ist Isobel und das, was sie ihr so Wichtiges zu sagen hatte.

»Niemals hätten meine Eltern mir in einem so zarten Alter erlaubt, dass …«

Ihr amüsiertes Lachen entfernt sich, während sich hinter ihr, Lord Farnfield und Fiona die Reihen der Gäste schließen, das Orchester wieder zu spielen beginnt und die Damen und Herren erneut ihre Tanzposition einnehmen.

»Hier bringen wir Ihnen Miss Sondorf, Mylord!«, kündigt mich Bixby an. Wie ein Paket liefern er und Mrs Goring mich bei Sebastian ab.

»Danke, Bixby! Mrs Goring!«, stößt Sebastian mit bebender Stimme hervor. Unbeholfen fährt er sich mit der Hand durch sein dichtes Haar. Doch auch danach kann er nicht aufhören, meine Erscheinung zu studieren. Mit zusammengezogenen Augenbrauen mustert er meine Frisur, die Smaragdspange, die Ohrringe und die Kette, das flaschengrüne Kleid, die schimmernden Seidenhandschuhe, die mir bis weit über die Ellenbogen reichen. Ich kann förmlich dabei zugucken, wie es in seinem Kopf arbeitet, bis ihm schließlich das Blut aus dem Gesicht weicht, sodass selbst seine Lippen weißlich schimmern.

Aus den Augenwinkeln nehme ich wahr, wie sich meine beiden Bewacher dezent zurückziehen.

»Juno, hör zu! Bitte, hab keine Angst vor mir. Ich ...«

Weg, nichts wie weg von diesem Mann mit seinen zwei Gesichtern.

»Oh, Sie suchen bestimmt schon nach mir.« Ich greife so plötzlich nach dem Arm eines vorbeischlendernden Mannes, dass der arme Kerl seinen Champagner verschüttet und sein weißes Hemd damit durchtränkt. »Entschuldigung! Wie ungeschickt von mir. Aber immerhin macht Champagner keine Rotweinflecken.«

Was für ein blöder Witz, den fand ich noch nie lustig, und trotzdem zwinge ich mich zu einem amüsierten Lachen, nehme dem völlig entgeisterten Herrn das leere Glas aus der Hand und reiche es an Sebastian weiter. Keine zwei Sekunden später drehen wir uns auf der Tanzfläche und zum Glück ist er Gentleman genug, um nicht einmal das Gesicht zu verziehen, obwohl ich ihm ständig auf die Füße trete.

»Ich hatte völlig vergessen, dass ich Ihnen diesen Tanz versprochen hatte«, behaupte ich, während Mrs Wharton mit offenem Mund im Arm ihres Mannes an uns vorbeiwalzt. Bestimmt hat sie mitbekommen, wie ich Sebastian zugunsten dieses Fremden habe stehen lassen und schon denkt sie, dass ich total scharf auf meinen Tanzpartner wäre. Mir soll es egal sein!

»Ich wäre untröstlich gewesen, wenn mir dieses Vergnügen versagt geblieben wäre!« Während der Herr so charmant lügt, beobachte ich, wie Sebastian am Rand der Tanzfläche neben uns hergeht. Ohne Eile, wie ein Panther, der weiß, dass ihm seine Beute nicht entkommen kann. Er schiebt Leute mit einer gemurmelten Entschuldigung zur Seite, umrundet bodentiefe Blumenvasen und lässt mich bei alldem nicht eine Sekunde aus seinen kalten, finsteren Augen. Irgendwie muss ich ihm entkommen. Irgendwie.

Als das Orchester das Stück beendet, beantworte ich die höfliche Abschlussverneigung meines Tanzpartners mit einem Knicks und plötzlich habe ich eine Idee.

»Mrs Wharton«, keuche ich etwas außer Atem, nachdem ich zu ihr geeilt bin. »Lord Witham sucht nach Ihnen.«

Erstaunt schaut sie sich um und bekommt das Gleiche zu sehen wie ich. Sebastian, der mit langen Schritten auf uns zusteuert.

»Nach mir?« Überrascht lässt sie ihren Fächer schneller hin und her zucken.

Ich nicke und befeuchte meine trockenen Lippen. »Sie können sich ja nicht vorstellen, was Fiona ihm eben eröffnet hat. Sie hat sich in Tony, den Stallburschen, verliebt und will ihn heiraten.«

Mrs Wharton schnappt hocherfreut über den verheißungsvollen Skandal nach Luft. »Der arme Sebastian.«

»Sehen Sie, da kommt er auch schon, um Sie um Rat zu bitten.« Die letzten zwei Schritte, die uns noch von ihm trennen, stürzt Mrs Wharton ihm hilfsbereit entgegen, schiebt ihren Arm in seinen und das Letzte, was ich höre, bevor ich auf der Suche nach Isobel vorsichtig in den Salon schiele, ist ein geflüstertes: »Kein Wort, Sebastian. Ich weiß Bescheid. Es wird wohl das Beste sein, wenn wir uns in dein Arbeitszimmer zurückziehen. Und da musst du mir alles haarklein erzählen!«

Den bin ich erst mal los, auch wenn meine Lüge natürlich sofort auffliegen wird, sobald Mrs Wharton eine Redepause einlegt, aber das kann dauern und verschafft mir auf jeden Fall genug Spielraum, um mich heimlich davonzustehlen.

Im Salon sitzen mir völlig unbekannte Damen beieinander und unterhalten sich, während ich durch die offenen Fenstertüren eine Gruppe Herren in der Abenddämmerung auf der Terrasse beim Rauchen beobachten kann. Instinktiv zucke ich zurück, als ich Lord Farnfield und Fiona in der Nähe des Spieltisches entdecke, wo sie die Köpfe zusammenstecken und tuscheln. Aber zum Glück stehen sie mit dem Rücken zu mir. Lady Marjorie thront völlig geistesabwesend in ihrem Sessel und von Isobel fehlt jede Spur. Ebenso im Herrenzimmer, im Frühstückszimmer und im Esszimmer, wo schon alles für das Buffet vorbereitet worden ist. Langsam fange ich an, mir Sorgen zu machen. Bin ich etwa schon zu spät? Ist ihr längst etwas zugestoßen? Bin ich die Nächste? Mein Herz hämmert so sehr, dass ich denke, gleich müsste es zerspringen.

Ihr Tagebuch! Ich muss es lesen. Jetzt. Sofort. Nur wo? Überall zu viele Menschen, zu viel Licht und nirgendwo ein geeignetes Versteck. An der Treppe steht Bixby. Scheinbar, um jederzeit zu Diensten sein zu können. In Wahrheit, um mir den Weg nach oben zu verstellen. Auch an der Haustür ist ein Diener positioniert worden und ich könnte wetten, dass auch an jedem anderen möglichen Fluchtweg jemand Wache hält, um mich aufzuhalten. Der Schweiß perlt mir auf der Stirn.

»Darf ich Sie um diesen Tanz bitten?« Eine Hand auf dem Rücken, taucht plötzlich der Typ von eben wieder vor mir auf und verbeugt sich. Aus einem Reflex heraus nicke ich. »Wollen Sie die nicht so lange ablegen?« Er deutet mit der Hand auf das Abendtäschchen an meinem Handgelenk. Soweit ich das überblicken kann, hat keine der Tänzerinnen sich von ihrer Abendtasche getrennt, sondern trägt sie an ihrem Unterarm. Warum will er also, dass ich meine weglege? Panik steigt in mir auf. Weiß er, dass sich Isobels Tagebuch darin befindet?

»Danke, aber ich möchte lieber doch nicht tanzen!«, stoße ich keuchend hervor und presse meine Abendtasche an mich. Es fühlt sich beruhigend an, das Büchlein unter dem Stoff zu spüren. Niemandem! Niemandem kann ich trauen. Sie stecken alle unter einer Decke!

Schnell flüchte ich mich in den einzigen Raum, in dem ich heute Abend noch nicht gewesen bin. In die Bibliothek. Augenblicklich verblassen Musik und Stimmen. Es dauert einen Moment, bis sich meine Augen an das spärliche Kerzenlicht gewöhnt haben und ich mit einem erleichterten Seufzen realisiere, dass ich das Zimmer ganz für mich alleine habe. Weil sich das aber schneller ändern kann, als mir lieb ist, verstecke ich mich hinter dem gewaltigen Farn vor der Fensternische. Kurz schließe ich die Augen und atme einmal ganz tief durch, dann öffne ich mit zitternden Fingern mein Abendtäschchen, ziehe das Büchlein hervor und schlag die erste Seite auf. Die drei Kerzen im Standleuchter neben dem Farn werfen ihren flackernden Schein auf die mir mittlerweile vertraute Schrift:

Isobel Halewood – Tagebuch

Hastig fliegen meine Finger durch die Seiten, bis sie aufs Geratewohl stoppen.

01. September 1879
Der Sommer ist vorüber. Der Earl of Witham und seine Frau brechen morgen nach Afrika auf und ich bin untröstlich, dass wir abreisen müssen. Staunton House ist das beeindruckendste Anwesen, das ich jemals gesehen habe. Hochherrschaftlich, würdevoll. Gar kein Vergleich mit dem unscheinbaren Herrenhaus, in

dem ich leben muss und das diesen Namen überhaupt nicht verdient.

Seitdem ich vor vielen Jahren das erste Mal dieses sagenhafte Anwesen erblickt habe, weiß ich, dass ich hierhergehöre, dass ich eines Tages die Herrin über Staunton House sein und es nie wieder verlassen werde.

Eilig blättere ich weiter.

01. Mai 1880
Heute kam der Brief von Lady Marjorie, in dem sie meine Eltern darum bittet, dass ich auch diesen Sommer wieder auf Staunton House verbringen darf.

Ich wusste es gleich, als Tompson das edle Couvert mit dem Wappen der Withams meinem Vater auf dem kleinen Silbertablett überbrachte. Schließlich hatte ich ihr zuerst geschrieben.

Schon immer konnte ich die alte Dame mit Leichtigkeit um meinen kleinen Finger wickeln. Sie frisst mir aus der Hand und glaubt mir alles, was ich ihr erzähle.

Mit gerunzelter Stirn blättere ich die Seite um.

So auch das Märchen, dass ich den Sommer unbedingt mit Fiona verbringen möchte. Meiner guten, nein, meiner »besten« Freundin Fiona. Die Arme ist doch so einsam auf dem abgelegenen Herrenhaus, vor allem seitdem ihre Eltern gestorben sind. Als ob es mir um diese wunderliche Fiona mit ihrem unerträglichen Selbstmitleid ginge!

Ich schnappe nach Luft. Was für ein Biest!

Ständig jammert sie mir die Ohren voll, wie ungerecht es ist, dass Sebastian das Internat besuchen darf und sie nicht. Dass Jungen alles dürfen und Mädchen nichts. Genauso wie sie nicht aufhört, mich anzuflehen, ihr ewige und unverbrüchliche Freundschaft zu schwören. Manchmal wird sie mir geradezu unheimlich.

Oh, mein Gott!

Sie hat panische Angst, ich könnte sie zugunsten ihres Bruders fallen lassen. Ich darf mir ihre Gunst nicht verscherzen. Noch brauche ich sie. Aber ich bin ganz unbesorgt. Sie ist so besessen von der Idee, gemeinsam mit mir bei Nacht und Nebel davonzulaufen und die Welt zu bereisen, dass es mir bisher immer ein Leichtes war, sie von meiner Treue und meinem Desinteresse an Sebastian zu überzeugen!

Selbstverständlich können meine Eltern einer Dowager Countess of Witham niemals eine Bitte abschlagen und ich darf reisen.

Ich muss mich beeilen. Jeden Moment kann jemand die Bibliothek betreten und mich hinter dem Farn entdecken. Der nächste Eintrag, den ich aufschlage, ist vom 22. Juli 1883.

Sebastian ist ein solcher Langeweiler! Eben hat er uns dabei erwischt, wie wir im Geheimgang gehockt und die Whartons auf ihrem Zimmer belauscht haben. Robert und Fiona haben alles getan, um ihn von der Harmlosigkeit dieser kleinen Zerstreuung zu überzeugen. Aber je älter er wird, desto kleinbürger-

licher wird er. Ich habe dazu geschwiegen und sittsam die Augen niedergeschlagen. Er mag Frauen, die demütig, bescheiden und schamhaft sind. Eine solche wird er eines Tages heiraten – und ich will nicht durch falsches Verhalten riskieren, dass er sich gegen den Wunsch seiner Eltern stellt.

Robert hat alle Schuld auf sich genommen und behauptet, er hätte Fiona und mich überredet. Ich muss vorsichtiger sein!

Als sich lachende Stimmen nähern, schaue ich erschrocken auf. Doch zum Glück entfernen sie sich schnell wieder und ich blättere eilig weiter, bis mein Blick an fünf großgeschriebenen Buchstaben hängen bleibt.

7. Juli 1885
Lady Marjorie hat Sebastian einen Welpen geschenkt. Einen Irish Setter. Ich HASSE Hunde. Sie sind so devot, so kriecherisch, so unterwürfig. Aber natürlich habe ich ihm Begeisterung vorgespielt. »Ach, wie süß!«, »Ach, wie niedlich!« und »Hätte ich doch auch nur so einen!«.

Beinah hätte ich laut aufgelacht, als er mir mit bewegter Stimme und Tränen in den Augen dieses tapsige Wesen in die Arme gelegt und gesagt hat:

»Ich schenke sie dir, Isobel. Als Beweis meiner Zuneigung.«

Knallrot ist er dabei angelaufen und die Augen hat er niedergeschlagen vor Scham. Es war so eine lächerliche Szene.

Zum Glück konnte ich ihn davon überzeugen, dass ich sein großzügiges Angebot unter gar keinen Umständen annehmen kann, wo er doch jetzt schon so sehr an dem putzigen Wesen hängt.

12. August 1885
Das wurde aber auch Zeit. Robert hat mich geküsst. Heiß und leidenschaftlich. Er war kaum zu bremsen. Doch kaum hatten sich seine Lippen von meinen gelöst, hat ihn sofort das schlechte Gewissen geplagt, weil Sebastian doch sein bester Freund ist und er weiß, dass Sebastian in mich verliebt ist. Schallend ausgelacht habe ich ihn!

Natürlich habe ich ihn zu dem Kuss ermutigt. Einfach weil mir danach war und weil Robert drauf und dran ist, sich in Fiona zu verlieben, und das kann ich nicht zulassen. Schließlich brauche ich etwas Zerstreuung und Abenteuer, sonst sterbe ich noch vor Langeweile, während ich so tue, als ob mich Sebastians Leidenschaft für die Pferdezucht ernsthaft interessieren würde und ich Lady Marjorie aus diesen sterbenslangweiligen Liebesromanen vorlesen muss.

Robert ist wirklich niedlich mit seiner ungestümen Art. Wenn ich nicht aufpasse, könnte ich mich glatt in ihn verlieben. Oh, Gott, nein, was schreibe ich denn da? Er ist nur eine Ablenkung, mehr kann er gar nicht sein. Zu allem anderen ist er viel zu unbedeutend und zu arm.

Fieberhaft blättere ich weiter.

13. August 1886
Ich bin so aufgeregt! Er wird mir auf dem Sommerball einen Antrag machen. Endlich!

Also doch!

Lady Marjorie hat es mir gerade eben verraten. Sie war so aufgeregt, dass sie die Neuigkeit nicht für sich behalten konnte. Bald bin ich Lady Isobel Calverton, Countess of Witham, Herrin von Staunton House.
Nichts kann mich mehr aufhalten.

In der Nacht.
Verdammt! Verdammt! Verdammt! Hätte ich geahnt, dass Robert so unbeherrscht und uneinsichtig sein könnte, hätte ich niemals eine Affäre mit ihm angefangen. Sebastian hat ihm von seinen Plänen erzählt. Mitten in der Nacht ist er durch den Geheimgang in mein Zimmer gekommen und hat mir eine Szene gemacht. Gerade ist er erst weg. Gott, was hatte ich Sorge, dass jemand sein lautes Schluchzen hören könnte und er mir so kurz vor meinem Ziel alles verdirbt. Dass er mich liebt, hat er immer wieder gestammelt. Dabei hat er geweint wie ein kleines Kind. Er ist vor mir auf die Knie gesunken. Niemals könne er eine andere so lieben wie mich. Dass er mich braucht, hat er gejammert. Dass er ohne mich nicht leben kann. Wie erbärmlich. Robert ist ein solcher Wurm! Er würde Sebastian von unserer Affäre erzählen. Er würde mich heiraten. Als ob ich mich an einen jämmerlichen Viscount ohne nennenswertes Vermögen verschwenden würde! Noch ist es mir gelungen, ihn zu beruhigen. Aber ich weiß nicht, was geschehen wird, wenn ich Sebastians Antrag annehme. Dafür muss mir noch eine Lösung einfallen.

14. August 1886
Fiona hat mich eben darüber informiert, dass sie Tony, den Stallburschen, bestochen hat, damit er gesattelte Pferde für unsere

Flucht bereithält. Das Dummerchen glaubt immer noch, dass ich alles für sie hinter mir zurücklasse, um mit ihr das Leben einer Nomadin zu führen. Soll sie alleine für die Rechte der Frauen kämpfen. Ich brauche keine Gesetze, die meine Rechte regeln. Ich mache meine eigenen Gesetze.

Mir ist eine Lösung für Robert eingefallen. So vernarrt, wie er in mich ist, bin ich davon überzeugt, dass er sich auf meinen Vorschlag einlassen wird. Es steht außer Frage, dass ich Sebastians Antrag annehmen werde. Aber das bedeutet ja nicht zwangsläufig auch das Ende von Roberts und meiner kleinen Affäre. Im Prinzip wird sich also für uns nichts ändern.

Und wenn er sich darauf nicht einlässt?

Nun ist es aber an der Zeit, mich umzukleiden. Für meinen großen Abend.

Wenn ich dieses Büchlein das nächste Mal aus seinem Versteck in meinem Badezimmer hole, werde ich verlobt sein.

Benommen klappe ich das Buch zu. Das ist ihr letzter Eintrag.

»In meinem Badezimmer?«, murmele ich lautlos. Fröstelnd schlinge ich die Arme um mich. »In meinem Badezimmer!« Mein Zimmer ist ihr Zimmer. War ihr Zimmer. Kann es jetzt aber nicht mehr sein, weil ich es bewohne. Keuchend lehne ich mich an die Wand. In meinem Kopf fängt alles an, sich zu drehen. Schwarze Punkte flackern vor meinen Augen, erst prickelt es, dann ist plötzlich alles dunkel um mich herum.

Gebt ihr Wasser!«

»Wenn ich doch nur mein Riechsalz eingepackt hätte.«

»Diese jungen Dinger lassen sich immer zu eng schnüren und dann bekommen sie keine Luft mehr und fallen in Ohnmacht.«

»Wir brauchen Champagner. Der regt doch immer noch am besten den Kreislauf an.«

Als ich die Augen aufschlage, liege ich auf einem der Sofas und eine besorgte Menschentraube drängt sich um mich herum, während mir ein älterer Herr ein Champagnerglas an die Lippen hält. »Wohl bekomm's!«

»Dankeschön!« Vorsichtig stütze ich mich auf meine Ellenbogen auf und nehme ein paar kleine Schlucke. Die Prickelbrause bringt ziemlich schnell meine Lebensgeister zurück.

»Nicht so eilig!«, rät mir eine Dame, als ich die Beine vom Sofa schwinge und mich aufsetzen will. »Sonst kippen Sie gleich wieder um.«

Wo sie recht hat, hat sie recht, weshalb ich sie dankbar anlächle und erst mal bleibe, wo ich bin. Mir ist dieser Menschenauflauf so was von peinlich. Wenn ich etwas wirklich hasse, dann ist es, im Mittelpunkt zu stehen und dann auch noch wegen so einer blöden Ohnmacht. Wo ist eigentlich mein …?

Oh, Shit! Hektisch blicke ich mich um, aber weil die vielen Abendkleider und schwarzen Hosenbeine mir die Sicht verstellen, kann ich nicht sehen, wo Isobels Tagebuch hingefallen ist, als mein Kreislauf beschlossen hat, mich im Stich zu lassen.

»Suchen Sie vielleicht das hier?« Eine ältere Dame löst sich aus dem Pulk. Ich halte den Atem an, denn von ihrer Hand baumelt mein Abendtäschchen.

Ungeduldig nehme die Tasche von ihr entgegen und schon im nächsten Moment durchspült mich eine Woge der Erleichterung, als meine Finger die Kanten und Ecken von Isobels Tagebuch durch den weichen Stoff spüren. Erlöst seufze ich auf.

»Ich dachte mir schon, dass das Büchlein Ihnen gehört!«, zwinkert mir die ältere Dame verschwörerisch zu. »Deshalb habe ich es schnell in Ihr Täschchen gepackt. Ihre Notizen gehen ja niemanden etwas an.«

»Das war superlieb von Ihnen! Vielen Dank!«

»Kein Ursache!«, erwidert die Dame und wendet sich zum Gehen.

»Ich höre, hier gibt es einen Notfall? Wird ein Arzt benötigt?« Schon bevor sich die Menschenmenge vor ihm teilt, um ihn zu mir durchzulassen, habe ich Sebastians Stimme erkannt. Nein, nicht Sebastian, bitte nicht!

»Alles wieder in völliger Ordnung«, informiert ihn der Herr mit dem nur noch halbvollen Champagnerglas in der Hand. »Eine kleine Ohnmacht. Nichts Ernstes.«

Als Sebastians Blick auf mich fällt, zieht er scharf die Luft ein, während ich das Abendtäschchen mitsamt seinem brisanten Inhalt schützend gegen meine Brust presse.

»Miss Sondorf! Sind Sie wohlauf?«

»An Ihrer Stelle würde ich die junge Dame zur Sicherheit auf die Tanzfläche entführen, damit ihr Kreislauf wieder so richtig in Fahrt kommt!«, rät ihm mein Retter, bevor ich auch nur den Mund aufmachen kann. Und auch wenn ich mich am liebsten mit Händen und Füßen wehren würde, bleibt mir nichts anderes übrig, als Sebastians ausgestreckte Hand zu ergreifen und gute Miene zum bösen Spiel zu machen.

Mit festem und unerbittlichem Griff führt er mich in die große Halle. »Warum bist du vor mir weggelaufen?«, raunt er mir zu. Erwartet er wirklich eine Antwort darauf?

Noch bevor er den Arm um mich legt und das Orchester das nächste Stück anspielt, wird mir klar, dass ich in der Falle sitze. So schnell wird er mich nicht wieder entkommen lassen. Aber solange sich unter den Augen der umstehenden Menschen so viele Paare mit uns auf der Tanzfläche drehen, fühle ich mich erst mal sicher.

»Hör zu, Juno!«, stößt er mit gepresster Stimme hervor. »Ich weiß, dass mein Verhalten dir gegenüber zu großem Erstaunen, ja Unverständnis geführt hat. Aber ich konnte nicht anders handeln.«

Wäre die Situation nicht so ernst, würde ich laut auflachen. Natürlich konnte er das nicht, denn er ist ein konservativer, hochadeliger Idiot, und ich, als seine Angestellte, tauge nun mal nach seinem Klassendenken nicht als seine Freundin.

»Spar es dir einfach!«, zische ich.

»Nein, bitte, lass mich erklären … Es ist schwer zu beschreiben und wahrscheinlich noch schwerer zu verstehen. Ich begreife es ja selbst nicht.« Er stockt. »Dein Leben ist in Gefahr, Juno. Ich kann dir jetzt nicht alles erklären, aber … glaub mir einfach. Ich habe solche Angst um dich. Und das Schlimmste ist …« Er zögert, dann fährt er heiser fort: »Das Schlimmste ist, dass ich nicht weiß, ob nicht *ich* es bin, der dir etwas antun wird.«

Meine Knie geben nach und Sebastian muss mich für einen Moment stützen.

»Egal, wie schwer es mir fiel, ich musste auf Abstand zu dir gehen. Deshalb habe ich dich von mir gestoßen, Juno. Nur zu deinem eigenen Schutz.«

Er ringt um Fassung. Mitten auf der Tanzfläche bleibt er so abrupt stehen, dass die anderen Paare uns nur mit Mühe und Not ausweichen können.

»Ich verstehe selbst nicht alles, aber ich spüre, dass das alles mit Isobel zu tun hat. Ich sehe, wie mir meine Großmutter …«

»Also gibst du endlich zu, dass du Isobel kennst«, stoße ich heftig hervor. »Dass du dich heute Abend mit ihr verloben wirst!«

»Mein Gott, Juno … ja!«, haucht er. Sein Geständnis trifft mich wie ein Schlag in die Magengrube. »Ich werde mich heute Nacht verloben.« Stockend setzt er hinzu. »Mit Isobel! Aber es ist nicht so, wie du denkst«, flüstert er mir beschwörend zu. Seine Lippen sind so nah an meinem Ohr, dass ich seinen warmen Atem spüre. »Du musst unbedingt bei mir bleiben. Hörst du, Juno? Ich weiß nicht, von wem die Gefahr ausgeht, aber ich weiß, dass du heute Nacht sterben wirst, wenn du nicht in meiner Nähe bleibst.«

Genauso wie Isobel. Wieder sehe ich den Grabstein mit der Inschrift und dem heutigen Datum vor meinem inneren Auge. Mein Herz hämmert gegen meine Brust. Dass ich in Gefahr bin, spüre ich. Aber ich weiß nicht, ob der Mann, der mich gerade in seinen Armen hält, mein Beschützer oder mein ... Mörder ist. Ich weiß nicht, wer er überhaupt ist. Seine Worte sind wie tausend Nadelstiche. Alles hat er mir verheimlicht. Alles.

»Traue niemandem!«, fügt er nun passenderweise hinzu.

Er ist nicht der Erste, der mir das rät. So fest ich kann, presse ich meine Lippen aufeinander und kneife die Augen kurz zu, um nur nicht heulen zu müssen. Weinen kann ich später immer noch. Ich brauche einen klaren Kopf, um die richtigen Entscheidungen zu treffen.

»Entschuldige, mein Freund, aber diesen Tanz hatte Miss Sondorf mir versprochen!« Mit einem strahlenden Lächeln hat sich Lord Farnfield den Weg zu uns gebahnt und Sebastian die Hand auf die Schulter gelegt. In der Zwischenzeit muss er noch weiter getrunken haben, denn sein Atem riecht unangenehm nach Wein. Im ersten Moment freue ich mich trotzdem über sein Auftauchen, aber nur die Millisekunde, die es dauert, bis mir wieder einfällt, dass Isobel mich auch vor ihm gewarnt hat.

»Ist es denn schon elf Uhr?«

Lord Farnfields bestätigendes Nicken auf meine Frage nehme ich nur aus den Augenwinkeln wahr, denn es ist Fiona, die vom Rand der Tanzfläche aus mit winkenden Bewegungen meine Aufmerksamkeit auf sich zieht. Ich muss nicht hören können, was ihre Lippen lautlos formen. Das fordernde Aufflackern in ihren Augen und das energische Nicken ihres Kopfes in Richtung Hintertreppentür verraten deutlich ihre Absichten. Alles in mir schreit nach Flucht. Aber wie und wohin?

»Keine Chance, Robert!«, weist Sebastian Lord Farnfield mit einem gezwungenen Lachen ab, während er seinen Griff um meine Taille verstärkt, als ob er meine Gedanken lesen könnte. »Für heute Abend gehört Miss Sondorf mir.«

Im letzten Moment fängt Lord Farnfield den drohenden Sturz ab, als ihn, angetrunken wie er ist, seine ironische Verbeugung vor Sebastian stolpern lässt. »Aber natürlich. Immer der Earl zuerst. Immer nimmt sich der Earl, was er haben will. Und zwar ohne Rücksicht auf Verluste.«

»Ich warne dich, Robert!«, zischt Sebastian. »Es ist mir selten etwas so ernst gewesen wie jetzt!«

Völlig untypisch für ihn gibt Lord Farnfield sich mit einem bedauernden Schulterzucken geschlagen, bevor er sich umdreht und ich ihn aus den Augen verliere. Fiona ist ebenfalls verschwunden. Wahrscheinlich ist sie schon auf dem Weg zum Stall.

»Und was wird das jetzt?« Ich lege so viel Mut und Widerstandsgeist in meine Stimme wie nur irgend möglich. »Wir tanzen bis zum Morgengrauen. Und dann?«

»Verspotte mich ruhig«, erwidert Sebastian, während er seine aufmerksamen Augen durch den Saal gleiten lässt. »Aber so ähnlich sieht mein Plan aus. Zumindest so lange, bis ich klarer sehe.«

»Ich habe Isobels Tagebuch gelesen. Oder zumindest genug, um zu wissen, dass ...«

»Es gab da diese Abmachung zwischen meinen und ihren Eltern«, fängt Sebastian wie in Trance an zu erzählen. »Wir sollten eines Tages heiraten und an dieses Versprechen fühlte ich mich gebunden.« Plötzlich schaut er mich irritiert an. »Wie ähnlich ihr euch seht! Unglaublich! Und das liegt nicht nur an diesem Kleid. Ja, dieses Kleid, genau das gleiche hat sie auch getragen, an dem Abend, als sie ...«

Jedes Wort ein Stich in mein Herz. Also ging es ihm nie um mich. Jeder seiner Küsse galt ihr, nicht mir. Er hat in mir immer nur sie gesehen.

»Liebst du sie?« Meine Stimme ist nicht mehr als ein heiseres Krächzen. Sebastian kneift die Augen zusammen und greift sich mit der Hand an die gefurchte Stirn.

»Alles ist so unklar!«, keucht er, reißt die Augen weit auf, starrt mich mit einem irren Blick an und packt mich an den Schultern. »Juno, du, Isobel, es dreht sich alles. Verstehst du? Ich kann mir selbst nicht trauen. Deshalb müssen wir hierbleiben. Unter all den Menschen. Damit auch ich es nicht wagen kann, einen Mord zu begehen.«

»Aber warum solltest du ... sollte überhaupt jemand mich töten wollen?«, spreche ich die Frage aus, die schon länger durch meinen Kopf geistert, ohne dass ich sie mir vor lauter Angst und Benommenheit wirklich gestellt hätte. »Ich habe doch mit Isobel und dem allen hier nichts zu tun!«

Doch. Natürlich habe ich das. Ich wohne in ihrem Zimmer, ich trage ihre Kleider, ich bedeute Fiona das Gleiche, was sie ihr bedeutet hat, der Mann, mit dem sie was am

Laufen hatte, hat ganz offensichtlich auch Interesse an mir und ich bin in den Mann verliebt, den sie heiraten will. Und wenn kein Wunder geschieht, dann werden wir beide heute Nacht unseren gewaltsamen Tod finden.

Ich bin Isobel!

»Miss Sondorf! Bitte entschuldige, Sebastian, aber ich bin in einer ganz misslichen Lage und brauche dringend Miss Sondorfs Hilfe!« Mit schamhaft geröteten Wangen hat Mrs Wharton sich zu uns durchgekämpft, wobei ihr die Spielpause des Orchesters die Arbeit etwas erleichtert hat.

»Darf ich dich bitten, dich an einen der Diener zu wenden, Laura?«, setzt Sebastian leicht verärgert, aber immer noch höflich an, dabei müsste er doch wissen, dass sich eine Mrs Wharton von freundlichen Worten nicht bremsen lässt.

»Ich soll einen Diener in ein Frauenproblem einweihen?«, schnaubt sie bestürzt. Ohne auf Sebastians Antwort zu warten, greift sie mit der einen Hand nach meinem Handgelenk, während sie die andere hinter ihrem Rücken versteckt. Der arme Sebastian errötet auf der Stelle und schaut genau die kurze Zeitspanne beschämt zur Seite, die Mrs Wharton braucht, um mit mir in der Menge zu verschwinden.

»Was für ein Fiasko!«, zischelt sie mir zu, während die Musik zum nächsten Tanz aufspielt und sie uns in Schlangenlinien um die Paare manövriert. »Gerade fordert mich der französische Botschafter zum Tanz auf, da spüre ich eine ungewohnte Freiheit um die Körpermitte herum und im nächsten Moment werde ich der niederschmetternden Tatsache gewahr, dass sowohl mein Korsett als auch mein Kleid dem Drängen meiner Körpermassen nachgegeben haben.«

Möglichst dezent schiele ich dahin, wo Mrs Whartons Faust das aufgeplatzte Kleid hinter ihrem Rücken zusammengerafft hält.

»Wenn Sie wohl so nett sein würden und so dicht hinter mir gehen könnten, dass den Umstehenden der Blick auf das Desaster verstellt ist?«, fleht sie mich an. Wie es scheint, bin ich die einzige weibliche Person hier in der Halle, der Mrs Wharton in ihrer peinlichen Lage vertraut. Was bleibt mir also anderes übrig, als »Na, klar!« zu antworten? Was soll mir auch schon auf dem kurzen Weg in ihr Zimmer zustoßen? Ich liefere sie dort ab, sie klingelt nach ihrer Zofe und ich mische mich ganz schnell wieder unter die Leute.

Gerade will ich den Weg zur großen Treppe einschlagen, als Mrs Wharton zwei Paare umrundet, um auf die Tür zur Hintertreppe zuzusteuern. Was ja auch logisch ist. Der Weg die große Treppe hinauf ist der reinste Präsentierteller. So dicht könnte ich mich gar nicht an sie drängen, als dass nicht sofort jeder sehen würde, was los ist. Flink wie ein Wiesel huscht sie durch die Tür und vor mir die Stufen hinauf. In der ersten Etage angekommen, biegt sie aber nicht in Richtung ihres Schlafzimmers ab.

»Mrs Wharton, das ist der falsche Weg!«, stelle ich irritiert klar.

»Sie sind mir vielleicht eine!« Als hätte ich nichts gesagt, geht sie amüsiert in sich hineinkichernd schnurstracks weiter. Auf mein Zimmer zu. »Verdrehen jedem Mann den Kopf!«

»Bitte, was?« Jetzt erst bemerke ich, dass sie ihre rechte Hand gar nicht mehr hinter dem Rücken hält. Was sie auch nicht muss, denn mit ihrem Kleid ist alles in absoluter Ordnung. Mit einem schelmischen Lächeln lässt sie den gekrümmten Zeigefinger dreimal kurz, dreimal lang an meine Zimmertür klopfen.

Das »Was machen Sie denn da?« bleibt mir im Halse stecken, weil die Tür augenblicklich aufgerissen wird. Wer auch immer hinter ihr steht, er muss uns erwartet haben. Mit einem knappen, aber energischen Schubs drängt Mrs Wharton mich in den finsteren Raum. Sie erwischt mich so unvorbereitet, dass ich ein paar Schritte stolpere und mich gerade eben noch an den Bettpfosten klammern kann, um nicht zu fallen.

»Und wie versprochen, ich schweige wie ein Grab! Jaja, die Liebe!«, raunt sie in die Dunkelheit, bevor sie die Tür hinter sich zuzieht.

Durch den wolkenverhangenen Himmel gelingt es nur ein paar Sternen, ihr schwaches Licht durch die Fenster und bis in mein Zimmer zu schicken. Ein Klacken von der Tür herkommend verrät mir, dass gerade das Schloss zugesperrt wurde. Sehen kann ich immer noch niemanden, denn auch wenn sich meine Augen langsam an das Halbdunkel gewöhnen, sind die Tür und die Person, die vor ihr steht, in zu tiefe Schatten getaucht. Erst als sich Schritte über den Holzboden auf mich zubewegen, nehme ich den säuerlichen Geruch von Wein wahr. Dann flammt mit einem leisen Knistern ein Streichholz auf und es überrascht mich nicht mehr, in welches Gesicht ich da blicke. Kraftlos setze ich mich auf das Bett, meine Beine wollen mich einfach nicht mehr tragen.

Wortlos schreitet Lord Farnfield auf den Kamin zu, um die beiden Kerzen anzuzünden, dann geht er weiter auf den Frisier- und den Nachttisch zu, um dort ebenfalls Licht zu entfachen. Unendlich langsam dreht er sich dann zu mir um. Sein Gesicht liegt im Schatten, als er zu sprechen beginnt. »Bitte entschuldigen Sie diesen kleinen Trick. Er ist nötig geworden, weil Sebastian Sie nie im Leben mit mir hätte davontanzen lassen. Er ahnt, was los ist, und bald wird ihm auch wieder alles einfallen. Aber noch weiß er nicht, von wem Gefahr droht. Oder ob er vielleicht selbst derjenige ist, vor dem er sich fürchten sollte. Und diese Sorge lähmt ihn.«

Nur mit Mühle gelingt es mir, zu schlucken. »Warum bin ich hier?«

»Um zu sterben!« Mit tieftraurigen Augen schüttelt Lord Farnfield den Kopf. »Ich werde Sie töten. Genauso wie Fiona Isobel getötet hat.«

»Was?«, flüstere ich. »Fiona hat Isobel getötet? Wann?«

»Schwer vorzustellen. Ich weiß«, murmelt Lord Farnfield, während er zu den schweren Gardinen hinübergeht und mit einem Ruck die Kordeln abreißt. »Aber sie hatte Hilfe. Von Sebastian.«

Nein, bitte, nein!

»Isobels grausamer Tod ist der Grund dafür, dass ich Sie hergelockt habe. Sie und all die anderen, die vor Ihnen hier gewesen sind.«

In meinem Kopf fängt es an zu pochen.

Langsam dreht Lord Farnfield sich zu mir um. Er spricht jedes Wort klar und deutlich aus und trotzdem lässt ihn der Alkohol schwanken.

»Ich will Fiona und Sebastian leiden sehen, Miss Sondorf. Sie sollen den gleichen unstillbaren Schmerz empfinden, der seit Isobels Tod jeden Tag, Stunde um Stunde, Minute um Minute, jede grausame Sekunde mein Herz zernagt. Deshalb habe ich mich an die Arbeitsvermittlungsagentur *Plimpton & Sons* gewandt. Zwar im Auftrag und in Sebastians Namen, aber die Beschreibung der jungen Dame, die als Gesellschafterin für Lady Marjorie gesucht wurde, die stammte einzig und allein aus meiner Feder. Was ich brauchte, war eine zweite Isobel. Eine junge Frau, deren Haare die gleiche Beschaffenheit hatten wie Isobels, deren Augen genauso grün wie Isobels wären und deren seidige Haut genau den gleichen Alabasterton aufweisen würde wie Isobels. Denn Sebastian musste sich in sie verlieben und für Fiona musste sie zur unersetzlichen Vertrauten werden. Keine Ihrer Vorgängerinnen, Miss Sondorf, war so perfekt wie Sie. Sie sind Isobel. Zum ersten Mal in all den vielen, vielen Jahren seit Isobels grausamen Tod konnte mein Plan funktionieren. Und er hat es. Sebastian liebt Sie mehr als sein Leben, mehr als er Isobel jemals geliebt hat, auch wenn er sich dagegen sträubt, aus Angst, er könne Ihnen etwas antun. Und Fiona habe ich noch nie so glücklich gesehen wie in Ihrer Gesellschaft.«

Den Blick auf die Stricke in seinen Händen geheftet, kommt Lord Farnfield zu mir herüber. Unwillkürlich schrecke ich zurück, als er sich vor mich hinhockt, die Gardinenkordeln neben sich auf den Boden legt und seine Hände um meine schlingt.

»Bitte, Miss Sondorf, Sie müssen mir verzeihen. Was ich gleich machen werde, hat nichts mit Ihnen zu tun. Ganz im Gegenteil. Ich mag Sie sehr und es fällt mir nicht leicht, meinen Schwur zu erfüllen. Aber es muss nun mal sein.«

Tränen schießen mir in die Augen, mein Herz überschlägt sich, mein Atem rast und trotzdem bekomme ich nicht genug Luft.

»Sie werden den gleichen grausamen Tod sterben, den Isobel gestorben ist.«

Ein erstickter Schrei windet sich aus meiner Kehle, als vor meinen Augen das grausam entstellte Gesicht Isobels erscheint.

»Nein!«, schreie ich und springe auf die Füße, obwohl ich weiß, dass ich keine Chance gegen ihn habe. Ich erreiche die Tür nur vor ihm, weil er nicht die geringsten Anstalten macht, mich aufzuhalten.

Muss er auch nicht, denn der Schlüssel steckt nicht mehr im Schloss.

»Bitte, Miss Sondorf!« Als ich zu ihm herumwirbele, sehe ich Tränen in seinen Augen schimmern. »Es muss doch nun mal sein. Ich habe geschworen, Isobel zu rächen.« Langsam richtet er sich auf.

Fieberhaft jagen die Gedanken durch meinen Kopf. Ich muss ihn dazu bringen weiterzureden. Nur so gewinne ich

Zeit, auch wenn ich nicht weiß, wofür. Schließlich gibt es niemanden, der kommen wird, um mich zu retten.

Sebastian weiß nicht, wo ich bin, und Fiona wartet im Stall auf mich.

»Bevor ich … sterbe … erzählen Sie mir von Isobel?«

Augenblicklich legt sich ein glückliches Lächeln auf Lord Farnfields Gesicht. »Isobel war eine ungewöhnliche Frau«, setzt er an, während er mit der ausgestreckten Hand auf einen der zwei antiken Sessel deutet. Ich nehme mir sehr viel Zeit zum Hinübergehen und noch mehr zum Hinsetzen. »Keine Frau, die artig nur das Wohl ihres Gemahls im Sinn hat und sich selbst völlig zurücknimmt.«

Bedächtig nimmt er im Sessel mir gegenüber Platz. Mir entgeht nicht, dass er die Kordeln mitgebracht hat und gedankenvoll durch seine Hände zieht.

»Oh, nein, so war sie nicht. Auch wenn sie Sebastian gerne glauben ließ, sie sei eine bescheidene, großherzige, naturverbundene, selbstlose Frau mit dem Wunsch, ihrem Mann eine vollkommene Gefährtin und ihren Kindern eine aufopferungsvolle Mutter zu sein.« Er stößt ein amüsiertes Schnauben aus. »Ich weiß nicht, ob ihm jemals aufging, dass sie ihm nur Theater vorspielte. Alles, um ihre Eltern nicht zu enttäuschen. Ihnen war es doch so wichtig, dass sie die Frau eines Earls wurde. Ich aber kannte die wahre Isobel.«

Die Erinnerung lässt seine Augen aufleuchten.

»Sie war wild, suchte das Abenteuer, unbändig und leidenschaftlich, und zwar in jeglicher Hinsicht. Sie machte gerne dem Schicksal ein Angebot. Ich habe versucht, mich gegen meine Gefühle für sie zu wehren. Ich glaube, Fiona zu lieben, bis Isobel mich in ihren Bann zog. Vom ersten Kuss an war ich ihr verfallen. Ich wusste, dass wir für immer zusammengehörten. Auch wenn mich das schlechte Gewissen Sebastian gegenüber auffraß. Er war doch mein bester Freund und ich wusste, dass er sie heiraten wollte.«

»Und was passierte dann?« Meine Stimme zittert.

Seine Augen wandern zu Isobels Bett hinüber.

»Wir liebten uns. Hier in diesem Zimmer. Nacht für Nacht schlich ich mich durch den Geheimgang zu ihr. Unsere Liebe war so groß, so unermesslich, so einzigartig. Ich wusste, dass ich nicht einen Tag ohne sie leben könnte. Und ihr ging es genauso. Sie schwor mir ewige Liebe! Dabei hatten wir beide so ein schlechtes Gewissen wegen Sebastian und dem, was wir hinter seinem Rücken trieben. Mich leitete immer die Hoffnung, dass Isobel ihn trotz der Erwartungen ihrer Eltern aufgeben würde.«

Er ist blind vor Liebe und sieht nicht, wie hinterhältig diese Frau gewesen ist.

»Dann kam der Abend ihres letzten Balls ...«

Unauffällig taste ich nach dem Tagebuch in meiner Abendtasche, die ich immer noch um mein Handgelenk trage. Es ist der Mut der Verzweiflung, der mich so einfühlsam und vorsichtig wie möglich sagen lässt: »Aber was wäre, wenn Sie sich in Isobel getäuscht hätten und ...«

Urplötzlich springt Lord Farnfield aus dem Sessel auf. Schmerz und Zorn über meine blasphemische Andeutung haben sein Gesicht zu einer grausamen Fratze verzerrt. »Wagen Sie es nicht, Isobels Andenken in den Schmutz zu ziehen!«

Ich will treten, kratzen, beißen. Aber stattdessen sehe ich ihm wie gelähmt dabei zu, wie er die erste Kordel um meine Handgelenke schlingt, bevor er auch meine Füße zusammenbindet und mich schließlich an den Sessel fesselt.

»Lord Farnfield, bitte!« Ich zittere unkontrolliert, die Tränen laufen mir über die Wangen. Erwacht aus meiner Erstarrung, rüttele ich wie irre an meinen Fesseln, aber sie wollen mich nicht freigeben.

»Verzeihen Sie mir, Miss Sondorf! Bitte verzeihen Sie mir!«, fleht er mit tränenerstickter Stimme, nimmt einen der Kerzenleuchter vom Kaminsims und geht zur Tür. Langsam zieht er den Schlüssel aus seiner Hosentasche und steckt ihn ins Schloss. Ich sehe ihm an, wie sehr er mit sich kämpft, dann holt er tief Atem und schleudert den Leuchter auf den Teppich vor dem Frisiertischchen, der sofort Feuer fängt. Ich schreie und schreie, spüre die Hitze näher kommen.

Plötzlich mischt sich etwas anderes in meine Stimme. Das Geräusch von splitterndem Holz. Die Tür fliegt krachend auf und dann höre ich Sebastians Stimme.

»Robert, was hast du getan?« Er stürzt ins Zimmer und wirft sich auf Lord Farnfield. Gemeinsam gehen sie zu Boden, wälzen sich im Kampf. Mal ist Sebastian oben, mal Lord Farnfield. Jetzt ist auch Fiona da. Kurz entschlossen eilt sie auf das Fenster zu, reißt mit einem Ruck eine der Gardinen herunter und schleudert sie auf die hungrigen Flammen, um ihnen den Sauerstoff zum Leben zu nehmen.

»Was tust du da?« Die Verzweiflung macht Lord Farnfields Stimme schrill. »Sie muss sterben! Für Isobel! Weil ihr sie ermordet habt.«

»Robert, du bist ja von Sinnen!«, keucht Sebastian, von dessen aufgeplatzter Lippe Blut tropft. »Es war ein Unfall! Ein Unfall! Glaub uns doch endlich.«

»Lügen, nichts als Lügen!« Bebend hat sich Lord Farnfield auf die Füße hochgerappelt, die Fäuste zum nächsten Schlag geballt. Der Alkohol in seinem Blut lässt ihn schwanken. »Ihr habt sie ermordet, weil ihr es nicht ertragen konntet, dass sie mich liebte, dass sie euch für mich aufgegeben hätte, dass ihre ganze Liebe nur mir gehörte.«

»Schnell, Fiona, binde mich los!« Ich kann es gar nicht abwarten, bis sie meine Hände von den Fesseln befreit hat und ich Isobels Tagebuch hervorziehen kann.

»Du kannst mich nicht aufhalten, Sebastian!« Blitzschnell fährt Lord Farnfield zum Kamin herum und greift nach dem zweiten Kerzenleuchter, bereit, ihn auf mich und den Sessel zu schleudern.

»Nein, Robert! Nein!«, fleht Sebastian. »Ich liebe sie doch.«

»Ich weiß!« Lord Farnfield holt zum Wurf aus. »Gerade deshalb muss sie ja sterben!«

»Hätte ich geahnt, dass Robert so unbeherrscht und uneinsichtig sein könnte, hätte ich niemals eine Affäre mit ihm angefangen«, lese ich mit bebender Stimme Isobels Tagebucheintrag vor, während Fiona noch dabei ist, meine Füße zu befreien. Kurz schaue ich auf, um sicherzugehen, dass ich Lord Farnfields volle Aufmerksamkeit habe. Ganz offensichtlich habe ich sie, denn er kommt langsam auf mich zu. Schnell fahre ich mit der Zunge über meine trockenen Lippen. *»Sebastian hat ihm von seinen Plänen erzählt. Mitten in der Nacht ist er durch den Geheimgang in mein Zimmer gekommen und hat*

mir eine Szene gemacht. Gerade ist er erst weg. Gott, was hatte ich Sorge, dass jemand sein lautes Schluchzen hören könnte und er mir so kurz vor meinem Ziel alles verdirbt. Dass er mich liebt, hat er immer wieder gestammelt. Dabei hat er geweint wie ein kleines Kind. Er ist vor mir auf die Knie gesunken, ist vor mir herumgerutscht. Niemals könne er eine andere so lieben wie mich. Dass er mich braucht, hat er gejammert. Dass er ohne mich nicht leben kann. Wie erbärmlich. Robert ist ein solcher Wurm! Er würde Sebastian von unserer Affäre erzählen. Er würde mich heiraten. Als ob ich mich an einen jämmerlichen Viscount ohne nennenswertes Vermögen verschwenden würde!«

Alle starren mich an. Sebastian, Fiona, aber vor allem Lord Farnfield, dem alle Farbe aus dem Gesicht gewichen ist. Leise klappe ich das Tagebuch wieder zu.

»Was ist das?«, zischt er keuchend.

»Das sind Isobels eigene Worte. Am Vorabend ihres Todes hat sie sie in ihr Tagebuch geschrieben. Lesen Sie selbst, wenn Sie mir nicht glauben wollen, Lord Farnfield. Sie hat mit Ihnen gespielt. Genauso wie mit allen anderen. Sie hatte Sie nicht verdient!«

»Sie lügen!« Lord Farnfield reißt mir das Tagebuch aus der Hand. Dann setzt er sich auf das Bett, stellt den Kerzenleuchter zu dem anderen auf dem Nachttisch und beginnt zu lesen. Kaum, dass seine Augen über die ersten Worte huschen, erkennt er scheinbar Isobels Schrift. Seine Schultern sacken kraftlos nach vorne. Keiner von uns traut sich, auch nur ein Wort zu ihm zu sagen, während Lord Farnfield mit traurigen Augen die Wahrheit über seine große Liebe liest.

»Bist du wohlauf?«, flüstert Fiona mir zu, während sie mit schnellen Fingern meine Füße von ihren Fesseln befreit. Dann greift sie nach meiner Hand. »Als du nicht zum Stall gekommen bist, war ich so außer mir, dass ich in voller Reitmontur in die große Halle gestapft bin, um dir tüchtig die Meinung zu sagen. Aber als ich dich dort nicht finden konnte, habe ich mir Sorgen gemacht und wollte dich in deinem Zimmer suchen. Schon auf dem Gang habe ich den Tumult gehört. Genau in dem Moment ist mir alles wieder eingefallen. All das Schreckliche, was sich in jener verhängnisvollen Nacht zugetragen hat.«

»Außer einem tüchtigen Schrecken ist alles okay mit mir!«, nicke ich.

»Großer Gott, Juno, ich hätte es nicht ertragen, dich zu verlieren!« Sebastian steht vor mir und schaut mich mit seinen wunderschönen Augen an.

Kurz schaut Fiona zwischen uns hin und her, zieht sich mit einem breiten Grinsen auf die Füße hoch und tritt zur Seite, damit Sebastian mich in die Arme schließen kann. Oh Gott, wie sehr genieße ich es, den verführerischen Sebastian-Duft aufzusaugen. Langsam lässt er sich auf die Armlehne meines Sessels gleiten, haucht mir zärtlich einen Kuss aufs Haar und legt meine Hand in seine.

Schweigend beobachten Fiona, Sebastian und ich, wie Lord Farnfields Augen über Isobels Schrift huschen. Viel zu fröhlich klingt die Musik aus der großen Halle zu uns herauf, die nur ab und an von freudigem Gelächter übertönt wird. Die Minuten vergehen. Leise raschelt das Papier, wenn Lord Farnfield die Tagebuchseiten umblättert. Schwarz auf weiß lesen zu müssen, was diese Frau wirklich über ihn gedacht und dass sie nichts für ihn empfunden hat, muss ihm das Herz in Stücke zerfetzen.

Erschrocken zucken wir alle drei zusammen, als ihm Isobels Tagebuch aus den Händen gleitet und mit einem lauten Knall auf dem Boden aufschlägt.

»Isobel!«, flüstert er. Er hat die Augen geschlossen und rauft sich das Haar.

Sebastian und ich tauschen einen mitleidigen Blick. Da raschelt neben mir Fionas Kleid. Mit entschlossenen Schritten geht sie zu Lord Farnfield hinüber, setzt sich neben ihn auf mein Bett und legt den Arm um seine Schultern.

»Isobel war ein falsches Biest. Schön, schlau und verführerisch, aber auch berechnend, durchtrieben und mit einer Seele so schwarz wie die Nacht. Sie hat dich, mich, uns alle um den Finger gewickelt, gelogen und betrogen«, versucht Fiona ihn zu trösten.

Wortlos beugt sich Lord Farnfield vor, um das Tagebuch aufzuheben.

»Ich schwöre dir, Robert, es war ein grauenhafter furchtbarer Unfall!«, meldet sich Sebastian zu Wort. »Wenn es auch nur den Funken einer Chance gegeben hätte, hätte ich alles versucht, um Isobel zu retten. Hörst du, Robert, alles. Wahrscheinlich hat sie erst bemerkt, dass ihr Zimmer in Flammen stand, als das Feuer ihr schon den Weg abgeschnitten hatte.«

Mit gesenktem Kopf streicht Lord Farnfield über den Ledereinband von Isobels Tagebuch. Doch dann nickt er. Langsam und schicksalsergeben.

»Wie dumm ich war!«, murmelt er nach einer Weile. »Wie unendlich dumm!«

»Was ist denn geschehen? Wie kann es sein, dass Isobel schon tot ist und da draußen auf dem Friedhof begraben liegt? Wo doch auf dem Grabstein der heutige Tag als ihr Todestag eingemeißelt ist? Ich versteh das alles nicht.« Unendlich verwirrt schaue ich vom einen zum anderen.

Sebastian seufzt schwer.

»Da fangen wir wohl am besten ganz am Anfang an«, schlägt Fiona vor, holt tief Luft und erzählt erst stockend, dann immer flüssiger ihren Teil der Geschichte, den Sebastian um seinen ergänzt.

Stück um Stück setzt sich das Bild der Geschehnisse für mich zusammen.

Ein Fluch. Ein verdammter Fluch sorgte dafür, dass Staunton House und alle seine Bewohner im Jahr achtzehnhundertsechsundachzig stehen blieben. Dazu verdammt, immer und immer diesen verhängnisvollen Sommer zu wiederholen. Und alles wegen Isobel …

Isobel war Fionas beste Freundin. Oder besser gesagt, Fiona hielt sie für ihre beste Freundin. Jahrelang hatte Isobel Fiona vorgespielt, dass sie sich genauso wie sie für die Länder und Kulturen dieser Welt interessiere. Außerdem gab sie gekonnt die Frauenrechtlerin, die engagiert für die Rechte der Frau zu kämpfen bereit war. Sie ließ Fiona glauben, dass sie kein Interesse an Sebastian hätte. Ihr Ziel sei ein unabhängiges, emanzipiertes Leben. Bei Nacht und Nebel würde sie Staunton House verlassen, um mit Fiona die Welt zu bereisen. So weit, so verlogen. Denn dann kam der Abend jenes verhängnisvollen Sommerballs im Jahr achtzehnhundertsechsundachzig.

Der Abend, an dem Sebastian Fiona anvertraute, dass er Isobel die Frage aller Fragen stellen würde. Was er Fiona nicht verriet, war die Tatsache, dass er das einzig tun würde, weil er glaubte, es seinen Eltern schuldig zu sein. Immerhin hatten sie diese Ehe ja arrangiert.

Fiona stürzte sofort auf Isobels Zimmer, um sie zur Rede zu stellen. Sie war sich sicher, dass Isobel den Antrag ausschlagen und mit ihr fliehen würde, wie sie es immer versprochen hatte. Doch Isobel lachte sie schallend aus. Fionas Naivität amüsierte sie köstlich. Für Fiona brach eine Welt zusammen. Denn sie musste erkennen, dass die Frau, die sie für ihre Vertraute und beste Freundin gehalten hatte, sie nur benutzt hatte.

Aber da war noch etwas anderes. Fiona wusste von Isobels Affäre mit Lord Farnfield. Durch Zufall hatte sie in der vorangegangenen Nacht den Streit zwischen den beiden mit angehört. Sie drohte Isobel damit, Sebastian die Wahrheit zu erzählen. Doch auch das scherte Isobel nicht. Sie meinte, dann würde Aussage gegen Aussage stehen. Sollte Sebastian den Anschuldigungen glauben, dann würde Isobel eben sagen, dass Lord Farnfield sie zu allem gezwungen hätte.

Fiona verlor daraufhin völlig die Nerven. Sie schrie Isobel an, dass sie damit nicht ungestraft davonkommen würde, dann raste sie türenknallend aus dem Zimmer. Erst später begriff sie, dass der dumpfe Aufprall, den sie im Wegrennen gehört hatte, der brennende Kerzenleuchter gewesen sein musste, den sie dabei von seinem Platz auf dem kleinen Tischchen neben der Tür geworfen hatte. Zu diesem Zeitpunkt war Isobel im Badezimmer.

Als Rauch im Flur und hervorzüngelnde Flammen unter Isobels Zimmertür von dem Unglück kündeten, kam alle Hilfe schon zu spät.

Wie besessen Lord Farnfield von seiner Liebe zu Isobel war, habe ich nicht nur am eigenen Leib erfahren, sondern zuvor unwissentlich schon gelesen. Der Liebesbrief ohne Anrede und Unterschrift, der als Lesezeichen in *Sense and Sensibility* steckte, stammte von ihm. Das habe ich also richtig geraten. Allerdings war er nicht für Fiona, sondern für Isobel bestimmt.

Wütend und vom Schmerz verblendet verfluchte er das ganze Anwesen und schwor, nicht eher zu ruhen, bis er Isobels Tod gerächt hätte. Er verdammte alle dazu, die letzten zwei Wochen vor Isobels Tod immer und immer wieder zu durchleben. Für immer und ewig. Bis er die Frau gefunden hätte, deren Verlust Fiona und Sebastian genauso schmerzen würde wie Isobels Tod ihn. Er war es auch, der schweren Herzens Isobels Leichnam noch in ihrer Todesnacht auf dem Familienfriedhof beisetzte und ihr seitdem frische rote Rosen verehrt. Woche um Woche.

Denn er war der Einzige, der die Geschehnisse nie vergaß. Alle anderen konnten sich nicht erinnern. Erst als Sebastian mich küsste und den Fluch zu erfüllen begann, weil er sich in mich verliebt hatte und ihm damit der gleiche Schmerz angetan werden konnte, den Lord Farnfield bei Isobels Tod erlebt hatte, kehrte seine Erinnerung bruchstückhaft zurück. Zunächst als unbestimmtes Gefühl, dann immer gewisser. Das hatte er mir bei unserem Tanz zu sagen versucht. Aber erst in den dramatischen Minuten, die ich in Lord Farnfields Gewalt in meinem Zimmer verbrachte, als der Fluch sich ganz zu erfüllen schien, lösten sich auch die letzten Schleier in Sebastians Gedächtnis auf. Genau wie bei Fiona auch.

Egal wen ich frage, keiner gibt zu, am Tag meiner Ankunft meine Sachen durchwühlt zu haben. Ich weiß längst, wer dafür verantwortlich war. Isobel, oder besser ihr Geist, der neulich Nacht auf meinem Bett gesessen hat. Sie wollte abchecken, mit wem sie es zu tun hat. Isobels Geist ruhte genauso unruhig wie die Personen, deren Leben sie so nachhaltig manipulierte. Gewarnt hat sie mich nicht, weil sie mir wirklich helfen, sondern weil sie mich quälen wollte. Schließlich hat sie sogar ihr eigenes Porträt zerstört. Als ich da war und der Fluch sich immer mehr erfüllte, konnte sie es einfach nicht mehr ertragen, zu sehen, wie schön sie mal gewesen war, bevor das Feuer sie zu der hohlen Fratze verzehrte, die mir erschienen ist. Davon bin ich überzeugt.

»Der vierzehnte August achtzehnhundertsechsundachtzig«, flüstere ich und ein Schauder läuft mir über den Rücken.

»Wie lange ist der jetzt denn her?« Fionas Lippen zittern.

»Fast einhundertvierzig Jahre«, lasse ich sie wissen.

Sebastian schluckt.

Lord Farnfield steht auf und schreitet mit dem Tagebuch in der Hand zum Kamin hinüber, wo er sich daranmacht, das von Mary aufgeschichtete Holz anzuzünden. Als die Flammen in den Kaminschacht schlagen, richtet er sich auf und dreht sich zu uns um. »Mir bleibt nur eins: Euch aus dem tiefsten Inneren meines Herzens um Vergebung zu bitten. Ich war verblendet und wollte euren Beteuerungen einfach nicht glauben. Der Schmerz über Isobels Tod war zu übermächtig, als dass ich ihn hätte ertragen können, ohne jemandem die Schuld daran zu geben. Möge Isobel ihren Frieden finden!«

Eine kurze Bewegung seiner Hand und Isobels Tagebuch liegt in den Flammen, die sich sofort gierig über es hermachen.

Im gleichen Moment sehe ich eine in einen schwarzen Umhang eingehüllte Gestalt neben dem Kamin stehen. Isobel! Sie streckt flehentlich die Hand nach mir aus: »Juno! Habe ich dich nicht gewarnt? Ich bin doch deine Freundin!«, säuselt sie mit verführerischer Stimme.

Als ich nur stumm den Kopf schüttele, schreit sie gellend auf und ihre Gestalt fällt genauso in sich zusammen wie die Seiten, die ihre Geheimnisse bargen.

EPILOG

»Das macht dann zweiunddreißig Pfund und fünfundachtzig Pence«, informiert mich der Taxifahrer. Ich kneife die Augen zu und ziehe zischend die Luft durch die Zähne. Laut ausgesprochen, klingt der Betrag noch Furcht einflößender als beim Ablesen. Das Leder seines Sitzes knarzt, als sich der Fahrer mit einem Lächeln zu mir umdreht. »Staunton House. Da beneide ich Sie ja richtig. Werden Sie länger bleiben?«

»Für ein Jahr. Ich werde hier wohnen und bei der Eventorganisation mithelfen.« Ich puste mir eine vorwitzige Haarlocke aus den Augen und überreiche ihm das Geld.

»Das ist schon der Wahnsinn, was Lord Witham so alles auf die Beine stellt, um den alten Kasten mit allem Zipp und Zapp finanziert zu bekommen. Konzerte, Lichtinstallationen, Theateraufführungen, Lesungen, Führungen durch das Herrenhaus. Wie ich gehört habe sogar inklusive Gespenstern. Und demnächst soll dort eine Serie für die BBC gedreht werden. Da werden Sie aber eine Menge zu tun bekommen.«

»Das hoffe ich!« Vor allem der Gedanke an die Dreharbeiten lässt mich grinsen wie ein Honigkuchenpferd. »Vielen Dank und haben Sie noch einen schönen Tag.« Die Handtasche über der Schulter wuchte ich mich, meinen vollgestopften Rucksack und den megaschweren Riesenkoffer auf die Landstraße.

Das eiserne Tor, hinter dem eine asphaltierte Straße so gerade, als wäre sie mit dem Lineal in die Landschaft gezogen worden, den bewaldeten Hügel hinaufführt, steht weit offen. Links und rechts davon verliert sich die von Regen, Sturm, Sonne und Schnee ausgewaschene, beachtlich hohe Mauer in der Unendlichkeit des satten Grüns der Wiesen und Wälder. Ich kann nur vermuten, wie gigantisch groß das dahinterliegende Anwesen sein muss, von dem ich im Moment nur einen kleinen Ausschnitt erhasche. Ich höre, wie das Taxi wendet und mit stotterndem Motor davonfährt.

»Oh, mein Gott, ist das schön hier!« Kaum bin ich durch das Tor getreten, lege ich staunend den Kopf in den Nacken und blinzele gegen das gleißende Sonnenlicht zu den sattgrünen Baumkronen hinauf, die sich wie riesenhafte Beschützer von beiden Seiten dicht an die Zufahrt drängen. Dann bemerke ich die Luft: würzig, klar, ein Hauch von Salz. Mein geliebtes Meer, dessen Nähe mit ein Grund war, warum ich mich für die Anstellung bei den Calvertons entschieden habe, ist nicht weit weg. Ich folge der Allee die kleine Anhöhe hinauf. Wie still es hier ist. Nur die Laute der Vögel und das leise Rauschen der Meeresbrise in den Blättern der Bäume sind zu hören. Aber ich habe jetzt echt keine Zeit, das alles zu bewundern, denn ich bin verdammt spät dran und schließlich will ich nicht gleich an meinem ersten Arbeitstag zu spät kommen. Also rase ich los.

Als ich aus dem Wald trete, verschlägt es mir glatt den Atem. Mir schräg gegenüber thront auf der Kuppe eines

Hügels inmitten einer gigantisch großen, top gepflegten Rasenfläche stolz und erhaben das Ziel meiner Reise: Staunton House. House? Echt jetzt? House? Ne, das ist ein Palast! Und was für einer!

»Jackpot!«, kreische ich und reiße die Arme in die Luft, um mit wackelndem Po Emmas und meinen Shake-it-Baby-Freudentanz aufzuführen.

Apropos, Emma! Die glaubt mir doch kein Wort, wenn sie heute Abend beim verabredeten Video-Call zu hören bekommt, dass ihre beste Freundin, Juno Sondorf, also ich, in einem Mega-Jane-Austen-Downton-Abbey-Stately Home bei waschechten Adeligen und hopefully in Gesellschaft eines kettenrasselnden Gespenstes untergekommen ist.

Wie spät ist es eigentlich? Shit! Shit! Shit! Gleich Viertel vor fünf, verrät mir mein Handy. Wenn ich jetzt nicht lossprinte, bin ich schon arbeitslos, bevor ich überhaupt angefangen habe.

Mein Top klebt an meiner Haut. Ich muss ja einen großartigen Anblick bieten! Eilig streiche ich meine langen roten Locken von meinen feuchten Wangen und gebe mir ein paar Sekunden, um wieder zu Atem zu kommen, bevor ich die Hand nach dem eisernen Klingelzug ausstrecke, der hier neben der Haustür baumelt. Es dauert gar nicht lange, bis sich Schritte nähern und die Tür aufschwingt.

»Miss Sondorf, wir haben Sie schon erwartet!« Wenn ich nicht aufpasse, bekomme ich gleich eine Kiefersperre. Der Typ, der da vor mir im Türrahmen steht, hat nicht nur eine Hammerstimme, sondern er sieht auch noch megacool aus in seiner Jeans und dem weiten weißen Hemd. Um sein linkes Handgelenk trägt er nicht nur eine Taucheruhr, sondern auch mehrere Lederarmbänder und sein schwarzes lockiges Haar reicht ihm bis zum Kinn. Seine nackten Füße stecken in weißen Sneakers. Dorian Gray, muss ich sofort denken. Nur in einer sehr modernen Version. Juno, rufe ich mich zur Ordnung, du bist zum Arbeiten hier und nicht, um dich sofort zu verlieben.

»Ich bin Sebastian Calverton und ein großer Freund vom Duzen.« Seine Stimme fährt mir durch Mark und Bein. Er ist groß. Bestimmt ein Meter neunzig.

»Prima!!« Ich greife nach seiner ausgestreckten Hand. Die Berührung seiner rauen Haut lässt mich erschauern. Auch wenn Mrs Plimpton mir erzählt hat, dass der Earl of Witham nur vier Jahre älter ist als ich, habe ich ihn mir ganz bestimmt nicht so hot vorgestellt. »Juno«, hauche ich und hoffe, dass er das Zittern in meiner Stimme nicht registriert.

»Also, Sebastian, willst du jetzt die Fotos von Robert und mir in Ägypten sehen oder nicht?« Ein Mädchen, das ich ungefähr so alt wie mich schätzen würde, schlendert in einem luftigen Sommerkleid auf uns zu. Ihre Augen sind auf das Handy in ihrer Hand geheftet und trotzdem kann ich ihr kleines Nasenpiercing im Sonnenlicht schimmern sehen.

»Auf jeden Fall, aber vielleicht begrüßt du erst mal unsere neue Mitarbeiterin? Das ist Juno Sondorf. Ich habe dir doch erzählt, dass eine deutsche Abiturientin unser Team verstärken wird.«

Als das Mädchen aufschaut, erkenne ich, wie ähnlich sie ihrem Bruder sieht. Sie ist mir auf Anhieb sympathisch. Vor allem ihr schwarzer Struwwelpeter-Haarschnitt passt zu ihrem freundlich-frechen Blick. »Hi, ich bin Fiona. Cool, dass du da bist. Wir können nämlich dringend fähige Hilfe gebrauchen. Aber worauf wartest du denn? Komm rein. Auspacken kannst du später. Lust auf Tee und Sandwiches?«

»Immer!« Ich könnte sie küssen. Woher weiß sie, dass ich am Verhungern bin?

»Bei der Gelegenheit kannst du auch gleich unsere Gran und unsere derzeitigen Hausgäste kennenlernen.« Sebastian bittet mich mit einer einladenden Geste einzutreten. »Also, herzlich willkommen auf Staunton House! Ich hoffe, du wirst dich bei uns sehr wohlfühlen, Juno!«

Ganz bestimmt werde ich das. Das weiß ich jetzt schon, denke ich, als ich die imposante Halle, mit dem riesigen Tisch in der Mitte betrete und Sebastian hinter mir die Türe schließt.